accel world
Die rote Sturmprinzessin

ORIGINAL:
REKI KAWAHARA

CHARAKTERDESIGN:
HIMA

DESIGN:
BIIPII

»Du bist schon ziemlich ulkig, Brüderchen.«

TOMOKO SAITO

Haruyukis »kleine Schwester«, auf die er aufpassen soll

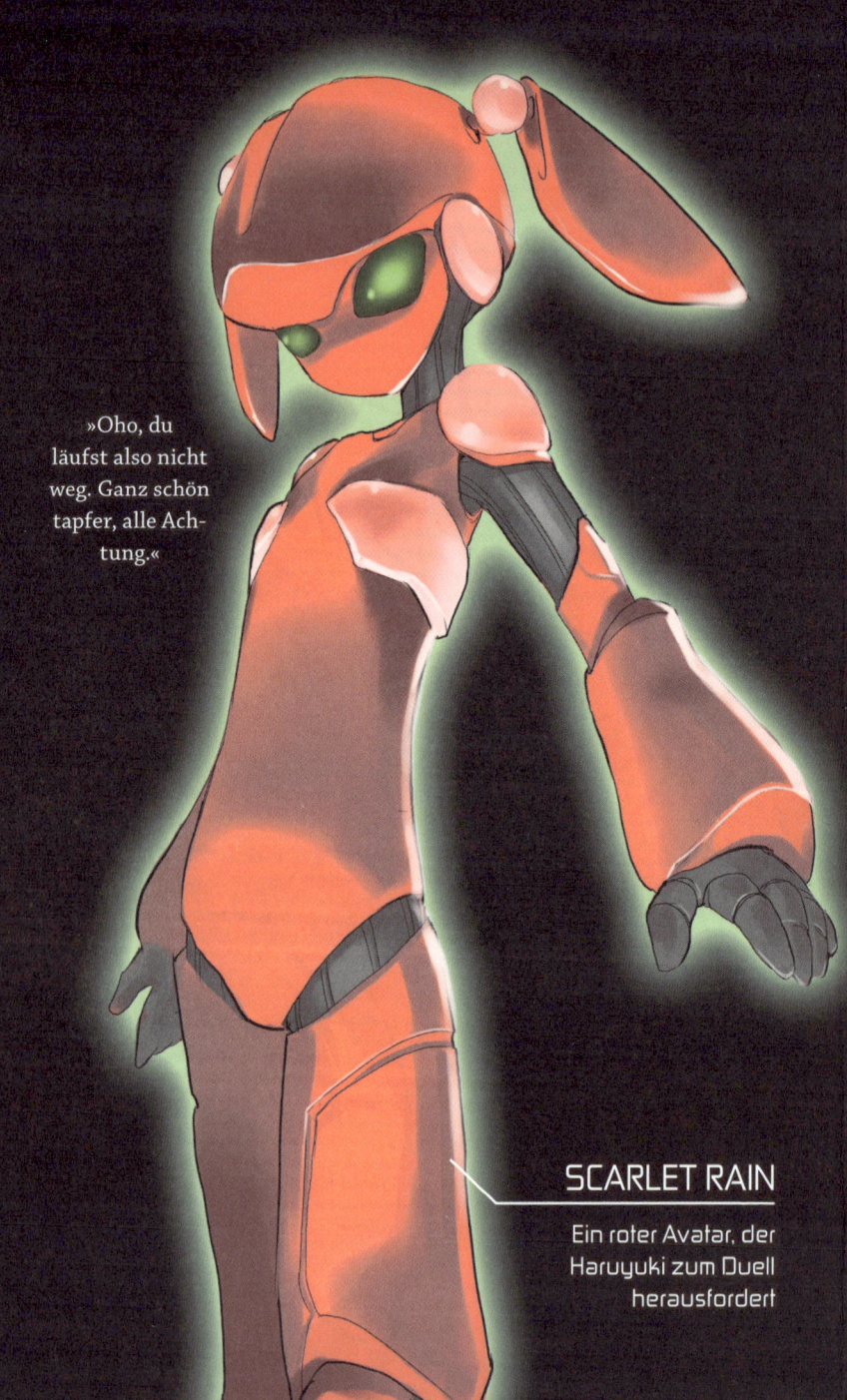

»Oho, du läufst also nicht weg. Ganz schön tapfer, alle Achtung.«

SCARLET RAIN

Ein roter Avatar, der Haruyuki zum Duell herausfordert

»Haruyuki, alles ist seine Erfahrung wert.«

»Ich finde, du solltest versuchen, die Mission gegen den Harnisch des Unglücks zu erfüllen.«

KUROYUKIHIME

Stellvertretende Schülersprecherin der Umesato-Mittelschule, ihr Avatar ist Black Lotus, der Schwarze König

»W... Waaas?!«

TAKUMU

Als Duellavatar Cyan Pile kämpft er Seite an Seite mit seinem Kindheitsfreund Haruyuki.

»Was ...?«

CHIYURI

Haruyukis Sandkastenfreundin

»Dieses Spiel lässt sich doch sicher als Kopie weitergeben? Lasst es mich auch mal testen. Und dann werde ich auch so ein Burst Linker.«

»D... Das geht nicht. Auf gar keinen Fall.«

»K... Kuroyukihime!!«

SILVER CROW

Haruyukis
Duellavatar

HARUYUKI
is the···

... »Silver Crow« in the Accelerated World.

... »Haruyuki Arita« in the Real World.

... »Pink Pig« in the Umesato Junior High School's Local Area Network.

Haruyuki @

lokales Schulnetzwerk:
Pinkfarbenes Ferkel

Haruyuki @

reale Welt:
Haruyuki Arita

Haruyuki @

beschleunigte Welt:
Silver Crow

 accel world

Die rote Sturmprinzessin

02

ORIGINAL:
REKI KAWAHARA

CHARAKTERDESIGN:
HIMA

DESIGN:
BIIPII

 TOKYOPOP

■ Kuroyukihime = Stellvertretende Schülersprecherin der Umesato-Mittelschule. Ein gepflegtes, intelligentes Mädchen mit noblem Charme. Ihr Avatar im lokalen Schulnetzwerk ist ein Schmetterling mit schwarzen Flügeln und ihr Duellavatar Black Lotus, der Schwarze König.

■ Haruyuki Arita = Der dicke Junge, der von seinen Mitschülern gehänselt wird, besucht die siebte Klasse der Umesato-Mittelschule. Er hat ein Händchen für Onlinespiele, zockt aber am liebsten allein. Sein Schulavatar ist ein pinkfarbenes Ferkel. Als Duellavatar heißt er Silver Crow.

■ Chiyuri Kurashima = Das fröhliche Mädchen ist mit Haruyuki aufgewachsen und steckt gern überall seine Nase hinein. Im Schulnetzwerk hat ihr Avatar die Gestalt einer silbernen Katze.

■ Takumu Mayuzumi = Auch er kennt Haruyuki und Chiyuri von Kindesbeinen an. Er ist ein guter Kendo-Kämpfer. Sein Duellavatar heißt Cyan Pile.

■ Tomoko Saito = Haruyuki soll ein paar Tage auf sie aufpassen. Sie nennt ihn »Brüderchen« und ist sehr interessiert an ihm. Ihr Hobby ist Backen.

■ Neuro Linker = Mobile Hilfsgeräte, die am Nacken getragen werden, eine drahtlose Quantenverbindung zum Gehirn aufbauen und auf diesem Weg die physische Wahrnehmung der fünf menschlichen Sinne wie Sehen und Hören künstlich erweitern.

■ Schulnetzwerk = Das lokale Netzwerk der Umesato-Mittelschule dient der Überprüfung der Anwesenheit und Durchführung des Unterrichts, weswegen alle Schüler verpflichtet sind, dort ununterbrochen eingeloggt zu sein.

■ Globales Netzwerk = Innerhalb der Schule ist es verboten, sich mit dem weltweiten Internet zu verbinden. Stattdessen gibt es ein schulinternes Netzwerk.

■ *Brain Burst* = Ein Neuro-Linker-Programm, das Haruyuki von Kuroyukihime bekommt.

■ Duellavatar = Fiktive Gestalt, die ein Spieler von *Brain Burst* annimmt, wenn er sich duelliert.

■ Legionen = Verbände aus mehreren Duellavataren, die gebildet werden, um die eigenen Territorien zu erweitern sowie bestimmte Rechte zu erhalten. Jeder der sieben Könige der reinen Farben ist Master einer eigenen Legion.

■ Territorialkampfstunde = Ein Kampfzeitfenster mit besonderen Regeln, das sich jede Woche am Samstagnachmittag öffnet. Dabei finden Gruppenduelle statt, bei denen das Level der Avatare keine Rolle spielt, nur ihre Anzahl muss jeweils gleich sein.

■ Gebietsherrschaft = Sonderrecht, das einem vom System zugesprochen wird, wenn man während der Territorialkampfstunde eine Gewinnrate von über 50 % erzielen konnte. Im eigenen Gebiet kann man unter anderem die Duellherausforderungen anderer Spieler ablehnen.

■ Normale Stages = Arenen in *Brain Burst*, in denen (Einzel-)Duelle durchgeführt werden. Die Kämpfe folgen althergebrachten Mann-gegen-Mann-Kampfregeln.

■ Unbegrenztes neutrales Feld = Ein Kampffeld, das nur Spieler ab Level 4 betreten können. Die Spielmechanik ist viel höher entwickelt als in den normalen Stages und bietet genauso viele Freiheiten wie die VRMMORPGs der neuen Generation.

■ Enhanced Armaments = Verstärkende Items, die Duellavataren als Waffen oder Verteidigungswerkzeuge dienen. Manche Avatare besitzen solche Gegenstände von Anfang an, man kann sie aber auch z. B. als Level-up-Bonus auswählen oder im Shop kaufen.

" accel world

02

Haruyuki hält die Augen seines Ferkelavatars fest auf eine stählerne Öffnung gerichtet, in der eine Spirale gegen den Uhrzeigersinn läuft.

Sonst befindet sich nichts um ihn herum, nur ein riesiger Raum, in dem Boden, Wände und Decke allesamt weiß sind.

In der Mitte schwebt einsam ein bläuliches Ding aus Metall, eine große, automatische Pistole. Ihr mit dünnen Konturen veredelter Verschluss und die raue, karierte Oberfläche des Griffs vermitteln den Eindruck ungeheurer Schwere, Festigkeit und auch Kälte. Aber diese Waffe ist nicht echt. Sie weist weder einen Herstellernamen noch eine Modellbezeichnung auf, denn Haruyuki hat sie selbst kreiert, indem er aus dem Polygonbaukasten für Schusswaffen lediglich irgendwelche Teile ausgewählt hat.

Aber schießen kann sie. Und genau darum zeigt sie jetzt exakt auf den Punkt zwischen Haruyukis Augenbrauen, der sich in nur zwanzig Metern Entfernung zu ihr positioniert hat.

Als er sich zum ersten Mal in dieses VR-Trainingsprogramm einloggte, das er nur dank ständigem Nachschlagen in Handbüchern hatte schreiben können, erschlug dieser Raum ihn zunächst mit seiner tristen Leere. Eigentlich hätte er seine Übungsfläche gerne aufs Dach irgendeines Wolkenkratzers gesetzt und einen Auftragskiller in schwarzem Anzug die Pistole halten lassen, aber solche Details kann er in seinem bescheidenen Alter von dreizehn Jahren dann doch nicht programmieren.

Hätte er **sie** gefragt, seine ältere Schulkameradin und gleichzeitig seine Meisterin, dann hätte sie ihm sicher im Nullkommanichts die kompliziertesten Sachen erstellt. Aber

Haruyuki wollte sie nicht darum bitten. Zu groß war seine Angst davor, dass sie ihn möglicherweise dafür verspotten würde, jetzt noch mit so einer Anfängerübung zu beginnen. So ist letztendlich dieser hässliche, an Trostlosigkeit nicht zu überbietende Raum mit einer darin schwebenden Pistole einfachster Art entstanden, dessen Wände von so reinem Weiß sind, dass es in den Augen schmerzt.

Aber als er seine Übung schließlich ausprobierte, war er zu der Erkenntnis gekommen, dass er gar keine so schlechte Arbeit geleistet hatte.

Denn in diesem Raum befindet sich eben nichts außer ihm selbst und der Pistole. Ob er also will oder nicht, er muss sich zwangsläufig auf ihre Mündung konzentrieren.

Haruyuki geht mit seinem pinkfarbenen Ferkelavatar etwas in die Knie, breitet leicht die Arme aus und fixiert in höchster Anspannung das schwarze Loch.

Längst hat er sein Zeitgefühl verloren. Er weiß nicht, wie viele Minuten er hier schon so steht. Sein Programm funktioniert auf eine sehr einfache Weise: Er muss nur einen Dive ausführen und »Start!« rufen, dann zählt ein Countdown fünf Sekunden herunter. Von dem Moment an kann die Pistole, die Haruyuki automatisch anvisiert, innerhalb der nächsten dreißig Minuten jederzeit einen Schuss auf ihn abfeuern.

In der realen Welt würde er sterben, ohne irgendetwas dagegen ausrichten zu können. Aber das hier ist nicht die Realität, sondern eine vom Neuro Linker erschaffene virtuelle Welt. Und Haruyuki hat Kugelgeschwindigkeit und Entfernung so eingestellt, dass er dem Schuss durchaus entkommen kann, vorausgesetzt er reagiert sofort, wenn er die Flamme an der Mündung der Pistole sieht.

Das Problem liegt allein darin, dass er absolut keine Ahnung hat, wann innerhalb dieser dreißig Minuten die Pistole ihren Schuss abgeben wird. Anders als beim *Virtual Squash* gibt es keinerlei Anzeichen, die ihm Hinweise auf Richtung oder Zeitpunkt geben könnten. Ihm bleibt also nur übrig, die Augen weit aufzusperren und sich weiter zu konzentrieren.

Aber gerade das fällt Haruyuki sehr schwer. Er glaubt sowieso nicht allzu fest daran, dass er seine Aufmerksamkeit lange auf eine Sache richten kann. Als er vor einem Monat mit diesem Training startete, ließ seine Konzentration zu Beginn bereits nach zwei, drei Minuten nach. Er fing unbewusst an, vor seinem inneren Auge Bilder aus seinem »Kuroyuki-hime-Album« abzuspielen, grinste dabei gedankenverloren und wurde schließlich genau in diesem Moment knallhart von dem unsichtbaren Killer erschossen.

Aber obwohl oder gerade weil Haruyuki dieses Programm selbst geschrieben hat, zieht er das Training weiter eisern durch.

Schließlich ist sein Gegner nur eine einzige, bewegungslose Pistole. Also im Grunde absolut lächerlich im Vergleich zu diesen Schlachtfeldern ... wo die Veteranen mit ihrer großen Kampferfahrung ihm in Duellen eine schreckliche Angriffstechnik nach der anderen entgegenschmettern. Haruyuki plante, nach einem Monat gegen fünf Pistolen gleichzeitig antreten zu können. Aber bis heute tut er sich immer noch schwer damit, einer einzigen Kugel auszuweichen. Er hat kein Talent dafür. Das war ihm von Anfang an klar gewesen.

Wenn sich aber nicht mal durch Training eine Aussicht auf Besserung einstellt, schafft er es vielleicht niemals, höher aufzusteigen ... und an **ihrer** Seite zu stehen.

Verdammt! Verdammt! Ich muss schneller, ich muss stärker werden. Für sie. Um weiterhin ihr Partner sein zu können.

Haruyuki spürt Hektik in sich aufsteigen, die zu einem Rauschen wird und die Hände und Füße seines Avatars erzittern lässt.

Und als hätte sie genau darauf gewartet –

»Knack!«

Ein leises Metallgeräusch begleitet die Bewegung des Abzugs. Der Hahn schlägt gegen den Zündstift. Der Verschluss springt auf, heraus saust sogleich ein orangefarbener Blitz.

»...!!«

Haruyuki setzt mit aller Kraft, die er hat, zu einem Sprung nach rechts an.

Aber er reagiert einen winzigen Augenblick zu spät. Zischend rast die Kugel auf ihn zu, erwischt ihn an der linken Wange und berührt ein Stück vom Ohr.

Die Heftigkeit des Einschlags trifft ihn mit der Wucht eines riesigen Hammers. Es schleudert Haruyuki einfach davon. Er schlägt mehrmals auf dem weißen Boden auf, wird von einer neuen Welle des Schmerzes überrollt und schreit auf: »U... Uaaaaaah ...!!«

Seine kurzen Arme vors Gesicht gepresst, brüllt er auf dem Boden herumrollend weiter.

Sein Programm enthält einen illegalen Patch, den er im Internet gefunden hat und der die standardmäßig im Neuro Linker eingebaute schmerzlöschende Funktion deaktiviert. Zusätzlich hebt dieser die Schmerzintensität auf das höchstmögliche Niveau an, sodass im Dive nahezu der Schock eines realen Kugeltreffers zu spüren ist.

»Ah ... Ah ...!!«

Tränen schießen ihm in die Augen, krampfartig windet sich Haruyuki auf dem Boden. Es ist das dritte Mal, dass er heute diesen Schmerz erlebt. Wie oft ihm das seit Beginn seines Trainings schon passiert ist, kann er gar nicht mehr sagen. Trotzdem stellt sich nach wie vor nicht das geringste Anzeichen von Routine ein. Aber gerade weil schwache Schmerzen mit der Zeit ihre Wirkung verlieren würden, hat er das höchstmögliche Empfindungslevel gewählt.

Der Nachteil ist wiederum, dass sein Neuro Linker manchmal die durch die Schmerzen ausgelöste Abnormität seiner Gehirnströme registriert. Das löst dann den Sicherheitsmechanismus aus und Haruyuki wird automatisch aus dem Full Dive geworfen. Da es sich dabei um eine Hardwarefunktion handelt, lässt sie sich nicht so einfach knacken. Auch der Schmerz, der durch den soeben abgefeuerten Schuss entstanden ist, erreicht wieder diesen Schwellenwert. Auf einen Schlag verschwindet das weiße Zimmer vor Haruyukis Augen.

Die Schwerkraft wird plötzlich kurz außer Kraft gesetzt. Lichtstrahlen beginnen sich in der schwarzen Dunkelheit kreisförmig auszubreiten und langsam kehrt die Realität vor Haruyukis Augen zurück.

Aber auch hier fließen die Tränen in Strömen über seine Wangen. Sein unscharfer, verschwommener Blick fällt auf die nur zu vertraute blaugraue Kabinentür der Jungentoilette.

Bisher ist zwar nicht noch einmal jemand auf die Idee gekommen, mit seinem Körper irgendwelchen Blödsinn anzustellen, während er sich im Full Dive befindet. Daher könnte er auch im Klassenzimmer bleiben. Wenn jedoch ein Lehrer mitbekommen sollte, was für ein gefährliches Programm er nutzt, würde es richtig Ärger geben. Und außerdem existiert noch ein weiterer wichtiger Grund, wieso er das nur auf der Toilette durchführen kann. Der Nachhall des wahnsinnigen Schmerzes und der Schock des plötzlichen brutalen Ausloggens aus dem Full Dive bringen Haruyukis Nervensystem ganz schön durcheinander: Ihm wird schwindlig und er spürt – fast gleichzeitig –, wie sein Mageninhalt nach oben drängt.

»…!«

Haruyuki presst sich die Hand vor den Mund, wirft sich auf den Boden – bis jetzt saß er auf der geschlossenen Kloschüssel – und reißt den Deckel hoch.

Gerade noch rechtzeitig, denn schon erbricht er alles, was sich in seinem Magen befindet, ins Klo. Ein paarmal muss er noch würgen, ohne dass etwas herauskommt. Schließlich streckt er kraftlos die rechte Hand aus, um die Spülung zu betätigen.

Er spürt, wie das Spülwasser direkt vor seinem Gesicht vorbeirauscht. Unfähig aufzustehen, lässt er den Kopf einfach auf die Klobrille fallen.

Seine Tränen fließen und mischen sich unter das Toilettenwasser. Sie rühren nicht nur von dem starken Schmerz und dem Erbrechen her. Vor Wut über seine eigene Unfähigkeit beißt Haruyuki fest die Zähne aufeinander. Seine Schultern zittern.

Dieses Training dient nur der Steigerung seiner elementaren Reaktionsschnelligkeit. In einem Duell kann ihm jederzeit auch ein Gegner unterkommen, der nicht nur in einer, sondern gleich in beiden Händen Feuerwaffen trägt und ihn einem Dauerbeschuss mit mehreren Kugeln pro Sekunde aussetzt. Nichtsdestotrotz ist in diesem einen Monat seine

Ausweichrate gerade mal von zwanzig auf dreißig Prozent gestiegen.

»Es reicht, wenn du allmählich Fortschritte machst«, waren ihre Worte gewesen. Aber immer wieder fragt sich Haruyuki, ob er in ihren Augen dabei nicht tiefe Enttäuschung gesehen hat.

Drei Monate sind inzwischen vergangen, seit sie ihm *Brain Burst* gegeben hat, ein Kampfspiel, das eine verborgene Funktion der Neuro Linker nutzt, um die Gedanken des Spielers zu beschleunigen, und ihn in Kämpfen an halb realen Schauplätzen antreten lässt. So lange ist Haruyuki nun schon ein Burst Linker – so nennt man die Nutzer dieses Programms.

Nachdem Haruyukis Spielavatar, Silver Crow, als einziger Duellavatar überhaupt die Fähigkeit zu fliegen erlangt hatte und dadurch fortan einen gewaltigen Vorteil gegenüber allen anderen besaß, konnte er anfangs sehr zügig aufsteigen. Das zweite Level erreichte er nach einer Woche, im dritten war er bereits nach dem ersten Monat. Er fing sogar ein wenig an zu glauben, dass er in dieser Welt, anders als in der Realität, ein echter Held werden könnte.

Doch das Glück währte nur kurz, nämlich so lange, bis seine Schwäche offenbar wurde. Denn Fliegen bedeutet auch, dass man für den Gegner stets sichtbar ist. Muss er gegen jemanden antreten, der über weite Entfernungen schießen kann, oder gar gegen einen versierten Scharfschützen, dessen Kugeln mit dem bloßen Auge kaum auszumachen sind, ist er nur noch ein perfektes Ziel, und nichts anderes.

Dies hat zur Folge, dass Haruyuki, nachdem er irgendwann endlich im vierten Level gelandet war, seit einer ganzen Weile nicht mehr weiterkommt. Auch das gegenwärtig wichtigste Ziel, die Ausweitung des Territoriums seiner Legion »Nega Nebulus«, rückt kein bisschen näher. Stattdessen sind sie ausschließlich damit beschäftigt, das einzige von ihnen kontrollierte Gebiet – um Haruyukis Schule herum – zu verteidigen.

Ob eine Legion ein bestimmtes Areal weiter kontrollieren darf, entscheidet sich jede Woche samstagnachmittags während der »Territorialkampfstunde«. Bei dieser wird man zu Gruppenkämpfen herausgefordert, in denen nur die Anzahl der Spieler auf jeder Seite gleich sein muss, nicht aber die Höhe ihrer Level. Unterschreitet man dabei nicht die Mindestgewinnrate von fünfzig Prozent, so erkennt das System die Herrschaft über das Gebiet weiterhin an. Und die Mitglieder der Legion behalten das Sonderrecht, auf ihrem Territorium Duellherausforderungen ablehnen zu dürfen, selbst wenn ihr Neuro Linker gerade im globalen Netzwerk eingeloggt ist.

Aber nachdem die Gegner Silver Crows besondere Eigenschaft analysiert haben, bringt nun während der Gruppenkampfzeit jedes Team einen Duellavatar mit starken Fähigkeiten zur Flugabwehr mit, sodass Haruyuki nicht mehr wie zuvor frei herumfliegen kann. Ohne diesen Vorteil ist Silver Crow einfach nur ein leicht zu besiegender Faustkampfavatar. Seine Gewinnrate nimmt bereits stetig ab und seine beiden Teamkollegen Cyan Pile und Black Lotus sind inzwischen fortwährend gezwungen, ihn zu schützen.

Genau aus diesem Grund absolviert er jetzt dieses Training.

Würde es ihm gelingen, wenigstens der Hälfte der auf ihn abzielenden Attacken auszuweichen, könnte er die Position des Schützen bestimmen und ihn aus dem Sturzflug heraus mit einem kräftigen Schlag außer Gefecht setzen. Mit diesem Hintergedanken hatte er sein Trainingsprogramm erstellt. Aber es zeigt nicht die kleinste Wirkung. Wenn er nicht einmal einer Kugel ausweichen kann, deren Schussrichtung er von vornherein kennt, wie soll er dann den Flugabwehrtechniken auf dem Kampffeld entgehen, die aus dem Schatten irgendwelcher Hindernisse auf ihn abgefeuert werden?

Aber in **ihrem** Blick schimmern weder Sorge darüber noch Wut auf ihn durch. Ganz im Gegenteil, jedes Mal, wenn er bei den Territorialkämpfen wieder einmal kläglich versagt hat, spricht sie ihm mit sanfter Stimme Mut zu.

Trotzdem hat Haruyuki Angst, dass sie innerlich immer mehr ihren Glauben an ihn verliert.

Vielleicht sollte ich dieses Spiel besser ganz aufgeben ...

Sogar bei solchen Gedanken ertappt sich Haruyuki neuerdings erschreckenderweise.

Wenn ich sie sowieso nur weiter enttäuschen werde, sollte ich vielleicht lieber komplett mit allem aufhören.

In solchen Momenten zeigt sich sein vor langer Zeit angewöhnter Hang zum Weglaufen vor jeglichen Unbequemlichkeiten. Er dominiert Haruyukis Denken zwar nicht mehr so stark wie früher, ist aber immer noch unverkennbar.

Er hatte gedacht, er könne sich ändern. Eine Weile lang glaubte er, der Moment, in dem er sich für die Installation von *Brain Burst* entschieden hatte und zum Burst Linker wurde, habe ihn zu einem anderen Menschen gemacht.

Ist es letztlich doch immer wieder das Gleiche? Erwartet mich überall, ob in der Schule oder auf dem virtuellen Schlachtfeld, das Schicksal, zum untersten Abschaum, zu den Verlierern zu gehören?

Immer noch sitzt er, seinen runden, wabbeligen Körper klein zusammengekauert, in der Toilettenkabine, presst seine Augen fest zusammen und versucht, diese negativen Gedanken zu verbannen. Seine Kehle schmerzt noch von den Verätzungen durch seine Magensäure, aber irgendwie würgt er dennoch etwas heraus: »Ich will … trotzdem …«

Der Rest bleibt ihm im Hals stecken. Haruyuki findet momentan nicht einmal mehr die Kraft, um sich selbst wieder in die Spur zu bringen.

Die Glocke, die den Schulschluss verkündet, ertönt durch das lokale Netzwerk hindurch direkt in Haruyukis Ohren.

Ich will trotzdem stark werden.

Ich will stark werden.

1

»Hallo, Brüderchen, willkommen zu Hause!«

Als Haruyuki in seiner Wohnung angekommen ist, sich die Schuhe ausgezogen und gerade schlurfend den halben Weg durch den Flur zu seinem Zimmer zurückgelegt hat, dringt von links aus dem Wohnzimmer diese Stimme zu ihm.

Automatisch nuschelt er die passende Antwort: »Ja, da bin 'ch wieder ...«

Er macht einen weiteren Schritt und noch einen dritten. Beim vierten stoppt er jedoch abrupt.

Hä ...?

Was war das denn eben?

Soweit er weiß, ist er, Haruyuki Arita, in den dreizehn Jahren und zehn Monaten seit seiner Geburt bis zum heutigen Tage immer ein Einzelkind gewesen. Das hat er eigentlich auch nie als etwas Schlechtes empfunden, sondern im Gegenteil eher als Glück. Ist er unbewusst etwa doch so traurig darüber gewesen, dass ihn jetzt deswegen sogar akustische Halluzinationen heimsuchen?

Muss ich denn gleich so was wie »Brüderchen« hören und noch dazu so eine niedliche Mädchenstimme? War diese Art »kleine Schwester« nicht bloß eine Großstadtlegende?

Während Haruyuki immer noch in einer unnatürlichen Position verharrt und an sich selbst zweifelt, hört er schon wieder etwas, das eigentlich nicht da sein dürfte.

»Hmhmmm.« – ein Summen. »Flop-flop-flop« – das leichte Klappern von Hausschuhen. Aber das ist noch nicht alles.

Irgendwie nimmt er jetzt auch noch einen süßen, aromatischen Duft wahr.

Eine Geruchshalluzination ...? Gibt es so etwas überhaupt?

Er lässt seine Tasche von der Schulter rutschen und auf den Boden fallen, macht eine 180°-Kehrtwende und stapft auf seine schwerfällige Art ins Wohnzimmer hinein.

Und nun beginnen sogar seine Augen, ihm etwas vorzugaukeln.

Gleich links neben der Tür, in der für ihren eigentlichen Zweck fast nie benutzten Küchenecke, steht es: Es muss etwa zehn Jahre alt sein und hat einen erschreckend dünnen, zierlichen Körper, der in einer weißen Bluse und einem dunkelblauen Latzrock steckt. Es handelt sich wahrscheinlich um die Schuluniform irgendeiner Grundschule. Darüber hat es sich eine pinkfarbene Küchenschürze umgebunden. Die rötlichen Haare hängen in zwei dünnen Zöpfen auf beiden Seiten des Kopfes herab. Das Gesicht unterhalb der breiten, glatten Stirn kann man mit keinem anderen Wort als »lieblich« beschreiben. Als hätte es ausländische Wurzeln, verteilen sich einige kleine Sommersprossen über die milchfarbene Haut. Die großen Augen sind dunkelgrün und die Haare von einem rötlichen Braun. Müsste er den Gesamteindruck dieses Wesens in einem Wort zusammenfassen, dann wäre es ...

... ein Engel?

Während Haruyuki es, unfähig, klar zu denken, einfach nur mit offenem Mund anstarrt, wendet ihm das Mädchen flüchtig seinen Blick zu, lächelt süß und sagt: »Ich backe gerade Kekse. Warte noch etwas, bis sie fertig sind, Brüderchen.«

»Uwah ...!«

Jetzt erst schreit Haruyuki auf und versteckt seinen runden Körper mit einem Satz hinter der Wohnzimmertür. Immer noch außerstande zu begreifen, was hier eigentlich vor sich geht, schiebt er nur die obere Hälfte seines Kopfes wieder aus der Deckung.

Das Mädchen hat seinen Kopf, nur scheinbar verwundert, zur Seite geneigt, lächelt nun aber gleich noch einmal, dreht sich um und späht in den Backofen hinein. Die beiden roten Zöpfe wippen dabei leicht und funkeln im Licht der Wintersonne, die durchs Fenster hereinscheint.

Für eine Einbildung oder Illusion wirkt dieses Mädchen viel zu real. Das heißt also ... da wurde irgendein Schadprogramm in seinen Neuro Linker eingeschleust. Und dieses projiziert ein höchst detailliertes 3-D-Modell in seine optische Wahrnehmung und spielt seinem Gehirn dazu noch akustische Signale und falsche Geruchsinformationen vor. Auch wenn Haruyuki nicht weiß, wer so etwas tun sollte und zu welchem Zweck ...

In Wirklichkeit hab ich doch gar keine Schwester?! Wenn das also nur ein digitales Trugbild ist, brauche ich mich nicht zu fürchten.

Er betritt die Küchenecke und streckt lächelnd die rechte Hand nach der »kleinen Schwester« aus, die zu ihm hochschaut.

Dann ergreift er ihre sommersprossige Wange und zieht kräftig daran.

Selbst wenn man die Informationen, welche der Neuro Linker auf Quantenebene unmittelbar mit dem Bewusstsein des Nutzers austauscht, lediglich auf die Seh- und Hörebene beschränkt, so lässt sich damit bereits eine virtuelle Realität erschaffen, die von den tatsächlich vorhandenen

Dingen nicht mehr zu unterscheiden ist. Auch wenn es aufgrund von Einschränkungen in Speicherkapazität und Prozessorleistung an die Grenzen des Machbaren stößt, auf diese Weise einen kompletten Menschen zu erschaffen.

Hinsichtlich der Reproduktion anderer Sinneseindrücke, besonders dem des Tastsinns, hinkt die Forschung jedoch noch hinterher, da man gerade diesen nur schwer digitalisieren kann. Es ist somit unmöglich, eine so komplexe Empfindung wie das Berühren einer menschlichen Wange, mit ihrer Hautstruktur, dem Widerstand und dem reflexartigen Zusammenziehen der Muskeln, virtuell gänzlich nachzubilden. Das heißt also, Haruyukis Finger werden jetzt sicher nur so eine Art lebloses Gummi spüren –

»Ey, waf maffst fu fa?«

»U... Uwaaaah?!«, schreit Haruyuki, reißt seine Hand weg, springt nach hinten und stößt mit dem Po gegen den Kühlschrank.

Das Gefühl war vollkommen. Weich, zart und frisch, also hundertprozentig das, was man fühlt, wenn man an der Wange eines zehnjährigen Mädchens zieht. Das haben Haruyukis Finger gerade wahrgenommen, obwohl er noch nie vorher in seinem Leben etwas Vergleichbares berührt hat.

Er starrt das Mädchen, das vor Wut über Haruyukis plötzliche Handgreiflichkeit seine Backen aufgeplustert hat, mit weit aufgerissenen Augen an, hebt dabei zitternd seine rechte Hand zum Neuro Linker am Hals, löst dessen Befestigung und reißt das Gerät ruckartig ab.

Sofort verschwinden Uhranzeige, Kalender, Programmicons und Ähnliches, also alles, womit der Linker seine Realität erweitert hat, aus seinem Blickfeld.

Das Mädchen aber ist immer noch da.

Da fällt ihm ein, wenn auch zugegebenermaßen reichlich spät, dass er eine Nachricht seiner Mutter auf dem Heimserver vorgefunden hat, die mit »Haruyuki, ich bitte dich« anfängt. Er schließt seinen Neuro Linker wieder an und öffnet, immer noch wie angewurzelt auf derselben Stelle stehend, den Text.

Haruyuki, ich bitte dich, kannst du für zwei, drei Tage auf ein Kind von Verwandten aufpassen? Du kennst doch die Familie Saito meines Cousins aus Nakano. Er muss dringend geschäftlich ins Ausland und ich fliege heute auch nach Shanghai, wie du weißt. Übermorgen komme ich wieder, also kümmere dich bitte so lange um das Mädchen. Schreib mir eine Mail, wenn irgendwas nicht klappt. Lieben Gruß.

Haruyukis Mutter, Saya Arita, arbeitet in der Handelsabteilung einer Bank, deren Hauptsitz in den USA liegt. Sie kommt nie vor Mitternacht nach Hause und fliegt regelmäßig in andere Länder, sodass Haruyuki häufig mehrere Tage durchgehend alleine ist. Unklar ist, wie viele dieser Reisen geschäftlich sind und bei welchen sie nur mit ihrem Liebhaber Urlaub macht. Haruyuki denkt manchmal sogar, dass das Familiengericht ihr wahrscheinlich nie das Sorgerecht zugesprochen hätte, wenn der Trennungsgrund seiner Eltern vor sieben Jahren nicht die Affäre seines Vaters gewesen wäre.

Aus diesen Gründen hat Haruyuki schon seit der ersten Klasse immer viel Zeit bei den Kurashimas, also Chiyuris Familie, zwei Stockwerke tiefer im selben Haus verbracht.

Die Mutter und der Vater des Mädchens haben ihn stets freundlich empfangen. Wenn sie auch nur einmal den

Eindruck gemacht hätten, er würde ihnen Probleme bereiten, wäre das ein schwerer Schlag für Haruyuki gewesen. Er hätte dann keinen Rückzugsort mehr gehabt und wäre vermutlich noch zehnmal schüchterner als sowieso schon.

Daran denkt er, während er dieses Kind der Familie Saito beim emsigen Herumwuseln in der Küche beobachtet.

Als der Timer des Backofens sich mit einem leisen Ton meldet, öffnet das Mädchen die Tür und holt ein Metallblech heraus. Jetzt dringt der aromatisch süße Duft noch viel stärker in Haruyukis Nase. Offensichtlich stammt er von diesen Keksen.

Über zehn Stück liegen auf dem Blech. Das Mädchen nimmt sie vorsichtig zwischen die Finger und legt einen nach dem anderen auf einen großen Teller, den es vorher mit einem Küchentuch bedeckt hat. Nachdem dies getan ist, atmet es erleichtert aus.

Es nimmt den Teller mit beiden Händen, dreht sich um und schaut zu Haruyuki hoch.

»Hier ... Entschuldige bitte, dass ich einfach so die Küche benutzt habe. Aber ich dachte, mein Brüderchen kommt sicher hungrig nach Hause ... und da ist mir diese Idee ...«

Ihre Stimme ist noch leiser als zuvor.

Ach so, also hatte sie genauso Angst, dass der »große Bruder« in ihrem vorläufigen neuen Zuhause ihretwegen vielleicht verärgert sein könnte. Sie wusste nicht, was sie machen soll. Also darf ich als der Ältere jetzt nicht vor Furcht schlottern, auch wenn ich dieses Mädchen noch nie zuvor gesehen habe.

Er spürt einen merkwürdigen Schmerz tief in seiner Brust, während er sein breitestes Lächeln aufsetzt und sagt: »D... Das ist ja lieb von dir. Ich hab schon richtig Kohldampf.«

Nun scheint auch bei dem Mädchen das Eis zu brechen. Es strahlt übers ganze Gesicht.

»Also ich bin Tomoko Saito und geh in die fünfte Klasse. Wir haben uns vor langer Zeit einmal gesehen, deshalb erinnerst du dich sicher nicht dran ... Aber deine Mutter ist die Cousine meines Vaters. Ich, äh ... hoffe, ich bereite dir keine Schwierigkeiten.«

Mit dem Teller in den Händen senkt sie ihren Kopf zu einer Verbeugung, woraufhin Haruyuki merkt, wie sein Herz zu rasen beginnt und ihm der Schweiß ausbricht.

Doch schon erinnert er sich wieder an seinen gerade erst getroffenen Entschluss und schafft es, halbwegs verständlich zu antworten: »Ach so, okay, ich ... b... bin Haruyuki Arita. I... Ich hoffe auch, d...d... dass wir gut miteinander auskommen, Fräulein Saito.«

»Warum so förmlich? Tomoko reicht völlig!«

Das Mädchen grinst weiterhin und Haruyuki bemüht sich, nicht das Bewusstsein zu verlieren.

Daran, dass er Verwandte in Nakano hat, die auf den Namen Saito hören, erinnert er sich nur vage. Aber von den Cousins der Eltern weiß man normalerweise eben nicht allzu viel.

»B... Bist du auch Einzelkind?«

Auf diese Frage hin nickt Tomoko.

»Ich lebe nur mit meinem Papa zusammen. Er musste jetzt plötzlich wegen seiner Arbeit verreisen. Ich hab ihm gesagt, dass ich auch alleine zu Hause bleiben kann, aber das wollte er nicht. Er hat mich vorhin von der Schule hierher gebracht und ist direkt weiter nach Narita zum Flughafen gefahren«, erklärt Tomoko, während sie den Keksteller auf den Tisch stellt.

Haruyuki fragt automatisch nach: »Ach, dann hast du meine Mutter ja gar nicht getroffen?«

»Nein. Sie hat mir nur einen elektronischen Instant-Schlüssel für eure Wohnung gegeben.«

Was für ein Glück. Meine Mutter hätte nicht gezögert, ihr in aller Deutlichkeit zu zeigen, dass sie hier nur stören wird.

Aber ...

Hä? Halt mal. Heißt das etwa ... dass ich jetzt die nächsten drei Tage alleine mit diesem Mädchen zusammenleben werde?

Nein, nein, nein, kein Grund zur Panik, du Idiot. Vor dir steht ein Kind, das erst in die fünfte Klasse geht. Sie ist also ganze zwei Jahre jünger als du ... Moment, ganze zwei Jahre? So ein großer Unterschied ist das doch gar nicht, oder?

Tomoko scheint Haruyukis plötzlichen Anflug von Nervosität nicht zu bemerken. »Warte noch etwas, bis sie abgekühlt sind.«

Sie lächelt ihn noch einmal an und geht zurück. Schnell spült sie die im Waschbecken liegenden Schüsseln ab, lässt währenddessen Wasser aufkochen und kommt nach nur wenigen Minuten mit Tee auf einem Tablett wieder zu ihm. Sie scheint sich in dieser Küche längst besser auszukennen als Haruyuki.

Was Mädchen alles können.

Er schüttelt den Kopf, um den Gedanken sofort wieder zu verscheuchen.

Ein Kind, sie ist nur ein Kind.

Die Kekse allerdings schmecken so gut, dass man sie so, wie sie sind, in einem Laden verkaufen könnte.

Er verputzt neun direkt hintereinander und während er an dem von Tomoko zubereiteten Tee nippt, fragt er sich, wie viele Jahre es schon her ist, seit er das letzte Mal etwas Selbstgebackenes gegessen hat.

Gegenüber am Tisch pustet seine rothaarige Verwandte ernst in ihre Tasse. Das wirkt jedes Mal so natürlich und liebreizend, dass Haruyuki vom bloßen Zuschauen warm ums Herz wird.

»Danke, äh ... d... die Kekse waren lecker«, bringt er irgendwie in einer normalen Stimmlage heraus, worauf Tomoko ihm ein breites, erleichtertes Lächeln schenkt.

»Wirklich? Das freut mich! Ich war schon besorgt, weil du so gar nichts gesagt hast.«

»T... Tut mir leid. Ich war zu vertieft ins Essen ...«

»Das stimmt allerdings.«

Sie kichert, während sie sich ein Stück weit auf ihrem Stuhl aufrichtet, die Hand ausstreckt und Haruyukis Wange von einem Kekskrümel befreit.

Den steckt sie sich sogleich selbst in den Mund und grinst noch einmal.

»Zzzong!« – Haruyuki ist, als wäre gerade ein merkwürdiger Effektton in seinem Gehirn erklungen. Schnell wischt er sich mit der Hand den Mund ab.

»A... Also, äh ... A... Ach ja, genau, was wollen wir denn jetzt machen? W... Willst du was zocken? Ich hab massig Spiele da, aus den letzten vierzig Jahren eigentlich alles ...«

Doch nachdem er das gesagt hat, fällt ihm sofort wieder ein, dass der Großteil dieser Sammlung voller blutiger Höllensettings ist.

Aber glücklicherweise schüttelt Tomoko, immer noch lächelnd, den Kopf.

»Nein, ich zocke eigentlich kaum. Full Dives mag ich nämlich nicht so gern ...«

»A... Ach so.«

Als er das hört, richtet Haruyuki seinen Blick auf ihren Hals, welcher aus der ordentlich bis ganz oben zugeknöpften Bluse herausschaut. Er bemerkt erst jetzt, dass an diesem kein Neuro Linker befestigt ist, der für das Leben in der heutigen Zeit doch ein unerlässliches Hilfsmittel ist.

Es gibt in der Tat nicht wenige Familien, die ihre Kinder im Grundschulalter noch nicht durchgängig einen Linker tragen lassen. Denn das grenzenlose globale Netzwerk ist auch eine Brutstätte für alle möglichen Verbrechen. Es existiert zwar eine Jugendschutzfunktion für Eltern, aber damit lassen sich schädliche Informationen nur schwer zu hundert Prozent herausfiltern.

Haruyuki kann verstehen, dass jemand, der im Alltag nur den Seh-und-Hör-Modus für den Schulunterricht benutzt, Angst vor dem Full Dive entwickelt, bei dem alle fünf realen Sinne künstliche Informationen eingespeist bekommen.

Was soll ich in diesem Fall bloß mit ihr machen?

Er grübelt angestrengt, bis sein Blick schließlich auf den großen Flachbildschirm an der Wohnzimmerwand fällt. Er zeigt mit dem Finger darauf.

»W... Willst du dann vielleicht einen Film schauen? Oder was in 2-D spielen? Da hätte ich auch noch was Gutes da.«

Aber auch das lehnt Tomoko kopfschüttelnd ab und sagt ein wenig beschämt: »Sag mal ... Können wir stattdessen vielleicht lieber reden? Ich würde zum Beispiel gerne was über deine Schule hören.«

Sie steht auf, läuft um den Tisch herum und setzt sich neben ihn.

Ein süßer, etwas milchiger Duft dringt kitzelnd in seine Nasenhöhlen. Das aktiviert offenbar sein jahrelang trainiertes

Anti-Mädchen-Kraftfeld, sodass Haruyuki um ein Haar reflexartig aufgesprungen wäre. Sein Stuhl kippt dadurch zur Seite und nur mit heftigem Armrudern kann er verhindern, dass er nach links umfällt.

Tomoko starrt ihn unbeirrt an, während er seinen Stuhl wieder in die ursprüngliche Position bringt, und kichert dann.

»Du bist ja schon ziemlich ulkig, Brüderchen.«

Oh Gott.

»Blubb, blubb«

Haruyuki lauscht den Luftblasen, die aus seinem Mund aufsteigen, und lässt sich noch tiefer in die Badewanne sinken.

Weil seine Mutter darauf bestanden hat, ist das Badezimmer der Aritas sehr groß. In der geräumigen Wanne kann selbst Haruyuki seinen massigen Leib ohne Probleme ausstrecken. Er atmet den Wasserdampf, der nach seinem Badesalz riecht, tief durch die Nase ein, hält ihn eine Weile in seiner Lunge fest und lässt ihn danach langsam wieder entweichen.

Er ist so schon ein schlechter Redner, aber nachdem er jetzt seit Langem mal wieder mehrere Stunden am Stück seinen Mund benutzen musste, tut ihm doch etwas der Hals weh. Inklusive Abendessen, für das Tomoko Curryreis gekocht hat, haben sie sich insgesamt ganze vier Stunden lang unterhalten. Haruyuki ist richtig verblüfft darüber, dass sein alltägliches Leben überhaupt genug Stoff für ein derart langes Gespräch liefern kann.

Letztendlich hat er, angefangen bei den technischen Systemen, die es an seiner Schule gibt, über einige Episoden mit seinen zwei Sandkastenfreunden bis hin zu diesem und jenem über dieses schwarz gekleidete Mädchen aus der Klasse über ihm, das für ihn die wichtigste Person überhaupt ist, eigentlich so ziemlich alles über sich erzählt. Lediglich die Tatsache, dass er bis vor wenigen Monaten von Mitschülern gemobbt worden ist, hat er ausgelassen und – alles über **die andere Welt**.

Tomoko hat sich diese Geschichten, die an sich überhaupt nichts Interessantes beinhalten, aufmerksam angehört und zwischendurch an manchen Stellen gelacht.

So würde es sich also vielleicht anfühlen, wenn ich wirklich eine kleine Schwester hätte.

Haruyuki beginnt sich allerdings sogleich selbst dafür zu hassen, dass er einen letzten Rest Ungläubigkeit nicht vertreiben kann.

Es ist einfach … zu schön, um tatsächlich wahr zu sein. Da komme ich eines Tages von der Schule nach Hause und habe plötzlich eine kleine Schwester, die mir Kekse bäckt, Curry kocht und dann sogar noch will, dass ich etwas von mir erzähle. Und zu allem Überfluss werden wir jetzt ganze drei Tage zu zweit hier wohnen?!

Es ist fast, als wäre er auf so etwas wie ein seltenes Event in einem Spiel gestoßen. Aber so naiv, dass er das glauben würde, ist Haruyuki aufgrund seines bisherigen Lebens nicht.

Doch selbst wenn ich davon ausgehe, dass dieses Ereignis irgendeinen Haken hat – wer könnte mir bloß dieses Mädchen untergejubelt haben, und warum? Und wie soll ich auf diese Fragen überhaupt Antworten finden?

Nachdem er eine Weile nachgedacht hat, hebt Haruyuki seinen Oberkörper aus dem Wasser und nimmt seinen aluminiumgrauen Neuro Linker vom Regal in der Ecke.

Obwohl das Gerät wasserfest ist, wischt er sicherheitshalber die Tropfen aus seinem Nacken und setzt es erst dann auf. Die u-förmig auslaufenden Enden bewegen sich leicht federnd nach innen und schließen sich fest um seinen Hals.

Als er den Einschaltknopf drückt, leuchtet vor seinen Augen das Bootlogo auf und nach einem zwanzig Sekunden dauernden Verbindungscheck zum Großhirn öffnet sich der virtuelle Desktop. Flink huscht seine rechte Hand darüber und öffnet in einem Fenster den Heimserver seiner Familie.

Er will schon in den Ordner mit den Fotoalben schauen, zögert dann aber kurz. Die letzten Jahre wurden bei ihnen zwar keine Familienfotos mehr geschossen, aber es sind darin sicher noch viele Bilder aus der Zeit zu finden, bevor Haruyuki so dick wurde ... und seine Eltern sich noch gut miteinander verstanden. Lieber stirbt er jetzt auf der Stelle, als sich das anzusehen.

Er geht in der Ordnerstruktur wieder zurück und lässt sich nun stattdessen die Netzwerke anzeigen, die mit seinem Heimnetzwerk verbunden sind.

»Plop, plop«

Es tauchen daraufhin ein paar dreidimensionale Zugriffsportale vor ihm auf, alles Heimnetzwerke diverser Verwandter. Auf diese Weise lassen sich natürlich nicht sämtliche Daten auf diesen Servern durchstöbern, aber es ist möglich, zum Beispiel Nachrichten zu hinterlegen oder Kalender einzusehen, die für die Familie freigegeben wurden.

Aber keins der Zugriffsportale gehört zum Heim der Familie Saito aus Nakano. Die meisten Haushalte stellen auf ihrem Startbildschirm ein Foto der Familie zusammen mit einem kleinen Statusupdate ein. Auf diesen Bildern wollte

Haruyuki nach dem Mädchen suchen, aber wie erwartet besteht nur eine Verbindung zum Elternhaus seiner Mutter, zu ihren Geschwistern und einigen Onkeln und Tanten. Cousins sind nicht eingetragen.

Haruyuki schaut kurz von seinem Desktop zur Badezimmertür und lauscht nach draußen. Leise hört er die Geräusche des Fernsehers aus dem Wohnzimmer. Tomoko scheint immer noch so eine Familienunterhaltungsshow zu schauen. Auch wenn sie darauf bestanden hat, dass er als Erster ins Bad geht, hätte er ein schlechtes Gewissen, wenn er allzu lange hier drin bliebe. Vor allem, wenn er es deswegen tut, weil er daran zweifelt, dass sie wirklich miteinander verwandt sind.

Er starrt wieder zurück auf den Desktop und klickt schließlich ein Zugriffsportal an, das in der Mitte schwebt – das seiner Großeltern mütterlicherseits.

Das friedliche Familienbild, vor dem Hintergrund eines Bauerndorfs in Yamagata aufgenommen, ignoriert er und klickt auf die Schaltfläche, die zum Inhalt des Netzwerks führt. Da springt wie selbstverständlich ein Authentifizierungsfenster auf und versperrt Haruyuki den weiteren Weg.

Er gibt die ID und das Passwort seiner Mutter ein. Der Server auf der anderen Seite wird diesen Zugriff mitschneiden. Sollten ihre Eltern seine Mutter nach dem Grund für das Einloggen fragen und so herausfinden, dass er sich ihrer ID bemächtigt hat, dann wird es richtig Zoff geben. Aber es ist höchst unwahrscheinlich, dass Haruyukis Großeltern, die einen Kirschhof betreiben, das Zugriffsprotokoll ihres Heimnetzwerks kontrollieren.

Trotzdem sollte er das, was er vorhat, so schnell wie möglich abschließen. Hastig klickt er sich durch das Netzwerk der

Familie seiner Mutter und öffnet den Ordner mit den Fotoalben.

Eine riesige Flut von Bildern erschlägt ihn, die sich im Laufe mehrerer Jahrzehnte angesammelt haben, doch mit einem Suchfilter nach Zeit und Personenanzahl grenzt Haruyuki die Daten ein. Er erinnert sich noch dunkel, dass zum siebenundsiebzigsten Geburtstag seines Großvaters vor fünf Jahren ein großer Teil der Familie Arita zusammengekommen war. Und wenn ihn seine Erinnerung nicht trügt, hat dort auch kurz der Cousin seiner Mutter aus Nakano ein paar Worte mit ihm gewechselt. Das hieße, dass auch die damals fünfjährige Tomoko dabei gewesen sein muss.

Die Suchanfrage läuft schnell durch und es erscheinen mehrere sich überlappende Vorschaubilder.

Diese klickt Haruyuki eins nach dem anderen an.

Dieses nicht, das hier auch nicht ... Ah, hier vielleicht? Es müsste gleich als Nächstes auftauchen.

»Brüüüderchen! ♪«

Als er plötzlich eine trällernde Stimme von rechts vernimmt, dreht Haruyuki automatisch den Kopf in die Richtung.

Und friert, den Finger der rechten Hand immer noch ausgestreckt, in seiner Position ein.

Ohne dass er es bemerkt hat, ist die Tür des Badezimmers ein Stück weit geöffnet worden und da steht nun Tomoko und steckt ihr Gesicht und die rechte Schulter durch den Spalt.

Haruyukis Blick gleitet von dem Handtuch, in das sie ihre rotbraunen Haare gewickelt hat, über das schüchtern dreinblickende Gesicht hinunter zur glatten Haut ihres Halses und der Schulter ...

»W...Wa...Wa...?«

Sein Mund klappt mehrmals schnell auf und wieder zu. Tomoko schenkt ihm ein rosig anmutendes Lächeln.

»Brüderchen, darf ich auch mit rein?«

»Rei...? Was ...? N...«

»Na ja, du brauchst so ewig. Ich will nicht mehr länger warten.«

Sie kichert kurz und tapst ins Badezimmer, ohne Haruyuki überhaupt Zeit zum Antworten zu geben. Der lässt sich mit einem Platschen zurück ins Wasser fallen, kneift fest die Augen zu und schreit: »S... Sorry, ich b...b... bin gleich fertig! I...I...I... Ich brauch wirklich nur noch eine Sekunde, also warte bitte!!«

»Ach, keine Sorge, wir sind doch verwandt.«

Von wegen keine Sorge ...!!

Haruyuki brüllt innerlich. Aber gegen den Willen ihres Eigentümers öffnen sich die Sehorgane seines Körpers, das heißt, seine Augen, ganz von alleine einen kleinen Spalt weit. Er sieht ein Paar kleine Füße über die elfenbeinfarbenen Kacheln laufen und hält den Atem an.

Der Fokus seines Blicks gleitet eigenständig weiter nach oben. Er sieht zwei erschreckend dünne, in einer glatten Linie nach oben verlaufende Waden, kleine, runde Kniescheiben und darüber die zarten Oberschenkel.

Den oberen Ansatz ihrer Beine verdeckt schließlich nur knapp ein pinkes Handtuch, was Haruyuki für einen Moment sogar enttäuscht. Obwohl ihm das sogleich ein schlechtes Gewissen beschert, wandert sein Blick noch weiter nach oben.

Was bin ich nur für ein Narr, was denke ich mir da bloß?

Das Handtuch hüllt den Oberkörper des Mädchens fest und nahezu erhebungslos ein, und über der Stelle, wo es so locker ineinandergeschlagen ist, dass es jederzeit herunterfallen könnte, zeichnet sich unter der glatten Haut ein zartes Schlüsselbein ab.

»A… Aber jetzt schau doch nicht gleich so!«

Und dann erreicht sein Blick das beschämt gesenkte sommersprossige Gesicht.

Haruyuki vergleicht es mit den Personen auf dem fünf Jahre alten Gruppenfoto, das fast alle Mitglieder der Familie Arita zeigt.

In der vordersten Reihe stehen er selbst und noch ganz viele andere Kinder. Er könnte inzwischen keines dieser Gesichter mehr einem Namen zuordnen, aber zum Glück ist das Bild zu einer Zeit entstanden, in der bereits zusätzliche Dateninformationen in Fotos implementiert wurden.

Beim sechsten Kind taucht der Name schließlich auf: Tomoko Saito.

Als er fest in dessen Gesicht starrt, zoomt es automatisch näher zu ihm heran, bis es die gleiche Größe hat wie das der vor ihm stehenden Tomoko.

Fünf Jahre alt war sie damals. Mädchen können sich sehr verändern, sagt man, aber dass sich dieses Gesicht in den fünf Jahren seit damals so gewandelt hat …

Das kann nicht sein.

Haruyuki holt tief Luft, hält kurz inne und atmet langsam wieder aus.

»Haaaah …«

Den Blick auf das Mädchen gerichtet, das behauptet, eine Verwandte von ihm zu sein und ihn jetzt verblüfft anschaut, beginnt er traurig lächelnd: »Tomoko …«

»Was ist denn, Brüderchen?«

»Du … bist ein neuer Burst Linker, nicht wahr?«

Die Reaktion darauf erfolgt augenblicklich und ist nicht gespielt.

Tomokos hübsches Gesicht zeigt für einen Moment ehrliches Erstaunen.

Dann laufen ihre Wangen knallrot an, und das wahrscheinlich nicht nur vor Scham. Außerdem fängt ihr rechtes Auge an zu zucken.

Doch dann, zu Haruyukis Erstaunen, neigt das Mädchen, bei dem zumindest das Alter von etwa zehn Jahren der Realität zu entsprechen scheint, seinen Kopf und sagt in einem noch entzückenderen Ton als vorher: »Aber Brüderchen, wovon redest du denn da? Burst ... wie ging das weiter? Was heißt das?«

»Du hast da eine helle Stelle«, murmelt Haruyuki.

»Was?«

»In deinem Nacken, eine Stelle, die nie von der Sonne beschienen wird. Genau wie ich. So etwas hat man nur, wenn man von Geburt an immer einen getragen hat ... einen Neuro Linker.«

Rasch bedeckt Tomoko – oder das Mädchen, das vermutlich gar nicht so heißt, ihren Nacken. Haruyuki fährt fort: »Und ich habe auf dem Heimserver meines Opas ein fünf Jahre altes Foto gefunden. Da ist auch eine Tomoko Saito drauf, aber ... das klingt jetzt vielleicht komisch, aber du bist zehnmal hübscher als sie.«

Das Gesicht des Mädchens zuckt noch einmal und beginnt sich plötzlich stark zu wandeln.

Es wechselt mehrmals zwischen allen möglichen Emotionen, bis die Metamorphose schließlich bei einer verbiesterten Fratze aufhört, die sich um Lichtjahre von der bisher aufgesetzten Naivität unterscheidet.

»Tse!«

Sie stemmt beide Arme in das Handtuch über ihrer Hüfte und macht verärgert ein lautes Geräusch mit der Zunge.

»Dabei hatte ich extra die Alben eures Netzwerks überprüft. Aber du kontrollierst sogar noch die deines Opas. Bist echt viel zu misstrauisch!«

Haruyuki jagt der jähe Tonwechsel zwar einen ungeheuren Schreck ein, aber irgendwie schafft er es, zu widersprechen: »N... Nein, du machst einfach nur viel zu verrückte Sachen. Ich nehme an, du hast meiner Mutter eine Mail im Namen ihres Cousins geschickt. Aber was, wenn sie ihn gefragt hätte, ob das wirklich so stimmt?«

»Ich habe ihren Neuro Linker so manipuliert, dass alle ausgehenden Nachrichten und Anrufe an ihren Cousin abgefangen werden und an mich gehen. Das hat mich drei Tage Vorbereitungszeit gekostet!«

»Nicht schlecht ...! Was für ein Aufwand ...«, entfährt es dem verblüfften Haruyuki, während er sich weiter am Badewannenrand festklammert.

Die einzige Möglichkeit, in einen fremden Neuro Linker einen Virus einzuschleusen, besteht darin, sich via Kabel mit dem Gerät zu verbinden. Wahrscheinlich hat dieses Mädchen seine Mutter beobachtet und zum Beispiel in der Sporthalle, die sie häufig besucht, den Neuro Linker aus dem Schließfach in der Umkleidekabine genommen.

Natürlich ist es für Haruyuki alles andere als angenehm zu erfahren, dass seiner leiblichen Mutter so etwas widerfahren ist. Aber mehr noch fühlt er Bewunderung in sich aufsteigen. Viele Linker-Nutzer auf der Welt nennen sich Hacker oder gar Wizards, aber jemand, der mit dem Hacking so weit geht, dass er sogar den Schutz seiner eigenen vier Wände verlässt,

Social Engineering betreibt – also eine andere Identität vortäuscht – und Sicherungsmechanismen in der Offline-Welt knackt? Solche Leute trifft man nicht allzu oft.

Als hätte das Mädchen die Anerkennung in Haruyukis Stimme gehört, grinst es und kichert selbstsicher.

Während Haruyuki sie dabei beobachtet, fährt er mit der Darlegung seiner Vermutungen fort.

»Das alles hast du sicher gemacht, um über mich als Zwischenstufe auch an **ihrem** Neuro Linker Hand anzulegen, was? Aber daraus wird nichts. Sie müsste dich nur einmal sehen, um deine Tarnung sofort zu durchschauen. Sie würde keine fünf Stunden brauchen wie ich. Okay ... ich kann verstehen, dass du denkst, in einem normalen Kampf gegen sie würdest du eh verlieren ... Ist ja schließlich die große Black Lotus ...«, brummelt Haruyuki und wünscht sich dabei eigentlich nur, dass das Mädchen endlich aus dem Bad verschwindet. Doch da –

Gerade als er den letzten Satz gesagt hat, verändert sich ihre Ausstrahlung wieder radikal.

»Pling!«

Ihre Augen funkeln heftig und nehmen den gleichen Rotton an wie ihre Haare. Die schönen Lippen ziehen sich in der Mitte spitz nach oben und an den Seiten tief herunter, dazwischen wird ein Stück ihrer reinweißen Zähne sichtbar.

Mit einem Ausdruck, der mit keinen anderen Worten als arrogant und hochmütig beschrieben werden kann, blickt sie auf Haruyuki herab und sagt mit tiefer Stimme: »Ey, wie war das, hä?«

»Was ...? N... Na ja, du hättest halt in einem normalen Kampf keine ...«

»… Chance? Ich? Deswegen habe ich mir so einen aufwendigen Realhack ausgedacht, ja?«

Etwa nicht …?

In dem Moment hebt das Mädchen seine rechte Hand, reißt sich das Handtuch vom Kopf, pfeffert es auf den Boden und streckt Haruyuki den Zeigefinger entgegen.

In der dampfigen Luft scheinen sich die fast schon purpurroten Haare senkrecht aufgestellt zu haben. Wie Flammen wogen die recht kurzen Zotteln um ihren Kopf, als sie diesen schüttelt und mit durchdringender Stimme schmettert: »Ach Mann, mir reicht's. Dann bring ich dich halt mit Gewalt dazu, mir zuzuhören. Du wirst bitter dafür bezahlen, dass du mich, Scarlet Rain, so unterschätzt hast. Warte nur, bis ich meinen Neuro Linker geholt hab!!«

Sie zieht den Zeigefinger ihrer rechten Hand wieder zurück, lässt gleichzeitig den Daumen vorschnellen, zeigt mit diesem nach unten und macht eine Bewegung zur Seite. Dann dreht sie sich schwungvoll um.

Als sie jedoch mit dem rechten Fuß einen Schritt vorwärts macht, tritt sie auf das Handtuch, das sie gerade eben erst dorthin geworfen hat, und rutscht darauf aus.

»Nyaah?!«

Ein schriller Schrei erklingt. Als Haruyuki sieht, wie sie mit einem fast schon perfekten Rückwärtssalto auf ihn zugeflogen kommt, schreit er ebenfalls: »Uwah?!«

Reflexartig breitet er die Arme aus und fängt das Mädchen gerade noch auf, bevor es gegen den Rand der Badewanne knallt. Doch nun rutscht auch sein Fuß im Wasser aus und er kippt rückwärts um.

»Flatsch!«

Eine geräuschvolle, gigantische Wassersäule erhebt sich aus der Badewanne. Ein großes Badetuch flattert zu Boden.

Haruyuki ist mit dem Kopf leicht gegen die Wand hinter sich gestoßen, weswegen er jetzt erst mal fest die Augen zukneift und den Schmerz vorübergehen lässt. Dann öffnet er die Lider ein wenig und sieht nach, was passiert ist.

Er selbst ist mit dem Hintern auf dem Boden der großen Badewanne aufgekommen.

Auf seinem runden Bauch ist wie auf einem Kissen das rothaarige Mädchen gelandet. Um ihren schmalen Oberkörper schlingen sich fest seine beiden Arme.

Und – sowohl er als auch sie sind splitternackt.

»U... Uwaaaaah?!«, schreit Haruyuki.

»Gyaaaaah!!«

Sein Schrei vermischt sich mit dem Kreischen des Mädchens.

Strampelnd befreit sie sich aus seinem Griff, tritt mit einem Fuß kräftig auf Haruyukis Bauch und springt fluchtartig aus der Badewanne. Sie sammelt die Handtücher vom Boden auf, flitzt im Turbotempo in den Badezimmervorraum hinaus und steckt nur den Kopf noch einmal rein.

»Ich bring dich um!«

Haruyuki hört, wie sie laut stampfend in Richtung Wohnzimmer eilt. Er ist überwältigt.

Was habe ich da bloß gesehen und berührt? Nein, stopp. Dieses Kind muss eine Killerin aus einer der anderen sechs Königslegionen sein.

Aus ihren Worten lässt sich schließen, dass sie gleich versuchen wird, mich in einen Kampf zu verwickeln.

Sollte ich meinen Neuro Linker abnehmen, um das zu verhindern? Aber wahrscheinlich ist das eine Gegnerin, gegen die ich in

Zukunft sowieso noch kämpfen muss, also wäre es am klügsten, jetzt schon einmal Informationen über sie zu sammeln.

Nachdem ich gerade erst – endlich – das vierte Level erreicht habe, wird ein verlorener Kampf mich nicht allzu viele Punkte kosten. Aber ausgerechnet gegen ein Kind werde ich mich nicht so ohne Weiteres geschlagen geben.

Haruyuki kann nur auf die verbliebenen zwanzig Prozent seines Verstandes zugreifen, die sich nicht wie der Rest in einem Zustand allerhöchster Verwirrung befinden. Dann ruft er sich den Namen ins Gedächtnis, den das Mädchen gerade gesagt hat: **Scarlet Rain**.

Den hat er – wahrscheinlich – vorher noch nie gehört. Im Farbkreis liegt der Name sicher im Bereich von »Rot für Langstrecken«. Aber daraus darf er nicht gleich schließen, dass diese Burst Linkerin zur Roten Legion gehört. Sobald er gegen sie antritt, wird er das sicher herausfinden, aber vorher hätte er gerne noch ein paar mehr Informationen.

Ihm bleiben voraussichtlich noch knapp über zehn Sekunden, bis das Mädchen seinen Neuro Linker aufgesetzt, das Betriebssystem gestartet und die Überprüfung der Quantenverbindung abgewartet hat. Ohne seine sitzende Position in der Badewanne zu verändern, spricht Haruyuki leise einen Befehl: »Kommando, Voice Call, Nummer Null-Eins.«

Sofort erscheint vor seinen Augen ein holografisches Dialogfeld, das ihm sagt: »Adressbucheintrag 01 wird angerufen. Fortfahren?« Schnell drückt er auf »Ja«.

Es klingelt zweimal, dann geht am anderen Ende jemand ran.

»Ich bin es. Was gibt es, Haruyuki? Warum rufst du um diese Uhrzeit an?«

Im Hintergrund der festen und doch weichen Stimme, die in einem melodischen Singsang spricht, hört Haruyuki leises Wasserplätschern.

Oh, sie badet also auch gerade ...

An seine Gesprächspartnerin Kuroyukihime gewandt, die gleichzeitig Black Lotus ist, einer der stärksten Burst Linker und Inhaberin der Position des Schwarzen Königs, sagt er: »Entschuldige die späte Störung. Ich habe da mal eine Frage an dich ...«

»Was denn für eine?«

»Äh, kennst du vielleicht einen Burst Linker namens Scarlet Rain?«

Die Antwort erfolgt in Form eines ziemlich langen Schweigens.

»Ä... Äh, was hast du denn?«

»Ach ... Nichts, tut mir leid. Du meinst diese Frage ernst, ja?«

»Was? Ja ... natürlich. Um so eine Zeit würde ich doch nicht anrufen, um dich zu ärgern.«

»Ach so. Hm, da habe ich wohl einen Fehler gemacht, weil ich immer nur die Titel benutze und nicht ihre Namen. Aber du hättest deine Hausaufgaben auch etwas besser machen können, Silver Crow.«

»Hä ...? Was ... meinst du damit ...«

Haruyuki legt den Kopf schief, und während im Flur ein Trampeln zu hören ist, erklingt Kuroyukihimes ruhige Stimme in seinem Kopf: »Scarlet Rain. Auch bekannt als **Immobile Fortress**, die unbewegliche Festung, oder **Bloody Storm** ... Es handelt sich um den Roten König in zweiter Generation.«

Wie ... bitte?

Haruyukis Augen und Mund weiten sich kreisrund, sein Kopf stellt das Denken ein.

Im nächsten Moment wird die Tür des Badezimmers aufgerissen und das rothaarige Mädchen ist wieder da.

In ihrer Wut hat sie offenbar nur eine niedliche Unterhose und ein ebensolches Hemdchen angezogen. Aber sie hat wahrscheinlich sowieso nicht mehr vor, noch irgendwas vor ihm zu verstecken, denn sie baut ihren schneeweißen Körper hochmütig vor ihm auf und verschränkt die Arme vor der Brust.

Haruyukis erster Reflex, wegzuschauen, erlahmt, als er sieht, was sie außer der Unterwäsche als Einziges noch trägt. Sein Blick bleibt an dem kleben, was da schlank um ihren Hals liegt und in einem glänzenden, durchscheinenden Purpurrot strahlt.

Sie grinst ihn blutrünstig an und ruft anmutig und gleichzeitig äußerst machtvoll: »Burst Link!!«

»BABANG!!«

Das längst bekannte Geräusch, das Haruyuki aber dennoch jedes Mal einen Schauer über den Rücken jagt, erfüllt die gesamte Umgebung.

Für einen Moment wird der Informationsfluss zu allen fünf Sinnen durchtrennt, dann erscheint in der Dunkelheit die lodernde Schrift: »HERE COMES A NEW CHALLENGER!!«

Und schon normalisiert sich seine Sicht wieder.

Aber nun befindet er sich nicht mehr im Badezimmer seiner Wohnung mit den elfenbeinfarbenen Kacheln, sondern in einem Raum, der so groß ist, dass dafür mehrere

Stockwerke des großen Wohnkomplexes eingerissen werden müssten.

Haruyuki ist nun im Full Dive in einer virtuellen Welt, die von *Brain Burst* erschaffen wurde – einem Mann-gegen-Mann-Kampfspiel, das die Gedanken der Nutzer beschleunigt. Darum hat sich seine Umgebung in eine aus den Aufnahmen der unzähligen im ganzen Land zur Überwachung angebrachten Social Cameras konstruierte virtuelle Kampfkulisse verwandelt.

Weil aber in gewöhnlichen Wohnhäusern, zu denen auch Haruyukis Zuhause gehört, keine Kameras installiert sind, ergänzt das Programm die fehlenden Daten, indem es sich anhand der Gebäudestruktur auf Basis von Annahmen etwas zusammenbastelt. Diesmal scheint das ganze Haus in einen unfertigen Zustand zurückversetzt worden zu sein. Um Haruyuki herum breitet sich eine riesige Fläche rohen Betons aus, aus der lediglich einige Stahlpfeiler herausragen.

In diesem tristen Raum stehen er und seine Duellantin sich zuerst eine halbe Sekunde lang in realer Form gegenüber.

Dann beginnen ihre Körper Farbe und Form zu verändern. Jeder nimmt die Gestalt seiner zweiten Identität – seines Duellavatars für Kämpfe an.

Silbernes Licht umhüllt von den Händen angefangen Haruyukis üppige Arme. Gleichzeitig werden sie immer dünner und dünner. Als das Licht sie wieder freigibt, sind sie zu silbern gepanzerten, mechanischen Gliedmaßen geworden. Nun geht die Verwandlung zum Rumpf über und Haruyukis Bauch verliert augenblicklich mehr als die Hälfte seines Umfangs. Als sich gerade der ultradünne Metallkörper fertig herausgebildet hat, legt sich ein Ring aus weißem Licht um seinen Kopf und formt diesen zu einem glatten Helm mit spiegelnder Front.

Während er seine eigene Verwandlung spürt, löst Haruyuki seinen Blick nicht von dem Mädchen, das wenige Meter entfernt vor ihm steht.

Ihre Arme und Beine, so dünn wie die einer Puppe, werden plötzlich von einem scharlachroten Leuchten erfasst. Die Lichtringe klettern langsam hoch und lassen eine durchscheinende, rubinfarbene Panzerung entstehen. Auch der Bauch und der ebenso flache Brustkorb verschwinden hinter einer halbtransparenten Rüstung in den Hauptfarben Dunkelgrau und Rubinrot. Dann, nach einem abschließenden kurzen Aufleuchten, erscheint noch eine androide Kopfpartie.

Das Gesicht besteht nur aus großen, runden Augen. Darüber wölbt sich der Helm so, als würde er einen Pony darstellen. An den Seiten ragen zopfartige Antennen aus ihm heraus. Diese schwingen hüpfend hin und her, während die Augen scharlachrot aufleuchten.

Das ... soll der Rote König sein?

Wie angewurzelt steht Haruyuki da und starrt auf den Duellavatar einige Meter vor ihm herunter.

Er ist klein. Höchstens einen Meter zwanzig. Und an Waffen trägt er nur in der rechten Hand einen Revolver, der eher wie ein Spielzeug aussieht.

»Ä... Äh ...«

Haruyukis Mund bewegt sich von selbst, eine metallen unterlegte Stimme dringt heraus.

»Bist ... du wirklich ...«

... einer der sieben Burst Linker, die als Einzige in der gesamten beschleunigten Welt das neunte Level erreicht haben, eine

mächtige Herrscherin über eine riesige Legion – einer der sieben
Könige der reinen Farben?

Das will er eigentlich fragen, aber genau in dem Moment passiert es.

Hinter dem hübschen Mädchenavatar verzerrt sich plötzlich der Raum.

Wie aus dem Nichts tauchen vier purpurrot leuchtende, grobe Blöcke auf und schließen sich um Arme und Beine seiner Gegnerin. Von den Seiten erscheinen zudem noch mehrere dicke Rüstungsteile, unter denen der zierliche Körper vollständig verschwindet.

»Was ...?«

Haruyuki schaut sprachlos zu dem purpurroten Avatar auf, der nun auf einen Schlag um ein Vielfaches mehr Fülle besitzt als er selbst.

Sogar jetzt noch fügen sich weitere zusätzliche Rüstungsteile an.

»Klong, klong« – von schweren, tiefen Klängen begleitet tauchen immer neue gigantische sechseckige Pfeiler, Zylinder, Platten und anderes Zeug auf und hängen sich an den Avatar. Schnell reicht er bis unter die Decke und Silver Crow muss sogar eilig ein paar Schritte zurücktreten, um ihm nicht zu nahe zu kommen, während er zwei Meter, drei Meter und noch größer wird ...

Mehrere Sekunden später, als endlich wieder Stille eingekehrt ist, ragt vor Haruyuki ein Koloss empor, den man wahrhaftig nur als Panzer ... oder als Festung bezeichnen kann.

Zwei überaus lange Geschützrohre, die eine Verlängerung der ursprünglichen Arme darstellen, werden langsam in die

Höhe gehoben und aus den vielen Kühlungsöffnungen überall auf der Oberfläche schießt zischend weißer Rauch hervor.

In der Mitte dieser geballten Ansammlung von Waffencontainern blitzen ganz klein zwei rote Augen auf.

»Oh ... Mann ...«

Und während Haruyuki das murmelt, lodert vor seinen Augen der helle Schriftzug »FIGHT!!« auf und zerbröselt sofort wieder.

Auf jeden Fall erst mal schnell weg von hier!!

Haruyuki will sich schon umdrehen und mit Vollgas davonsprinten, kann sich aber im letzten Moment noch zurückhalten.

Die Farbe seines Gegners gehört zum »Rot für Langstrecken«. Und bei dieser gewaltigen Festung von Duellavatar steht es völlig außer Frage, dass es sich um eine teuflische Meisterin von Angriffen über große Distanzen hinweg handelt. Neben den Hauptkanonen am rechten und linken Arm enthalten die Container an den Schultern wahrscheinlich Raketen, und in den kurzen Geschützrohren, die nach vorn ragen, befinden sich vermutlich Maschinengewehre. Nur ein wahrer Volltrottel geht bei so einem Gegner von selbst auf Distanz.

Als Haruyuki, nachdem er das beschlossen hat, all seinen verschwindend kleinen Mut zusammenkratzt und sich Scarlet Rain – dem Festungsavatar entgegenstellt, leuchten dessen purpurrote Augen ihn aus der Höhe an.

»Oho, läufst also nicht weg. Ganz schön tapfer, alle Achtung.«

Die Stimme des Roten Königs wird nun von einem metallenen Klang begleitet, erscheint dabei aber sogar noch lieblicher als vorher.

»M... Meine Beine bewegen sich nur nicht vor Angst«, antwortet Haruyuki in einem erbärmlichen Ton und lässt seinen Blick angespannt über alle Bestandteile des Roten Königs wandern.

In anderen Spielen besiegt man solche schwer bewaffneten Gegner normalerweise, indem man sich in ihren toten Winkel schleicht und ihre Schwachstelle angreift. Von vorn braucht er es gar nicht erst zu versuchen, und an den Seiten wird sich der Avatar sicher mit den beiden großen Geschützen verteidigen. Bleibt also nur noch ein Angriff unmittelbar von hinten. Er muss sich mit einem schnellen Sprint dorthin manövrieren und sich an den Rücken des Kolosses heften.

Da kichert Scarlet Rain. Hat sie Haruyukis Gedanken etwa durchschaut?

»Du bist aber süß.♪ Ich hoffe, du hast es nicht vergessen?«

»Hä? W... Was denn?«

»Dass ich dich ...«

»Tschung!«

Das rechte Geschütz fängt plötzlich an sich zu bewegen und richtet sich gegen Haruyuki.

»... wie schon gesagt umbringen werde, du Perverser!!«

»Ich konnte doch nichts dafüüür!!«, schreit Haruyuki seine Antwort heraus. Gleichzeitig stößt er sich mit aller Kraft vom Boden ab. Schnell wie ein Blitz schießt er auf die linke Seite des Gegners, schlägt eine scharfe Kurve und will sich hinter ihn setzen.

Scarlet Rain folgt ihm und dreht sich, schneller als es die Größe des Avatars eigentlich zulassen sollte. Mit dem Tempo Silver Crows, eines voll und ganz auf Schnelligkeit getrimmten Avatars, kann sie dann aber doch nicht mithalten.

»Außerdem warst du es, die einfach zu mir ins Bad gekommen ist!!«, brüllt Haruyuki noch einmal, nachdem er einen großen Bogen geschlagen hat und nun auf den Rücken des Avatars zurennt, der endlich in Sichtweite ist.

Wie erwartet befinden sich dort nur Dinge wie riesige Kühlungsrotoren und Düsen. Waffen sind keine zu sehen. Haruyuki visiert einen Verbindungspunkt zwischen den Raketengehäusen und den Rotoren an, der ihm am instabilsten erscheint, holt mit der Faust aus und –

Moment, Düsen?

Doch da schießen aus den vier schwarzen Löchern auch schon riesige Flammen heraus.

»Uwa... Autsch!!«

Als das Feuer ihn erfasst, wird Haruyukis Körper einer unglaublichen Hitze ausgesetzt. Er schreit auf. Der Hitpoint-Balken oben links in seinem Blickfeld fängt an zu schrumpfen.

Doch er gibt nicht auf und dringt weiter vor.

Allzu viele Prozentpunkte hat er nicht verloren. Dank seiner Metallfarbe kann Silver Crow Feuerattacken recht gut standhalten.

»Mich besiegst du nicht mit Feuer!!«

Hab ich dich!

Haruyuki will schon den stärksten Faustschlag, zu dem er fähig ist, auf die Verbindungsstelle der Rüstungsteile schmettern. Doch dann –

»Das denkst du, Kleiner!!«, donnert Scarlet Rain so laut, dass Haruyuki meint, man müsse ihr Lachen gleich in Form von Buchstaben – »BWAHAHAHA!« – in der Luft auftauchen sehen. Währenddessen springen die Container an den Schultern seiner Gegnerin mit einem Knall auf.

Haruyuki sieht, wie daraus unzählige kleine Raketen starten – und bekommt vor Schreck ganz runde Augen.

Nein ... Wir sind doch ... mitten in einem Gebäude ...!

Doch in der nächsten Sekunde bersten bereits die Betondecke, der Boden und die Stahlpfeiler in einer knallroten, fast rosenfarbenen Explosion.

Haruyuki kann sich gerade noch vor einer Rakete ducken, die unmittelbar auf ihn zurast. Da bildet sich direkt über seinem Kopf ein netzartiges Muster aus Rissen im Beton der Decke, die unmittelbar darauf einzustürzen beginnt.

»Das gibt's doch nicht ...«

Ganz knapp weicht er einem herunterfallenden Riesenbrocken aus. Unter seinen Füßen beginnt sich auch der Boden aufzulösen.

»Das gibt's doch nicht ...!!«, brüllt Haruyuki und rast wie von der Tarantel gestochen los. Jetzt kann er sich nicht mehr um seine Entfernung zum Gegner kümmern. Sie befinden sich hier weit über dem eigentlichen Erdboden, im zweiundzwanzigsten Stock. Wenn er abstürzt, werden seine HPs wahrscheinlich im Nullkommanichts aufgebraucht sein.

Da von seinem Wohnhaus inzwischen sowieso nur noch der Rohbau übrig ist, entdeckt Haruyuki ein paar Dutzend Meter entfernt eine Stelle, von der aus man nach draußen sehen kann. Er hüpft zwischen den einbrechenden Bodenplatten hindurch, die von oben herabstürzenden Betonbrocken schlägt er mit Kopf und Fäusten beiseite. Dabei linst er kurz zu seinem Spezialbalken unterhalb der Energieanzeige.

Noch haben weder er noch sein Gegner einander allzu viel Schaden zugefügt. Aber der Balken pulsiert zu zwanzig Prozent in einem grünen Licht. Das heißt –

Ich bin bereit zu fliegen!!

Haruyuki holt tief Luft und spannt seine Schultern an. Seine am Rücken eingeklappten Metallflügel fahren mit einem klirrenden Ton auseinander. Als sie in einer hohen Frequenz zu schwingen beginnen, gewinnt auch Haruyukis Sprint an Tempo.

»Huooooo!!«

Er lässt einen Schrei los, nimmt Kurs auf den aschgrauen Himmel, den er schon ganz nah vor sich sieht, und stürzt sich beherzt hinaus.

Haruyukis Wohnung liegt in einem der höchsten Stockwerke seines Hauses. Darum bietet sich ihm, als er ins Freie fliegt, sogleich ein weiter Ausblick auf sein Viertel Koenji bis in die Ferne nach Shinjuku.

Es ist ein atemberaubendes Panorama, ja – aber auch die anderen Gebäude in der Umgebung haben sich allesamt in hässliche, trostlose Zementbauten, aus denen Stahlträger herausragen, verwandelt.

Offenbar ist das hier die »Verwitterungskulisse«. Was waren gleich noch ihre Eigenschaften? Leicht zerstörbar, ziemlich staubig und – manchmal sehr windig ...

Während er sich das in Erinnerung ruft, verlangsamt Haruyuki den Antrieb, den ihm seine Metallflügel verleihen, und schwebt in der Luft.

Als er noch einmal kurz seinen Balken für Spezialfähigkeiten überprüft, sieht er, dass dort noch ein kleines bisschen Kraft übrig ist. Das sollte für drei Minuten Dauerflug reichen.

Er dreht sich um –

In dem Moment beginnt das große Wohnhaus, in der Mitte entzweizubrechen und einfach einzustürzen.

»Aaaah ... Mein Haus ...«

Haruyuki entfährt unwillkürlich ein Stöhnen.

Natürlich weiß er, dass sich das nicht wirklich ereignet, sondern eine vom Programm erzeugte Simulation ist. Trotzdem sieht er gerade zum ersten Mal und mitten in einem Duell, wie sein eigenes Zuhause zerstört wird.

»Mensch, die trägt aber dick auf.«

Haruyuki schüttelt seinen Helmkopf, während er das Bauwerk von oben dabei beobachtet, wie es zu einem Berg aus Schutt zusammenfällt. Der Rote König scheint dabei selbst von seiner eigens ausgelösten Trümmerlawine begraben worden zu sein. Jedenfalls kann Haruyuki sie nicht entdecken.

Da kann wohl selbst so eine Festung von Avatar nicht viel dagegen ausrichten. Was wollte sie damit nur erreichen?

Haruyuki grübelt angestrengt darüber nach und setzt langsam zum Sinkflug an. Doch dann stutzt er.

Ihm fällt etwas auf – etwas, das ihn vor Schreck erschaudern lässt.

Scarlet Rains Energiebalken ... ist noch immer voll. Gut, wenn man es genau nimmt, hat sie drei Prozentpunkte verloren, aber ein wirklicher Schaden ist das nicht.

Dafür leuchtet nun aber der gegnerische Spezialbalken strahlend hell, der sich zu hundert Prozent gefüllt hat. Das Zerstören eines so großen Objekts hat ihr eine ganze Menge an Bonuspunkten eingebracht. Vielleicht wollte der Rote König mit seinem wilden Herumgeballere also nicht nur Haruyukis Attacke auf seinen Rücken abwenden, sondern sich ganz bewusst von dem Gebäude begraben lassen ...

Und plötzlich –

Aus den Trümmern direkt unter ihm schießen einige rote Lichtstrahlen heraus. Dazu erklingt ein schriller Schrei.

»Heatblast Saturation!!«

Haruyuki sieht, wie purpurrote Feuerlinien begleitet von einem ohrenbetäubenden Resonanzklang senkrecht aus der Ruine seines Hauses schießen, und brüllt: »Uwaaaah!!«

Mit seinem linken Flügel vollführt er einen Schlag, so stark, wie es nur geht, und versucht, durch ein trudelndes Abtauchen auszuweichen.

Aber das Ausmaß der Feuerlinien ist zu gewaltig. Die Strahlen besitzen einen Durchmesser, der fast seine gesamte Körperlänge ausmacht. Er schafft es nicht, ihnen vollständig zu entwischen. Sein linker Arm kommt mit einem flackernden Wärmestrahl in Berührung und – »Fwwwt!« – verdampft darin vom Ellbogen an abwärts.

Sofort sinkt sein HP-Balken um fünfzehn Prozent und eine unglaubliche Hitze erfasst ihn. Diese beachtet er jedoch fast gar nicht.

Denn er sieht, wie der glühende Strahl, der direkt neben ihm vorbeigeschossen ist, immer weiter gen Osten saust und in ungefähr dreihundert Metern Höhe die Spitzen der in der Ferne emporragenden Hochhäuser im Zentrum Shinjukus wegbläst.

»Das gibt's doch nicht, ey …«, entfährt es Haruyuki schon zum zigsten Mal in diesem Kampf erstaunt.

Während sein Mund unter der silbernen Maske mehrmals auf- und zuklappt, lenkt er seinen Blick von Shinjuku weg und lässt ihn über die Ruinen seines Wohnhauses gleiten.

Dort ist der Rote König gerade dabei, seine eindrucksvolle Gestalt aus dem großen, klaffenden Loch, das seine Attacke in die Trümmer gerissen hat, zu erheben.

Die schöne rubinfarbene Ganzkörperrüstung wirkt völlig unbeschadet. Aus den Kühlungsöffnungen am Rücken und dem unteren Teil des Körpers steigen kleine Flammen auf und zwischen den Schlitzen im Geschützrohr am linken Arm tritt weißer Rauch aus.

»Oooh, du fliegst ja, du fliegst ja ♪«, sagt der Rote König melodisch, während er mit seinen runden Augen aus der Rüstung zu Haruyuki hochschaut.

»Ich wollte schon immer mal wissen, wie es ist, jemanden aus der Luft zu holen. In Scifi-Filmen und so sieht das immer ganz toll aus, wie sie da rumballern.«

»Tschang!«

Mit einem lauten metallenen Ton öffnen sich die Raketengehäuse an beiden Schultern vollständig. Die rechte Hauptkanone fährt hoch und die vier Revolver an der Vorderseite der Rüstung nehmen andere Winkel ein.

Der zitternde Haruyuki stellt sich nun ebenfalls vor, wie so eine Szene im Film oder Anime für gewöhnlich aussieht: Ein kleiner Kampfroboter versucht, sich dem Feind zu nähern, dabei immer unter seinem gewaltigen Sperrfeuer hinwegtauchend, um nicht abgeschossen zu werden ... Und wahrscheinlich wird er dann am Ende wie ein kleines Insekt vom Himmel stürzen, dabei den Namen seiner Geliebten oder so rufen und im nächsten Moment explodieren.

Dann sollte ich nach Kuroyukihime rufen, wenn es so weit kommt. Aber nein, das ist ja nur ihr Spitzname. Ihren richtigen Namen zu rufen, wäre allerdings auch irgendwie peinlich.

Während seine Gedanken so vor der Realität zu fliehen versuchen, lädt sich das feindliche Geschütz mit einem dumpfen Widerhall auf. Aus den Containern kommen zusätzlich noch an die hundert kleine Raketen zum Vorschein, deren Such-köpfe aufblinken.

Der Bonus durch das Zerstören der Wolkenkratzer hat den Spezialbalken des Gegners sicher wieder komplett aufgefüllt. Haruyukis dagegen dümpelt bei nur knapp fünf Prozent herum. Ein Flugmanöver unter vollem Krafteinsatz hält er voraussichtlich noch etwas mehr als zehn Sekunden durch. Es bleibt ihm nichts anderes übrig, als es mit einer selbstmörderischen letzten Attacke zu versuchen, auch wenn er das lieber vermeiden würde.

»Nur dass du's weißt, große Schlachtschiffe wurden schon immer von kleinen Robotern besiegt!«

Haruyuki gibt sich siegessicher und nimmt in der Luft eine Pose ein, die besagt, dass er bereit ist loszustürmen.

»Aber nicht, wenn in dem Roboter ein Perverser sitzt. Der kann so was nicht, Blöööedmann!«, spuckt der Rote König gehässig aus und ruft gleich darauf laut: »Hailstorm Domination!!«

»Babaaaang-Da-da-da-da-Dodong-dodong«

Gleich drei verschiedene Geschützdonner auf einmal überlagern sich. Die Hauptkanone, die Raketen sowie die Revolver feuern ihre Munition alle auf einmal ab.

Es wirkt fast, als wären hier all die vielen Flugabwehrtechniken auf einmal enthalten, die Haruyuki schon so lange das Leben schwer machen. Letzte und vorletzte Woche ebenfalls hat ein Zehntel der jetzigen Feuerkraft ausgereicht, um ihn, wie die Angreifer gerade lustig waren, durch die Gegend zu jagen und schließlich abzuschießen.

Aber heute verliert Haruyuki aus irgendeinem Grund nicht seine Hoffnung, nein, er verspürt nicht einmal Angst.

Vielleicht ist es einfach nur eine Flucht nach vorne, weil sein Gegner derart übermäßig stark ist. Doch er fühlt auch, seit Langem mal wieder, wie in seinem ganzen Körper das Blut zu kochen beginnt und ein Hitzeschwall Besitz von ihm ergreift. Oder genauer gesagt – die Erregung, die ein Duell in einem hervorruft.

»Urrraaaah!!«

Haruyuki stößt einen Kampfschrei aus und schießt dabei zunächst zur rechten Seite weg. Dadurch gelingt es ihm, zumindest dem extrem heißen Strahl der Hauptkanone auszuweichen. Sollte der ihn einmal direkt treffen, würde sein Avatar innerhalb einer Sekunde verpuffen. Ganz knapp schießt der Strahl unmittelbar an ihm vorbei und reißt diesmal ein großes Loch in ein paar andere Wolkenkratzer Shinjukus – den Park Tower und das NS Building.

Aber dieses Manöver hat der Feind wohl einkalkuliert. Mit blinkenden Suchern kommen jetzt die vielen kleinen Raketen frontal auf ihn zu.

Haruyuki holt einmal tief Luft und setzt zu einem ultraschnellen Manöver unter vollem Körpereinsatz an.

Zuerst fliegt er eine Weile geradeaus, lockt auf diese Weise ein Bündel Raketen hinter sich her – vollzieht dann eine scharfe Drehung mit einem Winkel von über neunzig Grad und schüttelt die Verfolger ab. Die Explosion der Raketen, nachdem sie ihr Ziel verloren haben, schüttelt ihn kräftig durch, doch schon lenkt er die nächste Gruppe Raketen auf sich und hängt sie auf die gleiche Art ab.

Silver Crow schnellt wie ein Ufo im Zickzackkurs durch die Luft, löst überall Explosionen aus und hört nicht auf, zu fliegen.

Erstaunlicherweise hat er sogar das Gefühl, die Flugbahnen der Raketen und die Sperrfeuer der Revolver deutlich sehen zu können. Ob das jedoch ein Resultat seines Trainings in diesem weißen Raum ist oder nicht, kann er nicht genau sagen.

Mitten in diesem Flug, für dessen Tempo er an sein äußerstes Limit geht, verspürt Haruyuki plötzlich einen großen Hass auf sich selbst.

Wieso kriege ich das bei den Territorialkämpfen jeden Samstag nicht genauso hin? Warum sind dort meine Beine sofort wie gelähmt ... nein, meine Flügel, wenn sich auch nur ein einziges Gewehr gegen mich richtet? Wenn es an einem zu hohen Leistungsdruck läge, dann müsste der aktuelle Kampf, bei dem ich mich Mann gegen Mann mit dem allseits bekannten Roten König duelliere, doch sehr viel Furcht einflößender sein, oder nicht?

*Ich bin doch so schnell, kann so gut fliegen. Warum lasse ich mich dann ausgerechnet bei wichtigen Kämpfen von den Geschossen treffen? Ich muss doch stärker werden. Stärker werden, höhere Level erklimmen, und **ihr** ...*

»...!«

Als er unter seinem Helm fest die Zähne zusammenbeißt, verliert er ein ganz klein wenig an Geschwindigkeit und verfehlt um ein winziges Stück seine einzige Ausweichroute.

Den Weg vor ihm versperren überall die inzwischen nur noch dreißig Raketen. Hinter ihm befindet sich das Sperrfeuer der Revolver. Und unten am Boden hat sich gerade Scarlet Rains linke Hauptkanone wieder aufgeladen und nimmt ihn erneut ins Visier.

»Ver...dammt!«

Haruyuki tritt eine direkt auf ihn zufliegende Rakete mit dem rechten Fuß nach unten weg. Die Explosion reißt seine Zehen ab. Durch den Rückstoß verändert sich seine Flugrichtung und er taucht in einem allerletzten Versuch senkrecht abwärts. Aber dort wartet schon die Mündung der riesigen Hauptkanone auf ihn –

Da fährt ein heftiger Windstoß durch die Stage.

Das ist eine der Besonderheiten der »Verwitterungskulisse«. Unmengen Sandstaub wirbeln vom Boden und den vielen Rohbauten auf und lassen alles vor den Augen sofort zu einem eintönigen Grau verschwimmen. Die Raketen um Haruyuki herum verlieren die Orientierung und explodieren eine nach der anderen.

Das ist die Chance ...!!

Er reißt seine Augen weit auf, sieht durch den Sandsturm hindurch etwas Rubinfarbenes in der Ferne leuchten und stößt spiralförmig darauf zu.

Seinen bereits zurückgelegten Weg schneidet mittig der abgefeuerte Strahl der Hauptkanone. Er verbrennt nichts als leere Luft.

»Uoooooh!!«, brüllt Haruyuki und ändert seine Pose. Eine Fußkante schnittig nach vorn ausgestreckt, saust er selbst als leuchtender Lichtstrahl hinab. Gleich wird er mit einem linken Fußtritt in die Lücke zwischen den beiden Raketengehäusen Scarlet Rains alles auf eine Karte setzen. Wenn das als kritischer Treffer gezählt wird, kann er den Verlauf des Kampfes noch zu seinen Gunsten wenden –

Doch da geschieht es.

»...?!«

Einen Moment, bevor seine schwertscharfe Fußspitze ihr Ziel berührt, bröckelt der gigantische Avatarkoloss einfach auseinander.

Container, Geschütze und alles andere spalten sich auf und fallen mit den Rüstungsteilen um den Körper herum zu Boden.

In der Mitte kommt wieder der kleine Avatar in Mädchengestalt zum Vorschein und blickt Haruyuki entgegen.

Dann –

»Schwupp!«

Er gleitet wahnsinnig schnell einen Schritt zur Seite weg und weicht dadurch Haruyukis Kick aus.

»Dododong!«

Dieser schlägt nun völlig umsonst ein großes Loch in den Boden. Und nachdem er selbst ohne jegliche Eleganz auf die Erde gestürzt ist, spürt Haruyuki, wie sich etwas an seinen Helmkopf drückt. Als er hochschaut, blickt er in eine kleine Geschossmündung. Scarlet Rain steht in ihrer eigentlichen Form vor ihm, als kleiner Mädchenavatar, und hält in der rechten Hand einen ebenso winzigen, purpurroten Revolver, der auf Haruyuki gerichtet ist.

Aber für ihn war die Niederlage sowieso in dem Moment besiegelt, als sie seinem Kick so mühelos ausgewichen ist.

Das erkennt Haruyuki zwar innerlich an, sagt aber, ohne seine Schlappe eingestehen zu wollen: »Meinst du, dieses Spielzeug kann meiner Rüstung irgendwas anhaben?«

Da erscheint auf der Maske des Roten Königs, in der sich nur zwei kleine runde Augen befinden, dennoch ein deutlich erkennbares Grinsen.

»Wenn ich dir sage, dass dieser Revolver meine stärkste Waffe ist, glaubst du mir dann, Brüderchen?«

Haruyuki atmet tief ein, stößt die Luft seufzend wieder aus und hebt beide Hände in die Höhe – auch wenn er die linke bereits vollständig verloren hat.

»Ja, ich glaube dir. Du hast gewonnen, Scarlet Rain.«

Der Rote König grinst noch einmal und sagt: »Darf ich dich dann um etwas bitten?«

»Hä? Bitten ...?«

Jetzt folgt doch hoffentlich nicht, dass er die Schwarze Legion verraten soll. Darauf würde er sich von allen denkbaren Möglichkeiten am allerwenigsten einlassen.

Aber die Antwort fällt vollkommen anders aus, als er erwartet hat. In einem plötzlich düster klingenden Tonfall posaunt das Mädchen hochmütig heraus: »Lass mich deinen **Elter** treffen. In der Realität ... und in unserer wahren Gestalt.«

己

Es ist der nächste Tag, ein Donnerstag, der 12. Januar, 12:05 Uhr mittags.

Haruyuki blinzelt müde, während er durch den Flur des Erdgeschosses der Umesato-Mittelschule in Richtung Schulkantine läuft.

Gestern Nacht hat Tomoko ... beziehungsweise der Rote König, der sich als seine Verwandte ausgegeben hatte, auf dem Schlafsofa im Wohnzimmer der Aritas übernachtet, während Haruyuki in seinem eigenen Bett im Kinderzimmer lag. In so einer Situation hat er sich natürlich nicht getraut, zu schlafen.

Was genau heckt der Rote König nur aus? Warum hat dieses Mädchen zuerst versucht, sich als angebliche kleine Schwester bei mir einzuschmeicheln und mir Kekse gebacken? Und worüber will sie mit Kuroyukihime, dem Schwarzen König, bei einem realen Treffen reden?

Aber wie sehr Haruyuki sich gestern Nacht auch bemüht hat, ernsthaft darüber nachzudenken – in seinem Kopf tauchte immer wieder diese eine Szene im Bad auf.

Oh Mann, jetzt stehe ich voll als Perverser da, aber was hätte ich auch machen sollen? Ich bin eben ein dreizehnjähriger Junge mit vielen Problemen – aber nein, ich habe doch schon Kuroyukihime ...

So rang er bis zum Morgengrauen mit sich selbst. Dann stopfte er leise, um den Roten König bloß nicht aus seinem seligen Tiefschlaf zu wecken, seine Frühstücksflocken in sich hinein und verließ schnell die Wohnung.

Den Vormittagsunterricht konnte er dank der Alarmfunktion seines Neuro Linkers irgendwie hinter sich bringen, ohne einzuschlafen. Je näher die Mittagspause rückte, desto mehr erfasste ihn die Vorfreude, Kuroyukihime auch heute wieder sehen zu können, und er wurde sogar von alleine wieder etwas wach. Als schließlich die Klingel schellte, stürmte er bereits aus dem Klassenzimmer.

Nun betritt er die noch fast menschenleere Kantine, bahnt sich seinen Weg zwischen den langen Tischreihen und stürzt sich fast schon rennend in die benachbarte Lounge.

Ganz am Ende des Raumes mit den kreisförmig angeordneten, eleganten weißen runden Tischchen sitzt sie. Haruyuki vergisst sogar das Atmen, als er unverwandt diese Gestalt mustert, die schwarz gekleidete Figur, auf die hinterrücks die winterliche Sonne durch das Fensterglas fällt und die davon sogar selbst ein wenig zu leuchten scheint.

Die Szene hat sich ihm in den letzten drei Monaten schon so oft dargeboten. Trotzdem will der stechende Schmerz, der Haruyuki dabei stets durch die Brust fährt, mit keinem Mal kleiner werden. Er empfindet es sogar eher als Wunder, dass er dieses wie gemalt wirkende Panorama auch heute wieder ansehen darf.

Kuroyukihime sitzt da, den Kopf leicht in eine Hand gestützt, und liest in einem großen Buch, das auf dem Tisch liegt. Nach einer Weile schaut sie hoch. Dabei gleitet ein sanfter Lichtreflex funkelnd über ihr langes schwarzes Haar, das über ihre Schultern nach unten fließt.

Und ein Lächeln erstrahlt in ihrem schönen Gesicht, als würde eine einzelne Blüte in einem unberührten weißen Schneefeld aufgehen.

»Hey, guten Morgen, Haruyuki.«

Sein Glücksgefühl, dass diese etwas tiefe, weiche Seiden-stimme auch heute wieder seinen Namen ausspricht, wird zwar ein klein wenig von der beschämenden Erinnerung an diesen vor Kurzem sang- und klanglos verlorenen Kampf getrübt, aber er geht nichtsdestotrotz zu dem Tisch hinüber und senkt grüßend den Kopf.

»Guten Morgen, Kuroyukihime. Auch heute, äh … s…«

… siehst du wieder so schön aus.

Das würde er irgendwann gern einmal zu ihr sagen, aber noch immer fehlt ihm jegliche Fähigkeit, es in die Tat um-zusetzen. Also sagt er notgedrungen etwas anderes: »Auch heute sitzt du wieder so früh hier. Ich war bisher noch kein einziges Mal vor dir da …«

»Natürlich nicht. Ihr Siebtklässler seid ja im zweiten Stock, wir Achtklässler im ersten.«

Ein gleichgültiges Schulterzucken. Haruyuki zieht den Stuhl neben ihr vom Tisch weg, setzt sich und antwortet dann: »D… Das stimmt. Aber trotzdem, dass es sich wirklich jeden Tag wiederholt …«

»Also ich mag es sowieso lieber, auf dich zu warten, als andersrum. So kann ich nämlich jeden dieser kostbaren Momente mit dir in meinem Gedächtnis abspeichern, von dem Augenblick an, in dem du hier reinkommst.«

Und wieder folgt ein Lächeln, als würde eine schwarze Li-lienblüte aufgehen.

Diese Worte und dieses freundliche Gesicht lösen bei Haruyuki Glück und Beschämung gleichermaßen aus, dar-über, dass sie sich tatsächlich an ihn richten – den dicken, hässlichen Jungen. Langsam lässt er die kurz angehaltene Luft aus seiner Lunge entweichen.

Wirklich schwer zu glauben, dass diese kaum greifbare, freundliche Mitschülerin aus einer der höheren Klasse gleichzeitig eine asketische teuflische Meisterin der beschleunigten Welt ist.

Wenn es nach Haruyuki ginge, würde er mit Vergnügen viele Stunden mit der realen Ausgabe dieses Mädchens verbringen. Aber heute ahnt er, dass es nicht dazu kommen wird. Denn sobald er sie erst einmal eingeweiht hat, in was für einer Situation er sich seit gestern befindet, wird die »freundliche Kuroyukihime« ohne jeden Zweifel sofort die Gestalt einer »schwarzen Seerose des Todes« annehmen.

Aber ich will, dass wir uns weiter so in die Augen schauen, und wenn es nur eine Sekunde länger ist.

Haruyukis Gedanken gleichen denen eines verliebten Mädchens – doch da scheint Kuroyukihime etwas eingefallen zu sein und sie hebt wieder an zu sprechen: »Dein Anruf gestern Abend ... Was wolltest du da eigentlich? Du hast plötzlich nichts mehr gesagt und mir dann einfach Gute Nacht gewünscht und aufgelegt. Wenn ich mich recht erinnere ... hast du vom Roten König gesprochen, glaube ich ...«

»Ah ... Äääh ... Also das ...«

In der einen Sekunde, die er am Vorabend geschwiegen hatte, war er in einen Kampf gegen ebendiesen Roten König verwickelt worden.

Aber wenn er das jetzt erzählt, würde sie es ihm niemals glauben. Denn die Könige, die alle das neunte Level erreicht haben, müssen für ihren nächsten Aufstieg keine Burst Points in normalen Duellen mehr sammeln und tauchen daher so gut wie nie auf den Schlachtfeldern auf.

Resigniert kommt Haruyuki zu dem Entschluss, dass er ihr die ganze Geschichte vom Anfang bis zum Ende erzählen

muss. Alles ab »Hallo, Brüderchen, willkommen zu Hause!«
Nur die problematische Badeszene darf er nicht erwähnen.

Einige Minuten später –

Kuroyukihimes Gesicht zeigt nun dreißig Prozent Staunen
und siebzig Prozent Wut. Sie atmet einmal tief ein und hebt
ihre fest geballte rechte Faust.

Du Dummkopf!

»KLIRR!«

Um ein Haar hätte sie Haruyuki angeschrien und auf den
Tisch gehauen. Sie tut es nur nicht, weil gerade einige andere Schüler mit ihren Tabletts zum Mittagessen in die Lounge
kommen. Sie schauen kurz zu Haruyuki und Kuroyukihime
und ziehen ungläubige Gesichter. So, als könnten sie den Anblick immer noch nicht fassen, obwohl sie ihn längst kennen.
Dann nehmen sie ein Stück weit entfernt an einem Tisch
Platz.

Anders als Haruyuki scheint Kuroyukihime von den Schü-
lern gar keine bewusste Notiz zu nehmen. Die Faust immer
noch fünf Zentimeter über dem Tisch erhoben, atmet sie
noch einmal tief ein und aus und lässt die Hand schließlich
fallen.

»Also wirklich ... Wie gerne würde ich jetzt sagen, dass du
es gleich hättest merken müssen ... Aber wer käme auf die
Idee, dass jemand beim Social Engineering derart aufs Ganze
geht? Und dann auch noch ein König höchstpersönlich ...«

»J... Ja, nicht wahr?!«

Haruyuki ist erleichtert, dass Kuroyukihime doch keinen
kolossalen Wutanfall bekommen hat. Er nickt eilig.

Das Mädchen setzt schlussendlich ein breites, etwas ge-
quältes Lächeln auf, schüttelt ein paarmal den Kopf nach

links und rechts und sagt mit gesenkter Stimme: »Na ja ...
Vielleicht hatte das sogar etwas Gutes. Einmal direkt gegen
einen König zu kämpfen, ist eine sehr wertvolle Erfahrung,
die man sich auch mit noch so vielen Burst Points nicht kaufen kann. Wie fandest du ihn, den neuen Roten König?«

»Es war einfach nur Wahnsinn. Sie hat mit nur einer
Attacke die halbe Stadtverwaltung Tokyos weggesprengt ...
Und mein Wohnhaus in einen riesigen Trümmerhaufen ver-
wandelt ...«

Haruyuki schüttelt sich, als er sich an die gewaltige Feuerkraft erinnert. Als Kuroyukihime das sieht, kichert sie.

»Genau das ist der Vorteil einer einseitigen Spezialisierung.
Man erzählt sich, dass Scarlet Rain jeglichen Level-up-Bonus
in die Stärkung ihrer Langstreckenfeuerwaffen investiert
hat. Ach ja ... Hat sie sich während des Kampfes eigentlich
von der Stelle bewegt?«

»Hä?«

Haruyuki versteht die Frage zuerst nicht und blinzelt verdutzt. Im nächsten Augenblick jedoch wird ihm klar, was
Kuroyukihime damit sagen will.

*Ja ... Wenn ich so darüber nachdenke, hat sich Scarlet Rain, der
Rote König, bis zu der wilden Schießerei am Ende keinen Millimeter bewegt, nachdem er sich vor meinen Augen in den Duellavatar
verwandelt, die schwere Rüstung angelegt und mein Wohnhaus
zum Einsturz gebracht hatte.*

Haruyuki schüttelt den Kopf, hält aber unvermittelt in der
Bewegung inne.

Nein, genau genommen ist sie nicht immer auf der gleichen Stelle geblieben. Ganz am Schluss, als Haruyuki in seinem schnellsten Sturzflug auf sie herabgestoßen ist – da war

es nur ein Schritt, aber sie ist definitiv zur Seite gesprungen, um ihm auszuweichen ...

»Äh ... J... Ja, sie hat sich bewegt. Wenn auch nur fünfzig Zentimeter weit.«

Auf diese Antwort lächelt Kuroyukihime endlich noch einmal richtig und legt klatschend die Hände zusammen.

»Oh, das ist ja großartig! Scarlet Rains zweiter Name, Immobile Fortress, rührt nämlich nicht daher, dass sie sich nicht bewegen kann, sondern es einfach nicht muss. Ich habe gehört, dass sie bei einer großen Schlacht, in der es um den Titel des neuen Roten Königs ging, fast dreißig Gegner geschlagen hat, ohne sich vom Punkt ihres ersten Auftauchens überhaupt wegbewegt zu haben.«

»Woah ...«

Haruyuki ächzt unwillkürlich. Wie unwissend war er, sich so einem Gegner frontal entgegenzuwerfen.

»W... Wenn ich das gewusst hätte, hätte ich sofort nach Beginn des Kampfes kapituliert. Nein, wäre mir klar gewesen, dass es sich um den Roten König handelt, hätte ich das Duell auf keinen Fall angenommen. Aber ich dachte, weil sie die Könige der reinen Farben heißen, müsse der Rote König zwingend ein ›Red‹ im Namen tragen.«

Darauf sagt Kuroyukihime, immer noch genauso lächelnd: »Deswegen sagte ich ja, du hättest deine Hausaufgaben etwas besser machen müssen. Die reine Farbe Rot hat in der beschleunigten Welt noch keiner außer **Red Rider** ... getragen ...«

Da bricht sie plötzlich ab.

Fassungslos schaut Haruyuki zu, wie ihr die Reste ihres Lächelns im Nu von den Lippen blättern. Genauso schnell verliert auch ihre weiße Haut das letzte Überbleibsel ihrer gesunden Farbe und wird leichenblass.

»K... Kuroyukihime ...?«, spricht Haruyuki sie mit weit aufgerissenen Augen an. »Ach, es ist nichts«, erwidert diese nur völlig steif.

Ein leerer Ausdruck beherrscht Kuroyukihimes Gesicht. Sie senkt langsam den Kopf. Haruyuki sieht, wie ihre Hand, die immer noch auf dem Tisch liegt, kaum merkbar zittert, und erkennt nun endlich – wenn auch viel zu spät – den Grund für ihre Reaktion: Red Rider, der erste Rote König.

Es ist das erste Mal, dass Haruyuki seinen Namen aus Kuroyukihimes Mund gehört hat. Aber warum dieser Burst Linker kein Mitglied der beschleunigten Welt mehr ist, weiß er bereits.

Kuroyukihime – oder Black Lotus, der Schwarze König, hat diesem nämlich vor zwei Jahren eigenhändig den Kopf abgeschlagen.

Und zwar nicht in einem gewöhnlichen Duell, sondern während einer Versammlung aller sieben Könige. In einem Moment, als er gerade sprach und dadurch abgelenkt war.

Bei Kämpfen zwischen Spielern des neunten Levels gibt es die grausame Regel, dass dem Besiegten auf einen Schlag alle seine Burst Points entzogen werden. Das bedeutet gleichzeitig, dass er auch *Brain Burst* für immer verliert.

Haruyuki starrt immer noch auf Kuroyukihimes blasse Faust, die sie auf dem Tisch fest zusammenballt, und fragt sie halb intuitiv: »Kuroyukihime ... Kann es sein, dass der alte Rote König für dich ...«

... nicht nur ein guter Freund, sondern mehr war, etwas Besonderes?

Aber gerade noch rechtzeitig merkt Haruyuki, dass er diese Frage nicht aus Anteilnahme, sondern aus Eifersucht heraus zu stellen versucht. Er presst die Lippen zusammen, ohne den Satz zu beenden, und neigt schnell den Kopf.

»Entschuldige, das war rücksichtslos von mir. Sowohl das Telefonat gestern ... als auch die Frage jetzt. Es tut mir leid, wirklich ...«

»Nein ... Schon gut, mach dir nichts draus.«

Ihre Stimme klingt kratzig und hat jeglichen Glanz verloren.

»Ich habe diesen Weg selbst gewählt. Dass ich so reagiere, zeugt einfach von Unreife. Ha ha ... Ich dachte, ich hätte das mit mir selbst längst ausgemacht ... hätte mich dafür entschieden, jeden anderen Burst Linker als Konkurrenten, und somit als Feind, zu betrachten ... Aber so mache ich mich nur selbst zu einer leichten Beute. Es ist zum Lachen.«

Sie kichert leise und will die rechte Hand zurück auf ihr Knie legen.

Aber das funktioniert nicht – denn Haruyuki hat sie, ohne es selbst zu merken, in seine Hände genommen. Jetzt spürt er, wie Kuroyukihime vor Schreck zusammenzuckt und versucht, die Hand energisch zurückzuziehen. Mit einer für ihn ungewohnten Bestimmtheit hält er sie aber weiterhin fest.

Obwohl es draußen sonnig ist, fühlt sie sich kalt wie Stein an. Er presst seine Finger so fest zusammen, dass er fast ihre Gelenke knirschen hört.

Mit aller Körperwärme, die er aufbringen kann, versucht er, ihre Hand von dieser eisigen Kälte zu befreien. Und setzt an, etwas zu sagen:

»I... Ich ...«

In seinem Kopf existiert eine Vorstellung davon, was er formulieren will. Er kommt aber nicht so recht damit hinterher, es in Worte zu fassen. Ohne die Blicke der anderen Schüler zu beachten, die sich in der mittlerweile recht gut gefüllten Lounge immer wieder auf sie richten, zwingt er seinen Mund verzweifelt, die Worte zu sprechen: »Ich werde definitiv nie dein Feind sein. Ich werde niemals gegen dich kämpfen. Du bist mein **Elter** und ich bin dein **Kind**. Und das ist doch zwischen uns die wichtigste Beziehung. Nicht wahr?«

Eine Weile bleibt es still.

Schließlich hebt Kuroyukihime ihren Kopf, schaut Haruyuki intensiv leicht von unten her an und nickt dann langsam.

Das zarte Lächeln, das ihre Lippen umspielt, wirkt auf Haruyuki ein wenig, als würde es eine gewisse Traurigkeit in sich bergen.

»Lass uns woandershin gehen«, sagt sie kurz und entzieht ihre Hand nun endlich mit einem Ruck Haruyukis Griff.

Als sie geschmeidig aufsteht und sich mit dem großen Buch unter dem Arm in Bewegung setzt, folgt er ihr und fragt: »W... Wohin denn ...?«

An einen Ort, an dem wir ungestört sind.

Aber das sagt Kuroyukihime nicht, stattdessen gibt sie eine sehr geschäftlich klingende Antwort: »Wir können nicht nur zu zweit entscheiden, wie wir mit Scarlet Rain verfahren. So etwas muss mit der ganzen Legion besprochen werden. Zum Mittagessen können wir uns ja ein paar Sandwiches kaufen.«

»Ah ... J... Ja, du hast recht.«

Haruyuki ist zwar ein ganz klein wenig enttäuscht, nickt aber bekräftigend, erleichtert darüber, dass Kuroyukihime sich wieder so benimmt wie immer.

Die Schwarze Legion, Nega Nebulus.

Das dritte und letzte Mitglied der Legion, die trotz ihres mächtigen Namens – der »dunkler Sternennebel« bedeutet – äußerst klein ist, hat auf Haruyukis E-Mail mit einem »Ich bin auf dem Dach« geantwortet.

Als sie die schwere Eisentür öffnen, schlägt ihnen die Luft von draußen entgegen, und Haruyuki zieht angesichts der Kälte die Schultern hoch. Dann schaut er sich um und sieht weit entfernt auf einer Bank jemanden sitzen.

Selbst während er schnell auf die Person zuläuft, muss er aufpassen, sich nicht in Bewunderung für diese wahrhaft malerische Gestalt zu verlieren – wenn auch auf eine andere Art als bei Kuroyukihime.

Sie ist groß, schlank und doch muskulös. Das Profil unter dem leicht im Wind schaukelnden Pony vor den Augen ist von einer harmonischen Schärfe gekennzeichnet, wie man sie bei einem Katana findet. Und selbst die Art, wie die Person dasitzt und die Finger der rechten Hand durch die Luft bewegt, wahrscheinlich auf der Holo-Tastatur tippend, erinnert an einen meditierenden Samurai.

Als der Junge, der so alt ist wie Haruyuki, die Schritte hört und hochschaut, hebt er grüßend die rechte Hand.

»Yo! Sorry, falls du grade lernst. Aber wieso sitzt du hier in dieser Kälte auf dem Dach herum, Taku?«

Daraufhin lächelt Haruyukis Sandkastenkumpel und zugleich Kampfkamerad, Takumu Mayuzumi, ihn hinter seiner randlosen Brille an.

»Heute scheint einfach die Sonne so schön. Dir würde etwas Licht ab und zu auch guttun, Haru.«

Dann steht er energisch auf und macht eine tiefe Verbeugung vor Kuroyukihime, die Haruyuki gefolgt ist.

»Einen schönen guten Morgen, Master.«

»Ja, guten Morgen, Takumu.«

Kuroyukihime nickt ihm zu und setzt ein breites, etwas verbittertes Lächeln auf.

»Wie oft habe ich es dir schon gesagt: Auch wenn ich der Legionsmaster bin, musst du mich nicht jedes Mal so nennen.«

»Es tut mir leid. Aber aus meiner Sicht passt das am besten«, antwortet Takumu, macht schnell einen Schritt zur Seite und deutet mit der linken Hand auf die Bank, auf der er gerade noch gesessen hat. Kuroyukihime lacht noch einmal, setzt sich und schlägt ihre Beine in den schwarzen Strumpfhosen übereinander. Dann hebt sie leicht eine Augenbraue und fragt, zu Takumu hochblickend: »Haruyuki und ich werden jetzt hier zu Mittag essen. Was ist mit dir?«

»Ich bin schon fertig.«

Da entdeckt Haruyuki die bereits wieder ordentlich eingewickelte Lunchbox am Rande der Bank. Die Farbe des Tuchs kommt ihm bekannt vor und er nutzt die Gelegenheit, etwas zu sticheln: »Das hat dir Chiyu gemacht, was? Dann hättet ihr doch auch zu zweit hier essen können.«

Nun lächelt Takumu etwas gezwungen.

»Wir beide turteln in der Schule eben nicht so offen wie du und der Master, Haru.«

»W... Wir turteln nicht!«

»Turteln? Wir doch nicht.«

Takumu lacht, als beide gleichzeitig seine Aussage abstreiten, und rückt dabei mit einem Finger seine Brille zurecht.

»Ich höre selbst in meiner Klasse Gerüchte darüber, wie ihr jeden Tag mit einer rosafarbenen Aura um euch herum in der Lounge sitzt und euch gegenseitig anhimmelt. Na ja, wie auch immer ... Ich will nichts mehr überstürzen, nur versuchen, langsam wiederaufzubauen, was ich zerstört habe.«

»Ja ...«

Haruyuki nickt ernst.

Takumu ist vor gerade mal zwei Wochen von seiner Schule in Shinjuku, zu der er sieben Jahre lang gependelt war, auf die in ihrem Wohnbezirk gelegene Umesato-Mittelschule gewechselt.

Haruyuki kann sich noch gut daran erinnern, wie sein Freund für die Aufnahmeprüfung dieser bis zur Uni durchgehenden Eliteschule gebüffelt hatte, und wollte ihm den Plan daher zuerst ausreden. Aber Takumus Entschluss stand fest.

Der Grund dafür war nicht einmal, dass er sich dazu gezwungen fühlte, weil Shinjuku von der Blauen Legion beherrscht wird. Er beschloss einfach, von nun an all seine Zeit zu nutzen, um seine Sünde mit der Zeit irgendwie wiedergutzumachen: Er hatte den Neuro Linker seiner Freundin Chiyuri Kurashima, die er ebenfalls seit frühester Kindheit kennt, gehackt und versucht, unter Missachtung der Regeln der beschleunigten Welt, Kuroyukihime zu besiegen.

Konkret heißt das, dass er nun immer an ihrer Seite sein und außerdem Suginami, das Territorium von Nega Nebulus, um jeden Preis verteidigen will.

Haruyuki glaubt, dass auch die Brille, die Takumu seit diesem Winter trägt, ein Symbol seiner Entschlossenheit ist.

Heutzutage, in den 2040er-Jahren werden Brillen nicht wie früher dazu genutzt, die Sehkraft eines Menschen zu korrigieren. Sie sind nur modische Accessoires. Die Neuro Linker, die jedermann trägt, besitzen eine sehr gute Funktion zur Korrektur der optischen Wahrnehmung.

Aber Takumus Brille dient nicht nur als Schmuckstück. Sie enthält richtige Gläser mit Sehstärke. Er gleicht seine Kurzsichtigkeit, die durch zu intensives Lernen mit Papiermedien und 2-D-Geräten entstanden ist, bewusst nicht mehr mittels Neuro Linker aus.

Denn selbst dieser kann die Fokussierung einer biologischen Augenlinse nicht steuern. Er verbindet nur die verschwommene Sicht der kurzsichtigen Augen mit den Aufnahmen der im Neuro Linker integrierten Kamera und führt eine digitale Korrektur in Echtzeit aus. Das heißt, wer seinen Neuro Linker als Brillenersatz nutzt, sieht eine zu über fünfzig Prozent virtuelle, vom Prozessor nachgebildete Welt.

Wahrscheinlich hat Takumu beschlossen, diese Funktion nicht mehr zu nutzen und stattdessen mit seinen eigenen Augen die Realität wahrzunehmen: die echte Chiyuri, den echten Haru und sein eigenes echtes Selbst.

Bestimmt wird auch Chiyuri, die immer noch recht verkrampft mit Takumu umgeht, seine Bemühungen irgendwann würdigen. Haruyuki jedenfalls sieht mehr als deutlich, wie sein Kumpel sich anstrengt.

Gerne würde er ihm das sagen, aber das ist gar nicht so leicht. Manchmal beobachtet er an Takumu auch immer noch, entgegen dessen eigenen Beteuerungen, einen Blick, als würde dieser schwer über etwas brüten.

Ja, fast wie Kuroyukihime vorhin, als wir über den Roten König sprachen.

Haruyuki schüttelt die Erinnerung daran ab, setzt sich neben Kuroyukihime auf die Bank und öffnet den Beutel mit dem Mittagessen, den er in der Hand getragen hat.

Dann beginnt er, sich sein Schnitzelsandwich in den Mund zu stopfen und Takumu, der gegenüber am Zaun lehnt, noch einmal die Situation zu erklären.

Der hört sich alles mit großen Augen an und brummt am Ende ein kurzes, nachdenkliches »Hm«.

»Was denkst du, Taku?«

»Na ja, wir haben nicht genug Daten, um mutmaßen zu können, was der Rote König unserem Master sagen will. Aber ich glaube, ich weiß, was sie gemacht hätte, wenn du ihren Schwindel die ganzen drei Tage lang geglaubt und nicht aufgedeckt hättest.«

»Echt?!«

»Oho.«

Takumu schaut Haruyuki und Kuroyukihime an, die zeitgleich reagiert haben. Seine Brillengläser leuchten kurz auf, als er fortfährt: »Haruyuki, so, wie ich dich kenne, hättest du deine ›kleine Schwester‹ nach drei Tagen ziemlich lieb gewonnen. Und wenn sie dann gesagt hätte: ›Hey, ich bin in Wahrheit ein Burst Linker. Aber weil ich noch so klein bin, haben die Älteren in meiner Legion mir gerade meine mühsam gesammelten Punkte weggenommen. Bitte, Brüderchen, komm in meine Legion und beschütze mich!‹, dann ...«

»Hey, hey, jetzt mach aber mal halblang!«, ruft Kuroyukihime empört. »Auf so einen plumpen Trick fällt doch keiner rein. Ist doch klar, dass sie ihm dann nur seine Punkte klauen würde. Das weiß auch Haruyuki ...«

Sie schaut flüchtig zu ihm hinüber.

»... be...stimmt ...«

Da verstummt sie.

»B... Bist du bescheuert?!«

»A... Aber ... Wenn sie schlecht behandelt wurde ...«

Im nächsten Augenblick nähert sich auch schon eine Hand Haruyukis Wange und zieht kräftig daran.

»W... Waf maffst fu da?«

»Also, nur damit das mal klar ist«, wispert Kuroyukihime. Ihre Augen funkeln gefährlich.

»Du kannst nicht mal eben den Helden spielen und kurz die Legion wechseln, um deiner ›kleinen Schwester‹ zu helfen.«

»Fhä? Wafum fenn nifft?«

»Bapp!«

Kuroyukihime, Legionsmeister von Nega Nebulus, lässt die Haut seiner Wange wieder zurückschnellen und sagt in dem unheimlichsten Ton, zu dem sie fähig ist: »Weißt du nicht mehr? Wie Takumus Elter, dieser Offizier der Blauen Legion, geendet ist, nachdem er sein Backdoor-Programm überall in Umlauf gebracht hat?«

»Ä... Äääh ... Man hat ihm doch zur Strafe alle Punkte weggenommen, sodass er *Brain Burst* verloren hat, oder ...?«

Haruyuki versucht, sich zu erinnern.

Takumu, der vor ihm steht, fügt erklärend hinzu: »Du musst wissen, dieses ›Punktewegnehmen‹ geschieht nicht, indem man so lange Duelle gegen ihn austrägt, bis er bei null ist. Das geht nämlich gar nicht. Wenn nach dem ersten Kampf die Beschleunigung endet und er trennt die Verbindung zum globalen Netzwerk oder nimmt seinen Neuro Linker ab, kann er vorerst entkommen. Auch wenn er danach, so wie unser Master, gegen ein Kopfgeld gesucht wird.«

»A... Ach so ... Verstehe.«

»Allerdings kann ein Legionsmaster sich diesen Aufwand auch sparen. Ihm steht eine andere, einfache Möglichkeit zur Verfügung, ein Mitglied zu ›exekutieren‹.«

»W... Waas?! Davon hör ich zum ersten Mal!!«

Für Haruyuki ist das eine ganz neue Information. Schnell dreht er den Kopf herum und schaut zu der neben ihm sitzenden Kuroyukihime.

Diese hebt gleichgültig die rechte Hand, was wohl »Hm? Ist das etwa mein Fehler?« bedeuten soll.

»Das steht in dem Dokument, welches dem Aufnahmeantrag für eine Legion beiliegt. Selbst schuld, wenn du es nicht liest. Aber ich würde dich sowieso nicht exekutieren. Es sei denn, du gehst mir mit einer anderen fremd.«

Sie lächelt ihn zärtlich an, was bei Haruyuki dafür sorgt, dass sich ihm sämtliche Nackenhaare aufstellen.

»S... So was mach ich nicht, wie könnte ich auch. A... Aber ich würde trotzdem gerne wissen, wie so eine Exekution ... konkret vonstattengeht ...?«

»Hm, gute Frage ... Man könnte sagen, es ist eine Art Spezialtechnik. Sie erscheint in der Befehlsübersicht, sobald man eine Legion im System angemeldet hat und selbst als Legionsmaster eingetragen wurde. Der Name dieser Technik ist immer derselbe. Sie heißt einfach klipp und klar ›**Judgement Blow**‹.«

»Judgement ...«, murmelt Haruyuki.

Kuroyukihime wendet ihren Blick wieder von ihm ab und fährt ernster fort: »Einer Legion und damit einem Team beizutreten, gibt einem Burst Linker große Sicherheit. Gruppenkämpfe verringern sein Risiko und bringen ihm auch einen verlässlichen Punkteprofit. Im Gegenzug für diese Vorteile gibt es aber eben den Judgement Blow. Der Beitritt in eine Legion bedeutet also gleichzeitig, dem Master die volle Gewalt über sich zu geben. Ein Legionsmitglied, das von dieser Attacke getroffen wird, verliert sofort alle seine Punkte und damit auch *Brain Burst* für immer. Anwendbar ist sie, solange man Mitglied der Legion ist, aber auch bis zu einem Monat nach dem Austritt.«

»E... Einem ... Monat?«

»Ja. Das heißt also – wenn du dich von ihr hättest austricksen lassen und zu einer anderen Legion gewechselt wärst, und sei es nur kurz, dann hätten sie jetzt die Macht über dein ... über Silver Crows Leben und Tod.«

»Uff.«

Mehr bringt Haruyuki gerade nicht heraus.

Wenn er ehrlich in sich hineinhorcht, kann er nicht hundertprozentig ausschließen, dass er, vorausgesetzt er hätte nicht dieses Foto auf dem Heimserver seiner Großeltern gefunden, dem Roten König am Ende doch noch geglaubt hätte. Hätten sie auch den heutigen Tag so wie gestern miteinander verbracht, wäre es durchaus vorstellbar gewesen, dass, wenn sie ihm am Ende so eine Geschichte aufgetischt hätte, wie Takumu sie gerade erzählt hat, er seinem Mitleid erlegen und zu ihr in die Rote Legion gewechselt wäre. Das wäre sogar sehr gut vorstellbar.

Eine Sache ist allerdings noch unklar.

»Aber ... warum?«, murmelt Haruyuki und schaut erst Kuroyukihime, dann Takumu an.

»Warum sollte sich der Rote König denn all diese Mühe machen ...?«

»Hm. Ja, auf diese Frage läuft es letztendlich hinaus«, brummt Kuroyukihime.

»Hmmm … Selbst wenn sie auf eigenes Risiko so ein Theater aufführt, um dich in die Rote Legion zu locken und dich mit dem Judgement Blow gefügig zu machen, würdest du ihr dadurch noch lange nicht zwangsläufig loyal dienen. Und Mitglieder, die sich nicht zugehörig fühlen, bringen einer Legion gar nichts. Also wollte sie wohl …«

»Also wollte sie wohl, dass Haruyuki nur einmal etwas für sie erledigt«, führt Takumu Kuroyukihimes Satz zu Ende, während er mit dem Mittelfinger seine Brille am Steg hochschiebt.

»Bei nur einem Mal kann sie ihm auch ruhig drohen … dachte sie sich wahrscheinlich. Und mit dir will sie sicher über die gleiche Sache reden, Master. Jetzt, da ihre Tarnung aufgeflogen ist, hat sie sich überlegt, nicht mehr zu tricksen, sondern lieber zu verhandeln.«

»Hmmm«, brummt Kuroyukihime noch einmal, schaut dann zu Takumu hoch und sagt: »Wie soll ich es ausdrücken, du … spielst deine Rolle echt gut.«

»W… Was? Wie meinst du das, Master?«

»Die Rolle der Brillenschlange. Vielleicht sollten wir dich in Zukunft Professor nennen.«

Takumu rutscht ein Stück am Zaun herunter, an dem er lehnt, und schüttelt vehement den Kopf.

»N… Nein … Das ist sicher eine tolle Idee, aber bitte nicht.«

Haruyuki schafft es nur mit Mühe, nicht loszuprusten, als er sagt: »I… Ich denke auch, dass deine Vermutung stimmt, Taku. Gestern hätte sie mich im Duell richtig haushoch schlagen können, aber das hat sie nicht. Stattdessen bat sie mich um ein Treffen mit Kuroyukihime. Also hat sie sich für ein Gespräch als die zweitbeste Lösung entschieden und wollte uns wohl damit sagen, dass sie uns nichts Böses will, oder ...?«

»Ach, jetzt kommst du auch mit deinen klugen Gedanken. Aber ja, stimmt!«

Kuroyukihime schnaubt und schlägt ihre Beine andersherum übereinander. Dann zerknüllt sie die Verpackung ihres Sandwiches, das sie inzwischen aufgegessen hat, und schleudert diese mit einem perfekten Wurf in den in einiger Entfernung stehenden Mülleimer.

»Gut, ich kann mir ja anhören, was sie zu sagen hat. Wenigstens scheint sie sich nicht zu scheuen, als König ihre eigene Identität preiszugeben. Das zeugt von beachtlichem Mut, obwohl sie ein Kind ist. Haruyuki, ruf sie bitte einmal an. Das Gespräch findet heute um vier Uhr statt, und zwar ...«

Hier legt sie eine kurze Pause ein, steht auf, dreht sich ruckartig um, grinst schelmisch und sagt: »... in deinem Wohnzimmer.«

»D...D...D... Dafür ist es noch viel zu früh, ich bin noch nicht bereit für so was, wir sind doch unschuldige, brave Mittelschüler!«

Aber alle diese wirren Einwände seitens Haruyukis weist Kuroyukihime mit einem schlichten »Der Rote König darf also, und ich nicht?« zurück.

Takumu will nach der Schule mit Chiyuri zusammen nach Hause gehen und danach zu Haruyukis Wohnung kommen. Diesem bleibt also nichts anderes übrig, als sich mit Kuroyukihime alleine auf den Heimweg zu machen.

Sie scheint wie üblich noch etwas für die Schülervertretung erledigen zu müssen. Eine Hand liegt immer auf ihrer holografischen Tastatur, während sie freundlich lächelnd die an sie gerichteten Grüße vieler Schüler erwidert. Haruyuki beobachtet sie dabei verstohlen von der Seite und denkt gleichzeitig verzweifelt nach.

Äääh, also Wohnzimmer, Küchenecke und Toilette müssten ordentlich geputzt sein. Vorräte an Getränken und Süßigkeiten sind auch noch da. Das Problem ist nur mein Zimmer. Sollte einmal der Tag kommen, an dem sie meine Kollektion blutiger Ab-18-Spiele vom Anfang des Jahrhunderts sieht, werde ich mich nie mehr davon erholen.

Also darf ich zumindest niemanden in mein Zimmer lassen. Egal was passiert, es muss geschlossen bleiben. Die elektronische Verriegelung darf auf keinen Fall entsperrt werden.

Nachdem er das beschlossen hat, wirft er seinem Wohnhaus, das allmählich hinter der Eisenbahnbrücke der Chuo-Linie sichtbar wird, einen scharfen Blick zu.

Mit der ungewohnt schweigsamen Kuroyukihime besteigt er den Fahrstuhl, drückt auf den Knopf und steigt im 22. Stock aus.

Sie legen die letzten zehn Meter über den Etagenflur zurück, dann stehen sie vor der Tür zu seiner Wohnung.

»Äh ... Also, es ist eine ganz normale Wohnung, ohne irgendwas Besonderes drin. Auch keine Haustiere.«

»O... Okay. Ja, kein Problem. Ich mag sowieso keine haarenden Tiere.«

Kuroyukihime räuspert sich und als Haruyuki stehen bleibt, tut sie es ihm gleich.

Hoffentlich ist drinnen alles in Ordnung, bitte!

Er berührt das Schlosssymbol, das vor seinen Augen in der Luft erschienen ist. Mit einem Klick entriegelt sich die Tür.

Doch als er sie am Knauf aufgezogen hat, dringen augenblicklich folgende Geräusche an sein Ohr:

»Dadadadada!« – das knatternde Dauerfeuer eines Maschinengewehrs. »Kyaaah! Help meeee!« – Hilferufe in englischer Sprache.

Und: »Oarrrgh, na los, stirb, du Wichser!« – eine schreiende Mädchenstimme.

»Uaaaaah!!«, brüllt nun auch Haruyuki, befreit sich hektisch von seinen Schuhen und stürmt ins Wohnzimmer.

Dort sitzt auf dem Sofa vor dem Wandmonitor, an den eine Spielkonsole angeschlossen ist, im Schneidersitz der Rote König mit einem schnurlosen Controller in den Händen. Um sie auf dem Boden verstreut liegen die Verpackungen seiner Ab-18-Games.

»Wa... Was ...? Wie bist du ... in mein Zimmer ...?«, stammelt Haruyuki, nachdem er einen Schritt ins Wohnzimmer gemacht hat. Das kleine Mädchen dreht sich flüchtig zu ihm um und sagt: »Oh, willkommen zu Hause, Brüderchen. Du hast einen guten Spielegeschmack! Ich liebe so was.«

Haruyuki steht wie angewurzelt da, unfähig, noch einen klaren Gedanken zu fassen. Da erklingt neben ihm ein klein wenig erstaunt: »Oh, ich finde so was auch nicht schlecht. Die westlichen Spiele jener Zeit haben etwas Philosophisches an sich, ja.«

Genau in dem Moment sieht man auf dem Bildschirm, wie ein älterer Typ, wahrscheinlich der Boss einer Mafiabande, weggeballert wird und sein Blut in alle Richtungen spritzt.

»Yeah! Das war mein Fünfter!«

Haruyuki schaut auf dieses Grundschulmädchen herunter, das vor Freude die Arme hochreißt, und murmelt noch einmal mit kraftloser Stimme:

»Wie hast du ... mein Zimmerschloss geknackt ...?«

Das Mädchen beendet das Spiel und dreht sich endlich richtig zu Haruyuki um.

Sie schaut zuerst ihn, dann die neben ihm stehende Kuroyukihime an und kichert engelhaft, was die zwei roten Zöpfe zum Wippen bringt.

»Hab doch gesagt, deine Mama hat mir einen Instant-Schlüssel für diese Wohnung gegeben. Daraus einen Masterkey zu machen, ist ganz leicht. Aber nur keine Sorge, Brüderchen, die anderen Ab-18-Spiele, die hinter deinen Nachschlagewerken stehen, hab ich nicht angerührt.♪«

Das ist mein Ende ...

Haruyukis Schultasche plumpst zu Boden. Aus seiner rechten Hand ist jegliche Kraft gewichen.

Der Rote König wendet den Blick von Haruyuki ab und blickt noch einmal direkt zu Kuroyukihime. Der Gesichtsausdruck des kleinen Mädchens verliert jede Kindlichkeit. Sie wirft den Controller zur Seite, schwingt ein Bein in die Luft und springt energisch vom Sofa. Sie trägt nicht mehr die unschuldig weiße Bluse und den dunkelblauen Rock von gestern. Stattdessen hat sie ein knallrotes T-Shirt, darüber eine schwarze Weste mit vielen Reißverschlüssen und eine zu Hotpants gekürzte Jeanshose gewählt, die ihre dünnen Beine bis zum Ansatz hinauf entblößt. Die knielangen Socken sind rot-schwarz gestreift.

In ihrem Nacken funkelt hell der rubinrote, durchscheinende Neuro Linker.

Die Augen des Mädchens haben die Farbe lodernden Feuers angenommen, seine Lippen umspielt ein kämpferisches Lächeln. Sie geht ein paar Schritte vor und baut sich unmittelbar vor Kuroyukihime auf, die neben Haruyuki steht.

Deren schwarz gekleidete, auf jede Farbe verzichtende Gestalt wirkt im Gegensatz dazu, als konzentriere sie in ihrem Inneren nur kalte Dunkelheit. Mit einem erhabenen Lächeln erwidert sie den feindseligen Blick.

»Krack, krack, krack«

Haruyuki glaubt, weiß-blaue Funken zwischen ihnen fliegen zu sehen. Für einen Moment vergisst er sogar, wie schrecklich es gerade im Wohnzimmer aussieht, und weicht vorsichtig ein paar Schritte zurück.

Die ... werden doch jetzt nicht gegeneinander kämpfen, oder?

Ängstlich behält er die beiden Mädchen im Auge. Da stemmt der Rote König seine Arme in die Seiten, hebt hochmütig das spitze Kinn und sagt, mit einer Stimme, die kein bisschen mehr an die der »kleinen Schwester« erinnert: »Hmpfh, du bist also der **Schwarze König**. Ja, schwarz bist du in der Tat. Dich würde man nachts nicht erkennen, selbst wenn du direkt vor einem stehst.«

Kuroyukihime verschränkt darauf sofort die Arme vor der Brust und erwidert: »Und du, **Roter König**, bist auch ganz schön rot. Man könnte dich gut an einer Kreuzung aufhängen, dann halten alle Autos an.«

Die Funken zwischen ihnen nehmen auf einen Schlag enorm an Intensität zu. Haruyuki japst innerlich und macht noch einen Schritt zurück.

Beide Mädchen sind Könige im neunten Level. Sollte es zu einem Duell zwischen ihnen kommen, wird die Unterlegene am Ende, entsprechend der Sonderregel, *Brain Burst* verlieren. Daher werden sie nicht gleich leichtfertig ein Duell anzetteln. Allerdings ist Kuroyukihimes Toleranzschwelle bekanntlich sehr niedrig. Auch der Rote König scheint sehr leicht reizbar zu sein. Sie steht dem Schwarzen König somit diesbezüglich in nichts nach.

Da ... Da muss ich mich wohl zwischen sie werfen!

Haruyuki beschließt, sich edelmütig zu opfern, und sagt, während er sich mit einer Hand am Hinterkopf kratzt: »I... Ist das nicht schön? Wie die niedliche kleine und die schöne große Schwester hier beisammenstehen.«

He he!

Er grinst dazu. Doch genau in dem Moment –

»Ich bring dich noch mal um!«

»Spinnst du, was soll das?«

Zwei kalte Stimmen bohren sich gleichzeitig in Haruyukis Kopf und Herz.

Doch als er wankend zusammensackt, schenken ihm die beiden Könige keine Beachtung mehr. Sie bleiben noch einige Sekunden lang voreinander stehen, bevor sie schließlich beide geräuschvoll die Nase rümpfen und sich umdrehen.

Und als wäre das nicht genug, seufzen sie noch verärgert, bevor der Rote König, auf Haruyuki herunterblickend, sagt: »Hey, mach uns mal eben Tee oder irgendwas, sitz nicht bloß da rum.«

»Ach, Haruyuki, für mich bitte Kaffee, schwarz.«

Jetzt ist sie wirklich nicht mehr zugegen, die kleine Verwandte Tomoko, die für ihn Kekse gebacken und Curry gekocht hat.

Aufrichtig betrübt ob dieser Tatsache krabbelt Haruyuki fluchtartig auf allen vieren in die Küchenecke, wo er sich, als die beiden ihn nicht mehr sehen können, heimlich ein paar Tränen aus den Augenwinkeln wischt.

Danach setzen sich Haruyuki und Kuroyukihime nebeneinander an den großen Esstisch und der Rote König im Schneidersitz ans gegenüberliegende Ende und alle schlürfen ihren Kaffee. Kuroyukihime einen schwarzen, Haruyuki mit Milch und Zucker und der Rote König einen Café au Lait mit fast nur Milch darin. Als sie gerade fertig sind, klingelt es endlich an der Tür.

Haruyuki entriegelt von seinem Platz aus per Fernsteuerung das Schloss, woraufhin aus dem Flur ein »Hallo!« ertönt und kurz darauf Takumu im Raum erscheint. Fröhlich sagt er: »Hach, da werden ja Erinnerungen wach. Wie viele Jahre war ich schon nicht mehr ... hier ...«

Da entdeckt er die Unordnung auf dem Wohnzimmerboden, scheint sofort zu begreifen, was vorgefallen sein muss, und klopft Haruyuki mit einem mitleidigen Blick leicht auf die Schulter.

Dann schaut er den Roten König an, verengt kurz die Augen, setzt sich dann aber wortlos daneben.

Auf seinem Platz steht bereits eine Tasse Kaffee mit ein klein wenig Milch bereit. »Danke«, murmelt er, als er die Hand danach ausstreckt. Und sagt dann in einem diplomatischen Ton: »Wir sollten uns zuerst einmal alle vorstellen. Fang du doch am besten direkt an, Roter König.«

Das Mädchen funkelt Takumu kurz an, schnaubt einmal durch die Nase und öffnet dann den Mund.

»Ja, von mir aus. Dann tu ich euch halt mal diesen kleinen Gefallen. Ich ... heiße Yuniko. Yuniko Kozuki.«

Sie schnipst mit den Fingern und vor Haruyuki taucht eine purpurrote Namenskarte auf. In einer etwas verspielten Schrift steht darauf: »Yuniko Kozuki«, mit den dazugehörigen Schriftzeichen.

Es ist eine Art Visitenkarte, mit der man Menschen, die man gerade erst kennengelernt hat, zeigen kann, wie der eigene Name geschrieben wird. Gleichzeitig fungieren sie auch als einfache Form, sich selbst auszuweisen. Das Authentifizierungssymbol, das in der unteren rechten Ecke der Karte leuchtet und für das Netzwerk steht, in dem die Person registriert ist, ließe sich selbst von einem Hacker der Meisterklasse nicht so einfach knacken, was wohl bedeutet, dass dies wirklich der reale Name des Roten Königs ist.

Außer den Schriftzeichen steht auf der Karte nur noch ein Geburtstag. Er liegt im Dezember 2035, das heißt, dieses Mädchen ist vor Kurzem erst elf Jahre alt geworden.

Zwar ist das geistige Alter bei Burst Linkern oftmals höher als das körperliche, aber im Falle des Roten Königs, also von Yuniko, kann man die Differenz gar nicht mehr richtig einschätzen. Manchmal wirkt sie um Welten erwachsener als Haruyuki, manchmal aber auch wieder wie ein Mädchen ihres physischen Alters.

»Okay, Yuniko heißt du also.«

Als Takumu sie freundlich anlächelt, wirft das Mädchen – nun nicht mehr Tomoko, sondern Yuniko – ihm einen argwöhnischen Blick zu und sagt: »Dann nenn mir auch mal deinen Namen, Cyan Pile.«

Dieser Satz macht deutlich, dass der Rote König bereits einige Informationen über die Legion Nega Nebulus eingeholt hat.

Takumu hat das wohl auch erkannt, denn sein Lächeln nimmt einen spöttischen Zug an. Aber er verrät ihr gehorsam seinen richtigen Namen.

»Ich bin Takumu Mayuzumi. Freut mich.«

»Schwupp«

Er wischt einmal mit dem Finger und hat damit wohl dem Roten König seine Namenskarte geschickt.

Yuniko starrt für einen Moment in die leere Luft, dann richtet sie ihren Blick auf Haruyuki und reckt ihr Kinn.

»M... Meinen Namen kennst du doch schon. Haruyuki Arita.«

»Karte her.«

Widerwillig tut Haruyuki, was ihm befohlen wurde, und fährt mit der Hand über seinen Desktop.

Zuletzt ruhen alle Blicke auf Kuroyukihime, die nun schon seit einer Weile nichts mehr gesagt hat.

Sie schaut von ihrer Kaffeetasse hoch, blinzelt einmal langsam mit ihren langen Wimpern.

»Hm? Ach, jetzt ich? Ich bin Kuroyukihime. Freut mich, deine Bekanntschaft zu machen, Yuniko Kozuki.«

»Ey, das ist jetzt aber nicht dein echter Name!!«, brüllt Yuniko sofort los. Da vollführt Kuroyukihime mit ungerührtem Gesichtsausdruck eine schnipsende Fingerbewegung und sofort erscheint nicht nur dem Roten König, sondern auch Haruyuki eine tiefschwarze Namenskarte.

»Kuroyukihime« steht da in deutlichen Lettern und darunter leuchtet ordnungsgemäß das Authentifizierungssymbol des Netzwerks. Haruyuki schüttelt seufzend den Kopf. Bei ihr muss man wirklich mit allem rechnen.

Auch der Rote König lässt mit einem schwer zuzuordnenden Ausdruck im Gesicht einen langen Schnaufer los, um gleich darauf ein wütendes Geräusch mit der Zunge zu machen.

»Boah, ja, okay, meinetwegen! Dann merk ich mir halt nur, dass du frech genug bist, dich selbst als Schneewittchen zu bezeichnen!«

Yuniko hätte jetzt zwar auch darauf bestehen können, dass Kuroyukihime ihren richtigen Namen preisgibt, aber da diese allem Anschein nach den geheimen Quantenschlüssel der Karte gehackt hat, könnte der nächste Name wieder falsch sein.

Kuroyukihime grinst verschmitzt und stichelt unschuldig: »Immer noch weitaus sympathischer, als sich selbst ›König‹ zu nennen, was? Aber na ja … Nun haben wir uns alle vorgestellt, kommen wir also endlich zum Wesentlichen.«

Sofort verschwindet das Lächeln aus ihrem Gesicht. Die schwarzen Augen beginnen, gefährlich zu funkeln.

»Zuallererst, Roter König … oder Yuniko, wirst du uns erzählen müssen, wie du Haruyukis reale Identität herausgefunden hast.«

Haruyuki überrascht dabei zunächst nur die plötzliche Schärfe in ihrer Stimme. Dann bleibt ihm aber, wenn auch ziemlich spät, regelrecht die Luft weg.

Stimmt ja … Diese Frage ist jetzt wirklich das wichtigste Thema. Nicht, wie der Rote König es geschafft hat, sich als Haruyukis Verwandte Tomoko auszugeben, oder was das Ziel dieser Aktion ist. Wird die reale Identität eines Burst Linkers erst aufgedeckt – das Schlimmste, was ihm überhaupt passieren kann –, birgt dies auch eine unmittelbare Gefahr für sein Leib und Leben in der echten Welt.

Yuniko wirft einen kurzen Blick in Haruyukis Richtung, der sichtlich erblasst ist, und zuckt gleichgültig die Schultern.

»Brauchst nicht so zu gucken. Selbst in der Roten Legion weiß keiner außer mir, dass du Silver Crow bist. Das schwöre ich bei meinem Titel. Und rausgefunden hab ich das ...«

Ihre Mundwinkel gehen grinsend in die Höhe.

»... auf die gleiche Art, wie ich auch hier reingekommen bin. Mit Social Engineering. Und zwar mit einer Methode, die nur mir als Grundschülerin zur Verfügung steht.«

»Hä ...? Wie meinst du das ...?«

»Jeder weiß, dass ihr euer Territorium in Suginami habt. Und aus den Einloggzeiten lässt sich schließen, dass ihr wahrscheinlich Mittelschüler seid. So weit klar, ja?«

Die wichtigste Voraussetzung, um überhaupt Burst Linker werden zu können, lautet, dass man von Geburt an einen Neuro Linker getragen haben muss. Deswegen sind die ältesten Spieler momentan gerade einmal sechzehn Jahre alt. Das heißt, einige von ihnen gehen vielleicht schon in die zehnte Klasse, die meisten aber sind aller Wahrscheinlichkeit nach Mittelschüler, also Siebt- bis Neuntklässler.

Als Haruyuki nickt, zieht der Rote König ein wenig das Kinn zurück und fährt fort: »So, ich habe dann also alle Mittelschulen in Suginami aufgesucht und gesagt, dass ich sie besichtigen will. Mit einem Besichtigungspass kommt man nämlich in die lokalen Netzwerke der Schulen rein. Und als ich von den Lehrern rumgeführt wurde, habe ich zwischendurch immer wieder kurz die Beschleunigung aktiviert und in die Matching-Liste geschaut ...«

»... weil du so irgendwann auf Silver Crow stoßen würdest, verstehe. Hmpfh, mühsam, aber durchaus logisch«, sagt Kuroyukihime ein klein wenig bedauernd, um gleich darauf noch einzuwenden: »Aber dann wusstest du ja nur, dass er einer der dreihundert Schüler hier ist. Wie hast du Haruyuki unter ihnen ausgemacht?«

Darauf presst der Rote König erst einmal fest die Lippen zusammen und sagt eine Weile lang gar nichts.

Dann wirft das Mädchen Haruyuki einen abschätzigen Blick von der Seite zu, ohne ihm den Kopf zuzudrehen, und sagt in einem leicht rechtfertigenden Ton: »Also, nur damit das klar ist: An dir selbst hab ich eigentlich null Interesse. Nur an deinem Duellavatar. Genauer gesagt seinen Flapp-Flapp-Dingern auf dem Rücken ... Na ja, nachdem ich also wusste, dass du hier zur Schule gehst, hab ich mich im Familienrestaurant gegenüber des Schultors auf die Lauer gelegt und mich jedes Mal beschleunigt, wenn jemand dort herauskam. Aber als irgendwann schließlich ›Silver Crow‹ in der Matching-Liste erschien und ich sah, dass du es warst, der gerade das Schultor passiert hatte, war ich schon etwas überrascht ...«

Normalerweise versetzt so eine Bemerkung Haruyuki immer einen kleinen Stich ins Herz, aber diesmal beachtet er sie gar nicht.

Seine Augen werden ganz rund, er macht ein paarmal den Mund auf und zu und fragt verängstigt: »Wie viele ... Burst Points hast du dafür verbraucht ...?«

»Knapp zweihundert.«

»Z... Zweihundert?!«, schreit Haruyuki. Takumu fällt beinahe seine Tasse aus der Hand und Kuroyukihime schmunzelt etwas verbittert.

»Verstehe. Das geht wirklich nur, wenn man noch Grundschüler ist und gleichzeitig als König genug Spielraum in Sachen Burst Points hat. Tja ... Was für eine bewundernswerte Ausdauer. Ist deine Liebe für Haruyuki denn so groß?«

»Nein!!«, kreischt Yuniko und verpasst Haruyuki unterm Tisch einen unverdienten Tritt gegen das Schienbein.

»Wie gesagt!! Mich hat nicht der Mensch dahinter, sondern nur der Avatar interessiert!! Wenn alles glattgegangen wäre, würde er jetzt längst meinen Befehlen gehorchen!!«

»Das heißt also«, sagt Takumu ruhig lächelnd, während seine schmalen Augen jedoch kalt leuchten, »das war letztendlich der Grund dafür, dass du zweihundert Punkte für das Aufspüren seiner Identität verbraucht, dich unter falschen Vorgaben hier eingeschlichen und schließlich um dieses Gespräch gebeten hast?«

Da fällt plötzlich alles Kindliche von Yunikos Gesicht ab.

Ihre dünnen roten Zöpfe wippen, als sie sich auf ihrem Stuhl zurücklehnt und mit vielsagender Stimme bestätigt: »Ja, genau.«

Die dunkelgrünen Augen unter den halb geschlossenen Lidern schauen Haruyuki scharf an. Die Kraft darin lässt ihn mehr als deutlich spüren, dass auch dieses kleine Mädchen genau wie Kuroyukihime die Position eines Königs innehat.

»Ich will mir deine Flügel ... deine Flugfähigkeit ausleihen ... nur für eine Sache. Um den ›Harnisch des Unglücks‹ zu zerstören.«

3

Haruyuki versteht nicht, was Yuniko, der Rote König, gerade gesagt hat. Takumu geht es offenbar nicht anders, denn er runzelt ein wenig die Stirn.

Kuroyukihime zeigt dagegen eine heftige Reaktion.

Ihre Hand, die gerade nach der Kaffeetasse greifen wollte, ballt sich zur Faust. Mit dieser schlägt sie auf den Tisch und schreit: »Wie bitte?! Dieser Harnisch ... Den sollte es doch längst nicht mehr geben!!«

Dann verstummt sie und starrt einfach nur vor sich hin. Haruyuki fragt sie ängstlich: »Ä... Äh ... Was ist das denn, dieser Harnisch des Unglücks? Ich nehme an, ein Gegenstand, und kein Mensch?«

Kuroyukihime verharrt noch ein paar Sekunden wortlos, lehnt sich dann energisch zurück und atmet langsam aus.

Dann schlägt sie ihre Beine in den schwarzen Strumpfhosen übereinander und wendet ihren Oberkörper Haruyuki zu.

»Hm ... Schwer zu sagen ... Es ist ein Mensch, also ein Burst Linker, und ein Gegenstand und somit Spielobjekt gleichermaßen ... könnte man sagen. Haruyuki, erinnerst du dich noch an deinen allerersten Duellgegner?«

»J... Ja. Der mit diesem Motorrad ... Ash Roller hieß er.«

Haruyuki nickt. Vor seinem inneren Auge tauchen das frisierte Chopper-Motorrad und dessen Besitzer mit dem Totenkopfhelm auf. Mit ihm liefert sich Haruyuki immer noch ab und zu Kämpfe, bei denen mal der eine, mal der andere verliert. Er gehört zur Grünen Legion, die das Gebiet von Shibuya bis Roppongi zu ihrer Basis gemacht hat.

»Sein Motorrad zum Beispiel ist auch so etwas – es gehört nicht direkt zum Körper des Fahrers, ist aber Teil des Duellavatars als Ganzes. Und somit Gegenstand und Mensch zugleich, nicht wahr?«

»Äh … Ja, du hast recht. Das stimmt.«

Haruyuki nickt erneut.

»Solche Items heißen im System von *Brain Burst* >**Enhanced Armaments**<.«

Oh, was für ein cooler Name!

Nach einem ersten Moment der Freude schwingt seine Stimmung in Bedrückung um. Denn Silver Crow besitzt gar keine materiellen Waffen, also kann er mit so etwas kaum ausgestattet sein.

Als hätte Kuroyukihime seine Gedanken durchschaut, setzt sie ein säuerliches Lächeln auf und sagt: »Ich habe so was auch nicht, also sei nicht so traurig.«

»Also ich hab schon welche.«

Yunikos Mundwinkel kräuseln sich. Sofort entgegnet Kuroyukihime scharf: »Bei dir kann man nicht mehr von >haben< sprechen. In deinem Fall sind ja deine Waffen der eigentliche Körper.«

»Oh, da muss sich aber jemand behaupten, was?«

Und schon funkeln die beiden sich wieder an. Haruyuki versucht schnell einzugreifen.

»A… Ach so, dann sind Scarlet Rains Container mit der gigantischen Feuerkraft … alles solche Enhanced Armaments?«

»Ja. Aber so exklusiv, wie die das jetzt darstellt, sind diese Sachen gar nicht. Es gibt genau vier Wege, sich so etwas anzueignen.«

Kuroyukihime streckt den Daumen ihrer rechten Faust aus und fährt dann fort: »Die erste Möglichkeit ist, dass der Avatar von Anfang an damit ausgestattet ist. Das trifft wahrscheinlich auf Ash Roller zu.«

»So wie mein Pile Driver am rechten Arm, nicht wahr?«, fügt Takumu hinzu. Haruyuki entfährt ein erstauntes »Ach so!«.

»Du hast also auch so was, Taku!«

»Ja, aber egal, bleiben wir beim Thema.«

»Dann mache ich mal weiter.«

Kuroyukihimes rechter Zeigefinger schießt in die Höhe.

»Die zweite Möglichkeit ist, es als Level-up-Bonus zu bekommen. Aber nur, wenn es auch als Wahlmöglichkeit in den Boni auftaucht.«

»Ich hatte keine ...«, murmelt Haruyuki, als er sich an seine bisherigen drei Level-ups erinnert. Aber er hatte sowieso Kuroyukihimes Rat befolgt und jeden Bonus in Schnelligkeit und Flugzeit investiert.

Als Nächstes streckt das schwarz gekleidete Mädchen den Mittelfinger aus.

»Nun die dritte Möglichkeit. Man kann so etwas auch gegen Points im Shop kaufen. Das wäre auch für dich möglich, Haruyuki, aber ich empfehle es nicht.«

»Hä? Im Shop ...? Also in einem Geschäft? Wo gibt es so was denn?«

»Verrate ich nicht. Ich sehe es sonst schon kommen, dass du alle deine Punkte auf einmal dort verbrätst.«

»A... Aber ...«

Da lacht Takumu und nickt. »Das stimmt allerdings. Haru wird in solchen Läden ein ganz anderer.«

»W... Was redet ihr zwei da auf einmal ...«

Doch die entspannte Atmosphäre, die sich im Wohnzimmer ausbreitet, wird jäh von Yunikos scharfer Stimme zerrissen.

»Jetzt sag schon die vierte!«

Kuroyukihime hält dem kämpferischen Blick des Roten Königs stand, ohne sich abzuwenden. Sie nickt leicht, macht aber trotzdem keine Anstalten, sofort weiterzusprechen.

Da streckt Yuniko flink ihre Hand aus, zieht gewaltsam an Kuroyukihimes Ringfinger und sagt schnippisch: »Vierte Möglichkeit: Man kann es jemandem klauen, wenn nötig auch über dessen Leiche.«

»L... Leiche ...?!«

Haruyuki setzt einen ehrfürchtigen Blick auf. Kuroyukihime fügt seufzend eine Erklärung für ihn hinzu: »Das ist ein Phänomen, welches noch nicht vollständig erklärt werden kann ... Aber es gibt Fälle, in denen die Armaments eines Burst Linkers, der einen Kampf verliert, plötzlich dem Sieger als Besitz zugesprochen werden. Wenn der Punktestand des Verlierers auf null fällt – und er aus der beschleunigten Welt verschwindet.«

»Die derzeit gängige Theorie hält es für ein seltenes und zufällig eintretendes Event«, mischt sich Yuniko erneut ein und faltet die Hände hinter ihrem Kopf.

»Aber dieser Harnisch des Unglücks fällt etwas aus dem Rahmen ... Er wird stets mit hundertprozentiger Wahrscheinlichkeit übertragen und ist ein regelrecht verfluchtes Item ...«

»Ja ... aber ...«, murmelt Kuroyukihime und knirscht hörbar mit den Zähnen.

»Das kann nicht sein. Er müsste längst zerstört sein. Ich habe vor zweieinhalb Jahren selbst gesehen, wie dieser Harnisch ... wie **Chrome Disaster** besiegt wurde, und weiß sicher, dass er verschwunden ist!«

»Chrome Disaster ... So hieß ein legendärer Burst Linker aus der Zeit, als die beschleunigte Welt gerade ihren Anfang genommen hatte, also vor sieben Jahren.«

Mit diesen Worten beginnt Kuroyukihime, die Geschichte zu erzählen.

»Er trug eine metallgraue Rüstung als Enhanced Armament und hat mit seinen ungeheuren Kampfkräften unzählige andere Burst Linker zur Strecke gebracht. Seine Art zu kämpfen lässt sich mit zwei Worten beschreiben: hart und grausam. Kapitulierenden Gegnern schlug er den Kopf ab, riss ihre Gliedmaßen heraus und stellte alle möglichen Gräueltaten mit ihnen an.

Aber nachdem er viele Spieler durch vollständigen Punkteverlust für immer aus *Brain Burst* vertrieben hatte, kam irgendwann auch sein letzter Tag. Die Burst Linker, die sich außer ihm im seinerzeit höchsten Level befanden, schlossen sich zusammen und forderten ihn vereint zu Duellen heraus, immer wieder, ohne Unterlass. Sie taten alles, um ihn zu vernichten.

Als er schließlich alle seine Punkte verloren hatte und sein ›Tod‹ in der beschleunigten Welt unmittelbar bevorstand, soll er unter schallendem Gelächter gerufen haben: ›Ich verfluche diese Welt! Ich werde sie schänden! Und immer aufs Neue wiedergeboren werden!‹

Seine Worte bewahrheiteten sich. Der eigentliche Burst Linker namens Chrome Disaster verschwand zwar aus dieser virtuellen Welt, aber sein Harnisch ... das Enhanced Armament blieb. Es ging auf einen der Spieler über, die an der Ausrottung dieses Feindes beteiligt gewesen waren, und ob es nun Neugier oder die Versuchung war, der er nicht widerstehen konnte – er legte den Harnisch an und ... dieser ergriff Besitz von seiner Seele. Über Nacht verwandelte sich der bis dahin als rechtschaffener Anführer bewunderte Burst Linker in einen grausamen Meuchelmörder. Seine rasende Gestalt war der seines Vorgängers zum Verwechseln ähnlich.«

An dieser Stelle macht Kuroyukihime eine Pause, trinkt etwas von ihrem Kaffee, um ihre Kehle zu befeuchten, und fährt leise fort: »Das Gleiche hat sich dann noch drei Mal wiederholt. Nachdem der Träger des Harnischs erst überall Angst und Schrecken verbreitete, wurde er von anderen bezwungen, aber der Harnisch verschwand nicht, sondern ging auf den, der ihn besiegt hatte, über und veränderte dessen Persönlichkeit ... Diese Burst Linker nannte man dann nicht mehr bei ihren eigentlichen Avatarnamen, sondern nur noch Chrome Disaster. Am Kampf gegen den vierten, vor zweieinhalb Jahren, war auch ich mit den anderen Königen der reinen Farben, zu denen ich damals schon gehörte, beteiligt. Und das furchtbare Ausmaß dieser Schlacht ... Ich spüre es jetzt noch auf meiner Haut. Es lässt sich nicht hinreichend mit Worten beschreiben.«

Kuroyukihime stellt ihre Tasse zurück und reibt sich durch die Schuluniform hindurch ihre Arme. Dann verändert sich plötzlich der Ton ihrer Stimme: »Haruyuki, kannst du uns bitte mal zwei Kabel für eine Direktverbindung holen?«

»Hä? K... Kabel?! Gleich zwei ...?«

»Eins habe ich dabei. Von der Länge her, na ja, sollte ein Meter reichen.«

»O... Okay.«

Haruyuki steht auf, ohne den Sinn dieser Bitte zu verstehen, läuft schnell zu seinem Zimmer, nimmt zwei XSB-Kabel von der Kabelablage an der Wand und kehrt mit ihnen ins Wohnzimmer zurück.

»Hatte genau zwei Stück da. Äh, das eine ist einen Meter lang, und dieses ... oje, fünfzig Zentimeter.«

Mit jeweils einem Kabel in jeder Hand zieht Haruyuki den Kopf ein. Yuniko erhebt sich mit einem Gesicht vom Tisch, als hätte sie verstanden, was gleich passieren soll.

»Ha hah, alles klar. Okidoki, dann opfere ich mich mal und nehme das kurze Kabel.«

Sie grinst selbstgefällig, reißt Haruyuki das Fünfzig-Zentimeter-Kabel aus der linken Hand und steckt es in den Anschluss ihres roten Neuro Linkers. Genau in dem Moment –

»H... Hey, spinnst du?! Ich nehme dieses Kabel!«

»Nööö.«

Als Kuroyukihimes Arm auf sie zuschießt, schlüpft Yuniko drunter durch und heftet sich an Haruyukis linken Arm. Ihr noch jungenhaft fester Körper drückt sich an seinen und Haruyuki nimmt einen leicht süßsäuerlichen Duft wahr. Vor Schreck versteift er sich etwas. Und da führt sie auch schon das andere Ende des Kabels zu seinem Hals. Ihm bleibt keine Zeit auszuweichen. Der Stecker landet in seinem Anschluss und vor seinen Augen blinkt die Warnanzeige für eine Kabelverbindung auf.

»U... Uwah?! W... Was ...?«

Yuniko grinst den völlig verwirrten Haruyuki keck an und sagt: »Na los, steck das andere, das längere Kabel auch bei dir ein und gib's der da. Ach ja, und wenn du versuchst, in meinen Speicher zu schauen, kannst du dich auf was gefasst machen, also tu's lieber nicht.«

Der Aufforderung folgend begreift Haruyuki endlich. Kuroyukihime will die vier Neuro Linker in diesem Raum kettenartig miteinander verbinden.

Takumu und Yuniko besitzen einfache Neuro Linker mit nur je einem Anschluss für externe Verbindungen. Um alle aneinanderzuschließen, müssen also Haruyuki und Kuroyukihime die Mitte bilden, die beide hochfunktionale Exemplare mit jeweils zwei Steckplätzen tragen. Das hat Yuniko wohl blitzschnell erkannt und sofort das kürzeste der drei Kabel für sich beschlagnahmt, um Kuroyukihime zu ärgern. Diese zeigt auch sofort eine Reaktion: Ihre Wangen zucken krampfhaft und ihre zu Fäusten geballten Hände zittern. Wütend ruft sie: »Ey, kleb nicht so an ihm!«

»Was kann ich dafür, das Kabel ist halt so kurz.«

»Du hast es dir selbst genommen!«, erhebt der Schwarze König wieder die Stimme. Doch schließlich rümpft das Mädchen die Nase und blickt mit seinem eisig kalten Kuroyukihime-Lächeln auf den Roten König herab.

»Hach, genau das ärgert mich an kleinen Kindern. Dass ihr immer irrtümlich annehmt, die Länge des Kabels würde die Nähe der Beziehung anzeigen!«

»Nanu, aber das habe ich doch gar nicht gesagt? Ich dachte nur, das kürzere ist weniger störungsempfindlich, weißt du?«

»D...D... Duuu ...«

Die frostige Kälte könnte jeden Moment wieder auf ein Temperaturniveau klettern, das der Oberflächenhitze der Sonne entspricht. Haruyuki bemerkt das und beeilt sich, das Kabel, das er in seinen zweiten Anschluss gesteckt hat, mit einem verzweifelten Gesichtsausdruck Kuroyukihime zu reichen. Er hofft inständig, dass sie Gnade walten lässt. Die reißt es ihm aus der Hand, kramt, während sie es bei sich einstöpselt, aus ihrer Tasche das übliche Zwei-Meter-Kabel heraus und reicht ein Ende Takumu.

Der hat das Geschehen halb erstaunt, halb belustigt beobachtet und steckt das Kabel nun ebenfalls bei sich ein. Nach zwei weiteren Warnanzeigen sind letztlich alle vier Neuro Linker miteinander verbunden. Haruyuki seufzt erleichtert auf.

»Und, äh ... w... was ... machen wir jetzt?«

»Erst einmal hinsetzen«, erwidert Kuroyukihime noch barscher und kniet sich rasch auf den Fußboden. Schnell tut es Haruyuki ihr gleich, bevor das Kabel zu ihr sich anspannen kann, und auch Yuniko, die immer noch an ihm hängt, hockt sich hin.

Schließlich nimmt auch Takumu in der typischen Haltung eines Kendo-Sportlers Platz und schaut Kuroyukihime an.

»Master, müssen wir uns jetzt beschleunigen?«

»Nein, das ist nicht nötig. Wechselt in den Modus für alle Sinnesebenen und springt dann in das angezeigte Zugriffsportal. Also, los geht's ... Direct Link.«

Als Haruyuki sieht, wie ihre Augenlider zufallen und die Schultern kraftlos heruntersacken, spricht er schnell ebenfalls das Kommando:

»Direct Link!«

Sofort büßt er alle Sinneswahrnehmungen ein und seine Umgebung rückt in weite Ferne. Der Neuro Linker unterbricht den Informationsfluss aller fünf Sinne und lädt nur das Bewusstsein in eine virtuelle Welt. In völliger Dunkelheit spürt Haruyuki lediglich, wie er fällt. Wenn er jetzt einfach abwartet, wird er einen Full Dive in das Heimnetzwerk der Aritas ausführen. Aber bevor es dazu kommt, leuchtet vor seinen Augen ein kreisförmiges Zugriffsportal auf.

Haruyuki streckt seine rechte Hand danach aus, die er selbst gar nicht sieht. Als er es berührt, wird sein Bewusstsein hineingezogen.

Aus der Dunkelheit breitet sich ein Licht aus und hüllt Haruyuki ein. Danach erscheint eine Landschaft, unendlich weit und öde, in der sich lauter seltsame, violette Felsen erstrecken.

Wo sind wir hier nur gelandet?

Haruyuki richtet seinen Blick nach unten und erschrickt ein wenig, als er seinen eigenen Körper nicht sieht. Aber er begreift sofort, dass das hier keine begehbare virtuelle Welt, sondern ein VR-Film ist, also eine Videoaufnahme, die unmittelbar in seinem Gehirn abgespielt wird. Das beweisen auch die Uhranzeige, welche über die verbleibende Laufzeit informiert, sowie ein Verlaufsbalken rechts unten in seinem Blickfeld.

[Äh ... Kuroyukihime?]

Als er das sagt, ertönt sofort ganz in der Nähe rechts eine Antwort.

[Ich bin hier. Takumu und das kleine Gör sind auch da, ja?]

Haruyuki kann Kuroyukihime zwar nicht sehen, aber es ist eindeutig ihre Stimme. Als Nächstes hört er zwei weitere Antworten: [Ja], und: [Nenn mich nicht so!] Haruyuki schaut sich noch einmal in seiner Umgebung um. Nachdem er sich vergewissert hat, dass hier wirklich nichts außer diesen merkwürdigen Felsen zu sehen ist, fragt er zaghaft: [Äh ... Was ist das denn für eine Videodatei, die hier abgespielt wird? Wenn du uns nur eine Aufnahme zeigen wolltest, wieso mussten wir uns dann extra alle per Kabel verbinden ...?]

[Weil ich jede Möglichkeit ausschließen will, dass dieses Video nach draußen dringt. Hätte ich es euch über dein Heimnetzwerk gesendet, wäre es im Cache des Servers eures Wohnhauses gelandet.]

[A... Ach so.]

Jetzt kennt Haruyuki zwar den Grund für die Kabelverbindung, aber der Inhalt des Videos bleibt ihm ein Rätsel.

Das sieht doch gar nicht aus wie etwas, das man mit so großer Vorsicht behandeln muss.

Haruyuki legt nachdenklich seinen unsichtbaren Kopf schief. Doch in dem Moment –

Plötzlich durchschneidet etwas von oben mit einem scharfen Ton die Luft. Als er aufblickt, landet zehn Meter vor ihm auch schon rasselnd eine Gestalt auf dem Boden.

Ein tiefschwarz glänzender, halbdurchsichtig gepanzerter Körper. Scharfe, schwertartige Gliedmaßen. Ein v-förmiger Kopf. Kein Zweifel, das ist Kuroyukihimes Duellavatar, Black Lotus.

[Huch? Kuroyukihime ...?!], entfährt es Haruyuki. Die Angesprochene nickt und antwortet: [Ja, das bin ich. Aber das war vor zweieinhalb Jahren.]

[Vor zweieinhalb ... Jahren? Und ... wenn du in dieser Gestalt hier bist, dann ist das die beschleunigte Welt, ja? Also die Aufzeichnung eines Kampfes ...?]

Hat Brain Burst *denn so eine Funktion?*

Diesmal antwortet Yunikos Stimme von links: [Das nennt man **Replay**. Man braucht ein verdammt teures Item, um so etwas aufzuzeichnen. Aber hey, wenn du sagst, vor zweieinhalb Jahren, dann ist das der Replay vom Kampf der Könige der reinen Farben gegen Chrome Disaster, oder? Warum sieht man nur dich?]

[Gleich kommt noch einer.]

Und noch während Kuroyukihime das sagt, erscheint von links ein neuer Duellavatar im Bild.

War das echt ein Kampf mehrerer gegen einen?

Haruyuki ist verwundert, während er die unbekannte Figur eingehend betrachtet.

Dieser Avatar ist sogar noch einen Kopf größer als Black Lotus. Er hat einen schlanken Körper, aber muskulöse Arme und Beine. In der linken Hand trägt er einen massiven rechteckigen Schild, in der rechten gar nichts. Die Farbe seiner Panzerung ... ist ein smaragdfarbenes, tief durchscheinendes Grün.

[Was für ein schöner Grünton ... Master, ist das ...?]

Auf Takumus Flüstern antwortet Kuroyukihime: [Ja. Das ist der Grüne König. Seine Farbe steht für indirekte Attacken im Nahkampf ... Aber er hat auch einen Beinamen, der seine besondere Fähigkeit am treffendsten beschreibt: **Invulnerable**.]

[Man sagt, der wär unkaputtbar. Gerüchten zufolge hat er immer nur durch Time-out verloren und selbst dann ist sein HP-Wert nie unter fünfzig Prozent gesunken ... Klingt für mich eher nach 'nem Märchen.]

[Ihr werdet es ja sehen], antwortet Kuroyukihime ungerührt auf Yunikos spöttische Bemerkung hin. In dem

Moment nähert sich Black Lotus im Video dem grünen Avatar und deutet mit einer Geste auf den Schatten eines großen Felsens direkt neben ihnen. Der Grüne König nickt wortlos, tritt in den Schatten hinein und drückt sich mit dem Rücken eng an den Stein. Der Schwarze König versteckt sich ein Stück weiter auf die gleiche Art. Es entsteht unmissverständlich der Eindruck, dass sie jemandem auflauern wollen.

Haruyuki hält sogar selbst den Atem an, während er das Geschehen beobachtet, obwohl er weiß, dass dies nur eine Aufzeichnung ist. Plötzlich erklingt von links ein leises Knirschen.

Erschrocken wendet er den Blick dorthin. »Krrrk, krrrk« Das Geräusch von Schritten auf dem ausgetrockneten Boden ist zu hören. Sie kommen langsam näher.

Einige Sekunden später taucht zwischen zwei nebeneinanderstehenden Exemplaren dieser merkwürdigen Felsen ein Duellavatar ... von wahrhaft riesiger Gestalt auf. Er überragt selbst den Grünen König um noch mal einen halben Meter. Der Oberkörper steckt in einer gerillten Metallrüstung und ist ungewöhnlich lang und dünn. Er beugt sich so nach vorn, dass es aussieht wie bei einer Schlange, die gerade ihren Kopf hebt. Auch die beiden Arme sind unglaublich lang. Sie hängen schlaff herab, jeweils eine grob geformte, riesige Axt in der Hand. Die breiten Klingen schleifen fast über den Boden.

Sein Kopf ist ein glatter Zylinder, der an die Form eines gigantischen Regenwurms erinnert. An der Vorderseite befinden sich zwei schwarze Löcher, in denen zwei rote, heftig blinzelnde Augen leuchten.

Sein gesamter Körper ist in ein dunkles, trübes Silber getaucht. Während sich an seiner Oberfläche das schwache

Sonnenlicht spiegelt, schaut der Avatar sich um und beginnt plötzlich, direkt dahin zu starren, wo Haruyuki sich befindet. Dieser vergisst für einen Moment, dass es sich um einen aufgezeichneten Film handelt, und fährt zusammen.

Was ist das denn für einer? Ist das wirklich ... ein Burst Linker? Ein von einem Menschen gesteuerter Avatar?

Nein. Das ist vielmehr ein Roboter ... oder ein wildes Tier.

[Das ... war also der vierte Chrome Disaster, was? Also seine Form und Größe ähneln dem fünften, der aktuell wütet, ja gar nicht], murmelt Yuniko, wie erwartet ruhig, aber auch ein klein wenig angespannt.

[Natürlich nicht. Dieser dunkelsilberne Harnisch ist ein Enhanced Armament, darum verändert er je nach Träger sein Aussehen. Aber die besonderen Merkmale bleiben in jeder Generation gleich. Die bestialische Angriffslust ...], antwortet Kuroyukihime leise, und als hätte der riesige graue Avatar ihre Worte gehört, hebt er in dem Moment seine großen Äxte.

Die Klingen zielen eindeutig auf den Felsen, hinter dem sich der Grüne König versteckt hält. Irgendwie oder einfach nur durch Intuition hat Chrome Disaster erkannt, dass man ihm auflauert.

[Hrargh!!]

Man hört den wilden Schrei eines fleischfressenden Raubtiers und schon sausen die Äxte in einem Wahnsinnstempo herab. Wie Butter teilen sie den dicken Felsen in zwei gleiche Teile. Doch der Grüne König hat sich im letzten Moment mit einem Sprung zur Seite aus dem Felsschatten heraus retten können.

Die Arme mit den Äxten folgen ihm und holen erneut aus. Der Grüne König hat sich gedreht und steht nun wieder aufrecht. Diesmal will er wohl nicht mehr ausweichen, denn er hebt den rechteckigen Schild in der linken Hand über seinen Kopf.

Im nächsten Moment ertönt ein metallenes Reibegeräusch und der Schild beginnt, an allen vier Seiten zu wachsen, bis er sich von einem Rechteck in ein riesiges Kreuz verwandelt hat. Dieses ist groß genug, um den Grünen König vollständig zu verdecken. Und genau in dessen Mitte graben sich jetzt aus großer Höhe und mit aller Kraft die großen Äxte.

Es folgt ein ohrenbetäubendes Klirren, Funken sprühen wasserfallartig in alle Richtungen. Der Grüne König kann die Äxte abwehren, geht aber in die Knie.

[R... Roargh!!]

Mit Schreien, die man sowohl als Wut- als auch Freudebekenntnisse deuten kann, fuchtelt Chrome Disaster wild mit den Äxten herum und lässt sie immer wieder herunterkrachen. Schon einer dieser Schläge könnte seinen Körper sofort in Stücke spalten, aber der Grüne König hält sie mit seinem kreuzförmigen Schild einfach und präzise auf Abstand.

Jetzt fällt Haruyuki plötzlich auf, dass in Chrome Disasters dunkelsilberner Rüstung einige tiefe Schnitte klaffen. Jedes Mal, wenn er seine Äxte schwingt, strömt etwas Nebelartiges, Schwarzes daraus hervor und löst sich in der Luft auf.

[Ist er verletzt ...?], murmelt er unbewusst, und Kuroyukihime entgegnet flüsternd: [Ja. Er hat unmittelbar vorher gegen die anderen Könige gekämpft und wurde hier in die Enge getrieben. Sein Energiebalken geht praktisch gegen null. Und trotzdem wütet er noch so herum. Ich hatte zu diesem Zeitpunkt wirklich Angst vor ihm.]

Das ist verständlich. Man will ja selbst als reiner Zuschauer dieses Replays am liebsten nur weglaufen.

Haruyuki spürt, wie sich ihm sämtliche Haare aufstellen – obwohl die Empfindungen seines realen Körpers eigentlich abgeschaltet sein müssten.

Es ist im Grunde unvorstellbar, dass die Könige, die als die Allerstärksten der beschleunigten Welt gelten, von einem einzigen Gegner so in Schach gehalten werden … Und trotzdem soll er am Ende seiner Kräfte sein? Das würde bedeuten, dass Chrome Disasters tatsächliches Kampfpotenzial sogar das von Spielern übersteigt, die das neunte Level erreicht haben.

Da gibt der riesige Avatar ein tiefes Stöhnen von sich, vielleicht aus Wut auf den Grünen König, dessen Schutzschild nicht nachgibt, wie oft Chrome Disaster auch mit seinen Äxten darauf einschlägt. Er setzt seine Attacken weiter fort, streckt dabei aber gleichzeitig sein langes Kopfteil vor … und auf einmal öffnet sich mit einem feuchten »Plopp!« sein Mund.

Dieser sieht allerdings gar nicht aus wie ein richtiger Mund, sondern wie ein rundes Atmungsloch aus konzentrischen Kreisen. Haruyuki schaut atemlos zu, als aus dem Inneren eine lange, dünne Zunge – oder eher ein Schlauch – lose herausfällt. Sofort sagt Kuroyukihime scharf: [Das ist **Drain**, eine von Chrome Disasters Fähigkeiten. Damit raubt er seinen Gegnern ihre Energie.]

Und tatsächlich, der lange Schlauch schlängelt sich langsam am Schild des Grünen Königs vorbei und nähert sich dessen Hals.

[Vorsicht!], schreit Haruyuki reflexartig auf. Und genau da springt Black Lotus, die sich bislang versteckt gehalten und keine Anzeichen gemacht hatte, am Kampf teilzunehmen, wie ein schwarzer Blitz aus dem Hintergrund hervor.

Ihr rechter Schwertarm saust mit einer Geschwindigkeit herab, die ihn nahezu unsichtbar macht, und schneidet Chrome Disasters Zunge direkt am Ansatz ab.

[U... Uarghaarghrurh!!], dringt ein unverkennbarer Schmerzensschrei und mit diesem auch das dunkle nebelartige Zeug aus der runden Mundöffnung, während der riesige Avatar den Kopf zurückreißt. Die große Wunde, die in seiner Brust klafft, wird nun zum Ziel von Black Lotus' linkem Schwertbein, das sich schonungslos der ganzen Länge nach dort hineinbohrt.

Nun ragt die lange Klinge auf der anderen Seite aus Chrome Disasters Rücken heraus und beginnt plötzlich, in einem strahlenden Violett zu leuchten. Der Schwarze König reißt sein Bein senkrecht nach oben, ohne es vorher herauszuziehen, wirbelt damit höher und höher hinauf und legt einen herrlichen, gestreckten Rückwärtssalto in der Luft hin. Noch bevor Black Lotus wieder auf dem Boden landet, bricht Chrome Disasters Kopf in zwei Hälften auseinander ...

Da erreicht der rechts unten eingeblendete Balken mit der Videolaufzeit sein Ende.

Nachdem Haruyuki mit dem »Link Out«-Befehl wieder in die wirkliche Welt zurückgekehrt ist, merkt er, dass an seinen realen Händen feuchter Angstschweiß klebt.

Takumu, der ihm gegenübersitzt, ist ebenfalls ganz blass geworden. Als Haruyuki nach links schaut, sitzt da der Rote König, Yuniko, ebenso wortlos da und presst krampfhaft die Lippen aufeinander.

»Er hat danach noch zwei Minuten lang weitergekämpft, bis endlich sein Ende gekommen war«, murmelt Kuroyukihime. Dann zieht sie die in ihrem Neuro Linker steckenden Kabel beide mit einem Mal heraus. Haruyuki tut es ihr gleich und während er mit steifen Fingern die Kabel zusammenrollt, fragt er heiser: »War das ... War das wirklich ein Burst Linker? Steckte da wirklich, so wie bei uns, ein lebender Spieler dahinter ...?«

»Daran besteht kein Zweifel. Der aktuelle Fünfte kämpft nämlich fast genauso ... Aber mal 'ne andere Frage, Schwarzer König«, sagt Yuniko mit tiefer Stimme, steht währenddessen auf und funkelt Kuroyukihime noch finsterer als sonst an.

»Dass ihr gegen den Vierten gekämpft und ihn besiegt habt, steht dank dieses Replays ja außer Frage. Aber ... warum habt ihr dann sein Enhanced Armament, diesen Harnisch, nicht vernichtet?!«

»Das haben wir getan!«, ruft Kuroyukihime und steht ruckartig vom Boden auf.

Sie kneift ihren Mund fest zusammen, setzt sich auf ihren Stuhl am Tisch und wartet, bis die anderen drei auch Platz genommen haben. Dann fährt sie gepresst fort: »Nachdem der Träger dieses Harnischs, der vierte Chrome Disaster, für immer aus der beschleunigten Welt verschwunden war, haben der Grüne König und ich uns sofort wieder mit den restlichen fünf Königen getroffen und an Ort und Stelle allesamt unsere Statusfenster überprüft. Jeder hat fest versichert, dass sein Item-Fundus keinen ›Harnisch‹ enthält. Somit war er also verschwunden ... Der Fluch, dass er auf denjenigen übergeht, der den Träger besiegt, hatte sich in dem Moment aufgelöst. Seitdem war ja auch kein Chrome Disaster mehr aufgetaucht!«

Die letzten Worte schreit sie fast, und als sie nach dem scharfen Schlusssatz schließlich verstummt, starrt sie Yuniko provozierend an.

Der Rote König in zweiter Generation erwidert den intensiven Blick ihrer schwarzen Augen, ohne auch nur mit der Wimper zu zucken, und entgegnet ebenso scharf: »Wie willst du dann die momentane Lage erklären? Wieso ist trotzdem ein fünfter aufgetaucht und wütet herum wie seine Vorgänger?!«

»Wie heißt der neue? Sein im System eingetragener Name ändert sich ja nicht, selbst wenn er den Harnisch anlegt, seine Seele damit vergiftet und Chrome Disaster genannt wird. Wer gegen ihn kämpft, sieht den echten Namen des Avatars, der in ihm steckt. Also, auf welchen König ist der Harnisch übergegangen?!«

Diesmal ist es Yuniko, die ihre Augen niederschlägt und schweigt.

Nach einer Weile seufzt sie tief und schüttelt den Kopf.

»Es ist kein König ... Der fünfte Chrome Disaster ... ist ein Mitglied meiner Legion, also von Prominence, den Roten. Sein ursprünglicher Name war Cherry Rook ... Aber diesen Burst Linker gibt es nicht mehr. Er wurde vom Harnisch aufgefressen, ist getilgt worden.«

Ungeachtet ihrer scharfen Wortwahl klingt Yunikos Stimme merkwürdig rau und zittrig.

Kuroyukihimes Augen verengen sich, mit den Fingerspitzen ihrer rechten Hand fährt sie sich über die fahlen Lippen.

»Kein ... König ...? Jemand aus der Roten Legion ...? Aber ...«

Als Kuroyukihime nachdenklich die Augenbrauen zusammenzieht, hebt Takumu leicht eine Hand und sagt: »Kann es nicht so gewesen sein, Master? Enhanced Armaments lassen sich ja über den Shop oder eine Kabelverbindung in der realen Welt an andere Burst Linker weitergeben. Ich sollte so etwas vielleicht nicht sagen, aber wenn ich an den Fall mit dem Backdoor-Programm zurückdenke, kann ich nicht glauben, dass alle Könige rechtschaffene Pazifisten sind. Vielleicht hat einer von ihnen vor zweieinhalb Jahren einen falschen Schwur in bösartiger Absicht abgelegt, den Harnisch still und heimlich mitgenommen und dann Cherry Rook gegeben?«

»Das ... könnte eventuell sein, ja ... Aber wie schon vorhin gesagt, die Könige ... also die Level-neun-Spieler haben keinen Grund mehr, eine große Menge Punkte zu sammeln. Denn egal wie viele sie horten, es bringt sie nicht ins zehnte Level. Eine Weitergabe wäre also nur dann sinnvoll ... wenn man die eigene Legion stärken oder eine andere schwächen will. Aber dafür lässt man doch nicht ausgerechnet den un-kontrollierbaren Chrome Disaster los, das Risiko wäre viel zu groß. Außerdem – wenn ein Mitglied der Roten Legion den Harnisch hat, muss er vom Roten König stammen ... Aber der Rote König, der damals am Kampf teilgenommen hat ...«

Wahrscheinlich fällt nur Haruyuki auf, wie Kuroyuki-himes Stimme sich an dieser Stelle etwas verhärtet.

Plötzlich berührt ihre kalte linke Hand unter dem Tisch seine rechte. Und als hätte sie sich dadurch etwas Wärme von ihm geliehen, spricht sie wieder in kontrolliert festem Ton weiter.

»Den damaligen Roten König gibt es in der beschleunigten Welt nicht mehr. Denn er wurde nur drei Monate nach dem Kampf gegen Chrome Disaster ebenfalls geschlagen. Deswegen kann der Harnisch nicht über ihn gegangen sein.«

»Darüber weiß ich gar nicht so viel, weil ich zu der Zeit ein frischgebackenes Burst-Linker-Küken war«, wirft Yuniko düster ein. Kuroyukihimes kurzen Konflikt scheint sie nicht bemerkt zu haben.

»Ich hab von ihm natürlich keinen Harnisch bekommen, und selbst wenn, käme ich nicht auf den Gedanken, ihn meinen Mitgliedern weiterzugeben. Wie könnte ich auch ... nachdem ich diese dämonische Kampftechnik selbst gesehen habe ...«

»I... Ist der fünfte ... denn auch so krass stark?«

Auf Haruyukis Frage hin hebt Yuniko den Blick und sagt mit Nachdruck: »In gewisser Weise sogar krasser als der im Replay! Er ist kein Burst Linker mehr und trägt keine Duelle mehr aus. Ich ... Ich habe selbst gesehen, wie er einem besiegten Gegner den Arm abgerissen und ihn genüsslich verspeist hat.«

»Urks ...«

Haruyuki stöhnt, als er sich diese Szene unwillkürlich vorstellt.

Er spült den sauren Nachgeschmack im Mund mit seinem mit viel Milch und Zucker gesüßten Kaffee hinunter und stellt dann eine Frage an die beiden Könige.

»A... Aber ... ihr sprecht die ganze Zeit von einem ›Verändern der Persönlichkeit‹ und ›Vergiften der Seele‹ ... Aber sind Enhanced Armaments denn nicht einfach nur gewöhnliche Items? Oder können sie wirklich das Denken ihrer Träger beeinflussen ...?«

»Sie können. Denkbar ist es jedenfalls«, antwortet Kuroyukihime sofort entschieden.

»Weißt du noch? Als du, Haruyuki, zum Burst Linker geworden bist, habe ich es dir erklärt. Dass *Brain Burst* die

Komplexe und Zwangsvorstellungen des Nutzers ausliest und sie zum Duellavatar verdichtet.«

»J... Ja.«

»Das bedeutet, der Neuro Linker kann nicht nur auf unsere Gefühle, sondern ebenso auf Gedanken und Erinnerungen zugreifen. Auch wenn das in normalen Anwendungen stark reguliert wird. Jedenfalls ... In den Enhanced Armaments stecken also auch die negativen Empfindungen desjenigen Burst Linkers, der sie erschaffen hat. Wenn ein anderer diese Armaments anlegt, kann es durchaus sein, dass diese Gefühle auf ihn übergehen.«

»Wow ... Das ...«

Haruyuki spürt, wie ein Schauer über seinen Rücken jagt. Für ihn ist sein eigener Pessimismus bereits mehr, als er eigentlich vertragen kann – wenn noch der eines anderen hinzukäme, würde er sofort daran zerbrechen, dessen ist er sich sicher.

»I... Ich glaube, ich brauche keine Armaments.«

»Das ist gut so.«

Kuroyukihime kichert kurz und nickt.

»Na ja, so schlimm, dass man gleich eine ganz andere Persönlichkeit bekommt, wirkt sich wohl nur Chrome Disasters Harnisch aus. Ich frage mich, was er ursprünglich für ein Mensch war ...«

»Keine Ahnung. Interessiert mich auch nicht!«, ruft Yuniko laut, während sie plötzlich ihren Stuhl nach hinten rückt und aufspringt.

»Der, der dieses Ding erschaffen hat, ist ein verdammter Scheißkerl! Genauso wie der dämliche Typ, der es heimlich genommen und Cherry Rook gegeben hat! Wisst ihr, Cherry ...

war ein guter Kerl. Hatte zwar keine herausragenden Fähigkeiten, hat sich aber unermüdlich bis zu Level sechs hochgearbeitet. Es hätte noch so gut laufen können mit ihm! Aber dann ... kam diese Kacke!!«

Da wendet sich der Rote König auf einmal blitzschnell ab. Haruyuki scheint es, als hätte er in den Augen des Mädchens etwas Feuchtes gesehen.

Während sie finster die Wand aus Hochhäusern draußen hinter der Balkonbrüstung anstarrt, würgt Yuniko bebend hervor: »Er gehört immer noch zur Roten Legion und greift ständig Mitglieder der anderen Königslegionen an. Er missachtet den Nichtangriffspakt. Ich ... muss ihn dafür liquidieren.«

Für einen Moment legt sich eine schwere Stille über den Raum – bis sie von Kuroyukihimes leiser Stimme durchbrochen wird.

»Verstehe ... Auf herkömmlichem Weg lässt sich Chrome Disaster nur schwer besiegen, aber ... aktuell ist er Mitglied einer Legion. Du als Legionsmaster kannst ihn daher mit nur einer Attacke für immer aus der beschleunigten Welt verbannen. Mit dem **Judgement Blow**.«

»...«

Wieder schweigt Yuniko einige Sekunden lang, dann nickt sie langsam, schüttelt aber gleich darauf den Kopf.

»Ich habe ihn vor zehn Tagen, als er gerade ins siebte Level aufgestiegen war, zu einem Duell, nur er gegen mich, herausgefordert. Um ihn zu liquidieren. Aber ... Kannst du das glauben, Black Lotus? Er ... ist allen meinen Langstreckenattacken ausgewichen!«

»Wie bitte ...?«

»Der Judgement Blow ist ja bei jedem Legionsmaster eine Nahkampftechnik mit praktisch null Reichweite. Damit er trifft, muss man den Gegner zuerst bis zu einem gewissen Grad mit normalen Attacken bewegungsunfähig machen. Aber egal wie viele Kanonenkugeln oder Raketen ich abgefeuert habe, sie konnten ihm nicht einen Kratzer zufügen ... Ich dagegen habe durch sein Schwert stetig HPs eingebüßt und schließlich ... nach Ablauf des Zeitlimits verloren.«

»Verloren?! Du als König, obwohl du den Judgement Blow hast?!«

»Jetzt sei nicht so überrascht ... Du hast doch selbst mal gegen ihn gekämpft. Also weißt du doch, dass er sich schnell wie der Teufel bewegen kann. Er macht ultraweite Sprünge oder ändert seinen Kurs mitten in der Luft ... Es war fast, als könne er fliegen.«

»Flie...gen ...«

Kuroyukihimes Flüstern verstummt. Sie starrt zuerst Yuniko an, die auf der anderen Seite des Tisches steht, dann den neben ihr sitzenden Haruyuki.

Schließlich senkt sie ihren Kopf langsam zu einem bedeutungsvollen Nicken.

»Ach so. Jetzt habe ich endlich dein Ziel erkannt ... warum du Haruyuki so mühsam in der Realität aufgespürt und dich sogar als seine Verwandte ausgegeben hast.«

Offenbar ist inzwischen auch Takumu im Bilde. Als alle drei aufmerksam zu ihm blicken, schaut Haruyuki nervös nach links und rechts und lehnt sich dabei langsam nach hinten.

»W... Was denn? Was für ein Ziel ... ist das denn jetzt?«

»Ist doch klar, Brüderchen! ♪«

Yuniko wechselt urplötzlich zu einem niedlichen Tonfall und lächelt dabei unschuldig wie ein Engel.

»Du, mein lieber Haruyuki, wirst Chrome Disaster für mich fangen.«

Ganze fünf Sekunden lang driftet Haruyuki geistig einfach nur weg.

Dann schreit er los: »Nein! Spinnst du?? Das kann ich nicht!«

Er purzelt von seinem Stuhl und versucht, sich hinter Kuroyukihime zu verstecken.

Doch der Schwarze König neigt scheinbar nachdenklich den Kopf zur Seite, nur um dann Haruyuki rücksichtslos am Kragen seiner Schuluniform zu packen und hochzuziehen. Mit dem Lächeln einer Heiligen säuselt sie ihm zu: »Haruyuki, alles ist seine Erfahrung wert. Ich finde, du solltest es versuchen.«

»W... Waaas?!«

»Es sagt ja keiner, dass du alleine gegen ihn kämpfen musst. Außerdem betrifft diese Sache nicht nur die Rote Legion, sondern sie ist ein Problem für die ganze beschleunigte Welt ... und somit auch für uns, Nega Nebulus. Da solltest du doch, als Mann und als Burst Linker, zur Tat schreiten, nicht wahr?«

Wenn sie so spricht und mich so ansieht, heckt sie meist irgendwas aus.

Haruyuki stöhnt insgeheim, aber da er keinen blassen Schimmer hat, was sie damit bezwecken will, versucht er verzweifelt, Ausreden zu finden.

»A... Aber ... Wenn selbst Scarlet Rain ihn nicht besiegen konnte, die ein König und im neunten Level ist! Ich bin nur im vierten Level, mich fegt der innerhalb eines Augenblicks davon, und Schluss! Ich hab keinen Bock drauf, dass er mir den Kopf oder Arme und Beine abreißt!!«

»Glaubst du etwa, ich lasse zu, dass er so etwas mit dir macht?«

Sie schenkt ihm noch ein Lächeln, das selbst die beste Eiscreme der Erde schmelzen lassen könnte.

»Du bist schnell und kannst fliegen. Wenn du dich Chrome Disaster näherst und ihn nur einen Moment festhalten kannst, reicht das vollkommen aus. Dann machen ich und dieses Gör hier ihn bewegungsunfähig.«

»D... Das sagst du so leicht ...«

Haruyuki will sich noch nicht geschlagen geben. Er lässt sein ausgeprägtes Fluchttalent nun erst recht zur Hochform auflaufen und kratzt seine letzten Gegenargumente zusammen.

»Hey ... Setzt das nicht voraus, dass wir ihn in einen Teamkampf verwickeln können? Dann stünde aber Chrome Disaster alleine gegen mindestens drei – dich, mich und Scarlet Rain. Auf so ein unfaires Duell lässt der sich doch niemals ein!«

Burst Linker können, solange sie in irgendein Netzwerk eingeloggt sind, Herausforderungen zu Einzelduellen gegen andere Spieler nicht ablehnen. Im Fall von Kämpfen in den Modi »Team« oder »Battle Royale« hingegen schon. In dieser konkreten Situation würde der Mensch, der hinter Chrome Disaster steckt, zu einem für ihn sehr unvorteilhaften Kampf gegen drei andere Burst Linker herausgefordert werden. Das nimmt er doch niemals an.

Nein ... Moment. Hat ihn nicht genau das vor ein paar Minuten erst stutzig gemacht?

Kuroyukihime nickt dem verstummten Haruyuki kurz zu, richtet dann ihren Blick auf Yuniko und stellt fest: »Wenn

Chrome Disaster sein Unwesen in normalen Kämpfen treiben würde, müsste es mir auch schon zu Ohren gekommen sein. Da dies aber nicht der Fall ist, heißt das wohl ...«

»Ja ...«

Der Rote König steckt beide Hände in die Taschen seiner Hotpants, lehnt den schmalen Oberkörper zurück und nickt dann energisch.

»Sein Jagdrevier sind längst keine normalen Schlachtfelder mehr. Sondern ein höheres ... das **unbegrenzte neutrale Feld**.«

Bitte was?

Über Haruyukis Kopf taucht wieder ein Fragezeichen in der Luft auf. Der schräg gegenüber von ihm sitzende Takumu schreit jedoch energisch: »D... Das ist gefährlich, Master!«

Geräuschvoll rückt er seinen Stuhl etwas nach hinten, beugt sich vor und fährt aufgeregt fort: »In dieser Konstellation in ein höheres Feld zu diven, wäre absolut unvernünftig! Nicht nur für Haru und mich, sondern auch, weil du an diese Sonderregel gebunden bist! Sollte dich zufällig überraschend ein anderer Level-neun-Spieler angreifen, reicht ihm ein Sieg, damit du *Brain Burst* verlierst ... Nein, schlimmstenfalls könnte sogar ...«

Takumu schaut kurz die neben ihm stehende Yuniko an. Er zögert kurz, legt dann aber die Fingerspitzen seiner rechten Hand an den blauen Brillensteg und sagt: »Ich muss es erwähnen, also tue ich es jetzt ... Schlimmstenfalls könnte sogar das alles ... dass sie Haruyukis Identität herausgefunden und uns diese Geschichte erzählt hat, eine Falle des Roten Königs sein. Um unseren Master in das unbegrenzte Feld zu locken, weil dort seine große Armee auf ihn wartet und ihn enthaupten will.«

Yuniko, nun wieder in ihrem Teufelchen-Modus, schiebt ihr spitzes Kinn vor, die Hände immer noch in den Hosentaschen, und funkelt Takumu abschätzig an.

»Ganz schön vorlaut bist du, Cyan Pile. Ich hör dich schon die ganze Zeit nur so kluges Zeug von dir geben. Wieso? Hast du die Rolle der Brillenschlange? Nennt man dich Professor?«

Volltreffer.

Für einen Moment sieht Takumu ein klein wenig schockiert aus, besinnt sich dann aber wieder und entgegnet: »Ich meinte damit, dass du uns einen Beweis vorlegen musst. Unsere Legion besteht nur aus drei Leuten, wenn du also willst, dass wir trotzdem einen Dive dorthin riskieren, musst du uns irgendwie deine Glaubwürdigkeit belegen!«

»Das hier war doch schon der Beweis.«

Yuniko nimmt ihre rechte Hand aus der Hosentasche, fährt damit kurz über ihren virtuellen Desktop und macht mit drei Fingern gleichzeitig eine schnipsende Bewegung. Vor Haruyukis Augen erscheint noch einmal eine halbdurchsichtige Namenskarte. Allerdings eine etwas größere als vorhin. Sie offenbart nicht nur den realen Namen des Mädchens, sondern auch eine Adresse.

Haruyuki starrt fassungslos die Zeichen an, die mit »Tokyo, Bezirk Nerima« beginnen und mit einem ihm unbekannten Schul- und Wohnheimnamen enden. Yuniko hatte ihre Identität doch schon durch die Preisgabe von Name und Gesicht zur Genüge offengelegt. Da noch von selbst mit der eigenen Adresse rauszurücken, das ist kein Mut mehr, das ist Wahnsinn.

Takumu und Kuroyukihime wirken ebenfalls verblüfft. Schweigend schauen alle drei ehrfürchtig zu Yuniko. Die nimmt ihre rechte Hand vom Desktop und drückt deren Daumen energisch gegen ihre flache Brust.

»Kapiert ihr immer noch nicht, wieso ich euch real kontaktiert habe? In dieser Welt bin ich eine schwache, mittellose Grundschülerin ohne jegliche Anhänger. Wenn ihr mich hier angreift, bin ich machtlos dagegen. Sollte ich euch also verraten, dürft ihr euch gerne jederzeit in der Realität dafür rächen.«

Nachdem Yuniko das gesagt hat, sieht Haruyuki im letzten winterlichen Sonnenlicht, das zum Fenster hereinfällt, ihre Augen rot brennen.

Ihre unglaubliche Entschlossenheit scheint fast schon an Verzweiflung zu grenzen. Sie kann es nicht einfach dulden, wenn ein Mitglied ihrer Legion den Nichtangriffspakt bricht und Avatare anderer Legionen attackiert. Aber trotz allem ist *Brain Burst* nach wie vor ein bloßes Kampfspiel. Es dient doch dazu, sich zu amüsieren, Spaß zu haben, Freude zu empfinden.

Deswegen denkt Haruyuki persönlich, dass es falsch ist, sein reales Ich für *Brain Burst* zu opfern. Genau das ist der Fehler, den Takumu vor drei Monaten begangen hat und der ihm bis heute noch Probleme bereitet.

»Yuniko ...«, sagt Haruyuki ungeplant an Takumus Stelle, der erschüttert schweigt. Dann sucht er nach weiteren Worten.

Aber als hätte der Rote König anhand dieser paar Silben Haruyukis Gedanken lesen können, senkt das Mädchen seine rechte Hand und setzt ein spöttisches Lächeln auf.

»Ich weiß, was du sagen willst. Aber ... du wirst es selbst auch merken, wenn du eines Tages so weit bist wie wir. Dieses

Spiel lässt durch seine Beschleunigungstechnologie die reale Welt sehr unbedeutend erscheinen. Du würdest in Ohnmacht fallen, wenn du wüsstest, wie viele Stunden ich oder sie bisher schon in der beschleunigten Welt verbracht haben.«

»Ah ... Du meinst die Gesamtspielzeit ...?«

Haruyuki neigt verwirrt den Kopf zur Seite und überschlägt kurz. Er selbst absolviert aktuell etwa zehn Duelle am Tag. Wenn ein solcher Kampf im Durchschnitt zwanzig Minuten dauert, ergibt das zweihundert Minuten ... also etwas mehr als drei Stunden. Für einen Schuljungen in seinem Alter ist das eine lange Spielzeit, aber durchaus noch akzeptabel.

Bei drei Stunden täglich kommt man auf hundert Stunden im Monat. Wenn er sich recht erinnert, hat Yuniko gesagt, dass sie seit zweieinhalb Jahren ein Burst Linker ist. Das hieße ...

»Dreitausend ... Stunden etwa?«

Das klingt nach einer sehr großen Zeitspanne, ist aber noch völlig harmlos im Vergleich zu denjenigen, die ernsthaft süchtig sind nach VRMMORPGs – Massenrollenspielen in virtuellen Räumen. Die schaffen es locker, jeden Tag zehn Stunden am Stück im Dive zu verbringen.

Doch als Yuniko Haruyukis eifrig im Kopf errechnetes Ergebnis hört, bricht sie in schallendes Gelächter aus, und auch Kuroyukihime kichert ein wenig.

»Was, lieg ich etwa falsch? Dann sag doch mal, Yuniko, wie lange du schon spielst ...«

»Nö. Gib dir selbst eine Antwort drauf. Ach, und noch was ...«

Plötzlich zieht der Rote König ein böses Gesicht und sagt finster: »Hör auf, mich Yuniko zu nennen. Da rollen sich mir ja die Fußnägel hoch ... Niko reicht. Einfach nur Niko, kein voller Name und keine anderen Spitznamen.«

Irgendwie kommt es Haruyuki gerade so vor, als wolle sie damit nur vom Thema ablenken, aber er nickt beflissen und schaut dann um sich.

»Äääh ... Das heißt also, Nega Nebulus wird Niko ... dem Roten König helfen?«

»Hm. Es birgt zwar einige Risiken, aber wir wollen es erst einmal akzeptieren. Für uns könnte die Aktion auch von Vorteil sein.«

»V... Vorteil?«, fragt Haruyuki zurück. Kuroyukihime wendet ihre Augen von ihm ab und wirft einen flüchtigen Blick zum Roten König.

»Ja. Wenn eine große Legion wie Prominence uns in so einer wichtigen Sache um Hilfe bittet, wollen sie uns sicher etwas zum Tausch dafür anbieten. Zum Beispiel ... unser kleines, bescheidenes Territorium von nun an nicht mehr anzugreifen, oder so was.«

»Tse.«

Der Rote König, Niko, schnalzt leise mit der Zunge und winkt mit der rechten Hand ab.

»Ja, hab's kapiert. Reicht ein mündliches Versprechen? Ich sag meinen Leuten, sie sollen Suginami bis auf Weiteres in Ruhe lassen.«

Kuroyukihime, die ihre Arme verschränkt hat, nickt und hebt einen Zeigefinger.

»Eine Sache wäre da allerdings noch. Scarlet Rain ... wie in aller Welt willst du Chrome Disaster im unbegrenzten Feld abpassen? Du weißt doch sicher, dass man dort praktisch keine Chance hat, jemandem gezielt zu begegnen.«

»Das lasst mal meine Sorge sein. Ich übernehme die Verantwortung für Ort und Zeit. Momentan kann ich nur sagen, dass es ... morgen Abend sein wird.«

»Aha. Du schaffst das sicher, ja?«

Auf Kuroyukihimes bedeutungsschwangere Frage hin nickt Niko bekräftigend.

»Dann verlassen wir uns auf dich. Wir treffen uns morgen nach der Schule wieder hier und diven in das unbegrenzte neutrale Feld. In Ordnung, Haruyuki? Takumu?«

Und was ist nun dieses unbegrenzte Feld eigentlich?

Aber noch bevor er fragen kann, ergreift ihn innerlich Entsetzen, als er feststellen muss, dass wieder ein Treffen in seiner Wohnung stattfinden soll.

Urks.

Seine Mutter kehrt zwar erst in zwei Tagen aus Shanghai zurück, aber wenn er morgen nach der Schule hier hereinkommt und Niko diesmal die gewissen anderen verbotenen Spiele aus seinem Besitz im Wohnzimmer vorführen sollte ... Davon würde er sich niemals erholen.

Ich muss mein Zimmer vor ihr verschlossen halten. Diesmal um jeden Preis!

Während er sich das schwört, nickt er Kuroyukihime als Antwort zu, und Takumu senkt ebenfalls bedächtig den Kopf.

»So, dann machen wir an dieser Stelle Schluss für heute. Haruyuki, danke für den leckeren Kaffee«, sagt Kuroyukihime und steht auf. Noch einmal lässt sie ihren Blick über die mehrere Jahrzehnte alten Spiele gleiten, die im Wohnzimmer verstreut liegen.

»Irgendwann mal möchte ich gerne einfach so vorbei-
kommen. Viele dieser Titel kenne ich gar nicht.«

»J... Ja, sehr gern.«

*Hoffentlich wählt sie dann etwas mit wenig Blut und Innereien
aus.*

Haruyuki begleitet Kuroyukihime und Takumu zur Woh-
nungstür.

»Also, Haru, dann bis morgen in der Schule. Oha, so spät
haben wir's schon?!«

Als Erster verlässt Takumu die Wohnung, winkt noch eilig
zurück und verschwindet dann über den Flur zum Verbindungsgang, der in den anderen Teil des großen Wohnkomplexes führt. Danach zieht Kuroyukihime ihre Halbschuhe an
und dreht sich um.

»Ä... Äh, ich bring dich nach Hause. Um diese Uhrzeit
solltest du ...«, setzt Haruyuki an, doch Kuroyukihime winkt
ab.

»Keine Sorge, wenn ich für die Schülervertretung zu tun
habe, wird es häufig noch später. Und so weit wohne ich gar
nicht entfernt.«

»Ach so ... Okay. Aber pass gut auf.«

»Ja. Also dann. Bis morgen.«

Sie lächelt, hebt die rechte Hand und will schon aus der
Tür treten.

Da wirft Niko hinter Haruyuki betont ein: »Ja, geh nur,
Schwarze. Und komm morgen nicht zu spät. So, ich mach
dann hier mal weiter.«

Als sie zurück in Richtung Wohnzimmer tapst, wirbelt
Kuroyukihime wieder herum und schreit: »Hey, stehen geblieben, Rote!!«

»Was is'?«

Yuniko reckt energisch ihren Hals. Kuroyukihime funkelt sie bedrohlich an und nimmt sie ins Kreuzverhör: »Du hast doch nicht etwa vor, heute wieder hier zu übernachten?«

»Doch, na klar. Denkst du, ich fahr extra nach Hause? Viel zu anstrengend.«

»Ich glaub's nicht, du fährst auf jeden Fall heim! Mach deine Hausaufgaben, putz dir die Zähne und geh schlafen, so wie alle Kinder!!«

Aber diese feurigen Worte wischt Niko mit einem frechen Grinsen beiseite.

»Ich geh doch auf ein Internat. Und da ich mir die Erlaubnis erschlichen hab, drei Tage wegzubleiben, wär eh kein Essen für mich da, wenn ich früher zurückkomme ... Also, Brüderchen, was machen wir heute Abend?♪«

Den letzten Teil säuselt sie wieder in ihrem Engelmodus und verschwindet dann schnell im Wohnzimmer.

»Wa...Wa...?«

Kuroyukihime macht ein Gesicht, als stünde sie kurz vorm Explodieren. Die Hände zu zitternden Fäusten geballt, wirft sie dem sprachlos dastehenden Haruyuki einen funkelnden Blick zu.

»Das ›Bis morgen‹ nehme ich zurück. Ich schlafe heute auch hier«, verkündet sie ihren überraschenden Entschluss – oder eher ihre Kriegserklärung? Jedenfalls schließt sie energisch die Tür, zieht ihre Schuhe wieder aus und stampft durch den Flur zurück ins Wohnzimmer.

Haruyukis Kopf hat diese Sache völlig lahmgelegt. Eine ganze Minute vergeht, bevor er wieder denken kann.

Was ist hier gerade geschehen?

Was war das, was passiert hier, ist das wirklich real? Oder haben sich sämtliche Ereignisse bisher nur in einer digitalen Scheinwelt abgespielt?

Haruyuki sitzt im Wohnzimmer auf dem Sofa mit einem Kissen in den Armen und starrt Löcher in die Luft.

Vielleicht war ja von Anfang an alles – die Begegnung mit Kuroyukihime, wie sie ihm Brain Burst *gegeben hat und er zum Burst Linker Silver Crow wurde und sämtliche Dinge danach – vielleicht war alles nur ein Traum. Vielleicht läuft bei mir ja gerade ein Programm zur Realitätsflucht ab, das mir unaufhörlich Illusionen zeigt?!*

Diese Frage stellt sich Haruyuki ernsthaft. Aber dafür sind der Nachgeschmack der leicht verbrannten Frikadellen, die er vor einer halben Stunde gegessen hat, das Glücksgefühl im Magen und die Geräusche von plätscherndem Wasser und kreischenden Mädchenstimmen aus dem Badezimmer auf der anderen Seite des Flurs dann doch zu real.

Nach Kuroyukihimes plötzlicher Entscheidung waren sie zu dritt im Einkaufszentrum unten in Haruyukis Wohnkomplex gewesen, kochten danach gemeinsam das Abendessen, erledigten den Abwasch … und beschlossen dann, dass Kuroyukihime und Niko zuerst baden gehen würden, und zwar gemeinsam. So weit, so gut.

Weil aber diese Situation derart unerwartet eingetreten ist und ihm so unwirklich erscheint, hat Haruyuki die meiste Zeit einfach nur mechanisch funktioniert. Er kann sich geistig einfach nicht damit arrangieren, dass während er hier sturmfreie Bude hat, zwei Mädchen bei ihm übernachten, kochen und baden.

Wie soll ich mich bloß am besten verhalten? Welche Option soll-
te ich als Junge in so einem Fall normalerweise wählen?

Während ihm bereits Qualm aus den Ohren zu kommen
scheint, kurbelt Haruyuki die Denkmaschine seines überlas-
teten Kopfes immer weiter an. In Spielen oder Animes mit
derartigen Settings fragt der männliche Charakter, ob die
Wassertemperatur denn in Ordnung ist, und dann passiert
irgendwas, wodurch er letztendlich selbst im Badezimmer
landet. Woraufhin er mit Wasserschüsseln oder Shampoofla-
schen beworfen wird und wieder abzischt.

Vielleicht sollte ich es also auch so machen?

Er steht langsam auf und nimmt unsicher Kurs auf das
Badezimmer. Vor seinem inneren Auge sieht er nichts mehr
außer einem Eventbild, in dem Kuroyukihime und Niko von
oben bis unten mit Schaum bedeckt sind und sich gegenseitig
abschrubben.

Doch leider – oder zu seinem Glück – hört er gerade in dem
Moment, als er die Wohnzimmertür öffnen will, vom Flur her
die Schritte der zwei Mädchen nahen. In Lichtgeschwindig-
keit fliegt Haruyuki auf das Sofa zurück und kniet sich dort
stramm hin.

Die Tür wird mit Gewalt aufgerissen. Als Erste stürmt Niko
herein, ruft laut: »Eis, Eis!«, und trampelt in die Küchenecke.
Als Haruyuki sieht, dass sie ein großes Sweatshirt und locke-
re kurze Hosen anhat, wendet er automatisch den Blick ab,
der daraufhin in Kuroyukihimes Augen landet.

Diese trägt einen Pyjama in Blassrosa, den sie sich wohl vorhin gekauft hat.

Und wie sie so dasteht, den Kopf etwas zur Seite geneigt, und mit dem Handtuch die feucht glänzenden Haare abtrocknet, strahlt sie eine wehrlose Liebenswürdigkeit aus, die man sich im Alltag gar nicht vorstellen kann, wenn ihr uniformer schwarzer Look sie vom Rest der Welt trennt. Haruyuki kann nicht anders, als sie verzaubert anzustarren.

»Jetzt glotz mich nicht an wie eine Fata Morgana. Es gab keine andere Farbe in meiner Größe«, sagt Kuroyukihime, ohne ihn weiter anzuschauen. Da kommt Haruyuki wieder zu sich und schüttelt heftig den Kopf.

»N... Nnnnein, Quatsch, d...d... das steht dir gut, sehr gut sogar.«

»O... Okay. Sieht es nicht ein wenig kindisch aus?«

»Nein, gar nicht! Steht dir hervorragend. Absolut perfekt. Besser geht's nicht«, sagt Haruyuki verzweifelt, immer noch stocksteif und mit durchgestrecktem Rücken auf dem Sofa kniend.

Gerade als er den Mund geschlossen hat, schiebt sich von rechts Nikos Gesicht in sein Blickfeld. Das Mädchen wedelt mit einem Eis am Stiel herum.

»Hey, wusstest du das schon, Silver Crow?«

»W... Was denn?«

»Man glaubt es kaum, aber die da ist, wenn sie sich auszieht, ziemlich gut bestückpfhuoh...«

Ihre Bemerkung endet in einem erstickten Laut, weil Kuroyukihime ihr in dem Moment einen brutalen Schlag in die Magengrube verpasst.

Dann umschlingt sie von hinten Nikos Hals mit ihren Hände, hebt sie hoch und lacht herablassend.

»So, du solltest dann auch mal schnell baden gehen. Das Wasser wird sonst kalt.«

Haruyuki springt eilig vom Sofa, obwohl ihn innerlich die Angst packt, als er Niko wehrlos in der Luft hängen sieht.

»J... Ja! D... Dann spring ich auch mal kurz rein! Im Kühlschrank ist noch Gerstentee und anderes Zeug. Bedient euch, bis gleich!«

Danach zocken sie noch bis in den späten Abend hinein Haruyukis Retrospiele aus seiner Ab-18-Sammlung.

Sie sitzen zu dritt auf dem Boden um eine über vierzig Jahre alte Spielkonsole herum und töten laut schreiend und kreischend die Monster auf dem Flachbildschirm. Aber selbst dabei geht Haruyuki die Frage nicht aus dem Kopf, ob er das gerade wirklich erlebt.

Er und die beiden Mädchen stehen eigentlich nur über dieses VR-Spiel namens *Brain Burst* miteinander in Verbindung. Somit beruht ihre Bekanntschaft im Grunde auf der Onlinewelt, dem Internet.

Klar mag er Kuroyukihime sehr, und auch sie hat ihm gesagt, dass sie ihn liebt. Aber bisher haben sie diese Gefühle stets nur mittels hin- und hergesendeter Quantensignale zwischen ihren Neuro Linkern ausgetauscht. Und Haruyuki dachte eigentlich, dass es ihm reicht, wenn ihre Beziehung mit Vektordaten dargestellt wird.

Heute allerdings haben sie zusammen gekocht und gegessen, nacheinander gebadet und sitzen jetzt nur ein paar Zentimeter voneinander entfernt, sodass sie sogar die Körperwärme des anderen spüren.

Kann so etwas überhaupt sein in dieser Welt? In dieser Welt, in der Realität und Virtuelles miteinander verschmelzen und man gar nicht mehr weiß, welche Sinnesinformationen man analog und

welche digital wahrnimmt? Als was soll ich eine »Offline-Bezie-
hung« unter Menschen nur begreifen, wie soll ich sie wahrneh-
men? Bisher bin ich offline immer nur vor allem weggelaufen, hab
mich versteckt, mich kleingemacht.

Doch da wird seine endlose Gedankenschleife vom lauten Schrei eines riesigen Monsterbosses auf dem Bildschirm unterbrochen.

Zeitgleich schleudert Niko ihren Controller weg und lässt sich auf den Rücken fallen.

»Haah ... Ich kann nicht mehr. Ich bin müde. Müüüde!«

Kuroyukihime legt ihre linke Hand vor den Mund und gähnt elegant.

Da Haruyuki seinen Neuro Linker gerade nicht trägt, schaut er auf die Wanduhr – es ist schon fast Mitternacht.

»N... Na gut, dann lasst uns mal schlafen gehen. Äääh ... Yuniko, ich meine Niko, für dich ist sicher das Sofa wieder okay? Und Kuroyukihime, du kannst im Zimmer meiner Mutter schlafen. Oh, aber da muss ich erst kurz die Heizung aufdrehen ...«

Aber Niko unterbricht ihn mit lauter Stimme: »Ach, nö, ist mir zu weit. Bring mir einfach 'ne Decke, dann schlaf ich ... hier ...«

Sie bettet ihren Kopf auf ein großes Kissen und sofort fallen ihr die Augen zu.

»Ja, gute Idee. Hier so zwischen den ganzen Spielen zu schlafen, das klingt nach einem richtig historischen ... Erlebnis ...«

Auch Kuroyukihime sinkt auf eins der Kissen.

Waaas?

Haruyuki bekommt es mit der Angst zu tun.

Da er die beiden letzten Endes aber nicht selbst zu ihren Schlafplätzen tragen kann, folgt er der Aufforderung und holt so viele Decken wie möglich. Mit ihnen deckt er Niko und Kuroyukihime zu, die bereits eindösen, und überlegt dann.

Soll ich in meinem eigenen Zimmer schlafen?

Aber wäre es nicht gemein, meine zwei Gäste so auf dem Boden übernachten zu lassen, während ich selbst bequem im Bett liege? Müsste ich der Fairness halber nicht genauso wie sie schlafen? Ein Gentleman würde doch sicher eher so handeln?

Als Haruyuki sich schließlich selbst überzeugt hat und aufhört, sich für seine Entscheidung zu rechtfertigen, dreht er das Deckenlicht auf die kleinstmögliche Helligkeitsstufe und rollt sich klein auf dem Boden zusammen. Die Fußbodenheizung wärmt ein wenig von unten, das große Gelkissen fühlt sich weich an ... und ein Stück weiter, keine Armlänge von ihm entfernt, liegt die Quelle eines unheimlich schönen Dufts.

So kann ich doch niemals schlafen!

Haruyuki kneift unter seiner Decke fest die Augen zu.

Doch seltsamerweise verdrängt eine wundersame Ruhe die Anspannung aus Haruyukis Körper und sein Geist versinkt sofort in einer sanften Dunkelheit.

Einmal wacht Haruyuki in der Nacht auf.

Er rappelt sich auf, um auf Toilette zu gehen, und als er gedankenlos durchs Zimmer schaut, bietet sich ihm im schummrigen, gedämmten Licht der Lampe und dem blassen Schein des Mondlichts ein unerwarteter Anblick.

Niko und Kuroyukihime, die beim Einschlafen noch einen Meter auseinander gelegen hatten, sind irgendwann beide in die Lücke zwischen ihre Kissen gerutscht und schlummern jetzt eng aneinandergekuschelt.

Niko hat außerdem ihr Gesicht an Kuroyukihimes Brust vergraben und klammert sich mit der rechten Hand an den Pyjama des älteren Mädchens.

Diese hat wiederum ihre Arme um Nikos Rotschopf geschlungen.

Haruyukis Augen weiten sich angesichts dieser Szene. Aber noch deutlicher als Staunen spürt er in diesem Moment, wie irgendetwas an diesem Bild ihm einen plötzlichen Stich ins Herz versetzt.

Der Rote und der Schwarze König: Die zwei Burst Linker auf Level neun sind beide an die Sudden-Death-Regel gebunden.

Haruyuki kann sich nicht einmal vorstellen, wie viele Stunden diese zwei bisher in der beschleunigten Welt verbracht haben, wie viele Kämpfe auf Leben und Tod sie immer wieder bestritten haben und was es für sie darüber hinaus dort gibt. Nur eine Sache kann er mit Sicherheit sagen. Wenn sie beide das zehnte Level erreichen wollen, werden diese Mädchen eines Tages gegeneinander kämpfen müssen. Denn nur durch das Stürzen eines Ebenbürtigen kann ein König aufsteigen.

Und doch.

Ein Zufall, herbeigeführt durch eine komplizierte Situation, lässt sie diese Nacht hier in der realen Welt eng aneinandergeschmiegt schlafen. So, als wäre es tief in ihren Herzen das, was sie sich eigentlich wünschen.

Ist dieser Anblick nur die Illusion einer einzigen Nacht? Ein spontanes Wunder, das sich nie mehr wiederholen wird?

Oder –

Haruyuki spürt, dass er kurz davor steht, etwas von unglaublicher Wichtigkeit zu begreifen.

Aber das unbeschreibliche Gefühl, das ihm so ins Herz sticht, und die Tränen, die in seinen Augen aufsteigen, hindern seine Gedanken daran, sich zu Worten zu formen.

Deshalb bleibt Haruyuki einfach nur stehen und wird lange nicht müde, die tief schlafenden Mädchen im fahlen Licht des Mondes zu betrachten.

4

»Also, bis nachher.«

»B... Bis später.«

»Ja, ja, bis später ... Äh ...«

Auf Kuroyukihimes und Haruyukis Verabschiedung hin winkt Niko ihnen zuerst mit einer Hand zu, zieht dann aber die Augenbrauen hoch.

»Hey ... Findet ihr das nicht irgendwie seltsam?«

»Hm? Was denn?«

»Ach ... Wie soll ich sagen ...«

Oberhalb der Schwelle im Flur, an der man seine Straßenschuhe an- oder auszieht, steht Niko und verschränkt nachdenklich die Arme. Kuroyukihime zuckt leicht mit den Schultern und sagt zu ihr: »Du bist komisch. Wir verlassen uns jedenfalls bei der Planung für den heutigen Kampf auf dich. Du kannst genau bestimmen, wann und wo Chrome Disaster auftauchen wird, ja?«

»Y... Yo. Überlasst das mir.«

»Gut. Dann bis später.«

»B... Bis dann.«

»Ja, ja, bis dann ... Hach.«

Da schließt Kuroyukihime klickend die Tür, tritt einen Schritt zurück und dreht sich um.

Heute ist der 23. Januar, ein Freitag, 07:30 Uhr morgens.

Die Zeit, zu der man sich auf den altbekannten Weg zur Schule begibt, den Haruyuki schon so oft gegangen ist. Das trübe Licht, das in den Gemeinschaftsflur des Wohnhauses fällt, die kalte Luft, die sich beim Ausatmen weiß färbt, alles ist noch genauso wie gestern.

Nur eine Veränderung gibt es – heute läuft da direkt neben ihm dieses Mädchen in der straffen Uniform der Umesato-Mittelschule, mit der blauen Schleife im Haar, in der rechten Hand seine Schultasche sowie in der linken eine Einkaufstüte tragend.

Kuroyukihime fährt ihren Neuro Linker hoch, gleitet mit ihrem Blick schnell durch die Luft und sagt ganz selbstverständlich: »Heute wird es wohl den ganzen Tag bewölkt sein. Hoffen wir, dass es nicht regnet. Also, dann komm.«

»J... Ja.«

Haruyuki nickt und nimmt beim Laufen seinen angestammten Platz ein Stück links hinter ihr ein. Dabei schießt ihm vage ein Gedanke durch den Kopf.

Hm ... Ist sie jetzt etwa meine große Schwester? Und die andere meine kleine?

Nein, nein, nein, so ein Szenario ist in der Realität doch völlig undenkbar. Mit der großen Schwester gemeinsam zur Schule gehen – wir sind hier doch nicht in einer Visual Novel.

Er schüttelt ein wenig den Kopf und betritt hinter seiner Begleiterin den Fahrstuhl, der gerade im richtigen Moment heruntergefahren kommt.

Und selbst wenn das hier eines dieser Textadventures sein sollte, dann wären »die große Schwester« und »die kleine Schwester« doch sicher nicht die einzigen weiblichen Charaktere. Ja, das könnte gar nicht sein, nicht wahr?

Solche Dinge plagen Haruyukis von leichtem Schlafmangel noch nicht allzu leistungsfähige Gehirnwindungen, als der Fahrstuhl sich auf den Weg nach unten macht. Aber nur zwei Stockwerke tiefer, in der 20. Etage, hält er bereits wieder an. Haruyuki tritt automatisch einen Schritt zurück, um für die Einsteigenden Platz zu schaffen.

Die Tür des Fahrstuhls geht auf und ein Mädchen springt energisch hinein, das die gleiche Schuluniform trägt – und Haruyukis Blick trifft den seiner Sandkastenfreundin Chiyuri Kurashima.

NEEEIIIIN!

Haruyuki schreit innerlich auf, während das Mädchen ihn mit seinen großen Katzenaugen anklimpert und seinen Mund zu einem breiten Lächeln verzieht.

»Ach, Haru, Morgen! Heute bist du aber recht früh dran, was … ist denn … bitte …?!«

Jetzt hat sie die Person erkannt, die schräg rechts hinter Haruyuki steht, was augenblicklich zu einer drastischen Veränderung ihres Tonfalls und Gesichtsausdrucks führt. Er wechselt von Sorglosigkeit über Staunen hin zu dem kritischen Punkt kurz vor einer Explosion.

»Haru …? Was soll das?«, flüstert Chiyuri scharf blinzelnd.

Aber weil dieser vollkommen zu Stein erstarrt ist, grüßt Kuroyukihime an seiner Stelle ganz unbekümmert: »Hey, guten Morgen, Chiyuri.«

»Ah, ja, g... guten Morgen.«

Reflexartig beugt Chiyuri leicht den Kopf zur Antwort.

Doch im nächsten Moment packt sie Haruyuki blitzschnell an seiner Krawatte und schreit: »Was hat das zu bedeuten?!«

»D... Du verstehst das falsch.«

Haruyuki schüttelt vehement den Kopf. Gleichzeitig öffnet er hinter seinem Rücken mit einer Hand das E-Mail-Programm und schreibt dem Einzigen, der diese Situation jetzt noch retten kann. Genauer gesagt tippt er: »Taku, Katastrophe, komm schnell.«

»Was kann man denn hier falsch verstehen?!«, setzt Chiyuri an, um Haruyuki noch strenger ins Verhör zu nehmen. Aber da kommt der Fahrstuhl endlich im Erdgeschoss an und die Tür geht auf. Haruyuki packt Chiyuri an den Schultern, dreht sie einmal halb um die eigene Achse herum und sagt: »K... Komm, jetzt lass uns erst mal zur Schule gehen! Bringen wir den Unterricht hinter uns, kehren dann wieder heim und vergessen es übers Wochenende.«

»Ey, kein Rausmogeln hier!!«

Haruyuki schiebt die laut kreischende Chiyuri an den Schultern durch die Eingangshalle. Die anderen Bewohner des Hauses beobachten das Geschehen mit großen runden Augen. Als sie endlich draußen sind, erklingt hinter ihnen die rettende Stimme: »M... Morgen, Chi! Morgen, Haru. Mor...gen ...«

Da rutscht auf einmal Takumus Brille ein Stück von der Nase und auch er starrt verdattert Kuroyukihime an, die ein gleichgültiges Gesicht macht.

»Guten Morgen ... Master.«

Takumus Atem geht schwer und verwandelt sich in der kalten Morgenluft sofort in weiße Wolken. Offenbar ist er sofort losgestürmt, nachdem er die E-Mail seines Kumpels gelesen hat. Diesem wispert er nun zu: »Haru ... Du weckst aber auch gerne schlafende Hunde, was?«

»Von wegen gerne. Ich wollte das gar nicht«, entgegnet Haruyuki, dreht Chiyuri, die immer noch lauthals nach einer Erklärung schreit, zu ihrem Freund um und lässt ihre Schultern los.

Ohne zu zögern spricht Takumu sie sanft an: »Chi, hör mal, ich war gestern auch bei Haru zu Hause.«

»Was ...? Wieso?«

Chiyuri sieht ihn misstrauisch an. Und er liefert ihr eine plausible Erklärung, so wortgewandt, wie Haruyuki es niemals fertiggebracht hätte.

»Ach, es gab da ein Problem mit einem bestimmten Programm. Da haben wir Harus Wohnung als Besprechungsort genommen. Und weil es sehr spät wurde, hat sie notgedrungen bei ihm übernachtet. Sie hätte sonst große Probleme gekriegt, wenn die Social Cameras sie um so eine Uhrzeit draußen registriert hätten. Nicht wahr?«

Die Frage richtet er an Kuroyukihime. Die nickt zum Glück kooperativ.

»Ja, so war es. Also kein Grund, so argwöhnisch zu sein, Chiyuri.«

»...«

Das angesprochene Mädchen schweigt eine Weile, mit gemischten Gefühlen. Schließlich sagt sie, nicht mehr so laut wie eben noch: »War es wieder dieses eine Programm? Dieses *Brain ... Burst*?«

Sie sieht nacheinander alle drei an, wie sie einstimmig nicken, und plustert ihre Backen auf.

»Ich versteh das irgendwie nicht! Es ist doch nur ein Spiel, oder? Wieso muss man sich stundenlang darüber unterhalten?!«

»J... Ja, ein Spiel, aber kein normales, weißt du.«

Haruyuki schaut sich auf dem Vorplatz des Wohnkomplexes um und vergewissert sich, dass niemand in der Nähe ist. Dann fährt er fort.

»Wie schon gesagt ... Es beschleunigt die Gedanken und erschafft eine ganz andere Welt als diese hier. Deswegen trifft man dort auf genauso viele Probleme wie in der Realität ...«

»Hm ... Pöh!«, motzt Chiyuri empört und mit gespitzten Lippen.

»Das kommt mir eh schon sehr spanisch vor. Dieses Beschleunigen, das ist doch unvorstellbar ... Okay, Vorschlag. Zeigt mir das auch mal, dann glaube ich es euch.«

»Hä?«

Haruyukis Augen weiten sich. Und Chiyuri sagt, als wäre überhaupt nichts weiter dabei: »Dieses Spiel lässt sich doch sicher als Kopie weitergeben? Lasst es mich auch mal testen. Und dann werde ich auch so ein, wie hieß das noch ... Burst Linker.«

»W... Waaas?!«

Nicht nur Haruyuki schreit auf, sondern auch Takumu und Kuroyukihime. Und alle drei heben zugleich jeweils ihre rechte Hand vors Gesicht und wedeln damit hin und her.

»D... Das geht nicht. Auf gar keinen Fall«, entfährt Haruyuki automatisch das, was er gerade tatsächlich denkt. Daraufhin packt Chiyuri ihn kräftig an seinen Pausbacken.

»Wieso nicht?! Gebt's schon her, na los!«

»Nein, na ja, weil ... Man muss dafür geeignet sein.«

»Und du meinst, ich bin das nicht, obwohl ich es noch nicht ausprobiert habe?!«

»Na ja, du ... wärst halt viel zu dumm dafür.«

Sofort blitzen Chiyuris katzenhafte Augen bedrohlich auf.

»Oho ...! Mutig, mutig. Aber gut, du wirst schon sehen! Ich werde auch üben und so stark werden, dass ich dich und Taku beim Zocken besiegen kann!«

»W... Waas?!«

Haruyukis Mund bleibt offen stehen. Er starrt in Chiyuris streitsüchtig leuchtende Augen. So hat sie auch früher beim gemeinsamen Spielen immer ausgesehen, wenn sie felsenfest entschlossen war.

Sie zieht Haruyukis Backen wie dehnbaren Klebreisteig so weit auseinander, wie es nur geht.

»Und dann krieg ich von euch eine Kopie dieses Brain-was-auch-immer!!«, verkündet sie. Das Mädchen, mit dem Haruyuki und Takumu ihre Kindheit verbracht haben, reißt seine Hände ruckartig weg und saust, nachdem es ihnen noch einmal die Zunge rausgestreckt und »Bäääh!« gemacht hat, im Turbotempo davon.

»Üben, soso«, murmelt Haruyuki, während er sich die Wangen reibt, und dreht sich zu dem neben ihm stehenden Takumu um.

Dann senkt er tief seinen Kopf.

»Sorry, Taku. Meinetwegen musstest du Chiyu anlügen.«

Die Erklärung, die Takumu seiner Freundin gerade gegeben hat, entsprach ja nicht vollkommen der Wahrheit. Als Kuroyukihime beschlossen hat, über Nacht zu bleiben, war die Besprechung längst zu Ende.

Takumu lächelt und schüttelt langsam den Kopf.

»Schon gut ...«

Obwohl sein Gesicht ruhig bleibt, hat Haruyuki das Gefühl, darin auch etwas Selbstverachtung zu sehen, und beißt sich ein wenig auf die Lippe. Da sagt auch Kuroyukihime besorgt: »Takumu, ich will mich nicht zu sehr einmischen, aber ... habt du und Chiyuri immer noch ... also, ich meine ...«

»Wir sind noch sehr weit vom ursprünglichen Zustand entfernt, ja.«

Mit einem Schulterzucken schaut Takumu zu den kahlen Baumwipfeln entlang der Straße auf.

»Ich habe ja auch etwas Schlimmes angerichtet. Vielleicht finden wir nie wieder zu einer normalen Beziehung als Paar zurück. Aber ... ich bin schon froh, wenn Chiyuri mich weiter an ihrer Seite akzeptiert, in welcher Form auch immer.«

»Taku ...«

Haruyuki sucht nach den richtigen Worten, aber irgendwie bleibt sein Mund immer dann geschlossen, wenn es besonders wichtig ist. Dafür sagt Kuroyukihime leise: »Also ... wenn dir diese Last zu schwer sein sollte, oder es deinem Verhältnis zu Chiyuri im Weg steht, dann kannst du es ruhig löschen ... *Brain Burst*, meine ich.«

Takumu bekommt vor Schreck große Augen.

Gleich darauf schüttelt er heftig den Kopf.

»Nein. Schließlich muss ich dir ... und auch Haruyuki gegenüber noch einiges wiedergutmachen.«

»Q... Quatsch. Du musst gar nichts, Taku.« Diesmal schafft Haruyuki es, seine Lippen auseinanderzubekommen, wenn auch eher aus Reflex.

»Von meiner Seite aus gibt es nichts, das du mir schulden würdest. Und Kuroyukihime gegenüber auch nicht. *Brain Burst* ist nicht zu solchen Zwecken da ... Nein, dieses Programm soll vielmehr ...«

Aber da verlässt Haruyuki wieder sein erbärmlich kleiner Wortschatz.

Takumu erwidert Haruyukis Blick mit einem schmerzhaften Ausdruck in den Augen und klopft ihm auf die Schulter.

»Keine Sorge. Ich habe ja auch Spaß an den Kämpfen, so wie es sich gehört. Aber mal eine Frage an dich, Master.«

Er dreht sich zu Kuroyukihime um und fährt ernst fort: »Glaubst du wirklich, dass Chi keine Möglichkeit hat, ein Burst Linker zu werden?«

Haruyuki reißt erstaunt die Augen auf. In Kuroyukihimes Gesicht regt sich dagegen fast gar nichts, als sie nachdenklich den Kopf zur Seite legt.

»Erfüllt sie denn überhaupt die erste Bedingung?«

»Ja, das sollte sie eigentlich.«

Takumu nickt unverzüglich.

Die erste Bedingung, die ein Burst Linker erfüllen muss, lautet, dass er seit seiner Geburt einen Neuro Linker getragen haben muss. Takumus Eltern waren sehr passioniert bei der Erziehung ihres Sohnes, und in Haruyukis Fall arbeiteten beide Elternteile und nutzten daher den Neuro Linker, um ihren Sohn aus der Ferne zu beaufsichtigen. Deswegen erfüllen beide Jungen diese Bedingung.

Chiyuri ist in einer liebevollen und großherzigen Familie aufgewachsen, trug aber aus einem anderen Grund ebenfalls vom Säuglingsalter an einen Neuro Linker. Denn ihr Vater litt an Rachenkrebs und konnte nur schwer sprechen.

Deswegen redete er mit seiner Tochter auf digitalem Wege in Gedanken.

Das erwähnt Takumu nicht, aber Kuroyukihime fragt auch nicht nach.

»Ach so«, meint sie billigend und schaut in die Richtung, in die Chiyuri gerannt ist.

»Nun, die zweite Bedingung – eine schnelle Reaktionsfähigkeit des Großhirns – ist in Wirklichkeit gar nicht so genau reglementiert. Es gibt durchaus Leute, die kein Geschick bei VR-Spielen haben, *Brain Burst* jedoch installieren konnten. Aber jemandem die Software einfach auf gut Glück zu geben, ist schon ein großes Risiko.«

»R... Risiko ...?«, fragt Haruyuki. Kuroyukihime wendet ihm bedeutungsvoll ihren Blick zu und nickt.

»Momentan ist die Zahl der Kopierlizenzen von *Brain Burst* ... also wie oft man als Elter jemanden zu seinem Kind machen kann, auf nur eine Ausführung begrenzt. Und die wird auch dann gezählt, wenn die Installation nicht funktioniert. Man kann es also kein zweites Mal versuchen.«

»N... Nur eine Ausführung?!«, schreit Haruyuki unwillkürlich auf und presst sich schnell die Hände vor den Mund. Etwas leiser, aber hastig spricht er dann weiter.

»S... Soll das heißen, dass dann kaum neue Burst Linker hinzukommen? Es sind wahrscheinlich höchstens so viele, wie Spieler durch vollständigen Punkteverlust ausscheiden ... oder?«

»Im Grunde ist es wie folgt, Haru«, sagt Takumu, während er seine Brille zurechtrückt. Das mit dem einen Versuch scheint ihm bereits bekannt gewesen zu sein.

»Die uns unbekannte Person, die *Brain Burst* kontrolliert, hält die momentane Zahl an Spielern ... also etwa tausend für die Obergrenze. Gemeint ist die Grenze, bis zu der die Beschleunigungstechnologie noch geheim gehalten werden kann.«

»J... Ja, gut, das mag vielleicht stimmen ... Aber ... selbst so kommt irgendwann doch trotzdem alles raus, oder? Chiyu weiß ja auch schon fast vollständig Bescheid. N... Nehmen wir an, dieser Aufseher oder Entwickler oder wer auch immer leitet das Spiel wirklich in dem Bewusstsein, dass die Welt eines Tages von *Brain Burst* erfahren und man sich dann mit dem Neuro Linker nicht mehr beschleunigen können wird ... Wenn dem wirklich so ist, was ... ist dann sein Ziel?«

Haruyuki breitet die Arme aus und schaut abwechselnd Takumu und Kuroyukihime an.

»Ich meine, wir ... bezahlen ja keine Gebühr für das Spiel. Und Werbung erscheint auch nie.«

Die zahlreichen anderen Onlinespiele, die es auf der Welt gibt, folgen im Groben einem von zwei Finanzierungsmodellen. Sie erheben entweder ein monatliches Entgelt oder nehmen über Item-Verkäufe Geld der Nutzer ein, oder aber sie blenden eine Flut von Werbeanzeigen ihrer Partnerunternehmen ein.

Brain Burst ist zweifellos auch ein Onlinespiel und verleiht darüber hinaus dem User mit der Beschleunigung ein wahnsinnig hohes Privileg. Es wäre in jedem Fall völlig absurd, im Gegenzug gar nichts dafür zu verlangen.

Als Kuroyukihime aus Haruyukis Mund diesen grundlegenden, wenn auch wahrlich sehr späten Einwand hört, zeigt sich ein schwaches Lächeln auf ihren Lippen.

»Es bringt nichts, darüber nachzudenken, Haruyuki. Das werden wir nur erfahren, wenn wir das zehnte Level erreichen und den Entwickler persönlich fragen. Zwei Dinge wissen wir allerdings sicher. Erstens: Wie du eben schon gesagt hast, die beschleunigte Welt wird definitiv nicht bis in alle Ewigkeit so bestehen bleiben. Irgendwann kommt auf jeden Fall der Tag, an dem das Geheimnis gelüftet wird und alle Burst Linker ohne Ausnahme verschwinden. Und zweitens ... Es wird mit der gleichen absoluten Sicherheit auch der Tag kommen, an dem wir einen angemessenen Preis für das Privileg der Beschleunigung bezahlen müssen. Es sei denn, wir ...«

Den Rest des Satzes spricht sie nicht mehr deutlich aus, man sieht lediglich noch eine leichte Lippenbewegung.

Aber Haruyuki meint fast, in ihrer sich von der morgendlichen Kälte weiß färbenden Atemluft kleine Buchstaben zu erkennen.

Es sei denn, wir zahlen ihn bereits jetzt schon.

Kuroyukihime schnaubt kurz durch die Nase und schaut zu Takumu.

»Jetzt sind wir vom Thema abgekommen. Was Chiyuri angeht ... Ich sehe keine allzu große Wahrscheinlichkeit für deine Freundin, ein Burst Linker zu werden, aber einen Versuch ist es sicher wert.«

»M... Meinst du das ernst, Master?!«

Takumu reißt die Augen weit auf. Kuroyukihime nickt bedächtig.

»Ihr physisches Potenzial ist keineswegs gering. So wie sie eben davongerauscht ist, das war ein bemerkenswertes Tempo.«

»Sie ist ja auch in der Leichtathletik-AG«, erklärt Haruyuki, woraufhin Kuroyukihime nachdenklich murmelt:

»Hm, verstehe ... Nun, zur Steuerung des physischen Körpers werden dieselben Bereiche des Gehirns genutzt wie zur Steuerung des virtuellen Avatars. Das heißt, die Leistungsfähigkeit von Chiyuris Gehirn kann durchaus den Ansprüchen genügen. Das Problem ist nur ihre Affinität zum Neuro Linker – aber das lässt sich wirklich nur herausfinden, indem man es versucht.«

»A... Ach so ... Aber sie kann ja noch nicht mal in Gedanken sprechen.«

»Du bist im Gegensatz zu ihr einfach viel zu sehr auf den Neuro Linker fixiert. Benutz lieber deinen realen Körper etwas öfter.«

Haruyuki verstummt augenblicklich. Kuroyukihime wendet ihren Blick wieder Takumu zu.

»Takumu! Sollte Chiyuri bei der Installation von *Brain Burst* erfolgreich sein, würde zwischen euch eine neue starke Beziehung entstehen. Nämlich die von Elter und Kind ... Aber denk bitte daran, dass so ein Verhältnis nicht nur gute Seiten haben muss.«

Was diese leisen, aber mit Bestimmtheit vorgebrachten Worte zu bedeuten haben, versteht Haruyuki nicht auf Anhieb.

Nicht nur gute Seiten ... Also auch schlechte? Zwischen zwei Burst Linkern, die Elter und Kind sind?

Was meint sie nur damit? Ein Elter übernimmt ja die Führung, das Kind folgt ihm. Was soll es daran denn Negatives geben – nichts, oder? Anders als bei Eltern-Kind-Beziehungen in der realen Welt. Anders als Haruyukis Vater, der seinen kleinen, laut weinenden Sohn abgeschüttelt hat und fortgegangen ist. Anders als seine Mutter, die ihn nie ansieht und nie mit ihm redet.

Zwischen einem Elter und seinem Kind in der beschleunigten Welt, also zwischen ihm, Haruyuki, und Kuroyukihime, besteht zweifellos eine starke Bindung.

Ein kurzer Schauder fährt durch Haruyukis Körper. Dann blickt er tief in die pechschwarzen Augen der unmittelbar neben ihm stehenden Kuroyukihime. Diese sind wie immer von einem liebevollen Leuchten erfüllt, und nichts anderem.

Nein ... Schimmert dahinter nicht etwas Trauriges ... oder Furcht vor irgendetwas durch? Oder bilde ich mir das nur ein?

Plötzlich kommt Haruyuki eine Frage in den Sinn, die er sich, seit er unter Kuroyukihimes Führung zum Burst Linker geworden ist, noch kein einziges Mal gestellt hat.

Wer mag wohl ihr Elter sein?

»Ä... Äh ...«

Zaghaft öffnet er den Mund, doch da fällt ihm Kuroyukihime ins Wort.

»Oh nein, wir haben hier viel zu lange geredet. Wenn wir uns nicht beeilen, kommen wir zu spät.«

»Hä ...?«

Schnell schaut Haruyuki zum Himmel. Jenseits der tief hängenden Wolken ist es inzwischen schon ziemlich hell geworden.

»Oha, tatsächlich. Wir sollten besser ein Stück rennen, Haru.«

»Urks, nur das nicht.«

Aber auch als Takumu ihm auf die Schulter haut und er selbst heftig den Kopf schüttelt, kann Haruyuki die Frage, die ihm eben eingefallen ist, nicht vergessen.

Er beeilt sich, Kuroyukihime zu folgen, die bereits zügigen Schritts losgelaufen ist, und will sie noch einmal darauf ansprechen – aber aus irgendeinem Grund bringt er kein Wort heraus.

Sie schaffen es gerade noch, durchs Schultor zu stürmen, bevor die Glocke zur ersten Stunde läutet. So verbinden sich ihre Neuro Linker mit dem lokalen Netzwerk der Umesato-Mittelschule, ohne dass eine Verspätung auf ihrem Konto eingetragen wird. Nachdem Haruyuki sich dessen vergewissert hat, verabschiedet er sich von den anderen.

Doch auch während des Unterrichts am Vormittag kreist ihm die ganze Zeit nur ein Gedanke durch den Kopf.

Warum hat Kuroyukihime gesagt, dass eine Elter-Kind-Beziehung zwischen Burst Linkern auch negative Folgen haben kann? Und warum habe ich dabei ein bisschen Traurigkeit in ihren Augen gesehen?

Er will das wissen. Und zwar unbedingt.

Als die zweite Stunde zu Ende geht und die Schultafel aus seinem Blickfeld verschwindet, beschließt Haruyuki, nicht mehr zu zögern, und öffnet sofort sein E-Mail-Programm. In zwei Sekunden tippt er lediglich einen kurzen Text: »Können wir reden, jetzt sofort?« Und schickt ihn ab.

Die Antwort erreicht ihn acht Sekunden später: »Komm in den *Virtual Squash*-Room im lokalen Netzwerk.« Nachdem Haruyuki diesen einen Satz gelesen hat, überprüft er schnell, ob er auch wirklich stabil auf seinem Stuhl sitzt, schließt dann seine Augen und spricht das Kommando: »Direct Link!«

Da die Pause zwischen der zweiten und dritten Stunde nur fünfzehn Minuten dauert, ist der märchenhafte Wald, aus dem das lokale Netzwerk der Umesato-Mittelschule besteht, ziemlich leer gefegt. Kaum haben Haruyukis kurze Avatarbeinchen den virtuellen Boden berührt, stürmt er auch schon los, hin zum ersten der großen Bäume, die am Rand der Wiese emporragen.

Er benutzt hier immer noch den ulkigen kleinen Ferkel-avatar, obwohl der Anführer der Bande, die ihn gemobbt und ihm dieses Aussehen aufgezwungen hat, gar nicht mehr an der Schule ist. Dessen Anhänger verhalten sich inzwischen auch still, weswegen Haruyuki sich eigentlich jederzeit ein schöneres Design aussuchen könnte. Aber irgendwie hat er einfach die Gelegenheit dazu verpasst. Wahrscheinlich liegt es aber auch daran, dass Kuroyukihime ihm gesagt hat, sie würde diesen Avatar mögen.

So hüpft er in dieser Gestalt die in den Baumstamm ge-schlagene Treppe hinauf und als er ganz oben auf der Squash-Etage ankommt, steht dort in der Mitte des Spielfelds reglos ein schlanker Avatar.

Ihr tiefschwarzes Kleid ist mit einem silbernen Saum ver-sehen, in der Hand hält sie einen Sonnenschirm in der glei-chen Farbe und auf dem Rücken sitzen zwei ebenso schwarze Schmetterlingsflügel, die von purpurroten Linien durchzo-gen sind.

Kuroyukihime, die sich in eine dunkle Feenprinzessin ver-wandelt hat, wendet ihr nahezu pigmentlos weißes Gesicht Haruyuki zu und deutet ein Lächeln an.

»Hey. Dich habe ich ja lange nicht mehr so gesehen. In letzter Zeit reden wir fast nur real miteinander.«

»Die Fans deines Avatars sind traurig, dass du dich so selten im lokalen Netzwerk blicken lässt«, antwortet Haruyuki dreißig Prozent sicherer als beim Sprechen in der wirklichen Welt. Kuroyukihimes Lächeln nimmt einen bitteren Zug an. Sie zuckt leicht mit den Schultern.

»Ach, und dabei habe ich schon überlegt, ob ich mir nicht passend zu deinem ein schwarzes Ferkel auswählen sollte ... Na ja, warum bittest du mich extra um ein Gespräch?«

»Ah ... Äääh ... Also«, stammelt Haruyuki nun doch wieder wie üblich und sucht nach Worten.

Ich habe Kuroyukihime bisher fast noch nie etwas Persönliches gefragt. Darf ich überhaupt so plötzlich in ihren privaten Angelegenheiten herumwühlen?

Kuroyukihime schaut eine Weile lang mit ihrem bitteren Lächeln auf Haruyuki herab, der gerade nicht mehr weiterweiß, obwohl er doch mit ihr reden wollte. Schließlich geht sie ein Stück zur Seite. Ihre Flügel schaukeln dabei sanft, das Glöckchen an ihrem Sonnenschirm gibt ein klares Bimmeln von sich.

»Haruyuki ... Du möchtest mich sicher etwas über meinen Elter fragen, hab ich recht?«, sagt sie leise mit einer noch geheimnisvolleren Seidenstimme als in der Realität.

Das verschlägt Haruyuki den Atem. Ohne seine Antwort abzuwarten, senkt Kuroyukihime ihre langen Wimpern und fährt fort: »Tut mir leid ... Ich kann dir den Namen meines Elters noch nicht sagen. Denn ich möchte nicht, dass du, so unwahrscheinlich es auch ist, mit der Person in Berührung kommst. Das sage ich als Legionsmaster ... aber auch als Mädchen. Vielleicht ist es nur meine niederträchtige Eifersucht ...«

Haruyuki steht mit seinem Avatar da wie festgefroren und hat die Augen weit aufgerissen. Ihm schießen tausend Gedanken durch den Kopf.

Ein paar Dinge kann ich aus diesen Worten schon ableiten. Erstens existiert Kuroyukihimes Elter nach wie vor als unversehrter

Burst Linker in der beschleunigten Welt. Und zweitens ist er mit hoher Wahrscheinlichkeit weiblich.

Während sie lautlos über den Squash-Court wandert, spricht Kuroyukihime weiter und ihre Stimme klingt, als würde sie die Basssaiten einer Harfe zupfen.

»Diese Person ... stand mir einst näher als jeder andere. Ich glaubte einst, sie würde für immer ein leuchtender Mittelpunkt meines Lebens sein, mich von jeder Dunkelheit und Kälte fernhalten.«

Das klingt ja fast wie das, was du für mich bedeutest.

»Aber eines Tages ... ganz plötzlich, musste ich erkennen, dass es nur eine flüchtige Illusion gewesen war. Mittlerweile kann ich diese Person als ultimativen Feind bezeichnen. Ich hasse sie so sehr, dass ich manchmal denke, dieses Gefühl existiert schon von Anfang an, seit unserer ersten Begegnung, in mir.«

Ihre Stimme ist beherrscht ruhig, aber die Worte zeugen von einer Schärfe, wie sie Kuroyukihime normalerweise gar nicht zu Gesicht steht. Die schwarze Feenprinzessin streift Haruyuki mit einem flüchtigen Blick aus ihren halb geschlossenen Augen und lächelt – aber es sieht etwas gequält aus.

»Wenn ich die Möglichkeit hätte, würde ich sofort gegen sie kämpfen. Ich würde ihr mit meinen Schwertern Arme und Beine abhacken, sie vor mir auf dem Boden kriechen lassen und mich daran erfreuen, wie sie mich elendig um ihr Leben anfleht. Und dann würde ich sie trotzdem schonungslos köpfen. Aber dazu wird es niemals kommen ... Haruyuki. Weißt du, inwiefern sich die Elter-Kind-Beziehung von anderen Bindungen, wie Kameradschaften oder Liebesverhältnissen, maßgeblich unterscheidet?«

»...«

Einen Moment lang zögert Haruyuki, aber dann erinnert er sich, welchen glitzernden Gegenstand ihm Kuroyukihime an jenem schicksalhaften Tag vor drei Monaten gereicht hat: Es war das silberne Kabel für Direktverbindungen.

»Ja ... Elter und Kind kennen allesamt die reale Identität des anderen.«

»Genau, das ist richtig«, nickt Kuroyukihime und rammt ihren Sonnenschirm in den Boden des Spielfelds.

»*Brain Burst* lässt sich nur auf einen anderen Neuro Linker übertragen, indem man beide Geräte über ein Kabel miteinander verbindet. Das heißt, Elter und Kind müssen sich im realen Leben bereits kennen und so vertraut miteinander sein, dass eine Kabelverbindung möglich ist. Darum ist diese Art von Beziehung die stärkste in der gesamten beschleunigten Welt ... sie kann aber gleichzeitig auch zum schlimmsten aller Flüche werden.«

»S... Schlimmsten aller Flüche ...?«

»Ja. Denn gehen Elter und Kind eines Tages getrennte Wege und fangen an, sich zu bekämpfen, überträgt sich dieser Hass zwangsläufig auch in die Realität. Was mich angeht ... Ich kann noch nicht gegen meinen Elter kämpfen, obwohl ich ihn so sehr hasse. Weil diese Person eine gewaltige Macht über mich besitzt ... Aber ein Burst Linker kann seine Existenz letztendlich nur in einem Kampf beweisen. Wir tragen die Duellavatare in unseren Herzen, um damit gegen andere anzutreten. Und doch vermögen Elter und Kind nicht, gegeneinander zu kämpfen. Wenn das kein Fluch ist, was dann?«

»Kuroyukihime ...«, flüstert Haruyuki und überlegt, was er als Nächstes sagen soll. Aber er muss einsehen, dass er die Gefühle, die in seinem Herzen wirbeln, nicht vollständig ausdrücken könnte.

Darum macht er einen Schritt nach vorne, und noch einen, und nimmt Kuroyukihimes linke Hand, die schlaff herunterhängt, fest zwischen seine beiden rundlichen Pranken. Obwohl ihr Avatar eigentlich überhaupt keine Temperaturinformationen aussenden sollte, fühlt sich ihre Hand kalt wie Eis an.

»Haruyuki ...«

Genauso klingt auch die leise Stimme.

Wahrscheinlich leidet Kuroyukihime immer noch darunter, dass sie den Roten König, Red Rider, enthauptet und für immer aus dem Spiel verbannt hat. Und seitdem zwingt sie sich, ihr Schwert gegen sämtliche andere Burst Linker zu richten. Sei es ihr Elter ... oder auch das Kind.

Haruyuki presst seinen Mund – oder genauer seine große Nase – gegen die weiße Hand und formuliert verzweifelt die einzigen Worte, von denen er meint, dass sie jetzt zu ihr durchdringen können: »Ich hab es dir gestern schon gesagt, ich werde mich definitiv nicht im Kampf gegen dich stellen. Ich werde nicht dein Feind sein. Und wenn es aus irgendeinem bescheuerten Grund doch mal dazu kommen sollte ... Dann werde ich, noch bevor ich gegen dich kämpfen muss, *Brain Burst* deinstallieren.«

Zwischen den schräg einfallenden virtuellen Sonnenstrahlen, die von den Baumwipfeln gebrochen werden, breitet sich eine lange Stille aus. Schließlich erklingt Kuroyukihimes Stimme, wieder ein klein bisschen wärmer als gerade eben, und gleichzeitig klopft sie Haruyuki mit dem Griff ihres Sonnenschirms auf den Kopf.

»Dummerchen, wenn hier jemand deinstalliert, dann ich. Du musst kämpfen. Du hast viel mehr Spaß an *Brain Burst* ... an den Duellen als ich, also bist du von uns beiden derjenige, der bleiben sollte.«

»Nein! Kommt nicht infrage!«

Der Sonnenschirm fällt mit einem leisen Rascheln auf den Teppichboden aus grünen Laubblättern.

Und auf Haruyukis Wange legt sich, während er noch laut wie ein verzogenes kleines Kind protestiert ...

... sanft tätschelnd Kuroyukihimes rechte Hand.

Er schaut hoch und sieht, dass sie plötzlich in die Knie gegangen ist und sich nun auf Augenhöhe mit ihm befindet. Ganz nah vor ihm bewegen sich nun ihre leicht geröteten Lippen.

»Egal, wie unsere Zukunft auch aussehen mag, ich werde auf jeden Fall niemals bereuen, dich gewählt zu haben.«

Zeitgleich mit diesen Worten schlingt sie ihre Arme um seinen Kopf und zieht ihn dicht an sich heran.

Es ist ein Moment, in dem er eigentlich auf Wolke sieben schweben sollte. Doch Haruyuki fühlt durch seine fast verglühenden Sinnesleitungen eine unbeschreibliche Traurigkeit fließen.

Der Unterricht ist vorbei.

Kuroyukihime und Takumu wollten erst ihre Taschen nach Hause bringen und dann zu Haruyuki kommen. Darum kehrt er jetzt allein in seine Wohnung zurück.

Er stellt sich bis zu einem gewissen Grad auf das Schlimmste ein, als er die Tür entriegelt. Aber heute sind weder extrem laute Spieltöne noch Schreie zu hören. Also sagt Haruyuki leise: »Bin wieder da«, und späht ins Wohnzimmer hinein. Dort entdeckt er Niko, die mit dem Rücken zu ihm gewandt auf dem Sofa sitzt.

Er fragt sich schon, ob sie eingeschlafen ist, weil sie sich so still verhält, doch da winkt sie ihm schon mit ihrer rechten Hand zu. Haruyuki geht um das Sofa herum. Nun sieht er, dass das Mädchen mit großen Augen in die Leere – das heißt, auf einen nur für es sichtbaren virtuellen Desktop schaut.

»Da bin ich wieder«, wiederholt Haruyuki. »Yo«, antwortet Niko nur knapp und blickt kurz zu ihm hoch.

»Und die anderen zwei?«

»Sie wollten erst kurz nach Hause. Müssten aber in spätestens zwanzig Minuten hier sein.«

»Okay, dann schaffen wir das sicher noch ... Chrome Disaster ist noch nicht unterwegs.«

Als sie das sagt, blinzelt Haruyuki verwundert. Offenbar verfolgt sie gerade auf irgendeine Weise das Bewegungsprofil Cherry Rooks – jenem Mitglied der Roten Legion, das aktuell Chrome Disasters Enhanced Armament, den Harnisch des Unglücks, trägt. Aber wenn sie das tut, muss sie eigentlich mit dem globalen Netzwerk verbunden sein.

»D... Du loggst dich einfach so ins globale Netz ein? Du befindest dich hier doch außerhalb des Territoriums der Roten Legion«, fragt Haruyuki direkt nach. Niko grinst ihn daraufhin verwegen an.

»Einmal hat sich vorhin jemand todesmutig auf mich gestürzt. Den hab ich in zehn Sekunden fertiggemacht und ihn gebeten, auch allen anderen auszurichten, dass ich nicht gestört werden will. Seitdem ist Ruhe.«

»A... Ach so.«

Auf ihrem Territorium erhalten Mitglieder der dort herrschenden Legion das Privileg, von anderen Spielern nicht zu Duellen herausgefordert werden zu können, solange sie es nicht selbst zulassen.

So können Haruyuki und die anderen beiden aus seiner Legion zu Hause oder in der Nähe der Schule nun wieder getrost ihre Neuro Linker mit dem globalen Netzwerk verbinden. Für Niko gilt das nicht. Aber normalerweise kann ein König im Einzelduell nur von einem anderen König besiegt werden, und die haben allesamt einen Nichtangriffspakt untereinander geschlossen, weshalb wohl keiner von ihnen Niko unerwartet angreifen würde. Die einzige Person unter den Königen, die momentan ihre globale Verbindung deaktivieren muss, wenn sie das eigene Territorium verlässt, ist Kuroyukihime.

Als seine Gedanken so weit gediehen sind, fällt ihm plötzlich ein, dass auch dieses rothaarige Mädchen zu denjenigen gehört, die Kuroyukihime eines Tages besiegen könnten.

Solange sie hier zu zweit sind, will er sich wenigstens darüber Gewissheit verschaffen, denkt Haruyuki und räuspert sich.

»Ä... Äh, Niko ... Darf ich dich mal was fragen?«

»Nö ... Mann, jetzt lass dieses Vorgeplänkel, was soll ich da schon antworten? Schieß los«, funkelt sie ihn an.

Haruyuki bleibt aufrecht neben dem Sofa stehen und fragt so einfach und doch so geradeheraus wie möglich: »H... Hasst du Kuroyukihime denn nicht?«

»Hä? Warum sollte ich?«

Sie schaut Haruyuki ehrlich verdutzt an, was ihn wiederum in größtes Erstaunen versetzt.

»Warum, fragst du ...? Auf sie ist ein immens hohes Kopfgeld ausgesetzt ... Und das, weil sie den ersten Roten König, der vor dir Legionsmaster von Prominence war, geköpft hat ...«

»Ach, das meinst du.«

Niko schnaubt leise durch die Nase und streckt ihre Beine, die aus den kurzen Hotpants ragen, lang vor sich aus. Dann fängt sie an, mit der rechten Hand an einem ihrer roten Zöpfe zu spielen, und richtet den Blick durchs Fenster nach draußen.

»Na ja, er war zwar Master, aber weißt du, ich hab mit meinem Vorgänger ... mit Red Rider kein einziges Mal persönlich gesprochen.«

»A... Ach so, echt nicht?«

Haruyuki beugt sich unwillkürlich vor. Er hatte sich schon gefragt, ob Red Rider nicht Nikos Elter gewesen sein könnte.

»Nein, weil ich doch erst seit zweieinhalb Jahren Burst Linker bin. Und drei Monate später verschwand der Rote König ja schon. Zu dem Zeitpunkt war ich gerade mal im dritten oder vierten Level und hatte ihn noch nie irgendwo auf einer Stage gesehen. Als ich dann hörte, dass mein Master überraschend von Black Lotus angegriffen worden war und alle Punkte verloren hatte, dachte ich mir eigentlich nur: Oh, die haben es aber nicht leicht in Level neun.«

Niko hebt gekonnt eine Augenbraue, um ihr nächstes Argument zu betonen.

»Und dass ich dann überhaupt so schnell zum König aufsteigen konnte, war auch nur möglich, weil Lotus meinen Vorgänger besiegt hat und die Rote Legion sich danach erst mal auflöste. In Nakano und Nerima brach ein großer Krieg los. Es gab wirklich jeden Tag zig Gruppenkämpfe, am laufenden Band, da konnte man krass viele Punkte sammeln. Ich war zwar stärker als alle anderen, aber ohne diese Zeit hätte ich sicher erst gut zwei Jahre später das neunte Level erreicht.«

Niko lacht glucksend, und auch Haruyuki setzt ein verkrampftes Lächeln auf.

»A... Ach so. Dann wollt du und die Rote Legion den Schwarzen König gar nicht unbedingt vernichten ...?«

»Na ja ... Also einige der älteren Mitglieder vielleicht schon. Aber diejenigen, die ernsthaft wütend sind auf Black Lotus, sind sowieso schnell zu anderen Legionen gewechselt, als Prominence sich auflöste. Aber ich versteh das nicht. Die behaupten, im Geist ihres alten Masters zu handeln. Aber dann hätten sie ihre eigene Legion doch wieder mit aufbauen sollen.«

An dieser Stelle hält Niko inne, schaut zu Haruyuki hoch und gibt ein provokatives »Was denn?« von sich. Als Haruyuki daraufhin eilig den Kopf schüttelt, wendet sie sich ruckartig ab. Nach einer kurzen Pause fährt sie fort: »Und eins noch ... Aber das sagst du **ihr** auf gar keinen Fall, klar?«

»O... Okay.«

»Ich halte sie, Black Lotus, ehrlich gesagt ... für eine tolle Spielerin. Sie hat Kampfgeist.«

»Hä ...?! W... Wie meinst du das ...?«

»Das bleibt unter uns. Im Ernst, klar?«

Niko wirft ihm einen scharfen Blick zu und sagt dann leise – sodass es gar nicht mehr zu ihrem sonst so groben Tonfall passt: »Sie hat als einziger König offen verkündet, dass sie ins zehnte Level will. Die anderen, mich eingeschlossen, tragen einfach nur spielerische Kämpfe unter dem weichen

Mantel des Nichtangriffspakts miteinander aus. Aber nein, noch schlimmer ist, dass es unter den anderen auch welche gibt, die insgeheim doch das zehnte Level anstreben. Sie tun so, als wäre die aktuelle Situation für das Fortbestehen der beschleunigten Welt das Beste, aber in Wirklichkeit warten diese Gauner nur auf eine Chance, die anderen auszustechen.«

»Und du ...?«, fragt Haruyuki sofort unwillkürlich, nachdem Nikos Monolog beendet ist.

»Zu welchen gehörst du, Niko?«

»Keine Ahnung.«

Die Antwort fällt knapp und ehrlich aus.

Der junge König mit seiner überaus zierlichen Gestalt lässt sich rücklings aufs Sofa fallen und verschränkt die Arme hinter dem Kopf. Mit den Zehen seiner ausgestreckten Füße, die fast an Haruyuki heranreichen, wackelt das Mädchen rhythmisch in der Luft.

»Die anderen Könige, allen voran Violett und Gelb, reden davon, dass sobald ein Burst Linker, egal wer, das zehnte Level erreicht, das Spiel an sich als ›gelöst‹ gelten wird. Sie meinen, der Entwickler wird mit einem lauten Fanfarenstoß auftauchen, seine Glückwünsche aussprechen, uns irgendeinen Abspann vorspielen ... Und dann wird *Brain Burst* automatisch bei allen deinstalliert.«

»S...«

So ein Quatsch, ein Onlinespiel endet doch normalerweise nicht für alle gleichzeitig.

Haruyuki will schon loslachen, doch dann erstarren seine Mundwinkel.

Ihm fällt ein, worüber sie unter anderem geredet haben, als er sich heute Morgen mit Kuroyukihime und Takumu auf der Straße verquatscht hatte: Eines Tages wird die beschleunigte Welt nicht mehr geheim sein und das Spiel zusammenbrechen.

Wenn ich mich recht erinnere, habe ich das sogar selbst gesagt.

Niko nickt leicht, als hätte sie Haruyukis Gedanken durchschaut.

»Ich glaube auch, dass da etwas Wahres dran sein könnte. Um ehrlich zu sein, will ich gar nicht an eine Zeit nach *Brain Burst* denken. Für mich ist diese Welt fast schon meine eigentliche Realität. Aber ... trotzdem frage ich mich auch, ob man sich aus dem Grund so sehr daran klammern darf. Der Nichtangriffspakt der sieben ... nein, der sechs Könige ausgenommen Black Lotus macht aus der beschleunigten Welt etwas, das sie ursprünglich nicht sein sollte. Diese Verzerrungen werden schon jetzt an verschiedenen Stellen sichtbar, so viel steht fest.«

»V... Verzerrungen ...?«

»Chrome Disaster ist zum Beispiel eine davon«, murmelt Niko leise und schließt ihre dunkelgrünen Augen.

»Cherry Rook ist der Versuchung des Harnischs wohl deswegen erlegen, weil er an der Barriere zu den hohen Levels verzweifelt ist. Momentan steht die beschleunigte Welt aufgrund des Pakts still und in den normalen Kampffeldern kann man sich anstrengen, wie man will, es ist nahezu unmöglich, ins neunte ... oder selbst ins achte Level aufzusteigen. Weil es keine Gegner gibt. Ich habe es, wie gesagt, nur geschafft, weil ich in dieses große Tohuwabohu hineingeraten bin, das Black Lotus ausgelöst hat ... Aber so etwas passiert nicht noch mal. Wer also jetzt noch in die höheren Level will, muss zwangsläufig das Risiko eingehen, im unbegrenzten

Feld zu kämpfen. Wahrscheinlich hat Cherry sich mit solchen Gedanken herumgeschlagen und dann zum Harnisch gegriffen. Und in gewisser Weise trage ich als König eine Mitschuld daran ...«

Plötzlich kneift Niko fest die Augen zusammen und knirscht mit den Zähnen.

Als Haruyuki sieht, wie ihre flache Brust zwei-, dreimal bebt, hält er unwillkürlich die Luft an und murmelt: »Ni... Niko ...«

»Halt den Rand! Sag nichts! Glotz nicht! Verschwinde!«, schreit das Mädchen und strampelt, immer noch auf dem Sofa liegend, mit den Beinen in der Luft herum. Mit dem rechten Arm reibt sie sich über die Augen.

Dann reißt sie unerwartet beide Augen wieder auf und schreit verwundert: »Warum eigentlich?!«

»Hä ...?«

»Warum erzähle ich dir so was eigentlich?! Vergiss es, ja?! Das war jetzt alles nur gelogen!! Wenn du es nicht sofort vergisst, mach ich dich fertig!!«

Der Schrei erstirbt in einem leisen Murmeln – Haruyuki hat auf einmal die Beine des Mädchens, die ihm entgegengeschossen kamen, um ihn zu treten, mit beiden Händen gepackt.

Er drückt ihre nackten Füße fest an seine Brust.

»Uargh, w... was machst du da, du Perverser?!«

»Niko ...«

Obwohl sie ihn so offenkundig beschimpft, greift Haruyuki nur noch kräftiger zu. Er hätte sie lieber an ihren Händen gepackt, aber dann müsste er sich auf weit mehr einstellen, als nur dafür geschlagen zu werden.

»Niko, deine Meinung ist nicht falsch.«

Als Haruyuki das sagt, verharren die strampelnden Füße, die sich eben noch aus seinem Griff befreien wollten, augenblicklich. Er schaut fest in die großen Augen des Mädchens und fährt entschlossen fort: »Natürlich möchte niemand, dass dieses Spiel endet, man will für immer in dieser Welt bleiben. Aber ... ich weiß aus meiner Erfahrung mit unendlich vielen Onlinespielen eins. Es gibt nichts Traurigeres und Enttäuschenderes als ein Spiel, bei dem man nie ans Ende kommt. Den Nutzern wird langweilig. Sie wechseln zu einem anderen Angebot, das Spiel wird unprofitabel. Eines Tages wird dann ganz klein verkündet, dass es beendet wird, und die Server fahren herunter, ohne dass es noch groß jemanden kümmert. Man sieht, wie der vertraute Opa aus dem Waffenladen oder die Frau aus dem Gasthaus mit ihrem freundlichen Lächeln für immer **stirbt**. Ich habe wegen so etwas nach dem Link Out oft in meinem Zimmer geweint. Es ist falsch, ein Spiel so zu beenden. Definitiv falsch.«

Niko sieht Haruyuki mit großen Augen an. Sie verharrt vollkommen still, ihre Füße an Haruyukis Brust gelehnt.

Dieser fühlt ihre zarte Haut an seinen Handflächen und das darunter fließende Blut in ihren Adern. Etwas heiser spricht er weiter: »Wenn ... Wenn für *Brain Burst* ein Ende vorgegeben ist, dann sollten wir auch versuchen, es zu erreichen. Selbst wenn wir dann letztendlich die beschleunigte Welt verlieren, das wäre immer noch ... viel, viel besser, als sie auf solch unverdiente Art und Weise verschwinden zu sehen.«

Denn möglicherweise ist gerade dieses Streben nach dem Ziel der Preis, den wir für die vielen Dinge, welche Brain Burst *uns gibt, bezahlen. Dass ich selbst, der sonst immer nur Trübsal bläst, hier in der Realität derart lange zu einem Mädchen sprechen kann, das ich gerade erst kennengelernt habe, verdanke ich sicher auch diesem Spiel.*

Diesen letzten Gedanken behält Haruyuki aber für sich und verstummt.

Obwohl jetzt Stille herrscht, rührt sich Niko immer noch nicht. Eine ganze Weile lang sagt sie ebenfalls nichts.

Uwaaah, jetzt hab ich ja wieder irgendwelchen Stuss von mir gegeben.

Haruyuki will schon in finstere Stimmung verfallen, als der kleine König endlich leise murmelt: »Besser ... ja? So kann man das als Burst Linker also auch sehen.«

Ihr bis jetzt gerade nach oben gerichteter Blick schwenkt zu Haruyuki. Das Lächeln, das sie nun aufsetzt, markiert eine kleine Rückkehr zu ihrem Engelmodus.

»Du bist schon echt komisch. Ehrlich gesagt hat es mich gewundert, wieso gerade so ein dickes Weichei wie du als Einziger 'ne Flugfähigkeit erlangt ... Ein ganz klein bisschen kann ich es jetzt verstehen. Trotzdem ...«

Ihr Gesicht verwandelt sich plötzlich in eine grimmige Fratze, die Haruyuki vor Schreck hochfahren lässt.

»Trotzdem will ich nicht, dass du die ganze Zeit meine Füße befummelst, du Perverser! Ich bring dich um!!«

Sie stößt ihr linkes Bein vor und erwischt ihn damit hart am Nasenrücken. Haruyuki kippt hilflos um und fällt flach auf seinen Rücken.

Der Aufprall auf den Boden wird dabei von einem heiteren Klingeln an der Tür übertönt.

»Und dann habe ich auf dem Weg hierher den Master getroffen. Ach ja, hier. Hab ich mal einfach von zu Hause mitgenommen«, sagt Takumu und präsentiert eine Schachtel, die offenbar Kuchen enthält. Er schaut abwechselnd zu Haruyuki, der auf dem Boden sitzt und sich die Nase reibt, und zu Niko auf dem Sofa, die in eine andere Richtung guckt, und legt den Kopf schief.

»Was macht ihr zwei da ...?«

»Die hatten sicher ordentlich Streit. Finde ich gut.«

Kuroyukihime kichert leise und stemmt ihre Hände in die Hüften. Niko schnaubt verächtlich.

»Und wennschon. Was sich liebt, das neckt sich halt.«

Bevor zwischen den beiden wieder Funken fliegen, mischt sich Haruyuki schnell ein.

»Sch... Schön, dass ihr hier seid! Taku, danke für den Kuchen! Lasst ihn uns direkt essen. Ich nehm den mit den Erdbeeren!!«

Er springt hastig auf und will zur Küche laufen, als hinter ihm zwei Stimmen gleichzeitig rufen: »Ich nehme den mit Erdbeeren!«

»Das Erdbeerding ist meins!«

»Na gut ...«

Haruyuki nickt geschlagen und holt Teller und Tee.

Zum Glück sind zwei Stück Erdbeerkuchen in der Schachtel, und daneben noch zwei Stück Schokokuchen. So bleiben weitere Streitigkeiten aus – bis auf ein bissiges: »Sicher, dass du keinen schwarzen Kuchen willst?« Und: »Schokolade ist nicht schwarz, sondern braun!« Und nachdem alle vier zusammen ihren ersten Bissen genommen und den ersten Schluck Tee getrunken haben, nimmt Kuroyukihimes Gesicht einen geschäftlichen Ausdruck an.

»Und, konntest du Chrome Disaster aufspüren?«

Auf diese Frage hin lässt Niko ihren Blick schnell über ihren virtuellen Desktop gleiten und nickt knapp.

»Ja. Er müsste sich gleich auf den Weg machen.«

Die Antwort löst in Haruyuki ein etwas befremdliches Gefühl aus.

Wie schafft man es, einen Burst Linker aus der Ferne zu verfolgen? Wenn der andere ein Duell beginnt und man als Zuschauer einen Dive an den Ort des Geschehens ausführt, bekommt man die aktuelle Position des Kämpfers angezeigt. Aber Niko macht nicht den Anschein, als wäre sie im beschleunigten Zustand. Oder gibt es für Legionsmaster etwa das gewaltige Privileg, den Aufenthaltsort ihrer Vasallen einsehen zu können?

Haruyuki öffnet den Mund, um mit einer beiläufigen Frage mehr darüber zu erfahren.

Doch genau in dem Moment –

»Jetzt ...!«, ruft Niko scharf, rammt ihre Gabel mit Schwung in die letzte Erdbeere, die sie bis zum Schluss aufgehoben hat, und stopft sie sich in den Mund.

»Cherry ist in die Seibu-Ikebukuro-Linie in Richtung Innenstadt eingestiegen. Seinem bisherigen Verhaltensmuster zufolge wird er heute in Bukuro zuschlagen.«

»Ikebukuro, ja? Nicht so gut«, sagt Kuroyukihime leicht verärgert. Klappernd legt sie ihre Gabel auf den inzwischen leeren Teller.

»Wie kommen wir dahin? Fahren wir auch real mit Zug oder Taxi? Oder gehen wir **drinnen** durch?«

Haruyuki runzelt verständnislos die Augenbrauen.

Drinnen durch – das heißt ja, durchs Kampffeld – klar, diese Felder erstrecken sich optisch unendlich weit, aber tatsächlich gibt es an ihrem Ende immer eine festgelegte Grenze, die man nicht überqueren kann. *Sonst könnte man in einem Duell auch die Taktik anwenden, dem Gegner einen erfolgreichen Treffer zu verpassen und dann schnurstracks vor ihm wegzulaufen, bis die maximale Duellzeit erreicht ist.*

Darum würden sie, sollten sie hier in Haruyukis Wohnung ins Kampfareal diven, nur bis zum nördlichen Ende Suginamis kommen, auf keinen Fall aber bis nach Ikebukuro im Bezirk Toshima.

Doch Niko sagt, nachdem sie nur kurz nachgedacht hat: »Wir gehen direkt durch. In dieser Konstellation wird sich uns wohl kein **Enemy** entgegenstellen.«

»Wenn wir Glück haben, ja.«

Kuroyukihime sieht besorgt aus, nickt aber. Haruyuki versteht nur Bahnhof. Das Mädchen blickt ihm ernst ins Gesicht.

»Also … Haruyuki. Ich bringe dir jetzt das Kommando bei, mit dem man in das wahre Kampffeld der Burst Linker gelangt. Das kostet zehn Burst Points. In Ordnung?«

»J… Ja, zehn Punkte sind kein Problem. Aber, äh … wahres Kampffeld …?«

»Es erklärt sich von selbst. Dort befindet sich der eigentliche Kern dessen, was wir die beschleunigte Welt nennen. Sprich jetzt genau nach, was ich sage, ja? Also los … Die Mission ›Vernichtung des fünften Chrome Disaster‹ kann beginnen!«

Dann holt sie einmal tief Luft, streckt energisch ihren Rücken durch … Und in dem Moment, in dem sie den Schalter ihres Neuro Linkers für die Verbindung ins globale Netzwerk drückt, ruft die schwarze Schönheit feierlich das Kommando: »Unlimited Burst!«

5

»Unlimited Burst!«

– ruft Haruyuki, mit den Gedanken bereits ganz woanders, und wird von einem immer lauter werdenden Ton der Beschleunigung erschüttert.

Für einen Augenblick wird es dunkel vor seinen Augen.

Doch sofort zerreißt ein silbernes Licht die Finsternis. Es ist der Leuchteffekt, mit welchem Haruyukis Körper sich in seinen metallenen Avatar verwandelt.

Bei einer normalen Beschleunigung – für die das Kommando »Burst Link« benutzt wird – würde er zuerst die Gestalt seines rosafarbenen Ferkels annehmen. Dieser Schritt wird nun komplett übersprungen und Haruyuki wird sofort zum Duellavatar Silver Crow.

Als die Metamorphose abgeschlossen ist, löst sich die Dunkelheit um ihn herum in einem regenbogenfarbenen Licht auf.

Aus der Ferne dieser strahlenförmigen Polarlichter wird ein blauschwarzes, stählernes Leuchten sichtbar.

Das, was bis eben noch Haruyukis Wohnzimmer war, verformt sich nun zu einem kalten Metallkorridor, der gut zu einer Dämonenfestung in einem Fantasy-Film passen würde. Die nach Süden gerichteten Fenster sind alle verschwunden. An Wänden und Säulen, die mit Reihen von übereinanderliegenden, gerippten Platten wie zur Kühlung von Metallkörpern bestückt sind, brennen hier und da blassblaue Feuer. Über den Boden wabert dichter Nebel und die hohe Decke versteckt sich im Zwielicht, sodass sie gar nicht richtig zu sehen ist.

Die Umgebung ähnelt zwar der Fegefeuerkulisse, aber es fehlen die schleimigen Oberflächen. Haruyuki lässt seinen Blick eine Weile über diese äußerst kalte und schlichte Metallszenerie schweifen.

Als er ihn wieder in die Nähe richtet, stehen direkt neben ihm die drei anderen Duellavatare.

Der mit der dunkelblauen Rüstung, den muskulösen Gliedmaßen sowie dem gigantischen Pile Driver am rechten Arm ist Cyan Pile.

Die zierliche kleine Gestalt in Purpurrot, ausgestattet mit nur einem Revolver in der Hand, ist Scarlet Rain.

Und der Avatar in der tiefschwarzen, durchscheinenden Panzerung mit scharfen, funkelnden Schwertklingen anstelle von Armen und Beinen ist Black Lotus.

Wenn er hier so neben ihnen steht, fühlt sich Haruyuki nicht nur den beiden Königen, sondern auch Cyan Pile – also Takumu gegenüber, der dasselbe Spiellevel hat wie er selbst – unterlegen. Aber er schluckt das aufkommende Minderwertigkeitsgefühl herunter und murmelt: »Das hier ist also dieses **unbegrenzte neutrale Feld** ...«

»Ja«, bestätigt ihm Kuroyukihime mit ihrer digital gestützten Stimme und dreht sich elegant um. Da ihre Beine in äußerst scharfen Schwertspitzen enden, bewegt sich Black Lotus nicht normal gehend fort, sondern gleitet, immer ein kleines Stück über dem Boden schwebend, dahin.

Sie hebt ihren rechten Arm, der ebenso eine lange Klinge bildet, und zeigt damit den Flur hinunter.

»Ich denke, dort wird der Ausgang sein. Am besten, wir sehen direkt einmal nach.«

»Stimmt. Dann mal los.«

Scarlet Rain nickt, wodurch ihre zwei antennenartigen Zöpfe kurz wippen.

Sie sind erst ein paar Sekunden durch den Gang gelaufen, da dringt vor ihnen weißes Licht durch den dichten Nebel. Haruyuki läuft automatisch schneller und lässt die anderen drei hinter sich. Als er um eine Ecke nach links biegt, weiten sich seine Augen.

Dort, wo eigentlich die östliche, zur Hauptstraße zeigende Wand seines Zuhauses stehen müsste, befindet sich jetzt auf ganzer Breite eine offene Terrasse mit Blick nach draußen. Die Höhe dieser Etage entspricht immer noch ungefähr dem zweiundzwanzigsten Stockwerk in der Realität, weshalb man von hier aus einen weiten Blick über die Landschaft hat.

Und dieser ist einfach nur überragend.

Über den Himmel ziehen zahlreiche wogende Schichten dicker, aschgrauer Wolken. Dazwischen schießen immer wieder bläulich-violette Blitze hindurch.

Die Erdoberfläche bedecken Bauten, die genau wie Haruyukis Wohnhaus von scharfen Metallplatten eingefasst sind. Direkt geradeaus ist verschwommen das Subzentrum Shinjukus im Nebel liegend zu sehen, das nun jedoch eher an die Festung einer bösen Armee erinnert als an eine Gruppe Wolkenkratzer. Lebende Wesen sieht Haruyuki nirgendwo, wie sehr er seine Augen auch anstrengt. Alles liegt völlig verlassen da.

Das Wort »Dämonenhauptstadt« kommt ihm in den Sinn, als er Kuroyukihime, die inzwischen neben ihn getreten ist, leise zuflüstert: »So ein Feld sehe ich zum ersten Mal. Was für Eigenschaften hat es …?«

»Chaos«, lautet ihre knappe Antwort. Sie schaut Haruyuki mit ihren violett funkelnden Augen an und fügt noch hinzu:

»Du wirst bald verstehen, was das heißt. Aber, Haruyuki – es ist zwar schön, dass dich diese Landschaft so fasziniert, aber etwas anderes hätte dir vorher auffallen müssen.«

»Äh ... Hä?«

Schnell schaut sich Haruyuki suchend um und entdeckt schließlich, was er sehen soll. Bisher wurden in jeder Stage im oberen Bereich seines Blickfelds sein HP-Balken und der seines Gegners angezeigt. Dazwischen zählte ein Counter die verbliebene Zeit der 1.800 Sekunden herunter. Jetzt ist nur sein eigener Energiebalken und keine Zeitangabe zu sehen.

Haruyuki hat *Brain Burst* als ein technisch extrem hoch entwickeltes Programm kennengelernt, welches höchst real wirkende, detaillierte Kulissen und Sinneswahrnehmungen erschafft, inhaltlich jedoch einem altmodischen Mann-gegen-Mann-Kampfspiel entspricht. Jetzt, da er in diesem unbegrenzten neutralen Feld steht, hat sich zwar nur der Aufbau der eingeblendeten Elemente ein klein wenig verändert, aber es fühlt sich an, als wäre er urplötzlich in einem hoch entwickelten Netzwerkspiel von gigantischen Ausmaßen gelandet. Darum schreit Haruyuki sogar unwillkürlich auf: »E... Es gibt keine Restzeit mehr ...?! Was heißt das denn jetzt ...?«

»Genau das «, erwidert Niko an seiner linken Seite.

»Hier existiert kein Zeitlimit für einen Dive. Deswegen heißt es ja auch **unbegrenzt**.«

»Hä?«

Wieder fehlen Haruyuki die Worte. Angestrengt grübelt er über die Bedeutung des Gesagten nach.

»Ä... Ähm ... Wir sind aber schon immer noch im Beschleunigungszustand, oder?«

»Natürlich.«

Auf Kuroyukihimes Entgegnung hin kurbelt Haruyuki seine Gehirnzellen noch einmal zur Höchstleistung an.

Brain Burst verleiht dem Bewusstsein seiner Nutzer eine tausendfache Beschleunigung und lässt sie einen Full Dive in ein virtuelles Spielfeld ausführen. Da man die Beschleunigung normalerweise nicht länger als dreißig Minuten aufrechterhalten kann, vergehen, selbst wenn man diese Zeit vollständig ausnutzt, in der Realität währenddessen gerade mal 1,8 Sekunden.

Aber hier gibt es diese Beschränkung nicht. Das heißt ...

Angenommen, man will zehn Minuten seiner realen Zeit in diesem unbegrenzten neutralen Feld verbringen – das wären dann zehntausend Minuten ... Oder 166 Stunden und somit circa sieben ganze Tage.

Und wenn man erst einen vollständigen realen Tag hier verstreichen lässt ...

Nachdem Haruyuki das Ergebnis mit den Fingern ausgerechnet hat, flüstert er es mit rauer Stimme: »D... Drei Jahre ...«

Krass. Das ist ja fast eine Ewigkeit. Also könnte man sich mit diesem Kommando, Unlimited Burst, unendlich lange vor Hausaufgaben oder vorm Lernen –

»Denk lieber nicht weiter darüber nach, Haru«, sagt da plötzlich Takumu hinter ihm. Offenbar hat er durchschaut, welch abwegige Dinge sich gerade ihren Weg in Haruyukis Kopf gebahnt haben.

Als dieser sich zu Takumu umdreht, zuckt der mit den massiven Schultern seines Avatars und sagt lachend: »Ich bin selbst bisher genau einmal hier gewesen. Damals war ich genauso fasziniert wie du und fand es zu schade, sofort wieder zurückzukehren, wenn ich schon zehn Burst Points dafür verbraucht hatte. Also blieb ich nach der hiesigen Zeit drei

Tage. Zurück in der Realität hatte ich dann aber total vergessen, was ich davor gerade im Begriff gewesen war, zu tun, und stand vor einem großen Problem.«

»Er hat recht, Haruyuki. Nach drei Tagen vergisst man vielleicht nur seine Pläne, aber stell dir vor, du bist einen Monat ... oder ein halbes Jahr hier ...«

Da wird Kuroyukihimes Stimme mit einem Mal sehr ernst.

»... dann wirst du, wenn du zurückkommst, ein anderer Mensch sein. Wenn du Pech hast, hat deine Seele logischerweise ein anderes Alter als dein bisheriges Ich. Will man verhindern, dass Verwandte oder Freunde sich wundern, sollte man sich hier nicht allzu lange aufhalten.«

Als Haruyuki das hört, fällt ihm wieder der Satz ein, den er vorher einmal gehört hat.

»Wenn du wüsstest, wie viele Stunden ich oder sie bisher schon in der beschleunigten Welt verbracht haben ...«

Das hat Niko gestern ganz fröhlich dahingesagt. Aber das würde ja bedeuten –

Doch bevor er diesem Gedanken weiter folgen kann, versetzt ihm ausgerechnet die Quelle jenes Satzes einen leichten Klaps auf den Rücken.

»So, jetzt lasst uns endlich mal zum Ziel aufbrechen. Auch wenn wir noch genug Zeit haben. Bei unserem Eintritt in die Beschleunigung war Cherrys Zug in der Realität noch zwei Minuten von Ikebukuro entfernt.«

»O... Okay. Äh, mit Ziel ... meinst du also Ikebukuro, ja?«

Zwei Minuten realer Zeit entsprechen in der beschleunigten Welt über dreiunddreißig Stunden. Also haben wir ja noch viel zu viel Zeit.

Haruyuki richtet seinen Blick gen Nordosten.

Weit hinten am Ende der sich scheinbar grenzenlos erstreckenden, blauschwarz-metallenen Innenstadt lässt sich vage eine riesige Konstruktion ausmachen. Wenn das die Sunshine City von Ikebukuro ist, muss die Entfernung bis dahin wie in der Realität knapp sechs Kilometer betragen.

»Äh ... gehen wir zu Fuß? Oder rennen wir ...?«

»Kommt gar nicht infrage. Wofür haben wir denn dich?«

»Hä? Willst du damit etwa sagen ...«

Verblüfft starrt Haruyuki den schönen purpurroten Duellavatar vor ihm an, der fest die Arme vor der Brust verschränkt und den Kopf zur Seite gelegt hat.

»Du trägst uns doch sicher durch die Luft, nicht wahr, Brüderchen?♪ «

Nachdem Haruyuki einige Objekte wie merkwürdige Statuen und Eisengitter auf der offenen Terrasse mit Punchs und Kicks zerstört und so den Balken für Spezialfähigkeiten randvoll aufgeladen hat, dreht er sich zurück zu den anderen und nuschelt: »So, äh ...«

Sein Blick fällt auf die zwei Könige, die sich gegenseitig böse anstarren.

»Silver Crow wird seine Hände für mich brauchen, schau dir doch mal meine Arme an. Du kannst dich ja meinetwegen an seine Füße hängen.«

»Vergiss es! Ich lass mich doch nicht derart erniedrigen! Selbst schuld, dass du so ein Design hast, kannst ja alleine mit dem Zug fahren, na los!«

»Brrz, brrz«

Zwischen den beiden wütenden Avataren fliegen die Funken, und das nicht einmal metaphorisch, sondern tatsächlich in sichtbarer Form. Bis Takumu seufzend einschreitet.

»Okay, machen wir es doch so: Haru nimmt Master in den rechten und den Roten König in den linken Arm. Und ich halte mich an seinen Beinen fest. Schaffst du das, Haru?«

»Äh ... J... Ja, denke schon. Werde dann nur etwas langsam sein.«

Haruyuki stellt sich vor die immer noch missmutig dreinblickenden Niko und Kuroyukihime und streckt als Erstes den rechten Arm aus.

»E... Entschuldige.«

Er legt seine Hand fest um Black Lotus' schmale Hüfte über dem lotusförmigen schwarzen Rock ihrer Rüstung und ergreift dann mit der linken Hand Scarlet Rains noch zierlicheren Rumpf. Eigentlich könnte er sich über die so entstandene Situation freuen, aber dazu ist er viel zu nervös. Vorsichtig spannt er seine Schultermuskeln an und breitet seine am Rücken zusammengefalteten Metallschwingen aus.

Nachdem diese mit einem sanften Rasseln auseinandergefahren sind, beginnen sie sofort, leicht zu flattern. Dadurch entsteht ein beschleunigender Auftrieb, der Haruyukis Füße vom Boden hebt.

Ganz langsam steigt er so auf und stoppt anderthalb Meter über dem Boden schwebend.

»Taku, jetzt kannst du.«

»Okay! Vorsicht, Haru.«

Und da packen Cyan Piles starke Arme Haruyuki auch schon an den Waden.

»Gut ... Dann mal los!«, verkündet dieser und vollführt einen kräftigen Flügelschlag.

Drei Leute im Schlepptau zu haben, zieht wie erwartet an ihm. Dennoch steigt Haruyuki recht zügig in den Himmel hinauf. Die stählerne Terrasse entfernt sich schnell und unter ihnen breitet sich die menschenleere Stadt mit ihren seltsamen Bauten aus.

»W… Wow, cool …!!«, ruft Niko von seinem linken Arm aus. »Wir fliegen ja wirklich! Da ist die siebte Ringstraße … Und da die Chuo-Linie, was? Vielleicht seh ich ja auch meine Schule!«

Für Haruyuki ist diese Aussicht längst Alltag. Obwohl man sich in den normalen Stages nicht unendlich weit fortbewegen darf, so kann man aus der Luft doch ganz Tokyo – ja sogar die gesamte Kanto-Ebene überblicken.

Trotzdem steigt in ihm jedes Mal noch Bewunderung dafür auf. Und dieses unbegrenzte neutrale Feld dehnt sich Kuroyukihimes Erklärung zufolge sogar bis an die Grenzen des Netzwerks der Social Cameras aus – also bis in die letzten Ecken Japans.

Das übersteigt nun wirklich längst die Größe einer einfachen Karte in einem Spiel. Es ist eine ganze Welt.

»Ah ja … Das …«, murmelt Haruyuki unbewusst, »… das hier ist also die eigentliche beschleunigte Welt, was? Eine Welt, die parallel zur realen existiert … und zwar nicht nur für eine bestimmte Zeit, sondern dauerhaft …«

»Richtig«, sagt Kuroyukihime, die an seinem rechten Arm hängt, leise. Mit ihren funkelnden Augen sieht sie Haruyuki ins Gesicht. Ernst, aber weich spricht sie weiter: »Und es ist auch die wahre Kampfstätte der Burst Linker. Wenn du ins neunte Level aufsteigen willst, musst auch du eines Tages hier kämpfen und als Sieger hervorgehen. Aber na ja … Das hat noch Zeit.«

Will sie damit sagen, dass ich dafür noch in höhere Level auf- steigen muss, oder dass meine momentanen Fähigkeiten dafür einfach nicht ausreichen?

Er fühlt, wie eine leichte Unruhe ihm einen Stich ins Herz versetzt, nickt aber kurz.

»Ja ... Aber mal eine andere Frage ...«

»Hm? Was denn?«

»Wenn das hier eine dauerhaft bestehende Karte ist, heißt das, dass auch andere Burst Linker zur selben Zeit wie wir hier im Dive sind, oder?«

»Jep, natürlich.«

Diese Antwort kommt von Niko. Haruyuki schaut zu ihr und stellt eine weitere Frage.

»A... Aber ... es sieht nicht so aus, als wären noch andere da, oder ...?«

Die seltsamen Bauten unter ihnen liegen in kalter Stille da, nichts scheint sich zu rühren. Haruyuki hätte erwartet, wie bei normalen Kämpfen überall andere Duellavatare zu sehen.

Warum ist das nicht der Fall?

Aber da erhält er schon eine Antwort darauf, diesmal von Takumu, der an seinen Füßen hängt.

»Ha ha, natürlich nicht, Haru. Es gibt ja insgesamt nur etwa tausend Burst Linker und man sagt, dass sich in diesem unbegrenzten neutralen Feld nie mehr als hundert gleichzeitig aufhalten. Das klingt jetzt zwar nicht schön, aber wer von ihnen würde ausgerechnet hierher nach Suginami kommen, wo nichts ist?«

»A... Also könnten wir ... weiter im Zentrum vielleicht welche sehen ...?«

»Ja, genau. Darum befinden wir, und auch Cherry Rook, uns ja auf dem Weg nach Bukuro«, sagt Niko und schlägt Haruyuki dabei auf den Helmkopf. »Wie lange willst du eigentlich noch auf der Stelle schweben? Flieg endlich, sonst leert sich dein Balken.«

»Ah, j... ja!«

Haruyuki wirft einen Blick auf seinen schmalen, leuchtenden Spezialbalken unterhalb der Energieanzeige. Im Schwebeflug verbraucht er zwar wenig Kraft, aber es sind bereits fast zehn Prozent aufgezehrt.

»Dann nehmen wir mal den kürzesten Weg über die Luftlinie«, kündigt er an und beginnt erneut kräftiger mit seinen Flügeln zu schlagen.

Er gleitet nur knapp unterhalb der wogenden schwarzen Wolken dahin. Schnell passieren sie die verlassene siebte Ringstraße und fliegen in den Bezirk Nakano hinein. Haruyuki sieht die Strecke der Chuo-Linie, deren Hochbrücke von besonders spitz zulaufenden Pfeilern gestützt wird. Unbewusst folgt sein Blick ihrem Verlauf – da entdeckt er etwas Unerwartetes.

»Ah ...! D... Da fährt ja eine Bahn ...?!«, bemerkt er leise.

Über die schwarz leuchtenden Gleise bewegt sich, nur mit zwei Waggons, definitiv etwas Schmales, Längliches vorwärts, das aussieht wie ein Zug und dumpfe Töne von sich gibt, in Richtung Shinjuku.

»Mit der kann man auch fahren. Es werden aber Punkte dabei verbraucht«, erklärt Kuroyukihime etwas belustigt und Haruyuki fallen unter seinem silbernen Helm fast die Augen aus dem Kopf.

»Hä ...? A... Aber wer führt denn die Lok?!«

»Hi hi, du kannst gerne irgendwann einmal selbst nachschauen.«

Während des kurzen Dialogs ist die Bahnlinie bereits hinter ihnen verschwunden. Stattdessen kommt die Yamate-Straße in Sichtweite. Sobald sie diese überquert haben, erreichen sie das Viertel Mejiro und dann ist auch Ikebukuro nicht mehr weit.

Dort fährt Haruyuki auch in der Realität oft hin, um alte Spielesoftware oder Bücher aus Papier zu kaufen, aber von Suginami aus ist die Verkehrsanbindung schlechter, als man erwarten würde. Man muss entweder mit der Bahn über Shinjuku fahren oder von Koenji aus den Bus nehmen. Aber beide Strecken machen einen Umweg, weshalb es recht lange dauert.

Wenn er doch nur immer einfach so hinüberfliegen könnte, beginnt Haruyuki gerade zu träumen, als –

»Hey, Haruyuki. Schau mal dort rüber.«

Kuroyukihime zeigt rechts von ihm mit einer ihrer scharfen Schwertspitzen gen Osten.

Nichts ahnend blickt er dorthin und lässt vor Schreck fast die zwei Könige fallen. Schnell festigt er seinen Griff wieder.

»Uwa... W... Was ... ist das ...?!«

Auf der Yamate-Straße, die durch den dichten Nebel verläuft, bewegt sich langsam ein riesiges Wesen fort. Seine Gestalt ist einfach nur monströs. Es sieht zwar aus wie ein Vierfüßler, aber sein Körper ist so flach wie der eines Rochens und da, wo der Kopf sein sollte, hängen unzählige Fühler in Richtung Boden. Die langen, kräftigen Beine enden in jeweils zwei unglaublich spitzen Insektenkrallen.

Zudem ist das ganze Gebilde in etwa so groß wie ein drei-stöckiges Haus. Gemächlich gen Süden wandernd, nimmt es alle drei aus der Innenstadt kommenden Fahrspuren ein.

Bei jedem seiner Schritte spürt Haruyuki, wie ein schwe-res Donnern die Luft erschüttert. Fassungslos murmelt er erneut: »Was ... ist das denn ...?«

»Ein **Enemy**. Solche wie er werden vom System erschaffen und gesteuert – sie sind die Bewohner dieser Welt.«

Nach Kuroyukihimes Antwort pfeift Niko einmal kurz durch die Zähne.

»Du siehst gleich beim ersten Mal so einen großen, hast echt Glück. Aber komm ihm lieber nicht zu nahe. Wenn ei-ner von der Größe uns angreift, hätten wir selbst zu viert zu tun.«

»Angrei... H... Heißt das, die attackieren von selbst?!«

»Hast du in der Schule noch nicht gelernt, was ›enemy‹ bedeutet?«

Aber Haruyuki geht auf Nikos freche Bemerkung gar nicht erst ein, sondern beeilt sich, an Höhe zu gewinnen. Das riesi-ge Monstrum scheint die Besucher in der Luft gar nicht wahr-zunehmen und setzt langsam seinen Weg fort.

»W... Warum gibt es denn hier überhaupt so was Gefährliches ...?«

»Warum? Na ja ... weil ...«, beginnt Kuroyukihime, verstummt dann aber. Auch Niko und Takumu wissen of-fenbar nichts zu sagen. Haruyuki legt verwundert den Kopf schief.

Doch da ruft Takumu unter ihm mit gepresster Stimme: »Ah, da, es fängt gerade an! Das Jagen!«

»J... Jagen ...?«

Genau da lässt das Monster, welches sich in dem Moment direkt unter ihnen befindet, einen plötzlichen Schrei los, und Haruyuki schießt vor Schreck mehrere Meter weiter hoch in die Luft.

»Uwah?!«

Das Ungeheuer richtet sich auf seinen zwei Hinterbeinen auf, schwingt das Bündel an Fühlern, die seinen Kopf ersetzen, heftig in der Luft umher und brüllt dabei noch einmal. Doch der Schrei gilt nicht den vier Avataren über ihm, wie Haruyuki sofort erkennt.

Ein Stück weiter südlich auf der Yamate-Straße entdeckt er ein paar kleinere Gestalten.

Erst denkt er, das wären noch mehr Enemys, stellt aber schnell fest, dass dem nicht so ist. Diese Wesen haben menschliche Formen und tragen Rüstungen in unterschiedlichen Farben – es sind also Burst Linker.

Ein Großer unter ihnen, der ganz vorn steht, reißt auf einmal seinen rechten Arm in die Höhe und lässt ihn schwungvoll herabsausen.

Da schießen plötzlich von den Gebäuden links und rechts der Straße eine ganze Zahl von Strahlen und Patronen heraus und explodieren alle am Kopf des Ungeheuers.

Der Enemy gerät für einen Moment ins Taumeln. »Gruooohr«, entfährt ihm ein befremdlicher Kampfschrei und er wendet seinen Kopf einem der Gebäude zu. Erst zappelt er ein wenig mit den Vorderbeinen in der Luft herum, dann beginnt er geräuschvoll, auf das Haus zuzumarschieren.

Doch bevor er das Haus einreißen kann, feuern im letzten Moment die Burst Linker, die auf der Straße die Stellung gehalten haben, ihre Mittelstreckenwaffen ab. Eine Kette von Explosionen hüllt das Monster ein. Mit einem wütenden Schrei wechselt dieses nun sein Ziel und stürzt sich auf die frei stehenden Schützen auf der Straße.

»V… Vorsicht!«, ruft Haruyuki unwillkürlich. Die Vorderbeine des großen Ungeheuers rasen aus großer Höhe herab und begraben den Anführer der Gruppe einfach unter sich – zumindest sieht es im ersten Moment danach aus. Aber dann zeigt sich, dass dieser Duellavatar in seiner schweren blausilbernen Rüstung die gigantischen Krallen mit gekreuzten Armen abgewehrt hat.

Trotzdem scheint die Gruppe nicht gewillt, dort nun unmittelbar frontal gegen das Monster zu kämpfen. Während die Avatare auf dem Boden mit vereinten Kräften seine wilden Attacken abwehren, weichen sie allmählich zurück.

Nachdem sie sich ein gutes Stück von den zwei Gebäuden entfernt haben, eröffnen ihre Unterstützer auf den Dächern wieder ein Salvenfeuer und treffen das Ungeheuer am Schwanzansatz. Als es daraufhin stampfend die Richtung wechselt und Kurs auf ein Gebäude auf der östlichen Straßenseite nimmt, folgt ihm diesmal die Bodentruppe und bombardiert es mit Nahkampfattacken.

»Eine ziemlich gute Party haben sie da. Sie lenken den Hass des Monsters gekonnt auf sich. Wer ist dieser Anführer?«, fragt Kuroyukihime anerkennend.

Niko antwortet: »Ich glaube, ein Offizier der Grünen Legion. Aber die Party scheint gemischt zu sein.«

Durch diesen Wortwechsel versteht Haruyuki endlich, was da unten tatsächlich geschieht.

»A… Ach so … Dann hat das große Monster diese Burst Linker gar nicht angegriffen … sondern sie wollen es töten, ja?«

»Richtig. Deswegen heißt es Jagen.«

»Also bekommen sie, wenn sie erfolgreich waren, EXP ... nein, äh, Burst Points ...?«

»Ja, ganz genau«, nickt Kuroyukihime.

Niko gibt Haruyuki einen Klaps auf den Kopf.

»Nun hast du es sicher auch kapiert – wegen der Enemys existiert das unbegrenzte neutrale Feld überhaupt. Man kann als Burst Linker nicht nur bei normalen Duellen, sondern auch durch das Jagen hier in höhere Level aufsteigen. Allerdings ist dieser Weg lange nicht so effektiv wie das Duellieren. Um ein Monster dieser Größenordnung zu besiegen, geht man das Risiko ein, alles zu verlieren, und gewinnt am Ende doch nur so viele Punkte wie bei einem Duell gegen einen Gegner aus demselben Level ... also zehn Punkte.«

Hier macht Kuroyukihime, die das weitere Erklären übernommen hat, eine kurze Pause und schüttelt leicht ihre elegant geformte Maske.

»Das ist auch verständlich, denn Enemys in dieser Welt zu jagen bedeutet, neue Burst Points aus dem Nichts zu erschaffen. Ursprünglich war diese Methode also nur als ergänzende Punktequelle in diesem eigentlich reinen Mann-gegen-Mann-Kampfspiel gedacht. Aber momentan ist das die einzig verbliebene Möglichkeit, noch hohe Level zu erreichen. Der Grund dafür ...«

»... ist der Nichtangriffspakt ... nicht wahr?«, sagt Haruyuki leise.

»Hochrangige Burst Linker, die sich duellieren wollen, können ja nicht einfach in das Gebiet einer anderen Legion einfallen. Denn die Territorialkriege, die dazu Gelegenheit geben würden, finden wegen des Paktes gar nicht statt ...«

Haruyuki hat sich inzwischen bereits von dem erbitterten Kampf weit unter ihnen entfernt und fliegt weiter in Richtung Norden, als Takumu unter ihm sich nachdenklich äußert: »Aber, Master ... Genau genommen gibt es noch eine andere Möglichkeit, oder? Eine, durch die man selbst in dieser Situation weiterhin effektiv Punkte sammeln und schnelle Level-ups erzielen kann.«

»Hä? Was meinst du, Taku ...?«

»Na ja ... Man könnte in dieser Welt noch auf andere Wesen Jagd machen als nur Enemys. Und zwar auf solche mit noch weit mehr Punkten ...«

Einen Moment lang überlegt Haruyuki, dann zieht er scharf die Luft ein.

»D... Du meinst ... nicht das große Monster von eben ... sondern ... die Burst Linker ...?«

Als er sich kurz umschaut, sieht er weit im Süden an der Stelle, an der das Gefecht stattfindet, noch immer dichten Rauch aufsteigen.

Nach einem Augenblick des Schweigens sagt Kuroyukihime leise: »Richtig. All die hochrangigen Burst Linker, die man zu normalen Duellen nicht herausfordern kann, weil sie fast nie außerhalb ihres eigenen Territoriums auftauchen, kann man hier so oft angreifen, wie man will. Man kann ihnen auflauern, sie aus dem Hinterhalt attackieren, alles ist erlaubt.«

»Und es gibt tatsächlich jemanden, der das macht, und zwar Cherry Rook ... nein, Chrome Disaster«, murmelt Niko düster und hält ihre Augen unter den purpurroten runden Linsen starr nach vorn gerichtet.

Sie haben bereits die Mejiro-Straße, die Ausfallstraße Nr. 7, überquert – bis zum Zentrum von Ikebukuro ist es nur noch ein Katzensprung. Vor sich sehen sie einen von unheimlichen stählernen Spitztürmen umgebenen Palast. Da schwarze Eisenbahnlinien hindurchlaufen, soll das Bauwerk wohl den JR-Ikebukuro-Bahnhof darstellen. Von ihm geht in östlicher Richtung ein Verbindungsgang aus, der durch die Luft zu einer aus dem Boden ragenden mehrstöckigen hohen Festung in einiger Entfernung führt – Sunshine City.

Unterhalb des Verbindungsgangs drängen sich weitere kleine Gebäude auf engem Raum und scheinen in unterschiedlichen Farben zu funkeln.

Sind das nur Lichteffekte? Oder befindet sich dort wirklich, wie im echten Ikebukuro, ein belebtes Ladenviertel?

Hatten Takumu und Kuroyukihime vorhin nicht von einem »Shop« oder so geredet? Vielleicht ist ja dort –

Doch als Haruyuki gerade anfängt, den Ernst der Situation zu vergessen, und weiterfliegen will, zieht Niko mit der rechten Hand ruckartig seinen Kopf nach hinten.

»Sooo, stopp. Bis Cherry hier ankommt, dauert es zwar sicher noch eine ganze Weile, aber wir gehen sicherheitshalber zu Fuß weiter. Sonst sieht uns von unten ja jeder.«

»Ja, das stimmt ... Aber Ikebukuro ist groß. Weißt du, wo genau er auftauchen wird?«

Als Kuroyukihime das fragt, schnaubt Niko durch die Nase.

»Seinem bisherigen Verhalten nach zu urteilen, irgendwo um die Sunshine City herum. Nähere dich am besten von Süden her und lass uns auf irgendeinem Dach landen.«

Haruyuki gehorcht und dreht nach Osten ab.

Die hoch in den Himmel ragende Festung sieht er schräg links vor sich. Rechts davon scheint eine große Senke zu

liegen. In der Realität befindet sich dort der Südpark Ikebukuros, aber jetzt steht dort kein einziger Baum – eine Atmosphäre der Ödnis geht von dem leeren Platz aus, der so
aussieht, als wäre dort ein gewaltiger Meteorit eingeschla-
gen.

»Dann lande ich mal vor dieser freien Fläche da, okay?«,
sagt Haruyuki und wirft dabei einen Blick auf den kleinen
Rest seines Spezialbalkens. Das sollte gerade noch reichen,
urteilt er und vollführt einen Flügelschlag.

Langsam beginnt er, sich mit dem Gewicht der vier Avatare
wieder vorwärtszubewegen –

Doch da ...

»Haru!!«, schreit Takumu unter ihm.

Als Haruyuki automatisch nach unten blickt, sieht er aus
einem Spalt zwischen zwei Gebäuden auf dem Boden eine
leuchtend orangefarbene Feuerlinie aufsteigen.

»...!!«

Ihm bleibt nicht einmal Zeit für einen Schreckensruf. Instinktiv dreht er mit aller Kraft, die er noch hat, schräg zur
rechten Seite ab.

»Tschung!« – Ein Geräusch, als würde etwas die Luft verbrennen, erklingt und er spürt, wie ganz knapp hinter seinem Rücken etwas unglaublich Heißes vorbeischrammt. Er
hatte gedacht, seine Flügel könnten keine Schmerzen empfinden, aber jetzt fühlt es sich an, als würden sich ihre Kanten
kräuseln und aufplatzen.

Aber darum kümmert er sich jetzt nicht, sondern gleitet
noch einmal zur Seite weg, diesmal nach links. Denn er hat
bereits den zweiten Schuss ausgemacht, der zudem noch eine
andere Farbe hat als der erste.

Als er auch diesem blau-weißen Lichtstrahl in letzter Sekunde ausgewichen ist, ruft Kuroyukihime leise: »Ist das etwa schon ... Chrome Disaster?!«

Darauf antwortet Niko mit einer zwar angespannten, aber dennoch verblüfften Stimme: »Unmöglich ... Das wäre viel zu früh, hier dauert es noch einen ganzen Tag, bis er eintrifft! Und solche Techniken hat er gar ...«

Haruyukis Aufschrei unterbricht den Wortwechsel: »Ich lande!!«

Denn gerade eben hat er bei einer Gruppe von Hochhäusern die dritte Attacke – und zwar eine aus mehreren Lichtpunkten bestehende – aufblitzen sehen. Diesmal ist es kein linearer Laserstrahl mehr, sondern ein Angriff mit echter Munition. Wahrscheinlich rührt das Licht diesmal sogar vom Abschuss mehrerer Raketen mit automatischer Zielsuchfunktion her.

Haruyuki hört auf, mit seinen Flügeln zu schlagen und geht in einen so schnellen Sturzflug über, dass sie fast schon im freien Fall vom Himmel sausen. Wenn sie allerdings genau hier landen, erwischt sie der unbekannte Gegner vermutlich sofort. Also breitet er seine Flügel seitlich aus und fliegt im Gleitflug auf den riesigen Krater vor ihnen zu.

»Da! Jetzt kommen Raketen!«

Niko flucht leise, dreht sich in Haruyukis Arm herum und zieht ihren Revolver aus dem Hüftgürtel.

»Da-da-da-dam«

Das laute Knattern eines Dauerfeuers erklingt und kurz darauf sind ein paar kleine Explosionen zu hören. Aber mit nur einer Handwaffe kann sie nicht alle Geschosse abfangen. Einige der Raketen schießen durch das Gegenfeuer hindurch und –

»Hyah!«

– werden mit nur einem Schwung von Kuroyukihimes linkem Schwertarm gespalten.

Einen kleinen Augenblick später explodieren auch diese Raketen. Den dadurch entstehenden Druck nutzt Haruyuki, um die letzten paar Dutzend Meter in der Luft zu überwinden. Schließlich bremst er mit aller Macht über der Mitte des kreisförmigen Kraters.

Zuerst löst Takumu seine Hände von Haruyukis Waden und knallt mit voller Wucht auf den Boden. Dann springen die zwei Könige aus Haruyukis Armen und kommen elegant in aufrechter Haltung auf.

Zwischen den dreien plumpst Haruyuki ungeschickt herab, rappelt sich jedoch sofort wieder auf. Als er schnell seinen HP-Balken überprüft, hat der zum Glück nur weniger als drei Prozent verloren. Auch Kuroyukihime und die anderen scheinen keinen direkten Treffer abbekommen zu haben.

Sie verharren eine Weile mit angehaltenem Atem in der Mitte des Kraters, der von vielen strahlenförmigen Rissen durchzogen ist.

Die Welt um sie herum liegt wieder so ruhig da, als hätte es die bis vor ein paar Sekunden andauernden Attacken nie gegeben. Man hört nur leise das Donnern der Blitze, die sich weit über ihnen in den dunklen Wolken entladen, und den vorbeirauschenden Wind.

Doch dann –

»Knack«

Es ist ein leiser Schritt zu hören und am westlichen Rand des Kraters taucht eine menschliche Gestalt auf.

Es ist ein Burst Linker und zweifellos der Angreifer von eben. Man sieht jedoch nur seine Silhouette, die Farbe ist nicht auszumachen.

»Hat ... der uns gerade attackiert ...?«, flüstert Haruyuki leise.

Aber nur eine Sekunde später – tritt unmittelbar rechts neben dem ersten lautlos ein zweiter Schatten hervor. Und dann ein dritter, und ein vierter.

»W... Was ...?«, ächzt Takumu leise, als – »Tapp-tapp-tapp-tapp-tapp« – fast im gleichen Augenblick die Geräusche unzähliger Schritte durch die Luft hallen.

Der Rand des Kraters füllt sich von allen Seiten mit Silhouetten. Kleine und große, Fern- und Nahkämpfer, alle möglichen Avatare. Nur eines haben sie alle gemeinsam. Und das ist ihre Ausstrahlung. Mit Blicken, die nur so vor Angriffslust strotzen, schauen sie stumm auf ihre Beute herab – sie wirken wie Jäger.

Die Zahl der auftauchenden Burst Linker ist schnell auf über dreißig gestiegen. Zuletzt öffnet sich die Gruppe, die sich kreisförmig um den ganzen Krater herum aufgestellt hat, in der Mitte und heraus tritt ein Avatar, der eine noch weit größere Präsenz verströmt als alle anderen. Er ist schmal und groß, größer sogar als Cyan Pile, aber mit genauso dünnen Armen und Beinen wie Silver Crow. Nur die Schultern und der Hüftbereich dieses Körpers, der beinahe nur aus einem Skelett zu bestehen scheint, stechen rund gewölbt hervor.

Auf dem Kopf trägt er einen Hut mit zwei in einem länglichen Bogen verlaufenden dicken Hörnern. Auf diesen sitzt jeweils eine große Kugel, die lautlos hin und her wackelt. Und das Gesicht wird von einer grinsenden Maske verdeckt.

»Ein Clown ...?«, entfährt es Haruyuki unwillkürlich. Dieser Avatar erinnert ihn sehr stark an die Abbildung der Joker in Kartenspielen. Doch diese Maske erscheint kein bisschen komisch. In den schräg stehenden, bogenförmigen Augen leuchten im Schatten des Gegenlichts zwei weiße, kalte Lichter.

Da reißt plötzlich die Wolkendecke im Himmel an einer Stelle etwas auf. Aschgraues Licht fällt schwach auf den Boden und erleuchtet die rund um den Krater stehenden Avatare.

Es sind viele Farben dabei. Aber es dominieren eher Rot und Gelb.

Besonders kräftig strahlt die Rüstung des schlaksig in der Mitte stehenden Clownavatars.

Keine Spur von matten oder trüben Nuancen findet sich an diesem grellen Gelb, das die Farbe von Uranerz hat. Als Haruyuki das sieht, läuft ihm ein gewaltiger Schauer über den Rücken. Derart stark gesättigte Farbtöne erblickt man in der Regel selten in *Brain Burst*. Bisher kennt er nur ein nächtliches Tiefschwarz und ein feuriges Purpurrot.

Das heißt – dieser Clown muss auch ...

Und wie um Haruyukis Vermutung zu bestätigen, sagt der purpurrote Avatar neben ihm heiser: »Yellow Radio ... Gelber König ... Was machst du hier ...?«

König – einer der lediglich sieben Burst Linker, die in der beschleunigten Welt das neunte Level erreicht haben.

Haruyuki hat mit diesem König bisher nichts zu tun gehabt, aber auch mit keinem der Mitglieder seiner Legion. Denn ihr Territorium liegt von Suginami aus gesehen am anderen Ende Tokyos – es erstreckt sich von Ueno bis Akihabara. Letzteres besucht Haruyuki manchmal, um alte PC-Teile zu kaufen, aber dabei trennt er stets seine Verbindung zum globalen Netzwerk.

Somit ist es definitiv nicht normal, dass sich Avatare der Gelben Legion hier in Ikebukuro aufhalten, und dann noch in so großer Zahl. Das ist kein Zufall. Allerdings dürften seit dem Moment, als Haruyuki und die drei anderen in seiner Wohnung das »Unlimited Burst«-Kommando ausgesprochen haben, in der Realität erst wenige Sekunden vergangen sein. Zeitlich lässt es sich daher in jedem Fall ausschließen, dass jemand aus der Gelben Legion sie hier gesehen, der Außenwelt Bescheid gegeben, Mitglieder zusammengetrommelt und in Ikebukuro versammelt hat.

Das heißt, auch sie haben Cherry Rooks Bewegungsmuster verfolgt, daraus den Schluss gezogen, dass Haruyukis Gruppe zu diesem Zeitpunkt und an diesem Ort auftauchen wird, und ihnen aufgelauert.

Wenn das wirklich stimmt, kann es dafür nur einen einzigen Grund geben.

Alles – wirklich alles, was zu dieser Situation hier geführt hat, haben sie –

»Du warst das?!«, knurrt Niko plötzlich.

Ihr, dem Roten König, ist wohl zur selben Zeit der gleiche Gedanke gekommen wie Haruyuki. Sie springt einen Schritt vor, ballt beide Hände zu Fäusten und brüllt in einer kindlichen und doch sehr machtvollen Stimme: »Du hast das alles eingefädelt, Yellow Radio?!«

Ja. Anders kann es gar nicht sein.

Aber trotz der Anklage, die ihm wütend entgegengeschmettert wird, rührt sich die schlanke Figur des Gelben Königs zuerst kein Stück.

Dann kommt langsam Bewegung in seinen knochigen, dünnen rechten Arm. Er streckt ihn weit aus und dreht die Handfläche nach oben.

»Nanu, nanu? Da holen wir hier ein kleines, flatterndes Insekt vom Himmel, und dann stellt es sich als so ein unverhoffter Gast heraus? Ich grüße dich, Roter König.«

Hinter der grinsenden Maske dringt eine klangvolle, elegante Jungenstimme hervor. Aber zusätzlich liegt auf ihr noch ein verzerrender Effekt, als hätte man sie mit einer wahnsinnig hohen Kompressionsrate encodiert, wodurch sie auch eine gewisse Boshaftigkeit in sich trägt.

»Was faselst du da, du hast uns in die Falle gelockt ...!«

»Ich verstehe gar nicht, wovon du redest? Ich bin doch nur gekommen, um ein gewisses Mitglied der Roten Legion, das trotz des Nichtangriffspakts auf meine entzückenden Anhänger losgegangen ist und ihnen sämtliche Punkte gestohlen hat, seiner gerechten Strafe zuzuführen. Er wütet in letzter Zeit nämlich unverschämt auf meinem Territorium und richtet großen Schaden an.«

Ein Zittern geht durch die Hörner auf dem Hut, die aus vielen aufeinandergesetzten Metallringen bestehen. Als würde er ein Lachen unterdrücken.

Niko dagegen streckt den Zeigefinger ihrer rechten Hand vor und schreit wutentbrannt: »Daran bist du doch selbst schuld! Du wolltest mich herlocken und hast dafür heimlich Cherry Rook den Harnisch des Unglücks gegeben, den du versteckt hattest ... Du hast ihn dazu gebracht, entgegen dem Pakt wahllos Angriffe auf alle zu starten!!«

»Gegeben? Versteckt? Du schadest ja meinem Ruf ... Dieser Harnisch galt doch längst als verloren, weißt du das nicht?

Vielleicht haben deine Untertanen ja einfach einen neuen kreiert?«, ruft der Gelbe König mit sich überschlagender Stimme. Dann hebt auch er seinen linken Arm und zeigt mit einem Finger, der ebenso eigenartig lang und dünn ist wie alles andere an ihm, in die Höhe.

»In diesem heiligen Pakt«, fährt er so fort, »den wir Könige einst untereinander geschlossen haben, steht Folgendes: Sollte durch einen unrechtmäßigen Überfall ein Mitglied einer Legion *Brain Burst* infolge eines Punktenullstands verlieren, so darf seine Legion aus der des Angreifers eine Person auswählen und ihr das gleiche Schicksal zuteilwerden lassen. Auge um Auge, Zahn um Zahn ... Eine wahrhaft barbarische Form der Rache, nicht wahr?«

»Hi. Hi hi hi.«

Diesmal hört man wirklich, wie ein Kichern aus der Maske hervorquillt, die wie ein spitzwinkliges, auf dem Kopf stehendes Dreieck aussieht. Und seine schräg stehenden Augen flackern bei jedem Ton kurz auf.

»Aber Regeln sind nun mal Regeln ... oder? Wenn ich als König jetzt nicht nach dem Pakt handle, könnten immer mehr solcher Frevler auftauchen. Darum musste ich, ob ich wollte oder nicht, hier im entlegenen Ikebukuro erscheinen. Damit ich jemanden aus der Roten Legion finden und ihn für die Sünde seines Kameraden büßen lassen kann! Aber ... das kann jetzt nur ein Streich des Schicksals sein, was ...?«

Der Gelbe König stemmt beide Hände in die Hüften, beugt sich ruckartig vor und fährt unerbittlich mit einer kühlen und gleichzeitig obszön klingenden Stimme fort.

»Dass dieser Jemand **rein zufällig** der Anführer der Roten Legion ... Scarlet Rain höchstpersönlich ist!«

Von wegen zufällig!

Haruyuki schreit innerlich auf und beißt die Zähne zusammen.

Um den Krater herum haben sich etwa dreißig Duellavatare aufgereiht. Mitglieder einer Königslegion, schön und gut, aber eine größere Zahl als diese kriegt man am Frühabend eines Werktages wohl kaum zusammen. Das Ziel dieser Aktion kann also kein anderes sein als die Jagd auf einen der stärksten Burst Linker überhaupt – einen König.

Der Gelbe König hat alles bis hin zu Nikos letztem Schritt vorausgesehen. Dass sie die von ihrem Legionsmitglied Cherry Rook begangenen Sünden eigenhändig mithilfe des Judgement Blow bestrafen wollen und dafür hier im unbegrenzten neutralen Feld auftauchen würde.

Aber nein, das ist noch nicht alles. Er selbst wollte sie hierherlocken und einen seiner fünf Gegner auf dem Weg ins zehnte Level auf erlaubte Weise aus dem Weg räumen ... Zu diesem Zweck hat der Gelbe König das Enhanced Armament »Chrome Disaster« an ein Mitglied der Roten Legion weitergegeben. Und das wiederum heißt ...

»... es war vor zweieinhalb Jahren der Gelbe König, der nicht zugegeben hat, dass ihm der Harnisch des vierten Chrome Disasters zugefallen ist ...«, spricht Haruyuki unwillkürlich aus. Aber es gibt nichts, was das belegen könnte. Es wäre also zwecklos, diesen Verdacht jetzt laut herauszubrüllen.

Das scheint auch Niko zu verstehen, deren Fäuste heftig zittern.

Doch schließlich entspannen sie sich und hängen nun kraftlos an ihr herunter. Beherrscht und monoton erklingt ihre Stimme am Grund des Kraters.

»Der Pakt sagt aber auch Folgendes: ›Man kann sich zwar an einem beliebigen Mitglied der Legion rächen, aber falls der Legionsmaster den Übeltäter selbst bestraft und dieser dadurch sämtliche Punkte verliert, endet dieses Recht‹ ... Ich werde Cherry Rook hinrichten. Das sollte dir recht sein, oder?«

»Ja, bitte, nur zu!«, ruft Yellow Radio, der Gelbe König, vergnügt und breitet seine Arme weit aus.

»Sofern du das schaffst, versteht sich natürlich! Mir hat da nämlich ein Vögelchen was gezwitschert ... Du hättest es vor Kurzem schon einmal versucht und wärst kläglich gescheitert ... ja hättest sogar peinlicherweise gegen ihn verloren, durch Ablauf der Zeit! Wenn du es noch einmal probieren möchtest, dann bitte sehr, aber ... wo ist denn dieser Cherry Was-auch-immer jetzt?«

Er dreht seinen Kopf mit dem großen Hut theatralisch nach links und rechts.

»Wir haben auch nicht unendlich viel Zeit. Du willst uns doch hier nicht tagelang auf jemanden warten lassen, von dem wir nicht wissen, wann er überhaupt kommt, oder? Wenn du es nicht jetzt sofort erledigen kannst ... dann musst du wohl oder übel selbst dafür herhalten, nicht wahr ...?«

»Gnh ...«

Niko stöhnt sichtlich widerstrebend auf.

Sie und die anderen drei haben ihre Beschleunigung aktiviert, nachdem Niko dank ihrer Fernüberwachung gesehen hat, wie Cherry Rook in der Realität hierher gestartet ist. Bis er also tatsächlich im unbegrenzten neutralen Feld auftaucht, dauert es noch eine Weile. In Echtzeit mag die Verzögerung nur ein paar Minuten betragen, aber hier in dieser Welt, die um das Tausendfache beschleunigt ist, kann im schlimmsten Fall noch über ein Tag vergehen. Der Gelbe König hat also recht – sie kann Cherry Rook nicht jetzt sofort ergreifen.

Haruyuki tritt entschlossen einen Schritt vor und flüstert dem Roten König leise von hinten zu: »Niko, es hat keinen Sinn. Der wollte dich von vornherein in die Falle locken, er wird also nicht lockerlassen ... Räumen wir lieber erst mal das Feld. Wir loggen uns aus und versuchen es ein ander...«

»Das geht nicht«, folgt schnell die knappe Antwort. »Das System erlaubt es nicht. Im unbegrenzten neutralen Feld kann man sich nicht jederzeit ausloggen.«

»Wa...?«

Haruyuki verschlägt es die Sprache. Dann vernehmen seine Ohren Takumus Stimme, der neben ihn getreten ist.

»Das stimmt, Haru. Man muss erst einen der Leave Points aufsuchen, die überall verstreut sind. Sogar ein ›Selbstmord‹ befördert einen hier nicht raus. Man wird einfach eine Stunde später an der gleichen Stelle wiederbelebt. Etwas anderes wäre es, wenn einem in der Realität jemand den Neuro Linker vom Hals reißt ... Aber in deiner Wohnung ...«

... ist gerade niemand.

Haruyukis Mutter kommt erst morgen von ihrer Reise zurück und bis dahin vergehen in dieser Welt noch ganze drei Jahre.

Niko dreht sich etwas zu ihnen um und flüstert hastig weiter: »Die nächsten Leave Points von hier aus sind der Bahnhof Ikebukuro und die Sunshine City. Bis zu beiden würden wir eine Weile brauchen. Wir müssten zuerst die Belagerung hier durchbrechen, also läuft es erst mal auf Kämpfen hinaus ...«

An dieser Stelle macht sie eine kurze Pause und lässt ihre roten Augen aufleuchten.

»Aber ich muss auch sagen, Radio hat sich etwas verkalkuliert.«

»V... Verkalkuliert?«

»Ja. Die Zahl der Avatare da soll wohl reichen, um mich – das heißt, einen König damit zu besiegen. Aber nun stehen ja zwei von uns hier.«

Haruyukis Augen öffnen sich ob der Erkenntnis weit.

Unter den Farben der Duellavatare hat Gelb die Eigenschaft, vor allem auf indirekte Angriffe spezialisiert zu sein. Böse Tricks aus dem Hinterhalt liegen ihnen besonders, direkte Attacken jedoch nicht so. Dagegen ist Niko, der Rote König, ein wahrer Teufel der Langstreckenfeuerwaffen und Kuroyukihime, der Schwarze König, hat zwar bisher erst sehr selten vor Haruyukis Augen gekämpft, aber allein ihrem Äußeren nach muss ihre Stärke im unmittelbaren Nahkampf liegen.

Wenn diese zwei sich also gegenseitig decken, besteht selbst gegen dreißig Gegner, unter denen sich auch ein König befindet, eventuell eine Chance zu siegen.

Doch plötzlich fällt Haruyuki auf, dass die aktuelle Situation noch eine merkwürdige Kleinigkeit aufweist.

Wieso sagt Kuroyukihime die ganze Zeit nichts? Wäre sie normalerweise nicht in dem Moment, als der Gelbe König aufgetaucht ist, sofort noch vehementer als Niko auf ihn losgegangen?

Haruyuki dreht sich schnell nach rechts hinten um und sieht – dass der schwarze Avatar beide Schwertarme schlaff herabhängen lässt und auch der Kopf gesenkt ist, als hätte sie vor irgendetwas Angst.

»Kuro...«

Er setzt unwillkürlich dazu an, sie anzusprechen, als plötzlich wieder laut die klangvolle Stimme des Gelben Königs erschallt.

»Nun, da dieser Cherry-irgendwas nicht auftaucht, müssen wir wohl oder übel dich an seiner Stelle zur Verantwortung ziehen, nicht wahr, Roter König? Und da dem nun so ist ...«

Er richtet einen schmalen, langen Finger seiner erhobenen linken Hand geradeaus auf den schwarzen Punkt am Grund des Kraters.

»... wirst du sicher auch dem schönen, lustigen Karneval, der gleich beginnt, beiwohnen, ohne einzugreifen, hab ich recht, Schwarzer König?«

Aber selbst jetzt, als er sie so provokant anspricht, hält Kuroyukihime ihren Kopf weiter gesenkt und zeigt überhaupt keine Reaktion.

Nach über fünf langen Sekunden hebt sie endlich mit einer knirschenden Bewegung den Blick und zeigt mit ihrem rechten Schwertarm auf den Gelben König.

»Das glaubst du ja wohl selbst nicht, Radio.«

Dieser Satz, der gerade ihre Maske verlassen hat, klingt zwar offensiv, aber ihrer Stimme fehlt die sonst übliche Härte. Und als würde sie nicht ihr Gegenüber, sondern sich selbst überzeugen wollen, spricht Kuroyukihime zackig weiter: »Dir muss auch bewusst sein, dass deine Aufstellung nicht geeignet ist, um zwei Könige sicher auszuschalten. Wenn du glaubst ... dass ich einfach nur zuschauen werde, dann irrst du dich gewaltig.«

»Ach? Soll das heißen, du willst auch kämpfen? Und diese blutbefleckte Klinge auch gegen mich richten? Da biete ich dir extra einen Zuschauerplatz in der ersten Reihe an, aber du möchtest lieber leiden, ja ...?«

Obwohl der Gelbe König doch, wie Kuroyukihime sagt, nicht unbedingt in der vorteilhafteren Position ist, kichert er demonstrativ in sich hinein.

»Du hast recht. Dass du dich heute Scarlet Rain anschließen und ins unbegrenzte neutrale Feld kommen würdest, habe selbst ich nicht erwartet. Aber weißt du ... nur wegen einer so kleinen Unstimmigkeit sagt meine Legion, Crypt Cosmic Circus, ihren wundervollen Karneval noch lange nicht ab. Ich habe mich sogar sehr, wirklich sehr danach gesehnt, eines Tages so auf dich zu treffen, Lotus. Weil ich nämlich die ganze Zeit dieses kleine Geschenk für dich in meiner Tasche hatte!«

Der Gelbe König streckt die Finger seiner Hand mit einer übertriebenen Bewegung aus und Haruyuki sieht, wie darin etwas Viereckiges aufleuchtet. Es hat etwa die Größe einer Spielkarte, aber was darauf zu sehen ist, lässt sich nicht erkennen.

Der Clownavatar wendet die Karte ein paarmal geschickt zwischen den Fingern und – »Tschipp!« – schnippst sie dann weg.

Sie fliegt glitzernd, das Licht der zwischen den dicken Wolken einfallenden Sonnenstrahlen reflektierend, etwas mehr als zehn Meter weit durch die Luft und bleibt ein Stück von Haruyuki und den anderen entfernt lautlos im Boden stecken.

Es scheint zumindest keine Waffe zu sein. Während Haruyuki das Ding entgeistert anstarrt, taucht auf der Oberfläche der Karte ein seitlich gerichtetes Dreieck auf und fängt an zu blinken. In dem Moment flüstert Niko neben ihm düster: »Eine Replay-Datei.«

Sofort leuchtet die Karte hell auf und projiziert direkt über sich einen Kegel aus Licht in die Luft, der auf dem Kopf steht.

Es beginnen horizontale Linien wie bei einem rauschenden Monitor hindurchzulaufen, die jedoch schnell zu einem deutlichen Bild aufklaren. Die halbtransparente 3-D-Aufnahme zeigt einen Duellavatar, den Haruyuki bisher noch nie gesehen hat.

Er besitzt eine gewöhnliche Menschenform, aber eine durch und durch schön gestaltete Rüstung, die in einem Rot strahlt, dass man sich kein reineres vorstellen kann. Es gleicht auch nicht dem feurigen Purpurrot Scarlet Rains – wenn überhaupt, dann ist es das Rot der Leidenschaft.

Wieder sagt Niko mit kratziger Stimme: »Der erste Rote König ... Red Rider.«

Kuroyukihime weicht einen Schritt zurück und stöhnt: »Lass das ... Hör auf!«

Genau da beginnt sich das halbtransparente 3-D-Bild zu bewegen. Der großflächig in die Luft projizierte knallrote Avatar ballt die rechte Hand vor seinem Körper zur Faust und macht mit der linken eine ausschweifende Bewegung zur Seite. Es erklingt sehr laut eine angenehm klare Jungenstimme: »Haben wir etwa für so ein ... für so ein albernes Ziel die ganze Zeit gekämpft?! Um uns gegenseitig zu hassen, zu bestehlen, zu töten ... Haben wir über all die Jahre Tausende Duelle bestritten, um so ein Ende zu sehen?! Und selbst wenn es das Szenario ist, das sich der *Brain Burst*-Entwickler ausgedacht hat ... Wir sind doch keine NPCs, die er frei steuern kann! Wir sind die Helden dieses Spiels! Nicht wahr, Lotus?!«

Da zoomt die Ansicht auf und während der rote Avatar immer kleiner wird, kommt eine zweite, vor ihm sitzende Person ins Bild. Es ist ein tiefschwarzer Avatar mit vier riesigen Schwertern – Black Lotus.

Aber weil der Schwarze König wortlos den Kopf gesenkt hält, redet der erste Rote König nun mit noch wilderen Gesten weiter heftig auf ihn ein: »Natürlich hat jeder von uns seine eigene Legion und wir haben uns auch immer bitter bekämpft. Aber doch nicht als Feinde! Sondern als Rivalen, oder?! Ich ... mag deine Art zu kämpfen sehr, Lotus. Sollten wir uns einmal in der realen Welt begegnen, könnten wir sicher Freunde werden. Nein – ich will sogar, dass wir Freunde werden! Darum möchte ich nicht mit dir ausfechten, wer als Erster stirbt! Du doch auch nicht, oder?!«

Da erklingt plötzlich eine etwas spitze Mädchenstimme aus dem Hintergrund.

»Hey, Rider, das kann ich so aber nicht stehen lassen!«

Daraufhin dreht sich der Rote König betreten nach links und hebt eine Hand.

»S... So war das nicht gemeint. Das hast du falsch verstanden ... Ach, ich Trottel.«

Während er das sagt, hört man Stimmen lachen. Black Lotus sitzt währenddessen noch immer mit hängendem Kopf da. Plötzlich weicht aus ihren Schultern die Anspannung. Sie schaut auf und sagt ruhig: »Ja ... Stimmt. Es ist so, wie du sagst, Rider. Ich mag dich auch sehr. Im Sinne von Respekt.«

Dann erhebt sie sich elegant, tritt einen Schritt an den Roten König heran und reicht ihm ihren rechten Schwertarm.

»Ich wusste, dass du es verstehen wirst, Lotus!«, ruft dieser freudig und streckt ebenfalls seine rechte Hand vor, um ihre zu schütteln, hält dann aber zögernd in der Bewegung inne.

Da zuckt der Schwarze König die Schultern und sagt lachend: »Oh, verzeih. Dann … machen wir es doch so.«

Und sie tritt ganz dicht an den Roten König heran, verschränkt ihre Arme hinter seinem Hals, drückt ihn an sich. Er kratzt sich erst verlegen an der Wange, legt dann aber seine Hände um Black Lotus' Hüften. Da schreit erneut das Mädchen aus dem Hintergrund: »Hey, hey, was wird das denn?!«

»Keine Sorge, das ist nur anstelle eines Händedrucks«, rechtfertigt sich der Rote König eilig. Wieder ertönt Gelächter ringsum –

Doch genau da passiert es.

In Black Lotus' Augen hinter dem tiefschwarzen Gesichtsschutz flammen zwei eisig blaue Lichter auf.

Ihre um den Hals des Roten Königs liegenden Schwertarme beginnen, ein blendendes violettes Licht zu versprühen.

»**Death By Embracing!**«

Leise spricht sie den Befehl für ihre Spezialattacke aus und die beiden gekreuzten Schwerter machen eine Art gewaltige Scherenbewegung.

Aus Red Riders Körper weicht jegliche Kraft. Wie eine kaputte Puppe bricht er zu Black Lotus' Füßen in sich zusammen. Nur der Kopf bleibt in den übereinandergelegten Armen des Schwarzen Königs zurück.

Knallrote Funken sprühen in großer Zahl aus der Schnittstelle des gerade abgeschlagenen Kopfes, an den Black Lotus jetzt sanft ihre Wange lehnt. Die dichte Stille im Raum wird von einem schrillen Schrei zerrissen.

»N… Neeeeiiiin!!«

An dieser Stelle endet das Replay-Video. Das Bild der unbeweglichen Black Lotus mit dem Kopf ihres Rivalen im Arm löst sich wieder in Rauschen auf und verschwindet.

Nicht so der leise Schrei, der immer noch an Haruyukis Ohr dringt. Da endlich begreift er, dass es sich um Kuroyukihimes Stimme handelt, die unmittelbar neben ihm steht.

»Nein ... Hör auf, hör auf damit ...!«

»K... Kuro...yukihi...«

Instinktiv spricht er sie an, hält aber erschrocken den Atem an, als er merkt, wie sehr seine eigene Stimme zittert. Kuroyukihime schaut ihn kurz an, dreht sich sofort wieder weg und schüttelt mehrmals den Kopf.

»Haruyuki ... Ich ... ich ... ha...«

Mehr bringt sie nicht heraus.

Plötzlich werden ihre hinter dem spiegelnden Gesichtsschutz bläulich violett leuchtenden Augen zu dünnen Streifen, die seitlich weggleiten und – verschwinden. Und wie bei einem Roboter, dem der Strom ausgegangen ist, weicht im selben Moment sämtliche Spannung aus ihrem Körper ...

»Rums!«

Der Schwarze König bricht mit einem hohlen Klappern auf dem blauschwarzen Kraterboden zusammen.

»Kuroyukihime ... Kuroyukihime?«, ruft Haruyuki sie, ohne zu verstehen, was los ist. Seine Stimme zittert. Er kniet neben ihr nieder und rüttelt sanft an dem zierlichen Avatar. Doch Kuroyukihime zeigt keinerlei Reaktion mehr.

»Das **Zero-Fill-Phänomen** ...! Lotus, so sehr ... hat dich das also ...«, stöhnt Niko leise hinter ihm.

Für Haruyuki ergeben ihre Worte keinen Sinn. Er will sich zu ihr umdrehen, als er lautes Gelächter vernimmt und sein Körper davon erstarrt.

»Hi hi hi ... Fffh ffh ffh ... Kfhh ffh ffwha ha ha ha ha ha!!«

Diese vor Lachen grölende Stimme gehört zum Gelben König, Yellow Radio.

»Pff hi hi hi hi ... Wusste ich's doch. Ich dachte mir schon, dass du an diesem Verrat immer noch nagst. Fast schade, dass du tatsächlich genau wie erwartet eingefroren bist ... Du hättest dich brav weiter in deinem Loch verstecken sollen, aber stattdessen spuckst du hier mit so einem lauen Eifer große Worte, von wegen du wollest Level zehn erreichen, was, Black Lotus?!«

»Du ... Bastard ...«, dringt ein Knurren aus Haruyukis Kehle.

Im nächsten Moment tönt wieder die Stimme des Gelben Königs, mit einem Mal jedoch scharf wie eine Peitsche, durch den Krater: »So, dann wollen wir euch doch mit dem letzten Programmpunkt unseres Karnevals beglücken! – Macht euch bereit zum Angriff! Das Ziel ist Scarlet Rain! Wenn das Kleinvieh da stört, zermalmt es gnadenlos!!«

»Mist!«, flucht Niko kurz und breitet die zarten Arme ihres Avatars aus.

»Kommt, meine Enhanced ...«

Doch da schnellt Takumus Arm vor und drückt Nikos Schulter nieder.

»Nein, Roter König! Wenn du deine Waffen ausfährst, verlierst du deine Mobilität und kommst nicht mehr von hier weg! So viele Gegner schafft man alleine auch als König nicht. Wir sollten Chrome Disasters Exekution vorerst aufgeben, die Belagerung hinter uns durchbrechen und zum Leave Point an der Sunshine City laufen!«

Dann richtet er seine Augen, die bläulich weiß zwischen den schmalen Schlitzen seiner Helmmaske leuchten, auf Haruyuki.

»Haru, pass du auf den Master auf! Ich werde euch decken und irgendwie zur City bringen!«

»A... Aber ... dann wirst du doch ...«

»Ich bin nicht wichtig! Sollten sie den Roten König besiegen, werden sie sich definitiv dem Master zuwenden! Das müssen wir um jeden Preis verhindern!«

Erhaben und doch angespannt klingt Takumus Stimme, so als würde er sich in gewisser Weise selbst Mut zusprechen. Haruyuki kann daraufhin nur nicken.

»A... Alles klar. Machen wir's so!«, ruft er und legt seinen linken Arm um Kuroyukihimes kraftlosen Körper.

Und dann ...

»Feuer ... frei!!«

... lässt der Gelbe König seinen hoch erhobenen rechten Arm schwungvoll heruntersausen.

6

Als Erstes prasseln wie ein starker Wolkenbruch Langstreckenwaffen auf sie ein.

Auch die Gelbe Legion besteht nämlich nicht nur aus Burst Linkern des gelben Farbspektrums, welches für indirekte Kampftechniken steht. Von den dreißig Gegnern um den Krater herum scheinen mindestens zehn der Farbe Rot anzugehören. Und diese bombardieren sie nun mit ihren Laserstrahlen und Sprenggeschossen.

Das meiste fliegt auf Niko zu, und im Gegensatz zu seiner Unbeweglichkeit im Festungsmodus legt der Rote König jetzt ein perfektes Ausweichmanöver durch einen Rückwärtssprint hin. Ein blauer Lichtstrahl jedoch nimmt, ob bewusst oder versehentlich, Kurs auf Haruyuki, der mit Kuroyukihime im Arm nicht darauf reagieren kann.

»Ugh...«

Er schafft es noch, sich wegzudrehen, um so dem Angriff zu entkommen, und der Strahl streift nur leicht seine Schulter.

So etwas macht mir ja nicht viel aus.

Doch noch während er sich innerlich gut zuredet –

»...!!«

Eine glühende Hitze fährt zusammen mit einem scharfen Schmerz in seine Schulter, sodass Haruyuki sich unwillkürlich aufbäumt.

In *Brain Burst* erfährt jeder, der von einer Attacke getroffen wird, eine Schmerzempfindung, wie sie in anderen Neuro-Linker-Programmen gar nicht denkbar ist. Doch das, was

Haruyuki jetzt spürt, ist noch um einiges schlimmer als bei normalen Duellen.

Wahrscheinlich verhält es sich hier folgendermaßen: Im Gegenzug dafür, dass man in diesem unbegrenzten neutralen Feld ohne Duelle Burst Points sammeln kann, nimmt man einige Risiken auf sich – zum einen, dass es keine Zeitbegrenzung gibt und man sich nicht nach Belieben ausloggen kann, zum anderen aber auch, dass bei Angriffstreffern der Schmerz noch einmal die doppelte Intensität erreicht wie sonst.

Nur einen Moment lang verharrt Haruyuki wie versteinert, doch selbst in dieser Zeit tauchen über seinem Kopf dicht hintereinander mehrere kleine Raketen auf.

»Hrah!«

Der Schrei kommt von Takumu. Er hat sich vor Haruyuki und Kuroyukihime gestellt und richtet nun sein Pfahlrohr direkt gegen die herabstürzenden Geschosse.

»Klong!«

Der spitze Eisenpfahl schießt mit einem metallischen Knall heraus. Die so entstandene Druckwelle lässt einen Großteil der Raketen explodieren. Aber ein paar von ihnen kommen durch und treffen Takumu an mehreren Stellen der blauen Rüstung, die er trägt. Dann leuchten sie auf und explodieren.

»Aargh ...!«, stöhnt Takumu und taumelt, fällt aber nicht hin. Rauchfahnen steigen von seinem großen, breiten Körper auf, als er sich umdreht und schreit: »Haru, lauf!«

»O... Okay!«

Danke, murmelt Haruyuki noch still mit einem schlechten Gewissen seinem Freund zu und beginnt zu rennen,

Kuroyukihimes Avatar hinter sich herziehend. Vor ihm hat Niko bereits ihren Revolver gezogen und ballert wild auf die Feinde am östlichen Kraterrand.

Zuallererst müssen sie aus diesem Ring ausbrechen, sonst können sie weder fliehen noch sich ordentlich verteidigen. Zum Glück beträgt aber die Größe des Kraters, um den sich die Gegner versammelt haben, hundert Meter im Durchmesser, sodass die Umzingelung an sich recht dünn besetzt ist. Wenn sie jetzt mit einem schnellen Sturmangriff den Kreis zerreißen und auf den dahinterliegenden Grünen Boulevard fliehen, sind sie fast schon an der Sunshine City, wo sich der Leave Point befindet.

Haruyuki spannt, mit Kuroyukihime unterm rechten Arm, seine Flügel auf dem Rücken auf. Als ihn der Laserstrahl gestreift hat, wurde sein Spezialbalken zumindest ein kleines Stück wieder aufgeladen. Für einen kurzen Gleitflug knapp über dem Boden bis zum Ende des Kraters reicht das.

Unter Nikos Dauerbeschuss fängt der Kreis der Feinde an, sich im Osten langsam zu öffnen. Genau diese Stelle fixiert Haruyuki mit den Augen und stößt sich kräftig vom Boden ab.

Da ertönt hinter seinem Rücken Yellow Radios klangvolle, aber irgendwie auch etwas kratzige Stimme schrill über alles andere hinweg: »**Silly-Go-Round!!**«

Eine Spezialtechnik! Aber da ist er zu spät dran!

Es ist für Haruyuki nur noch ein Katzensprung bis zum Ende des Kraters –

»Uwah ...?!«

Das, was nun plötzlich eintritt, lässt Haruyuki an Ort und Stelle erstarren.

Die Welt hat angefangen, sich zu drehen. Nein, genauer gesagt dreht sich das Innere des Kraters in die eine und alles außerhalb davon in die andere Richtung. Die Hochhäuser im Hintergrund und die gegnerischen Duellavatare um den Krater rotieren in hoher Geschwindigkeit rechtsherum.

Zudem sind ringsum noch von irgendwoher einige schemenhafte, in ein trübes Gelb getauchte Pferde erschienen und springen lustig auf und ab. Es ertönt sogar eine heitere, jedoch etwas schief klingende Country-Melodie.

Haruyuki verliert sofort seinen Gleichgewichtssinn und muss da, wo er steht, ein Knie auf den Boden setzen. Dann sieht er, dass auch Niko vor ihm und Takumu an seiner Seite verzweifelt versuchen, ihre Position beizubehalten, und dabei hin und her schwanken.

»D... Das Feld dreht sich ja ...?!«, entfährt es Haruyuki fassungslos. Der Rote König ruft ihm scharf zu: »Das sieht nur so aus! In Wirklichkeit steht alles still! Mach die Augen zu und lauf!«

»Aber ... wohin?!«

Er weiß schon überhaupt nicht mehr, wo das östliche Ende ist, zu dem er bis eben unterwegs gewesen war. Wenn er sich jetzt einfach aufs Geratewohl irgendwohin stürzt und sich dabei wieder vom Leave Point entfernt, nützt ihm das gar nichts.

»Hierhin!«

»Da entlang!«

Niko und Takumu zeigen mit ihren Fingern beide gleichzeitig in die jeweils entgegengesetzte Richtung.

Und als hätten die Angreifer extra diesen Moment abgewartet, in dem sie alle entgeistert zur Salzsäule erstarren – donnert eine große Welle Geschosse spiralförmig auf sie zu.

Jetzt haben sie uns.

Haruyuki reagiert instinktiv, als er in die kunterbunten Feuerlinien hinaufblickt. Die starke Krümmung der Flugbahnen ist eigentlich nicht vorhanden. Nur durch den Illusionstrick des Gelben Königs, Yellow Radio, sieht es so aus, als würden sich die Geschosse drehen.

Wenigstens Kuroyukihime soll nichts passieren.

Haruyuki will den zierlichen Avatar unter seinen ausgebreiteten Flügeln verstecken.

Aber noch bevor er das machen kann, schreit Takumu: »Hinlegen!!«

Und schon nimmt er alle drei in seine starken Arme und versteckt sie unter sich.

»Ta...«, entfährt es Haruyuki mit weit aufgerissenen Augen, aber seine Stimme geht gänzlich in einem ohrenbetäubenden Ensemble von Detonationen unter. Alles vor seinen Augen wird weiß, die Hitze beginnt, sein Gesicht zu rösten – und direkt neben seinem Ohr bahnt sich der unterdrückte Aufschrei seines Freundes den Weg nach draußen.

»Uuuuurgh!«

Auf Takumus Rücken prasselt ein Hagelschauer bestehend aus allen möglichen Langstreckenwaffen ein. Haruyuki erinnert sich, was für einen Schmerz ihm allein der Streifschuss zugefügt hat. Unvorstellbar, welch immense Qualen jetzt durch Takumus Nervenbahnen fahren müssen. Vielleicht sogar noch stärkere als die in Haruyukis selbst kreiertem Trainingsspiel –

»Taku, hör auf ... Es reicht!«, schreit Haruyuki und versucht, unter Takumus Deckung hervorzukriechen.

Doch der umklammert ihn nur noch fester mit dem stahlharten Griff seiner Arme. Und direkt vor sich hört

Haruyuki seine keuchende Stimme: »S... Schon gut, Haru. Das ... begleicht meine Schuld ... dir gegenüber ... noch lange ni...«

»Nein ... Du schuldest mir doch nichts! Wie oft muss ich dir das noch sagen, Taku?!«, brüllt Haruyuki verzweifelt, aber zurück kommt nur ein erneutes Stöhnen. Bei jeder Erschütterung durch einen neuen direkten Treffer dringt ein verzerrter Schmerzenslaut durch die Schlitze in Cyan Piles Helmmaske.

Und zwischen den unzähligen Einschlägen hören sie leise die widerwärtige Stimme des Gelben Königs.

»Wie erbärmlich ... Jetzt verbrennt diese dumme Strohpuppe doch endlich ganz!«

Als Antwort darauf hört man noch einige Geschosse explodieren, aber Takumu gibt nicht nach.

Wahrscheinlich sind in der Kampftruppe des Gegners keine wirklich hochrangigen Avatare aus dem roten Spektrum dabei. Takumu dagegen befindet sich zwar erst im vierten Level, aber sein Avatar gehört der Farbe Blau an und ist zudem noch auf Ausdauer konditioniert. Deswegen hält er selbst einem so langen, konzentrierten Beschuss immer noch stand. Allerdings heißt das auch, dass er währenddessen permanent diese Schmerzen ertragen muss.

Haruyuki kann darauf nichts mehr sagen. Takumu hat offenbar vor, ihn und die anderen zwei so lange zu beschützen, bis die Spezialattacke »Silly-Go-Round« des Gelben Königs zu Ende ist.

Das scheint auch Niko neben ihm erkannt zu haben. Sie sagt knapp: »Cyan Pile, ich nehme zurück, dass ich dich eine Brillenschlage genannt hab. Noch dreißig Sekunden.«

»Gut ... Alles ... kl...«

»Tschick«

Ein Geräusch aus nächster Nähe ertönt, das nichts Gutes verheißt, und Takumus Stimme verstummt.

Haruyuki sieht entsetzt, wie aus der mächtigen Brust, die ihn von oben schützt, die spitzen Enden dreier glänzender Metallteile herausragen.

Der Fernbeschuss hat plötzlich aufgehört. Von der heiteren und doch schaurigen Karussellmusik begleitet, richtet sich Cyan Piles massiver Körper wie ferngesteuert auf.

Jetzt kann man erkennen, dass unmittelbar hinter ihm ein blaugrüner Duellavatar mit fast genau der gleichen Beschaffenheit wie Cyan Pile selbst steht. Seine grobe Form wirkt, als wäre er eine Maschine für den Tiefbau. Besonders auffällig ist jedoch sein mächtiger rechter Arm. An dessen unterem Ende befinden sich drei gewaltige Krallen, die sich von hinten tief in Cyan Piles Brust gebohrt haben.

Dieser Nahkampfavatar, der sich vermutlich für später bereithalten sollte, hat es wohl nicht länger ertragen und ist einfach zur Tat geschritten. Nun lässt er die Augen in seinem Kopf aufblinken, der wie ein alter Röhrenmonitor aus dem letzten Jahrhundert aussieht, und sagt mit tiefer Stimme: »Ich hatte gehört, du machst dich ziemlich gut unter den jungen Blauen. Aber du hast einfach nur mit deiner Härte angegeben, was, Cyan Pile?«

Der Maschinenavatar hebt den aufgespießten Takumu in die Luft und lacht leise.

»He he, bevor du hier krepierst, merk dir eins. Dein Bezwinger heißt Sax...«

»Den Namen eines Idioten ... muss ich nicht kennen«, murmelt Takumu heiser. Dann hebt er plötzlich seinen rechten Arm und presst die Ausstoßröhre in die Mitte seiner eigenen Brust.

»Lightning Cyan Spike!!«

Als er das kraftlos, aber entschlossen ruft, schießen bläulich weiße Blitze aus dem hinteren Ende der Röhre. Im selben Moment wird vorn ein leuchtender Strahl abgefeuert, der sich durch Cyan Piles Oberkörper, den rechten Arm des Maschinenavatars und schließlich seine genau dahinter liegende viereckige Kopfpartie bohrt.

»Pfsssh«

Arm und Gesichtsschutz von Sax-Irgendwas zerbersten in einzelne Teile, schweben für einen Moment in der Luft und fallen kurz nacheinander krachend zu Boden.

Die Karussellillusion verhindert ein präzises Anvisieren, und ist man dem Gegner auch noch so nahe. Wenn der Gegner aber mit einem selbst verbunden ist, sieht die Sache wieder anders aus. Denn entlang der Verlängerung dieses Arms befindet sich auf jeden Fall auch der Feind an sich.

»Ta... Taku!!«, schreit Haruyuki.

Genial – er ist eben wahrhaft ein Genie. Viel stärker als ich und dann noch so klug – ich kann wirklich stolz sein auf meinen besten Freund.

Aber er kommt nicht dazu, die in seinem Herzen aufwallenden Gefühle in Worte zu fassen.

»U... Uaaaargh!!«

Der gegnerische Avatar presst sich die linke Hand vors Gesicht und rollt schreiend auf dem Boden umher. Takumu stürzt sich mit seinen letzten noch verbleibenden Kräften auf ihn.

Dabei wirft er Haruyuki schnell einen Blick zu. Aus Cyan Piles Maske dringt mit rauer Stimme ein kurzer Satz: »Mach du ... den Rest, Haru.«

Dann packt er seinen Gegner fest mit beiden Armen und –

»Slash Stinger!!«

Aus einer kleinen Lücke zwischen den eng aneinandergepressten Avataren erklingt ein langes Dröhnen wie von einem Maschinengewehr und es leuchten viele kleine Lichter auf.

Dann enden die Zuckungen des Gegners und sowohl sein als auch Cyan Piles Körper werden von unzähligen strahlenden Rissen durchzogen.

Einen Augenblick später schießen zwei blaue, nur in ihrer Farbnuance etwas ungleiche Lichtsäulen aus dem Krater heraus weit in den Himmel. Beide Avatare zerbersten und verstreuen dabei digitale Funken in alle Richtungen. Dann sind sie verschwunden.

Fast zeitgleich kommt auch das illusionäre Karussell zum Stehen und die Welt nimmt wieder ihre ursprüngliche Form an.

Ein kurzer Moment der Stille legt sich über den Krater an der Stelle des Südparks von Ikebukuro.

Es werden keine Schüsse mehr abgefeuert, lediglich der Wind und ein Donnergrollen sind in der Ferne zu hören.

Die Langstreckenattacken der Duellavatare sind mit Einschränkungen verbunden: Laserstrahlen überhitzen irgendwann und physische Munition ist endlich, weshalb man nicht bis in alle Ewigkeit feuern kann. Aber selbst wenn dem nicht so wäre, ist etwas an der momentanen Stille ungewöhnlich. Wahrscheinlich hat es auch die anderen erschüttert – wie

Cyan Pile und sein Gegner sich gegenseitig ausgeschaltet haben.

Das ist die Chance zur Flucht.

Takumu hat buchstäblich sein Leben aufs Spiel gesetzt, um ihnen diese Chance zu verschaffen. Aber aus irgendeinem Grund kann Haruyuki sich nicht vom Fleck rühren. Er hockt immer noch auf ein Knie gestützt da und zittert am ganzen Leib.

In seinem Herzen toben Empfindungen, die er selbst nicht genau beschreiben könnte.

Da ist das Gefühl der Machtlosigkeit, weil er nichts zustande gebracht hat, außer sich von seinem Freund beschützen zu lassen. Wut auf den Gelben König, der schmutzige Tricks angewandt hat, um mit den Emotionen anderer Spielchen zu treiben. Aber am meisten fühlt er etwas ... gegenüber diesem schwarzen Avatar, den er immer noch in seinem rechten Arm hält und der kraftlos, als wäre ihm der Strom ausgegangen, den Kopf hängen lässt ...

»Kuroyukihime ... Kuroyukihime ...«, krächzt Haruyuki aus der Tiefe seines Halses.

»Kuroyukihime ... Warum ... Warum stehst du nicht wieder auf ...?«

»Das bringt nichts, Silver Crow«, sagt Niko leise.

»Krack!«

Der Rote König macht einen stampfenden Schritt und richtet seinen kleinen Körper zu voller Größe auf.

»Das ist **Zero Fill** ... Das heißt, die Signale, die eigentlich vom Geist dieses Mädchens zu seinem Avatar fließen müssten, sind aktuell alle mit Null überschrieben. Ohne Kampfgeist kann ein Burst Linker seinen Duellavatar nicht steuern.

Denn dieser bezieht seine Energie aus dem Feuer im Herzen seines Besitzers. Wenn dir die Kraft fehlt, dich deinen Schmerzen zu stellen, dann kannst du nicht einmal stehen. So funktioniert dieses Spiel, *Brain Burst*. Und die da weiß das besser, als ihr lieb ist. Trotzdem kann man nichts dagegen machen«, sagt Niko entschieden. Sie wirft Haruyuki über die Schulter einen kurzen Blick zu.

»Sorry. Cyan Pile hat sich zwar extra geopfert, um uns Zeit zu verschaffen, aber … ich lauf nicht weg. Ich kann das einfach nicht, hier Hals über Kopf fliehen. Du musst nicht bleiben, nimm die da und lauf zum Ausgang.«

Haruyuki scheint es, als würde der purpurne Avatar in Mädchengestalt anfangen, rot zu lodern.

Aber nein – er bildet es sich nicht ein. Um ihren Fuß herum, den sie ein Stück nach vorn gesetzt hat, brennt tatsächlich, ganz klein, ein Feuer.

Sie muss verrückt sein. Die Feinde sind noch nahezu unbeschadet. Gegen die kann sie nicht gewinnen.

Auch wenn es das Vernünftigste wäre, auf sie zu hören und zu fliehen, kann Haruyuki sich nicht vom Fleck rühren. Er spürt, dass wenn er Niko jetzt verlässt und wegläuft, ihm selbst und auch Kuroyukihime irgendetwas endgültig verloren gehen wird. Darum bleibt er auf der Stelle hocken und antwortet leise: »Ich gehe nicht weg … Ich will nicht davonrennen und Kameraden zurücklassen!«

»Kameraden … Du bist wirklich ein Idiot. Dann mach doch, was du willst«, erwidert Niko nach kurzem Schweigen überrascht und tritt noch einen Schritt vor.

Sie zeigt mit ihrem ausgestreckten rechten Arm auf den Gelben König am westlichen Rand des Kraters und ruft:

»Yellow Radio! Jetzt dürfte dein Spezialbalken, den du vor deinem coolen Auftritt hier noch schnell aufgefüllt hast, gähnend leer sein! Nun werden wir es dir heimzahlen ... Denk dran, wenn ich dich besiege, verschwindest du für immer aus dieser Welt!!«

Der Gelbe König in seiner Clownsgestalt tritt ein Stück zurück, so als hätte ihn diese Ansage erschüttert.

Niko dagegen geht ihm noch einen Schritt entgegen und breitet schwungvoll ihre Arme aus.

»Kommt ... meine Enhanced Armaments!!«

»Whoosch!«

Die Flammen lodern hoch, schließen den Avatar ein und heben ihn an.

In Feuer gehüllte Waffencontainer tauchen einer nach dem anderen aus der Luft auf und legen sich von allen Seiten um das Mädchen. Die Raketengehäuse heften sich an ihre Schultern, der massive Rüstungsrock findet seinen Platz und die Triebwerke werden am Rücken fixiert – schließlich bilden die furchterregend riesigen Hauptkanonen die Arme des Kolosses.

Der Rote König hat nun seine eigentliche Gestalt angenommen, für die er den Beinamen »Immobile Fortress« bekommen hat. Als er mit einem dumpfen, schweren Donnern in der Mitte der Kraterfläche landet, schießt weißer Dampf aus allen Öffnungen seines Körpers.

Selbst Haruyuki spürt, wie ein Aufruhr durch alle dreißig Avatare geht, die den Krater umzingelt haben. Da die Gelbe Legion ihr Territorium im Osten Tokyos besitzt, kommt sie kaum in Kontakt mit der Roten Legion, welche die westlichen Bezirke Nerima und Nakano beherrscht. Die meisten werden

Niko bisher also nicht einmal als Zuschauer während eines Kampfes gesehen haben – geschweige denn selbst einmal gegen sie angetreten sein. Darum hat ihnen die gewaltige Größe von Scarlet Rains wahrer Form, die kaum noch an einen Duellavatar erinnert, die Sprache verschlagen. Genauso wie vorgestern auch Haruyuki.

Der schluckt jetzt einmal kräftig seinen Speichel herunter und hört, wie Niko mit einem starken Effekt über ihrer Stimme leise zu ihm sagt: »Hey, Silver Crow. Sorry, aber erledige bitte wenigstens diesen Nahkämpfer, der mir am Arsch klebt.«

»O… Okay. Aber … Kuroyukihime …«

»Die werden sie nicht anrühren, bevor sie mit mir fertig sind. Und sollte ich tatsächlich fallen, dann darfst du ruhig mit Lotus fliehen.«

»…«

Fallen – das bedeutet in dieser Situation, dass Niko *Brain Burst* für immer verlieren würde.

Aber bevor Haruyuki etwas antworten kann, ruft der Gelbe König von seinem hohen Beobachtungsposten aus noch gellender als vorher: »Nur keine Angst! Das da ist nur eine fest verankerte Geschützbatterie – kommt man nah an sie ran, ist es einfach nur ein Klumpen Stahl!«

Und er reißt seinen rechten Arm in die Höhe.

»Nahkampfteam, jetzt seid ihr dran! Fernkampfteam, gebt ihnen Rückendeckung! Los!!«

Und in dem Moment, als der Arm, das Gegenlicht reflektierend, niedersaust – erhebt sich ein Kampfgeschrei und von den Kraterrändern her stürmen circa fünfzehn Duellavatare gleichzeitig herab.

»Uooooooh!«

Wie als Antwort öffnen sich mit einem schneidenden Metallgeräusch die zwei Raketengehäuse an Nikos Schultern. Heraus fahren einige Dutzend Suchköpfe, die rot aufblinken und sofort abgefeuert werden. Auf ihrem Flug ziehen sie weißen Rauch hinter sich her.

Nachdem sie zuerst alle senkrecht nach oben geflogen sind, teilen sie sich nun halbkreisförmig auf und prasseln auf die Duellavatare am Boden nieder. Einige der Gegner verharren erst eine Weile still und ergreifen dann blitzschnell die Flucht, andere nehmen eine Verteidigungshaltung ein, um die Raketen abzuwehren – jedenfalls wird der Ansturm der Feinde dadurch schwächer.

Die beiden Hauptkanonen an den Armen nehmen sofort zwei auf der Stelle stehen gebliebene Avatare ins Visier.

»Viuuuun ...«

Einen hohen Nachhall zurücklassend, schießen rubinrote Infrarotstrahlen daraus hervor und schließen die beiden unglückseligen Burst Linker komplett ein. Dann schwellen sie für einen Moment zu großen Energiekugeln an, um sofort in einer gewaltigen Explosion zu detonieren.

Einer hohen Feuersäule folgen zwei Lichtstrahlen in den Farben der beiden Angreifer, die sich in den Himmel erheben. Ihre HP-Balken wurden auf einen Schlag leergefegt. Die Avatare haben sich aufgelöst und sind verschwunden.

Und das mit nur einer Attacke ...!

Haruyuki erschaudert. Und schöpft gleichzeitig ein wenig Hoffnung. Aber im nächsten Moment beginnen erneut, die Fernkampfavatare zu feuern, die ihre Reserven wieder aufgefüllt haben. Da Scarlet Rain nun so groß ist, können sie sie unmöglich verfehlen, und so schlägt alles in die purpurrote Festung ein.

Überall erschüttern Explosionen seinen Körper, doch der Rote König zeigt nicht die kleinste Regung. Als Antwort eröffnen nun allerdings seine vier Maschinengewehre das Feuer auf sein Umfeld.

Den Beschuss muss Niko vorerst ertragen, ob sie will oder nicht. Haruyuki beißt fest die Zähne zusammen und legt Kuroyukihimes Avatar auf dem Boden ab.

Niko sagte, wenn Burst Linker den Verletzungen ihrer Seele erliegen, können sie sich nicht mehr bewegen.

Diese Erfahrung hat auch Haruyuki schon einmal gemacht.

Vor drei Monaten, kurz nachdem er die Beschleunigung überhaupt erst kennengelernt hatte, musste er zum Schutz Kuroyukihimes gegen seinen Kumpel Takumu – Cyan Pile – kämpfen. Dieser bearbeitete ihn schonungslos. Das Gefühl, selbst vollkommen machtlos und winzig zu sein, überwältigte Haruyuki so, dass er neben Kuroyukihimes bewusstlosem Avatar zusammenbrach.

Hätte er zu dem Zeitpunkt nicht ihre Stimme gehört – egal, ob nun Illusion oder Wirklichkeit –, dann wäre er sicher nicht in der Lage gewesen, weiterzukämpfen. Dann hätte sich Silver Crows verborgenes Potenzial, die Flugfähigkeit, nie entfaltet und alles wäre verloren gewesen.

Daher spürt er regelrecht Enttäuschung, ja sogar Ärger darüber, dass Kuroyukihime die Kontrolle über ihren Avatar verloren hat.

Aber es macht ihn auch traurig. Er weiß nicht wieso, aber es macht ihn sehr, sehr traurig.

Haruyuki kneift fest die Augen zu. Er lässt den schwarzen Avatar los, steht auf, dreht sich um und rennt los.

Vor sich sieht er den Nahkampfavatar, der versucht, sich an Nikos Rücken zu schaffen zu machen. Sein Körper ist olivgrün und die Enden seiner extrem langen, dicken Arme laufen in u-förmigen Metallteilen aus.

Als er bemerkt, dass Haruyuki ihm den Weg versperren will, knurrt der Gegner niederträchtig: »Weg da, kleine Mistfliege!«

Er richtet seinen linken Arm mit dem U-Gebilde auf Haruyuki und ruft:

»**Magnetron Weeeeeb!**«

In dem Moment, in dem der Befehl ertönt, schießen aus dem Arm violette Blitze heraus und fesseln Haruyuki. Energie verliert er dadurch nicht – stattdessen wird Silver Crows schmächtiger Avatar mit unglaublicher Gewalt zu dem U hingezogen und – »Klang!« – mit einem lauten Geräusch daran festgenagelt.

»Ha ha, bei Metallfarbenen klappt das immer sehr gut!«, brüllt der olivgrüne Avatar und holt mit seinem rechten Arm zu einem gewaltigen Schlag aus. Haruyuki wehrt ihn ab und denkt dabei ruhig nach.

Dem Namen nach zu urteilen, ist das eine Spezialattacke, die den Gegner mithilfe von Magnetkraft anzieht. In diesem Fall muss es eine zeitliche Beschränkung geben. Wie lang kann diese sein bei einer Technik, die einen so stark festhält – zehn Sekunden?

Haruyuki greift plötzlich mit beiden Armen nach vorn und legt sie über die visierartigen Augen des Gegners. Dann breitet er seine Schwingen aus und hebt schnell vom Boden ab.

»Ey, was soll das, nimm deine Pranken da weg!«

Den laut jammernden Feind hinter sich herziehend, der mit seinem Magnetarm an Haruyukis Oberkörper klebt, fliegt Haruyuki zügig über zehn Meter in die Luft.

Da hört der Magnet plötzlich auf, violette Wellen zu verströmen, der linke Arm des feindlichen Avatars löst sich von Haruyuki. Sofort schlägt er damit dessen Hände von seinem Gesicht weg.

»Wolltest mich blenden, was? Aber das macht mir gar nichts … Aaaaah?!«

Sein Gegner stößt einen lauten Schrei aus, als er sieht, auf welcher Höhe er sich befindet und dass er sich nirgendwo festhalten kann. Doch Haruyuki würdigt ihn nicht einmal mehr eines Blickes, sondern rast mit Höchstgeschwindigkeit im Sturzflug wieder nach unten. Auf dem Weg überholt er den Magnetavatar. Er streckt den linken Fuß so weit wie möglich vor und schießt wie ein spitzer Kegel hinab.

»Uoooh!«

Mit einem Kampfschrei durchsticht er so von hinten den Rücken eines Avatars, der mit einem Bohrer ausgestattet gerade auf Niko aufspringen wollte. Nun aber ist der Gegner am Boden festgenagelt und Haruyuki rammt seine flache Hand mit den Fingerspitzen voran in eine Nahtstelle der Rüstung am Nacken des Avatars.

»Ah… Gh…aaah!«, brüllt der Avatar, dem die Wirbelsäule an gleich zwei Stellen gebrochen wurde. Haruyuki springt auf. In dem Moment landet auch der Magnetavatar direkt gegenüber auf dem Boden. Durch den Schock des Aufpralls beginnt dieser, sich zu winden. Er kommt nicht mehr auf die Beine.

Haruyuki will sich schon zum letzten Schlag auf ihn stürzen, als ihn plötzlich ein heftiger Stoß in die rechte Wange trifft.

Er wird weit davongeschleudert und rollt über den Boden. Er spürt einen gewaltigen Schmerz, als wären seine Backenzähne in Stücke geschlagen worden. Funken tanzen vor seinen Augen.

Trotzdem zwingt er sich mit Gewalt dazu, wieder aufzuspringen. Und da ist auch schon sein dritter Gegner dicht vor ihm. Er hat einen viereckigen Körper, der wie aus Fels gehauen wirkt, und trägt einen hellblauen Karateanzug. Die Maske vor dem Gesicht hat lustigerweise große Ähnlichkeit mit einer Moai*-Figur. Allerdings muss sich Haruyuki nur die Fäuste des Avatars anschauen, um zu erkennen, was für eine enorme Kraft in ihnen liegt. Es ist der Typ Avatar für den unmittelbaren Nahkampf, der ohne jegliche Waffen auskommt. Aber gerade solch gewöhnliche Avatare sind letztendlich sehr gefährlich.

Offenbar ist dieser Burst Linker kampferfahren, denn er verschwendet keine Zeit mit Worten, sondern nähert sich geschmeidig und führt dann plötzlich einen Tritt nach vorn mit dem rechten Bein aus.

Der extrem dünne Silver Crow schafft es zwar irgendwie, einem Volltreffer zu entgehen, wird aber links am Oberkörper gestreift. Funken sprühen und sein HP-Balken schrumpft. Er will die Attacke mit einem linken Faustschlag erwidern, doch der wird vom mammutbaumartigen rechten Arm des Gegners abgewehrt.

»Metallfarbene sind schwach gegen Kämpfer, die sich auf Schlagattacken spezialisiert haben, aber wenn du gegen so jemanden im Nahkampf antreten musst, dann ...«

*Moai: kolossale Steinfiguren der Osterinsel

Plötzlich erinnert sich Haruyuki an etwas, das Kuroyuki-hime einmal zu ihm gesagt hat.

»... wehre ihn nicht überstürzt ab oder schlage zurück, sondern weiche seinen Bewegungen aus und nutze deren Kraft. Mit deiner Reaktionsschnelligkeit kannst du das. Und vergiss eins nicht: Jede noch so starke Faust ist immer noch langsamer als Munition.«

»Hrargh!!«

Der gegnerische Avatar lässt einen tiefen Kampfschrei los und führt mit der Faust einen Karatestoß nach vorn aus.

Haruyuki schluckt seine Angst herunter und fixiert die Faust, die, von einer bläulichen Aura umgeben, schnell auf ihn zukommt. Und während er nach hinten zurücktaumelt, schiebt er seine linke Hand unter die Faust des Gegners und sein rechtes Bein vor dessen Bauch.

»Uraah!!«, schreit er und vollführt einen nur ganz kurzen, aber kräftigen Flügelschlag. Die so entstandene Schubkraft multipliziert die Stärke seines Aufwärtskicks und des Faustschlags um ein Vielfaches – und der stämmige Karatekämpfer fliegt in hohem Bogen in die Luft.

»Niko, über dir!«

Kaum hat Haruyuki das geschrien, feuert Scarlet Rain alle ihre Schulterraketen auf einmal ab. Diese zingeln den Karateavatar ein. Er verschwindet in einer Vielzahl rot-schwarzer Explosionen und fällt dann, einen Rauchschweif hinter sich herziehend, zurück auf den Boden. Dort verwandelt er sich sofort in eine blaue Lichtsäule und löst sich endgültig auf.

»Ha, für so 'nen Winzling schlägst du dich gar nicht schlecht, Silver Crow!«

»Danke für die Lorbeeren!«, erwidert Haruyuki auf Nikos bissige Bemerkung und geht direkt zum nächsten Feind über, den er ebenfalls schonungslos bearbeitet, dabei aber aus dem Augenwinkel ununterbrochen den schwarzen Avatar beobachtet, der ein Stück weit entfernt immer noch leblos daliegt.

Dieses Mädchen, Kuroyukihime, ist eben doch kein vollkommen unfehlbarer Übermensch. Sie geht genau wie er erst in die Mittelstufe und hat eine verwundbare Seele.

Das hat Haruyuki seit dem Tag, als ihr wegen seiner herzlosen Worte die Tränen gekommen sind, nie vergessen. Trotzdem haben seine Bewunderung und Verehrung für sie auch danach kein Stück abgenommen.

Und zwar nicht, weil sie so stark ist. Sondern weil sie den Willen hat, stark zu sein. Ihre glänzende Persönlichkeit, mit der sie sich allen möglichen Unglückslagen entgegenstellt, hat Haruyuki tief verzaubert.

Deswegen wird sie doch sicher wieder aufstehen. Auch wenn ich nicht weiß, was sie für ein Verhältnis zum Roten König hatte, sie wird diese Erinnerung sicher überwinden und wieder an diesem Kampf teilnehmen. Ganz bestimmt!!

Doch genau in dem Moment, als Haruyuki unter seiner Silbermaske diesen inneren Monolog führt, setzen die feindlichen Angriffe, die kurzzeitig nachgelassen hatten, mit neuer Brutalität wieder ein.

Aus allen Richtungen stürmen die weniger als zehn noch verbliebenen Nahkämpfer heran. Dazu hageln zu ihrer Unterstützung Langstreckenattacken in den Krater herab.

»Unterschätzt mich bloß nicht!«, brüllt Niko und fährt ihre Hauptkanonen rechts und links, die Raketengehäuse und die Maschinengewehre aus.

Dann feuern alle auf einmal ihre Munition ab – aber kurz zuvor dringt noch ein merkwürdiger Laut in Haruyukis Gehör: Ein hochfrequentes Geräusch, wie ein Rauschen, erschüttert die Luft. Gleichzeitig beginnt Haruyuki, alles doppelt und dreifach zu sehen.

Die von Scarlet Rain abgefeuerten Raketen geraten plötzlich mitten in der Luft ins Trudeln und gehen an Orten nieder, auf die sie gar nicht gerichtet waren. Auch die Laserstrahlen der Hauptkanonen, die zu den Langstreckenkämpfern am Kraterrand unterwegs waren, ändern ihren Kurs, treffen Gebäude in der Ferne und explodieren kaum hörbar.

»Mist ... Ein Funkstörer!«, ruft Niko gepresst.

»Aber es ist nicht Radio selbst ... sondern irgendeiner seiner gelben Anhänger! Such ihn!«

»O... Okay!«

Während er antwortet, breitet Haruyuki schon seine Flügel aus, stößt sich kräftig vom Boden ab und fliegt hoch. Aber da –

Zwei Kabeldrähte haben sich wie lebende Schlangen vom Boden her hochgewunden und um seine Füße geschlungen.

Haruyuki wird ruckartig zurückgezogen und hart auf die Erde geschmettert. Obwohl der Aufprall ihm die Luft nimmt, versucht er sofort, mit der scharfen Handkante die Kabel zu durchschneiden – doch vergeblich, denn ...

»**Electric Therapy!!**«

»Urgh ...!!«

Irgendwer hat diese Attacke ausgeführt und sofort wird Silver Crow am ganzen Körper von bläulich weißen Blitzen eingehüllt – gleichzeitig durchfährt ihn ein unglaublicher Schock. Als er in Richtung des Angriffs schaut, bemerkt er in einiger Entfernung einen mechanisch aussehenden Avatar, aus dessen Händen die Kabel kommen und der auf dem Rücken einen eifrig Funken sprühenden Apparat trägt – offenbar ein Transformator.

Die Attacke scheint hauptsächlich aus Elektroschocks zu bestehen und kaum Energieverlust zu verursachen. Allerdings gehorcht Haruyukis Körper nicht mehr, wodurch er die Kabel nicht von seinen Fußgelenken lösen kann.

»G...nnh...!«

Auf sein Stöhnen hin antwortet sein Gegner mit einem schrillen Lachanfall: »Khi hi hi hi hi! Jetzt mach du erst mal ein schönes Nickerchen, Kleiner! So lange, bis wir den Roten König komplett auseinandergenommen haben!!«

Entsprechend seiner Ankündigung fallen auch schon mehrere Nahkämpfer über Nikos Festungsavatar her. Sie besteigen ihn im toten Winkel seiner Geschütze und fangen an, die Verbindungsstellen der Armaments mit Fäusten und Fußtritten zu bearbeiten. Orangefarbene Funken fliegen, Schrauben lösen sich und die massiven Rüstungsplatten werden eine nach der anderen herausgerissen.

Haruyuki wälzt sich unter großem Kraftaufwand trotz des Stroms, der seinen Körper lähmt, zu seinem neuen Gegner herum und versucht, auf Knien näher heranzurutschen.

Aber die Transformatorleistung scheint kein bisschen nachzulassen. Haruyuki kann nicht einmal seinen Kopf in eine andere Richtung drehen.

Was jetzt? Wie komm ich hier raus? Was soll ich in so einem Fall nur machen, Kuroyukihime?

Schnell ... Ich muss mich schnell befreien, sonst ist es für Niko zu spät!

Gerade als ihn Verzweiflung überfällt, erklingt vom weit entfernten Kraterrand laut ein stark akzentuiertes Lachen: »Ha ha ha ...! Ha ha ha ha ha ha!!«

Es ist Yellow Radio, der Gelbe König. Seine schlaksige Gestalt samt dem gegabelten, in zwei Spitzen zulaufenden Hut wackeln, als er seine Freude zur Schau stellt und dazu pantomimische Bewegungen ausführt.

»Unglaublich! Wie peinlich! Und wie lächerlich ihr ausseht! Ein König muss würdevoll sein ... Aber davon sehe ich hier gar nichts?! Ihr hattet sowieso nie das Recht, euch Könige zu nennen, ja, so ist das! Denn der Rote ist nur ein falscher Emporkömmling!! Und der Schwarze eine hundsgemeine Betrügerin, nicht wahr?!«

Unter diesen erbarmungslosen, verachtenden Wortschwall mischt sich das Knirschen von Metall. Und das schwache Wimmern eines Mädchens.

»Aaah ... Aaah ...«

Als Haruyuki ihr schnell einen Blick zuwirft, sieht er einen großen Nahkampfavatar auf Scarlet Rains Raketengehäuse stehen, der gerade ihre linke Hauptkanone ergreift. Und nun zieht er dieses gewaltige Geschütz unter vollem Körpereinsatz mit Gewalt nach oben. Aus den Fugen ergießt sich ein regelrechter Schwall von Funken. Es sieht fast aus wie menschliches Blut.

Schließlich – »Krrrack!« – kracht es besonders laut und das Geschütz reißt ab.

An der Stelle, in der es verankert war, hängt jetzt, unverwechselbar, der am Ellbogen durchtrennte linke Arm von Nikos eigentlichem, kleinen Körper. Und es erklingen zwei Stimmen gleichzeitig: Nikos lauter Schmerzensschrei, den sie nicht einmal zu unterdrücken versucht, sowie das Jauchzen des gegnerischen Avatars, der das Geschütz über seinen Kopf hebt.

»Jawoll!! Da seht ihr, was der Rote König in Wirklichkeit draufhat! Los, reißt ihm seine Schale komplett ab, holt das Kind da raus!! Peinigt und quält es so lange, bis seine Energie kurz vor null steht!!«

Haruyuki presst seine Zähne so fest aufeinander, dass sie ihm zu zerspringen drohen. Mit den Fingerkuppen seiner ausgestreckten rechten Hand scharrt er mit aller Kraft in der Erde.

Vor seiner Hand liegt, staubbedeckt und ohne Licht in den Augen, der schwarze Avatar Black Lotus.

»Kuroyukihime ... Kuroyukihime«, krächzt Haruyuki mühsam. Auch seine Stimmbänder sind durch die Elektroschocks gelähmt.

Hinter sich hört er pausenlos, wie Niko ihre verbliebenen Geschosse abfeuert. Es scheint ihr letzter Versuch zu sein, sich zu wehren. Während er die Erschütterungen der ins Leere gehenden Explosionen spürt, ruft er noch einmal: »Reicht dir ... Reicht dir das wirklich? Soll für dich dieses Spiel so enden?«

In seiner Erinnerung taucht schwach das Bild auf, das er gestern Nacht gesehen hat, wie die echte Kuroyukihime und Niko eng aneinandergekuschelt geschlafen haben.

Haruyuki kann nicht einmal eine Vermutung darüber anstellen, was die Szene eigentlich symbolisiert hat, oder was sich die beiden Mädchen in Wirklichkeit wünschen. Nur eines weiß er sicher: Dass dies alles ganz bald vorbei sein wird. Eine vage Bindung, zufällig entstanden in einer Nacht, wird kaltblütig zerrissen werden.

»Kuroyukihime ... Schwarzer König!!«, schreit Haruyuki mit all seiner verbliebenen Kraft.

Sicher kann ich das gewaltige Ausmaß der seelischen Wunde, mit der sie sich gerade konfrontiert sieht, überhaupt nicht ermessen. Aus einem Impuls heraus hat sie den ersten Roten König, einen ehemaligen Kameraden, einen Freund, ausgetrickst und auf ewig aus der beschleunigten Welt verbannt. Sie hat sich wohl schon seit langer Zeit insgeheim Vorwürfe deswegen gemacht.

Vielleicht sind sie und Red Rider sogar mehr als nur Kameraden oder Freunde gewesen. Vielleicht war es ein sehr viel wichtigerer Mensch, den sie eigenhändig getötet hat.

Aber ...

Selbst wenn es wirklich so gewesen ist ...

»Erinnere dich, was die Beschleunigung dir bedeutet! Was *Brain Burst* dir bedeutet!!«

Haruyuki schlägt mit seiner trotz der Stromschläge fest zur Faust geballten Hand kräftig auf den Boden und schreit seine leidenschaftlichen Gefühle heraus: »War dein Wunsch, das bisher von niemandem erreichte zehnte Level zu erklimmen und die Hintergründe dieser Welt zu ergründen, denn nur so klein?! So schwach, dass du ihn gegen die Erinnerung an einen einzigen Mann austauschen kannst?! Sollte jemand, der sagt, die menschliche Hülle überwinden zu wollen, denn für immer seinen früheren Fehlern nachhängen und elendig auf dem Boden herumkriechen?! Dafür hast du doch gar nicht die Zeit, du hast doch beschlossen, alle Hindernisse aus deinem Weg zu schlagen, alle niederzumähen, so lange vorwärtszumarschieren, bis du als Letzte noch stehst, oder etwa nicht, Black Lotus?!«

»Tschang«

Täuscht er sich, oder zuckt die Spitze ihres weit von sich gestreckten rechten Arms?

Nein. Unter dem Gesichtsschutz des zackig geformten Helms blinkt, fast wie ein sehr, sehr weit entfernter Stern, ein schwaches, violettes Licht auf. Als wäre es das Feuer ihrer Seele, pulsiert es nun ganz schwach.

»Kuroyuki...hi...«, wispert Haruyuki, als –

»Vrrrr!«

Ein mächtiger, vibrierender Laut überlagert seine Stimme.

Unter dem Gesichtsschutz beginnen zwei Augen, intensiv zu leuchten.

Und nun füllen sich die Trennfugen ihrer halbtransparenten Rüstung, die aussieht, als wäre sie aus schwarzem vulkanischem Glas gefertigt worden, angefangen vom Kopf bis hin zu allen Gliedmaßen, mit einem ebenso violetten Licht. Dabei wird auch der Staub weggeblasen, der sie komplett bedeckt hatte, und ihr Körper beginnt wieder im Licht zu funkeln.

Zuletzt geben die vier Schwerter, die Arme und Beine ersetzen, ein schneidendes Geräusch von sich.

Und während der tiefschwarze Avatar sich wie von einem unsichtbaren Faden gezogen aufrichtet, kann Haruyuki nur sprachlos und gebannt zusehen.

Als Black Lotus sich wieder in einer aufrechten Position befindet und ihre Beine ein kleines Stück über dem Boden schweben, fangen die Fußspitzen an zu vibrieren und der Avatar bewegt sich schwebend. Er nähert sich Haruyuki, der immer noch paralysiert von den Stromschlägen am Boden liegt, und bleibt vor ihm stehen.

»Haruyuki«, erklingt die Stimme des Mädchens sanft wie immer, aber auch streng.

»Ja ...?«, antwortet er, einen Schluchzer unterdrückend. Als Kuroyukihime weiter zu ihm spricht, schwingt dabei wie gewohnt ein bitteres Lächeln in ihrer Stimme mit.

»Also hör mal ... Das klang ja eben, als wären Rider und ich ein Paar gewesen.«

»W... Wart ihr das denn nicht?«

»Wo denkst du hin. Du bist der Erste für mich, das habe ich doch gesagt. Und noch etwas ... Lieg hier nicht die ganze Zeit herum, steck mal lieber eine Hand in den Boden.«

»Hä ...? O... Okay.«

Haruyuki folgt der Aufforderung, legt seine spitzen Finger aneinander und steckt sie in die trockene Erde vor seinen Augen.

Augenblicklich fühlt er, wie alle Blitze, die ihn bis eben gelähmt haben, abfließen, und schreit überrascht auf.

»Ah! A... Ach so, man kann sie erden ...«

»Hättest du Zugehörigkeit und besondere Merkmale der Attacke analysiert, hättest du dich sofort befreien können. Ich muss dir offenbar noch vieles beibringen.«

Im nächsten Moment ertönt hinter Haruyukis Rücken ein kläglicher Zischlaut. Er schaut sich um.

Und sieht, wie der Stromavatar langsam zurückweicht, aus dem Transformator auf seinem Rücken steigt weißer Rauch auf.

»Den Rest schaffst du hier dann ja selbst ... Ich schaue mal kurz nach dem Gör, das so einfach in die Falle getappt ist«, sagt sie beiläufig.

Fast noch im gleichen Augenblick – »Whoosch!« – lässt ein Schwirren die Luft erbeben und der schwarze Avatar ist verschwunden.

Dafür, dass sie einfach aus dem Stand losgerast ist, legt sie ein erschreckendes Tempo vor. Wie ein dunkler Laserstrahl schießt sie einige Dutzend Meter vorwärts und erscheint im nächsten Moment neben dem in voller Größe auf Niko stehenden Anführer der feindlichen Nahkampftruppe.

»Uah ...«, entfährt dem ein Ausruf des Schreckens. Er lässt die rote Hauptkanone aus seinen Händen fallen, breitet seine Arme mit den übernatürlich kräftigen Fingern weit aus und stürzt sich auf Kuroyukihime. Allein schon daran, wie er Nikos Armament mit purer Armkraft herausgerissen hat, lässt sich schließen, dass es sich bei ihm wahrscheinlich nicht um einen Schlag-, sondern einen Greiftyp handelt.

Aber Kuroyukihime – es ist nicht klar, was sie sich dabei denkt – streckt ihm trotzdem ihren rechten Arm entgegen, als wolle sie sagen: Hier, nimm. Die Augen des Gegners leuchten grell auf, wie zwei Schlangen winden sich seine Hände nach vorn und packen Black Lotus' Arm an zwei Stellen.

»Hab ich dich, **One-way Slo...**«

Während er den Befehl herausbrüllt, dreht er sich um, presst sich den fest umklammerten Arm an den Hals und setzt zu einem Schulterwurf an – als plötzlich etwas prasselnd zu Boden fällt. Zehn zylinderförmige, dicke, gebogene Gegenstände: Finger! In dem Moment, als der Gegner seinen Griff verstärkt hat, um zu werfen, wurden sie automatisch von den scharfen Schwertkanten durchtrennt.

»Verzeih, aber die meisten Grifftechniken wirken bei mir nicht«, sagt Kuroyukihime zu ihrem Gegner, der in gebückter

Haltung zur Salzsäule erstarrt ist. Und ohne ihren Arm aus seinen Händen zu befreien, macht sie damit eine kräftige, schneidende Bewegung schräg nach unten.

Von der rechten Schulter bis hinunter zur linken Taille entsteht so ein schmaler Lichtstreifen. An diesem entlang rutscht der kräftige obere Teil des feindlichen Avatars langsam herab und fällt zu Boden – es bleiben noch etwa zwei Drittel seines Körpers stehen.

»Ah ...! Gha... Haaaah!!«

Anscheinend hat er noch ein kleines bisschen Energie übrig, denn der Avatar löst sich nicht sofort auf. Aber in diesem Zustand wäre es wohl besser gewesen, umgehend zu verschwinden. Der Gegner brüllt wie wahnsinnig vor Schmerz, nachdem sein Körper entzweigeschnitten wurde, und windet sich mithilfe seines verbliebenen Arms wild auf dem Boden hin und her. Doch Kuroyukihime schenkt ihm keine Beachtung mehr. Stattdessen unterzieht sie die restlichen sieben, acht gegnerischen Nahkämpfer selbstgefällig einem prüfenden Blick.

»Das gilt jetzt zwar nicht für jeden Einzelnen von euch, aber wer gegen mich kämpft, der wird zwangsläufig erfahren, wie es ist, Körperteile zu verlieren.«

Sie sagt es zwar ruhig, aber in ihrer Stimme klingt etwas so Grausiges mit, dass es jedem auf diesem Schlachtfeld den Atem verschlägt.

»Allerdings ... ist es zum Rückzug für euch zu spät!«, ruft sie laut und stürzt sich wie ein schwarzer Raubvogel auf den Avatar, der unglücklicherweise als Erster vor ihr steht. Ein hoher, schräger Metalllaut, ein keuchender Schrei und die verzweifelten Zornesrufe der anderen Avatare erfüllen sogleich die Luft.

Diese Gegner kann ich vorerst getrost ihr überlassen.

Haruyuki wendet sich wieder dem Stromavatar zu, dessen Kabel immer noch um ihn gewickelt sind.

Als sich ihre Blicke treffen, zuckt der Gegner zusammen, beugt seinen Kopf, der wie ein altertümliches Messinstrument geformt ist, zurück und hebt eine Hand über den Kopf.

»Hey, warte noch einen Moment. Ich lade gerade meine Batterien auf ...«

»Vergiss es!!«, brüllt Haruyuki, packt die beiden Kabel, die um seine Knöchel geschlungen sind, mit den Händen und reißt sie ab. Dann stößt er sich sofort vom Boden ab und fliegt nach oben.

»U... Uwaaah!«, schreit der gegnerische Avatar, als Haruyuki ihn an den Schnüren mit sich in die Höhe trägt, dort kurz auf der Stelle schwebt und dann anfängt, sich im Kreis zu drehen.

»Waah ... Aaah ... Aaaah ...!«, schreit der Gegner dabei mal lauter, mal leiser. Als ihm Haruyuki durch das Drehen genügend Fliehkraft verpasst hat, lässt er die Kabel los. Daraufhin saust der Roboteravatar, der sicher nicht wenig wiegt, mit unglaublichem Schwung in südlicher Richtung davon und stürzt irgendwo zwischen den Hochhäusern ab.

Haruyuki selbst ist auch etwas schwindlig geworden. Er schüttelt heftig den Kopf. Als er danach nach unten schaut, weiten sich seine Augen beim Anblick der dort stattfindenden Schlacht erschrocken.

Das sind keine »Duelle« mehr. Es ist eher ein »Abschlachten«.

Nahkampfavatare aus dem blauen Spektrum nutzen normalerweise ihre Fäuste und Beine oder Waffen für kurze Distanzen wie Schwerter und Hämmer. Wenn solche Avatare also gegeneinander kämpfen, findet dabei in der Regel ein steter Wechsel von Attacke und Abwehr statt, bei dem jeder versucht, einen Schwachpunkt des Gegners zu erwischen.

Kuroyukihime dagegen ... Obwohl sie vom Aussehen her wegen der vier Schwerter ein reiner Nahkämpfer sein müsste, bestehen ihre Angriffe aus noch vielem mehr. Abgesehen von den selbstverständlichen Aktionen wie Schneiden oder Stechen verlieren ihre Gegner ihre Fäuste selbst dann, wenn Kuroyukihime sie lediglich mit ihrem Arm abwehrt. Wenn sie schnell hinter jemandem herwetzt, spaltet sie auf ihrem Weg den Boden unter ihren Füßen. Alles, wirklich alles, was sie berührt, wird entzweigeschnitten, keine einzige Berührung wird geduldet. Sie ist wahrlich eine schwarze Seerose des Todes ...

Und wie sie so ohne Unterlass über das Schlachtfeld wirbelt, wirkt ihre Gestalt wahnsinnig schön – und gleichzeitig auch unendlich einsam.

Innerhalb von nur ein, zwei Minuten ist der Großteil des gegnerischen Nahkampfteams entweder verschwunden oder liegt mit fehlenden Körperteilen am Boden und kann vor Schmerzen nicht mehr weiterkämpfen.

»D... Das zahl ich dir heim!!«, begehrt plötzlich ein letzter, großer Burst Linker bestialisch auf. Er hebt sein extrem langes Schwert mit der wuchtigen Klinge hoch über den Kopf und stürmt damit geradewegs auf Kuroyukihime los.

Sein Tempo und auch das Timing können sich sehen lassen. Wie ein stahlblauer Blitz saust die breite Schwertklinge herab. Kuroyukihime weicht aber nicht aus, sondern fängt sie mit gekreuzten Armen ab.

»Klaaang!«

Ein ohrenbetäubend hochfrequenter Ton erschallt. Dort, wo sich die Schwerter berühren, schießen grelle Funken heraus und beide Avatare verharren vollkommen still in ihren Positionen.

Nur ein schrilles Knirschen ist die ganze Zeit über zu hören. Das silberne und die schwarzen Schwerter fressen sich mit jeder Sekunde tiefer ineinander hinein.

Wer hier gerade wem zu schaffen macht, kann selbst Haruyuki nicht auf den ersten Blick erkennen. Doch der Kriegeravatar mit seinem einschneidigen Schwert verzieht seine dämonische Maske zu einem Grinsen.

»Hah!«, ruft er mit tiefer Stimme. Im selben Moment gleitet sein Schwert blitzschnell nach unten und Kuroyukihimes Klingen seitlich weg.

Zwei Dinge fallen daraufhin lautlos zu Boden – der Kopf des Kriegeravatars und die obere Hälfte seines Riesenschwerts. Die Augen des schwerfällig herunterrollenden Kopfes sind in einem ungläubigen Ausdruck weit aufgerissen. Ohne Rücksicht zu nehmen, durchsticht Kuroyukihime ihn mit der Spitze ihres linken Beins. Eine Lichtsäule steigt zum Himmel empor. Der gegnerische Avatar zerspringt wie eine Glasfigur in kleine Stücke und verschwindet.

Wieder tritt für einige Sekunden Stille ein.

Durchbrochen wird sie von einer Stimme weit weg am Rand des Kraters, die nur kurz fragt: »Warum ...?«

Und in einem Tonfall, der durchklingen lässt, dass er seine bis eben noch aufrechterhaltene Überlegenheit endgültig verloren hat, stöhnt der Gelbe König, Yellow Radio, erstickt: »Warum tauchst du ausgerechnet jetzt auf und störst meinen Zirkuskarneval, den ich jahrelang vorbereitet hab? Und das, nachdem du dich zwei Jahre lang in irgendeinem Kellerloch versteckt hast ... Warum?«

Ein weißes, phosphoreszierendes Licht glimmt in den schmalen Augen der lachenden Clownsmaske. Er breitet seine Arme, die an dürre Äste erinnern, zu beiden Seiten aus und fängt an, auf einem Bein zu balancieren und mit dem Kopf hin und her zu wackeln.

Plötzlich dringt unter der Maske – »Hi hi hi hi hi« – ein abgehacktes Kichern hervor. Er zeigt mit der rechten Hand geradewegs auf Kuroyukihime und säuselt, wieder in seinem spöttischen Ton: »Das heißt also, du hast ihn bereits vergessen? Unseren Freund, den du betrogen und geköpft hast? Was er jetzt wohl macht, wo er wohl ist? Ob er an die beschleunigte Welt zurückdenkt, zu der er nie mehr gehören wird? Oder an die Person, wegen der es so gekommen ist? Ich könnte es jedenfalls niemals vergessen. Bei einem normalen Duell vielleicht noch, aber doch nicht nach so einem hinterhältigen Überfall ... oder?«

»Hi hi hi hi hi.«

Während Yellow Radio in sich hineinlacht, schreit Haruyuki innerlich auf.

Hör nicht auf ihn! Er versucht, dir wieder deinen Kampfeswillen zu rauben!

Aber laut kann er das nicht sagen. Denn der Schwarze und der Gelbe König waren seit der Entstehungszeit der beschleunigten Welt Trainingspartner und bis zu jenem gewissen Tag vor zwei Jahren Freunde. Sie haben also eine Geschichte, in die sich niemand hineindrängen kann – so erscheint es Haruyuki.

Er fliegt langsam zum Boden und landet direkt hinter der halb auseinandergenommenen, sich still verhaltenden

Scarlet Rain und der neben ihr stehenden Black Lotus. Und betet dabei insgeheim verzweifelt, dass sie bitte nicht verlieren mögen.

Plötzlich –

Kuroyukihime hebt lautlos ihren rechten Arm. Die vulkanglasartige Kante, die selbst nach diesem harten Kampf keine Spur von Kratzern zeigt, richtet sie genau auf den Gelben König.

Weich und seidig sagt der Schwarze König: »In einem Punkt irrst du dich, Yellow Radio.«

»Ach? In welchem denn? Etwa, dass es kein feiger Anschlag aus dem Hinterhalt war?«

»Nein. Ich meine, dass du denkst, dein Kopf würde für mich genauso schwer wiegen wie der von Red Rider. Und noch etwas will ich dir sagen ... Ich ...«

»Tschack!«

Sie reißt ihren rechten Arm waagerecht zur Seite weg und sagt entschieden: »... konnte dich seit unserer ersten Begegnung überhaupt nicht ausstehen!«

Der Gelbe König neigt seinen Oberkörper zurück.

Kuroyukihime dreht ihren Kopf zur Seite und dann nach hinten und ruft schnell: »Rain, hast du deine verbliebene Ausrüstung wieder aufgeladen?! Crow, du verteidigst sie!! Los geht's!!«

»Tse ... Gib mir noch etwas Zeit!«, schimpft Niko. Das rechte Geschütz, das sie noch hat, und die halb zerpflückten Raketengehäuse geben ein Rattern von sich. Dann richtet der Rote König sie gegen die übrig gebliebenen Fernkampfgegner am Rand des Kraters.

Auch Haruyuki hat dem kurzen Wortwechsel zwischen Kuroyukihime und dem Gelben König nicht nur tatenlos zugehört. Während dieser Pause von ein paar Sekunden hat er etwas gesucht. Und zwar den gegnerischen Avatar, der mit seiner Funkstörattacke dafür gesorgt hat, dass Nikos Waffen ihre Ziele verfehlen.

Und da ist er ...!

Haruyuki entdeckt auf der Nordseite des Kraters einen gelben Avatar, der sich hinter einem roten versteckt hält. An seinen Schultern sitzen zwei große Behälter – diese öffnen sich jetzt und aus jedem fährt eine Antenne heraus, die anfängt, Lichteffekte in Form konzentrischer Kreise auszusenden.

Kaum hat Haruyuki den Avatar erspäht, der dort unverkennbar eine Funkwellenattacke startet, stößt er sich mit voller Wucht vom Boden ab.

Allerdings liegen zwischen der Mitte des Kraters und seinem Außenrand gut dreißig Meter. Die kann selbst ein auf Schnelligkeit getrimmter Avatar wie Silver Crow nicht innerhalb eines Augenblicks überwinden. Somit wird der rote Beschützer des gelben Gegners auf jeden Fall Zeit haben, ihn mit seiner großformatigen Schusswaffe anzupeilen.

Haruyuki läuft ein kalter Schauer über den Rücken. Genau diese Situation – auf einer offenen Fläche, wo er sich nirgendwo verstecken kann, von einem Gewehr ins Visier genommen zu werden –, genau solche Situationen sind doch die Hauptursache für seine schwindende Siegrate in den letzten Monaten.

Er muss um jeden Preis ausweichen.

Solange er diesen Störavatar nicht ausschaltet, kann Niko ihre Feuerkraft nicht entfalten. Und dann werden die noch verbliebenen roten Avatare der gegnerischen Seite ihre Attacken auf Kuroyukihime konzentrieren. Ein direkter Kampf gegen den Gelben König wird dann nicht möglich sein.

Ob Haruyuki dem Schuss ausweichen kann oder nicht, wird also wahrscheinlich auch eine Weiche für den gesamten Kampf stellen.

Seine Arme und Beine werden ganz kalt und steif unter dem riesigen Druck. Sein Sichtfeld verengt sich, nur die dunkle Waffenmündung weitet sich darin.

Das wird nichts, in meiner jetzigen Verfassung schaffe ich es doch niemals, auszuweichen. Selbst in meinem virtuellen Trainingsraum kann ich nur dreißig Prozent aller Schüsse aus der unbeweglichen Pistole entgehen.

Nein ... Das hier ist nicht so wie in dem weißen Raum.

Denn dieses Gewehr wird von einem Avatar gehalten. Einem Scharfschützen in bräunlichem Tarnmuster mit großen, funkelnden Linsenaugen. Ich muss also nicht die Waffe, sondern den Schützen ansehen. Und vorher erkennen, wann er den Abzug betätigen wird.

Für einen Moment verschwindet alles außer dem gegnerischen Spieler aus Haruyukis Blickfeld. Er vergisst sogar, was auf dem Schlachtfeld um ihn herum geschieht, schaut nur, die Augen weit aufgerissen, auf die Gestalt des Feindes mit dem Gewehr im Arm.

Da – der Avatar spannt seinen Hals an, die rechte Schulter hebt sich um ein paar Millimeter, der rechte Arm zuckt –

Jetzt ...!

Die rechte Hand des Gegners betätigt den Auslöser, die Mündung flackert bläulich weiß auf.

In dem Augenblick dreht Haruyuki bereits nach links ab.

»Zzzzing!«

Etwas zischt durch die Luft, ein Hitzestrahl streift Haruyuki rechts an Brust und Schulter. Er ignoriert den heißen

Schmerz, legt die letzten zehn Meter zurück, gleitet unmittelbar neben dem gegnerischen Fernkämpfer vorbei und stürzt sich auf den Avatar dahinter.

Mit den flachen Handkanten schlägt er direkt auf die Antennen auf den Schultern des Funkstörers ein, der damit nicht gerechnet zu haben scheint. Kaum ist die empfindliche Vorrichtung zerschmettert, landet er kurz und hebt dann wieder senkrecht ab.

Niko ...!

In Gedanken gibt er ihr ein Zeichen.

Es ist unklar, ob sie ihn gehört hat oder nicht, aber in dem Moment, als die Funkstörung beendet ist, eröffnet Scarlet Rain mit allen ihr verbliebenen Schusswaffen gleichzeitig das Feuer.

Rechts von ihr macht ihre Hauptkanone alles dem Erdboden gleich, links prasseln die Raketen nieder und es entsteht eine regelrechte Feuerwand entlang der Umrisse des Kraters. Die eine Salve reicht nicht aus, um die feindliche Armee endgültig auszurotten, aber zumindest verstummen die Fernkampfavatare, die wild auf Black Lotus gefeuert haben, mit einem Mal.

Als die Explosionen sich legen und eine kurze Stille eintritt, erklingt sofort Kuroyukihimes wutentbrannter Schrei: »Radio!!«

»Swisch!«

Die Klinge ihres rechten Schwertarms zeichnet eine schwarze Spur in die Luft.

Ein abgetrennter Körperteil wirbelt lautlos hoch – das rechte Horn von Yellow Radios riesigem Hut.

»Lotus!!«, brüllt der Gelbe König zurück, ohne die kleinste Spur des bisher neckischen Tons in der zornigen Stimme.

Plötzlich hält er eine Art Stab als Waffe in der Hand und geht damit zum Gegenangriff über. Eine goldene Linie hinter sich herziehend, stößt er den Stab zum Schlag vor, doch Kuroyukihime pariert ihn mit ihrem linken Schwertarm. Die Funken, die dabei fliegen, lassen beide Avatare hell aufleuchten.

Haruyuki landet auf Nikos Stabilisator, der weit aus ihrem Rücken herausragt, während sie noch immer stoßweise Ablenkschüsse abfeuert. Ein wenig benommen betrachtet er den erbitterten Kampf, der gerade am westlichen Ende des Kraters seinen Anfang genommen hat.

Er sieht zum ersten Mal, wie zwei Könige, und somit zwei Burst Linker des neunten Levels, gegeneinander antreten.

Das gilt vermutlich auch für alle anderen Anwesenden, ja sogar die beiden Kämpfenden selbst.

Die gegenwärtig existierenden sieben Könige der reinen Farben sind alle – mit Ausnahme von Niko – vor etwas mehr als zwei Jahren fast gleichzeitig ins neunte Level aufgestiegen. Dann haben sie von der grausamen Sudden-Death-Regel erfahren, die als Bedingung fürs Weiterkommen ins zehnte Level gilt. Um sich nicht gegenseitig auf Leben und Tod bekriegen zu müssen, haben sie sich zu einer Beratung versammelt.

Dort hat Black Lotus dann mit einem überraschenden Angriff dem ersten Roten König, Red Rider, einen kritischen Schlag verpasst und ihn dadurch direkt getötet. Das war in all der Zeit das einzige Mal, dass ein König einen anderen besiegt hat. Der Schwarze König wird seitdem als Verräter gesucht und hat sich zwei Jahre lang im lokalen Netzwerk der Umesato-Mittelschule versteckt, während die restlichen Könige einen Nichtangriffspakt schlossen und ihre jeweiligen Territorien nicht mehr verließen.

Dass also zwei Spieler des neunten Levels in einem regulären Kampf ihre Waffen gegeneinander richten, ereignet sich jetzt gerade zum allerersten Mal in der Geschichte der beschleunigten Welt.

Haruyuki, Niko – und auch die noch knapp zehn verbliebenen Mitglieder der Gelben Legion hören automatisch auf zu kämpfen und beobachten das Duell mit angehaltenem Atem.

Wie schnell sie sind!

Wenn Haruyuki sich nicht konzentrieren würde, würde er sicher nur irgendwelche Lichter um die kämpfenden Avatare herum aufblitzen sehen. Wenn der Schwarze König mit gleich vier, fünf Schwerthieben hintereinander angreift, wehrt der Gelbe König diese mit seinem Stab, den er in einem Wahnsinnstempo kreisen lässt, gekonnt ab und übersieht dabei nicht die kleinste Gelegenheit, um irgendwo einen Tritt mit seinen langen Beinen zu platzieren. Und wann immer Kuroyukihime diese mit ihren unteren Schwertern blockiert, breiten sich die Wellen des Zusammenpralls wie Ringe auf einer Wasseroberfläche aus und verzerren die Umgebung.

Irgendwann beginnt diese ununterbrochene Serie extrem starker Angriffe Wirkung zu zeigen, denn bei beiden Avataren bilden sich strahlenförmige Risse an den Beinen und kleine Bruchstücke beginnen davonzufliegen. Je mehr der unsichtbare Druck in der Luft zunimmt, desto stärker scheint sich auch der Glanz ihrer Rüstungen zu intensivieren.

»Gleich wird es so weit sein«, sagt Niko und Haruyuki fragt unwillkürlich nach: »W... Was denn?«

»Ihre Spezialbalken werden gleich voll sein. Dann geht es erst richtig los.«

Sie hat den Satz noch nicht zu Ende gebracht, als bereits ein lauter Knall ertönt und die zwei Gegner, als würden sie von der Druckwelle weggeschleudert werden, zurückspringen.

Kuroyukihime stürmt nicht sofort wieder los, sondern geht etwas in die Knie, positioniert ihren linken Arm waagerecht vor sich und legt den rechten Arm senkrecht über dessen Schwertrücken. Ein pulsierendes, violettes Licht erfasst die riesigen Klingen und synchron dazu bringen niederfrequente Wellen die Luft zum Schwingen.

Yellow Radio kreuzt ihr gegenüber beide Arme vor seinem Körper und klemmt den goldenen Stab zwischen die Finger beider Hände. Auch die runden Kugeln an beiden Enden des Stabes senden nun ein periodisches Leuchten aus.

Haruyuki merkt, wie der schnell zunehmende Druck ihn in die Wangen zu zwicken beginnt.

Einen kleinen Vorgeschmack auf die Stärke der Spezialtechniken eines Königs hat Haruyuki bereits bei seinem Duell gegen Niko bekommen. Da blies der gewaltige, aus einer ihrer Hauptkanonen abgefeuerte Strahl direkt den oberen Teil des Rathauses von Shinjuku weg, das weit entfernt auf dem Kampffeld aufragte.

Was mag erst passieren, wenn zwei Attacken des gleichen Kalibers auf so kurze Entfernung miteinander kollidieren? Haruyuki starrt mit weit aufgerissenen Augen auf die Szene und vergisst sogar zu atmen, als Niko wieder leise sagt: »Nicht die Kraft wird es entscheiden, sondern die Schnelligkeit.«

»Hä ...? W... Wieso?«

»Lotus' Spezialtechnik ist allem Anschein nach eine direkte Attacke. Radio dagegen wendet wohl einen Illusionstrick an. Die Frage ist also, ob Lotus ihn mit ihren Schwertern erreicht, bevor seine Technik ihre Wirkung entfaltet – davon hängt alles ab.«

Haruyuki schluckt geräuschvoll.

Die tief stehende Sonne schickt einen einzelnen roten Lichtstrahl durch einen winzigen Spalt zwischen den schwarzen Wolken hindurch.

Diesen fängt die spiegelnde schwarze Schwertklinge auf, und genau da ruft Black Lotus erhaben: »**Death By Pier...**«

Im selben Moment brüllt auch Radio: »**Futile Fortune Whee...**«

Sie ... haben beide ihre Kommandos gleichzeitig gerufen, allerdings ... können sie den letzten Laut nicht mehr aussprechen.

»Zack«

Ein ganz kleines, aber von einer schier erdrückenden Präsenz erfülltes Geräusch lässt beide Könige verstummen.

Das Geräusch entsteht, als Yellow Radios strahlend gelbe Rüstung auf Brusthöhe von hinten durchstochen wird.

Kuroyukihime, die ihre Attacke mittendrin abgebrochen hat, aber auch Haruyuki, Niko und die anderen Burst Linker, sogar der Gelbe König selbst, alle starren nur auf dieses silbergraue, glänzende Stück Metall, das etwa fünfzehn Zentimeter weit aus seiner Rüstung herausragt.

7

»W... Wer war das?«, keucht Haruyuki heiser.

Wer konnte sich dem Gelben König, der doch so auf seine Sicherheit bedacht wirkt, unbemerkt von hinten nähern und, ohne eine Spezialtechnik anzuwenden, seine Rüstung wie ein Blatt Papier durchstechen? Nein, wichtiger ist die Frage: Wer in aller Welt kommt auf die Idee, sich in einen direkten Entscheidungskampf zweier Könige zu drängen?

Als hätte er Haruyuki gehört, wird hinter dem Rücken des Gelben Königs ein verschwommener Schatten sichtbar. Eine dunkelgraue Silhouette, die sich kaum von der Farbe der Abenddämmerung abhebt. Als aber ein kleiner Rest Sonnenlicht auf sie fällt, leuchten Lichtreflexe an ihr auf, als wäre die Oberfläche glänzend feucht.

Der Körper des rätselhaften Eindringlings ist in eine spiegelglatte, ins Schwarz gehende Silberrüstung gehüllt. Der Farbton ähnelt ein klein wenig dem von Silver Crow, aber die Form des Avatars ist eine ganz andere. Schultern, Brust und Ellbogen wirken voluminös und massiv wie bei einem mittelalterlichen Ritter. In der riesigen, von einem Handschuh bedeckten rechten Hand hält er ein doppelschneidiges Schwert, das beinahe so groß ist wie er selbst. Und dessen spitz zulaufendes Ende hat den Gelben König von hinten durchbohrt.

Aber noch stärker als dieses Schwert springt der Kopf des Ritters ins Auge.

Darauf sitzt ein kapuzenartiger Helm, von dem sich links und rechts jeweils ein langes Horn nach hinten erstreckt. Und da, wo vorn normalerweise ein Gesichtsschutz sitzen müsste –

ist gar nichts. So wie die Sonne gerade steht, sollte das Innere der Kapuze eigentlich gut zu sehen sein, aber als hätte sich die Dunkelheit in ihrer reinsten Form zu einem Klumpen materialisiert, sitzt dort einfach nur ein schwarzes Nichts. Aber nein, wenn man ganz genau hinschaut, merkt man, dass sich dort unverkennbar etwas Schwarzes, Lebendiges bewegt.

Ein schwarz-silberner Ritter mit einer Maske aus Dunkelheit.

Auf seinen Namen kommt Haruyuki von selbst, einen Moment bevor Niko zu seinen Füßen ihn ausspricht.

Das – dieses Wesen ... das muss er sein ...

»Der Harnisch des Unglücks ... Chrome Disaster«, murmelt Niko rau und fügt noch leiser hinzu: »Was macht er hier? Es ist viel zu früh. Wir hätten noch einen ganzen Tag Zeit haben müssen.«

Den Grund für ihr Entsetzen begreift Haruyuki sofort.

Er und die anderen haben sich in dieses unbegrenzte neutrale Feld eingeloggt, als noch zwei Minuten Zeit waren, bis der Zug in Ikebukuro ankommen würde, in den Chrome Disasters wahres Ich, der Level-6-Burst-Linker Cherry Rook, eingestiegen war. Und da hier die Zeit tausendmal schneller verläuft als in der Realität, hätten diese zwei Minuten dreiunddreißig Stunden entsprechen müssen.

Es kann also nur eine Erklärung dafür geben. Cherry Rook, der jetzt in diesem Harnisch steckt, hat noch während der Fahrt den Beschleunigungszustand aktiviert und diese Welt betreten.

Bei einem normalen Duell, das selbst im längsten Fall nur 1,8 Sekunden dauert, wäre das nachvollziehbar. Aber diese Welt hier ist eine höhere Ebene, aus der man, sobald man sich erst einmal eingeloggt hat, nur an bestimmten, dafür vorgesehenen Punkten wieder austreten kann. Wenn man angesichts dessen trotzdem seinen realen Körper in einem Zug zurücklässt, einem Verkehrsmittel, in dem auch noch so viele fremde Menschen um einen herum sind –, dann kann man das nicht mehr als mutig bezeichnen. Es ist einfach nur verrückt.

»Cherry ... Ist dein Kopf schon so verdreht, dass du keine zwei Minuten mehr abwarten kannst?«, murmelt Niko erstickt.

Doch für Haruyuki sieht der weit am westlichen Ende des Kraters stehende Chrome Disaster in fünfter Generation nicht nach einem Wahnsinnigen aus.

Sein Körper ist gar nicht so überwältigend riesig. Er würde ihn auf höchstens einen Meter siebzig schätzen – im Vergleich zum Vorgänger, den Kuroyukihime ihnen gestern im Replay-Video gezeigt hat, ist er also ziemlich klein. Der Avatar besitzt zudem eine normale Menschengestalt. Er hält immer noch das Schwert in der Hand, das im Oberkörper des Gelben Königs steckt, und versucht sonst gar nichts weiter zu tun. Er steht einfach nur still da – gedankenverloren, anders lässt es sich nicht beschreiben.

Warum befreit sich der Gelbe König nicht? Warum schaut er, den Kopf bis zum Äußersten nach hinten gedreht, Chrome Disaster einfach nur schweigend an?

Die Antwort darauf – wird Haruyuki eine Sekunde später klar.

»Grruoooh ...!«, erschallt plötzlich ein unheimliches Brüllen.

Die Stimme eines Menschen ist das nicht. Auch nicht die eines Tieres. Oder die einer Maschine. Es ist ein fremdartiges

Geheul, wie Haruyuki es noch nie in seinem Leben gehört hat.

Und es kommt aus dem Klumpen Dunkelheit im Gesicht des Ritters. Unter dem zurückgeneigten Kapuzenhelm strömt zusammen mit dem Schrei eine manifestierte Dunkelheit hervor. Diese nimmt sofort eine bestimmte Form an.

Und zwar die einer Reihe von spitzen Dreiecken, die sich oben und unten an die Kapuze setzen und ineinander verzahnen. Zähne. Pechschwarze Zähne, die von den Rändern der Kapuze abstehen, als handele es sich um ein Maul.

»Flubb«

Mit einem feuchten Geräusch öffnet sich der »Mund«.

In der dichten Dunkelheit darin leuchten jetzt in einem trüben Rot zwei kleine, runde Augen.

Als er das sieht, kommt endlich wieder Bewegung in den Gelben König. Blitzschnell greift er mit seinen Armen hinter sich, packt damit das Schwert, das in ihm steckt, und will es herausziehen.

Er war bisher deswegen so bewegungslos, weil er – gelähmt war. Die Angst hatte ihn paralysiert.

Auch Kuroyukihime verharrt nicht weit entfernt immer noch in ihrer Angriffsposition und sagt kein Wort. Bei ihr ist keine Angst zu spüren, allerdings scheint sie ein ganz klein wenig zu zögern. Es wäre eine gute Chance zum Angriff, aber gegen wen sie ihre Attacke richten soll – das lässt sich in dieser Situation wahrhaft nicht einfach entscheiden.

Während der Gelbe König versucht, sich von dem Schwert zu lösen, führt Chrome Disaster, der Träger des Harnischs des Unglücks, ihn fast wie ein Stück Nahrung auf einer Gabel an seinen »Mund«. Die runden Schultern des Clownavatars nähern sich dem jetzt noch weiter geöffneten Schlund – durchsichtiger Schleim tropft von seinen Fangzähnen ...

»... **Deceit Firecracker!!**«, ruft Yellow Radio laut im letzten Moment, bevor seine Schulter verschlungen wird.

Und dann geht sein Avatar in einer von giftgelbem Rauch begleiteten Explosion auf und verschwindet.

War das Selbstmord?!

Haruyuki reißt seine Augen weit auf, aber schon im nächsten Augenblick entsteht fünf Meter entfernt Rauch in der gleichen Farbe und er sieht, wie aus diesem der Clownavatar herausspringt. Also war es vermutlich eine auf Täuschung und Flucht ausgerichtete Spezialtechnik.

Kleine Funken fliegen aus dem scharfkantigen Loch in seiner Brust, während der Gelbe König schnellen Schritts noch ein paar Meter weiter zurückweicht. Nachdem er seinen Untertanen ein Zeichen gegeben hat, sich zu sammeln, sagt er endlich: »Du ausgehungerter Hund, du fügst dich nicht mal mehr deinem Herren und willst meine Aufführung hier stören? Aber gut ... Wenn dein Magen so sehr knurrt, dann friss doch die Schwarze da! Auch wenn die Farbe nicht gerade appetitanregend ist, was?!«

»Ha ha ha ha!«

Er lacht zwar, aber die Angespanntheit, die in seiner Stimme mitklingt, kann er nicht verbergen.

»Klonk, klonk« – Chrome Disaster öffnet und schließt seinen schwarzen Kiefer mehrmals und beäugt dabei abwechselnd den Schwarzen und den Gelben König, die beide etwa gleich weit von ihm entfernt stehen. Dieses Verhalten zeugt jedoch nicht vom Willen eines menschlichen Spielers, der überlegt, welchen von beiden er zu seinem Gegner erklären soll.

Es ist das Gebaren eines Tiers, das sich seine Beute zum Zerreißen aussucht.

Dann schaut er mit seinem Gesicht, das eigentlich gar keins ist, flüchtig zum Grund des Kraters. Einen Moment verharrt sein Blick auf dem schwer mitgenommenen, schweigenden Roten König, aber selbst angesichts seines eigenen Legionsmasters zeigt Chrome Disaster nicht die kleinste Gefühlsregung, sondern blickt nun in Haruyukis Augen, der oben auf dem Stabilisator an Scarlet Rains Rücken steht.

Plötzlich –

Haruyuki kommt es vor, als hätte er eine merkwürdige Stimme tief in seinem Kopf gehört. Eine völlig monotone, animalische – und auch mechanisch klingende Stimme.

»Lass mich dich fressen. Lass mich dich fressen, werd ein Stück Fleisch.«

Und am allerschlimmsten ist, dass die Stimme an sich immer noch die eines Jungen vor dem Stimmbruch, ungefähr in seinem Alter zu sein scheint.

Haruyuki spürt einen solchen Schrecken durch sein Rückenmark fahren, wie er ihn hier in der beschleunigten Welt bislang noch nie erlebt hat.

Brain Burst *ist, abgesehen von der ungewöhnlichen Technologie der Beschleunigung, einfach nur ein reines Mann-gegen-Mann-Kampfspiel. Die bisherige Schlacht in diesem Krater im südlichen Zentrum von Ikebukuro hat zwar sehr brutale Züge angenommen, kann aber gerade noch so der Bezeichnung »Spiel« zugeordnet werden.*

Gut, wenn der Gelbe König mit seinem Trick Erfolg gehabt und Niko oder Kuroyukihime geschlagen hätte, wäre bei ihnen Brain Burst *automatisch deinstalliert worden und sie hätten die beschleunigte Welt nie mehr betreten können. Doch das wäre eben nur das Ende eines Spiels gewesen, ihr reales Leben wäre danach weitergegangen.*

Aber –

Wenn diese Stimme gerade zu dem Burst Linker gehört, den man Chrome Disaster nennt ...

Dann existiert in diesem schwarz-silbernen Harnisch kein Junge namens Cherry Rook mehr, der einst Freude an diesem Spiel gehabt hat.

Ein Enhanced Armament kann in die Seele seines Nutzers eindringen, sagte Kuroyukihime. Haruyuki hat das in dem Moment nur halb geglaubt, aber diese paar Sätze gerade haben deutlich gezeigt, dass dieses Wesen, das dort in der Rüstung steckt, längst einen großen Teil seiner Menschlichkeit verloren hat. Und das wahrscheinlich nicht nur innerhalb der beschleunigten Welt. Unvorstellbar, dass diese Person in der Realität noch ein normales Leben führt.

»Niko ... Er ist ja gar nicht mehr ...«

Aber was Haruyuki mit zitternder Stimme zu sagen versucht, scheint Niko sofort verstanden zu haben.

»Sprich es nicht aus. Noch ... Noch ist es vielleicht nicht zu spät. Wenn ich hier und jetzt diesen Harnisch zerstören kann, dann ... vielleicht ...«

Aber sie kann ihren leise geflüsterten Satz nicht zu Ende führen.

Wie um sie daran zu hindern, ihren Wunsch auszusprechen, heult Chrome Disaster noch einmal bestialisch auf: »Hrruo...oooooh!!«

Und er wendet sich einem der Avatare zu – dem Gelben König.

Er legt das große Schwert in seiner rechten Hand auf seine Schulter und streckt die linke Hand, aus der fünf riesige, krallenartige Finger herausragen, gerade nach vorne aus.

Im nächsten Moment passiert etwas Unerwartetes. Ohne dass aus dem Harnisch irgendein Kommando erklungen wäre, wird einer der roten Avatare, die im Begriff sind, sich direkt neben dem Gelben König zu versammeln, in einem unglaublichen Tempo zu Chrome Disasters linker Hand gesogen.

»Klonk!«

Ein metallener Laut ertönt und der arme Duellavatar klebt mit seinem Rumpf an den Fingern von Chrome Disaster.

»Uaah ...!«, entfährt ihm ein hoher Schrei. Trotzdem versucht der rote Burst Linker, mit dem Gewehr in seiner rechten Hand auf den Kopf des Harnischträgers zu zielen. Da erst bemerkt Haruyuki, dass es sich um den Fernkampfavatar handelt, der zuvor dem Funkstörer als Leibwächter diente.

Die Gewehrmündung blitzt auf und feuert aus nächster Entfernung einen bläulich weißen Strahl ab.

Allerdings wird genau in diesem Moment der rechte Arm, der das Gewehr hält, direkt am Ansatz abgetrennt. Der Strahl streift nur Chrome Disasters Helm und schießt ins Leere. Den Schlag mit dem Riesenschwert, der den Arm vom Körper abgespalten hat, konnte Haruyuki optisch fast gar nicht wahrnehmen.

Und im nächsten Augenblick –

»Ghruuh!!«, brüllt Chrome Disaster und öffnet dabei seine Kiefer, die Zähne an der Kapuze, so weit wie nur möglich.

»Krack!«

Das schwarze Mundwerkzeug gräbt sich in die linke Schulter des roten Avatars.

»Gya...aaaah!!«

Bei diesem gellenden Schrei will sich Haruyuki am liebsten die Ohren zuhalten. Hier im unbegrenzten neutralen Feld
fühlen sich Schmerzen doppelt so stark an wie in den Kämpfen niedrigeren Ranges. Dem Opfer kommt es wahrscheinlich gerade so vor, als würde es in der realen Welt tatsächlich
von einem wilden Tier angefallen.

Die gewaltigen Zähne, über zehn Stück an der Zahl, haben die Rüstung des Avatars schnell zerbissen. Sie rupfen ein
halbkreisförmiges Stück Fleisch von der Schulter abwärts bis
zum Brustbereich heraus; der so vom Körper abgerissene linke Arm fällt mit einem dumpfen Laut zu Boden.

»Aaah ... Aaaaaah ...!!«

Der Avatar windet sich unter den rasenden Schmerzen, die
durch die zwei verlorenen Arme und das klaffende Loch in
seinem Rumpf verursacht werden. Und da –

Nachdem Chrome Disaster das Kauen beendet hat, sperrt
er sein »Maul« wieder weit auf und – verschlingt sogleich den
kompletten Kopf seiner Beute.

»Pfssh!« – von einem feuchten Geräusch begleitet fliegen
Spritzer nach allen Seiten.

*Sind das Funken, die Bruchstücke der Panzerung des Avatars
oder ... etwa sein Blut?*

Das Schreien hört abrupt auf. Nachdem er seinen Kopf verloren hat, weicht aus dem Überrest seines Körpers die Kraft
und einige Sekunden später löst er sich endlich in einer Lichtsäule auf und verschwindet.

Haruyuki merkt, dass seine Sicht irgendwie ziemlich hin
und her schwankt. Erst eine ganze Weile später fällt ihm auf,
dass seine schlotternden Knie der Grund dafür sind.

Das da war kein »Duell« mehr.

Auch kein Akt der Gewalt oder des Tötens.

Es war »Fressen«.

Ein rein instinktives Handeln, mit dem er sich Blut, Fleisch und auch die Burst Points des gefangenen Duellavatars einverleibt hat.

Als die schwarzen Zähne aufhören, sich rauf und runter zu bewegen, sieht Haruyuki, wie im selben Moment ein tiefrotes Licht durch sämtliche Verbindungsstellen des dunkelsilbernen Harnisches geht. Es wirkt fast, als hätte er nicht nur Punkte, sondern zusätzlich noch irgendeine Form von Energie geraubt – vermutlich ist das diese Fähigkeit namens »Drain«, von der Kuroyukihime gestern gesprochen hat und mit der er die Kraft aus den Energiebalken seiner Opfer stiehlt.

»Ghruuuuh ...«, brummt Chrome Disaster tief und hebt ruckartig seinen Kopf.

»Du tollwütiger Hund ... Dann bleibt mir keine andere Wahl, die Show muss leider abgesagt werden. Los, lauft alle zum Leave Point am Bahnhof Ikebukuro!!«, schreit der Gelbe König. Zeitgleich mit dieser Anweisung scheint er auch irgendeine Spezialtechnik angewendet zu haben, denn die etwa zehn noch verbliebenen Mitglieder seiner Legion werden plötzlich halbdurchsichtig.

Die nur noch schwach sichtbaren Avatare stürmen mit einer emsigen Zielstrebigkeit aus dem Krater und laufen allesamt Richtung Nordwesten davon. Und obwohl längst klar ist, dass er seinen Plan nicht mehr vollenden kann, ergießt sich noch ein letztes Spottgelächter des Gelben Königs, dessen Stimme sich immer weiter entfernt, über das Gelände.

»Hi hi hi ... Rot, und auch Schwarz, ich lade euch bald wieder zu einem lustigen Zirkuskarneval ein! Aber nur, falls euch noch ein Wille zum Kampf bleibt, nachdem dieser Hund euch aufgefressen hat ... nicht wahr?! Hi hi hi ... Khi hi hi hi hi ...«

Logisch betrachtet wäre es jetzt durchaus einen Versuch wert, die Flucht des Gelben Königs und seiner Legion zu vereiteln, sie von Chrome Disaster attackieren zu lassen und das entstandene Chaos zu nutzen, um Yellow Radio den Kopf abzuschlagen. Aber Haruyuki bringt gerade nicht nur kein Wort raus, er kann auch keinen einzigen Finger mehr bewegen. Gelähmt wie ein kleines Tier, das von seinem Fressfeind entdeckt wurde, kostet es ihn schon alle Mühe, einfach nur auf Scarlet Rains Rüstungsplatte stehen zu bleiben.

Gegen den ... sollen wir kämpfen? Ihn bewegungsunfähig machen und ihm dann aus nächster Nähe den Judgement Blow verpassen? Dabei soll ich, Haruyuki, assistieren?

Ausgeschlossen.

Das kann ich nicht. Ich schaffe es doch sowieso schon nur mit allergrößter Anstrengung, nicht schreiend wegzulaufen.

Mit hoffnungslos schlotternden Knien und klappernden Zähnen sieht Haruyuki zu, wie Chrome Disasters Körper sich schnell nach unten neigt. Es ist die Bewegung eines fleischfressenden Monsters, das sich bereit macht, die in alle Richtungen fliehenden Mitglieder der Gelben Legion zu verfolgen und sie bis auf den letzten Mann niederzumetzeln.

Soll er doch mit ihnen gehen und von hier verschwinden, wünscht sich Haruyuki. Doch da – stürmt hinter Chrome Disasters Rücken jemand wie verrückt auf ihn los!

»Death By Piercing!!«

Die furchtlose Stimme, die jetzt erschallt, gehört zu Kuroyukihime.

Das Schwert ihres rechten Arms, das auf den linken gestützt ist, schießt geradeaus vor, begleitet von großem Lärm, der dem eines Düsenjetantriebs ähnelt. Das violette Leuchten um die Klinge dehnt sich aus, hüllt die Umgebung in sein blendendes Licht und formt sich zu einer nach vorn gerichteten, fünf Meter langen Gerade.

Die gewaltige Angriffskraft, die auf diese Weise erzeugt wurde, verdichtet die Luft im virtuellen Raum und bringt die Szenerie im Hintergrund zum Flimmern. »Klaaang!«

Ein hoher, durchdringender Knall der Zerstörung breitet sich aus ... und es ist zu sehen, dass etwas abgetrennt wurde, allerdings lediglich ein Horn von Chrome Disasters rechter Helmseite.

Der schwarz-silberne Ritter wurde zwar unmittelbar vor Beginn seines Verfolgungssturms angegriffen, also in einem Moment, als er höchst unvorbereitet war, und noch dazu von hinten – trotzdem hat er sich, in einer kaum wahrnehmbaren Bewegung, der Attacke entzogen, indem er schnell nach links weggeglitten ist.

Das abgeschnittene Horn wirbelt durch die Luft, fällt dann, sich immer wieder um sich selbst drehend, krachend herunter und bleibt in der blauschwarzen Erde stecken.

»Ach, so was kannst du abwehren ...«, sagt Kuroyukihime fast schon bewundernd, während sie ihren rechten Arm zurückzieht.

Chrome Disaster hingegen gibt, nachdem er sich schwungvoll zu ihr umgedreht hat, aus dem Zwischenraum seiner gigantischen Zähne ein Knurren von sich, das eindeutig Wut signalisiert.

»Hrghuuuuh …«

»Krrrk«

Er ritzt mit der Spitze des Riesenschwerts in seiner rechten Hand einen Halbkreis in den Boden.

Dann wuchtet der dämonische Ritter seine Waffe auf seine rechte Schulter und fixiert die schwarze Schönheit frontal mit einem düsteren Blick. Über dem leicht offen stehenden Kiefer unter der Kapuze blinzeln die tiefroten Augen immer wieder heftig.

»K…Kuroyuki…hi…«, kommt ein Krächzen aus Haruyukis völlig ausgetrocknetem Hals.

Will sie etwa … gegen ihn kämpfen? Mag ja sein, dass der Rote König uns drum gebeten hat, aber … gegen den? Von Angesicht zu Angesicht?

Gut, Chrome Disaster befindet sich erst im siebten Level. Anders als bei einem König als Gegner muss sie also nicht fürchten, Brain Burst *zu verlieren.*

Aber dafür wird er sie auffressen.

Ihr Avatar wird von ihm verschlungen werden, hier auf diesem Kampffeld, das Schmerzen genauso heftig oder sogar noch schlimmer darstellt, als sie in der Realität sind. Diese Qualen werden Haruyukis Schusswunden in seinem selbst geschriebenen Trainingsspiel noch um ein Vielfaches übersteigen.

Aber nein, die Schmerzen wären nicht mal das einzige Problem. Als **dieses Ding** sich vor ein paar Minuten jenen roten Fernkampfavatar geschnappt und ihn zerrissen hat, konnte man in dessen Schreien auch eine tiefe Verzweiflung hören.

Verzweiflung darüber, dass er nichts dagegen tun konnte, von diesem Raubtier mit seiner überwältigenden Kraft gefressen zu werden.

Haruyuki will das nicht erleben. Sollte es so weit kommen, wird er sich wieder selbst –

Plötzlich werden seine Beine weich und er landet krachend mit den Knien auf Scarlet Rains Rüstungsplatte. Schnell versucht er, wieder aufzustehen, aber sein Körper rührt sich nicht. Selbst seine Finger sind steif, eiskalt und gehorchen ihm nicht.

Was ist das denn jetzt? Was ist mit mir los?

Blamiert er sich jetzt, indem er die Gewalt über sich verliert, nachdem er eben erst vor der regungslosen Kuroyukihime so groß dahergeredet hat?

Aber je ungeduldiger er wird, desto stärker versteift sich sein Körper. Als hätte jemand sämtliche Verbindungen zu seinen Nervenbahnen in Armen und Beinen gleichzeitig durchtrennt.

Während Haruyuki nur noch flach unter seiner Silbermaske atmen kann, hört er ...

»Ohne Kampfgeist kann ein Burst Linker seinen Duellavatar nicht steuern.«

Vom Rand des Kraters dringt die feste Stimme Kuroyukihimes zu ihm durch, die nach wie vor dem schwarz-silbernen Chrome Disaster gegenübersteht.

»Damit hatte das kleine Gör vorhin vollkommen recht. Ich gebe es ungern zu, aber ich bereue meinen Verrat vor zwei Jahren. Ich empfinde ihn als unverzeihliche Sünde. Ich habe große Angst vor meinem eigenen Kampfgeist ... vor dem Verlangen, einen Kampf gewinnen zu wollen.«

Ohne die Bereitschaftshaltung ihrer beiden Schwertarme zu lösen, schaut Black Lotus mit ihren blauvioletten Augen schnell zu Haruyuki.

»Aber, Haruyuki, bei dir ist es genau umgekehrt. Du hast Angst davor, zu verlieren. Du glaubst, eine Niederlage lasse dich weniger wert erscheinen. Genau aus diesem Grund warst du bei den letzten Territorialkämpfen auch nicht so gut in Form.«

Ihre Worte treffen Haruyuki unerbittlich mitten ins Herz.

Immer noch kniend, weiten sich seine Augen und er beißt fest die Zähne zusammen.

Ich glaube das nicht nur, so ist es doch tatsächlich!

*Niederlagen bringen gar nichts. Mein, Silver Crows Wert begründet sich darin, dass er mit seiner einzigartigen Flugfähigkeit immer wieder gewinnt. In höhere Level aufsteigt, das Territorium von Nega Nebulus erweitert, **ihren** Erwartungen entspricht, sonst nichts.*

Denn wenn ich nicht gewinne, wenn ich nicht noch viel, viel stärker werde, dann wird sie mich eines Tages doch sicher nicht mehr wo...

»Ich erlaube mir, es mit deinen Worten von vorhin auszudrücken, Haruyuki!«

»Tschack!«

Sie fegt mit ihrem rechten Schwertarm durch die Luft und schreit regelrecht wild: »Ist die Verbindung zwischen dir und mir denn so schwach ...? Glaubst du das wirklich?!«

Und im nächsten Augenblick geht sie auf Chrome Disaster los. So, als wolle sie Haruyuki mit dieser Handlung irgendetwas sagen.

Ihr linker Arm saust senkrecht auf den Feind herab, der ihn mit seinem Riesenschwert abfängt, was einen gewaltigen

Impuls erzeugt. Kugelförmig ballt sich die Energie, platzt an den Oberflächen der schwarzen und silbernen Rüstungen auseinander und zerstreut sich in Form unzähliger kleiner Lichtpunkte in alle Richtungen.

Beide Avatare werden heftig zurückgeschleudert. Ihre Beine graben so lange Spuren in den Boden, bis sie wieder stillstehen. Und im gleichen Moment stürzen sie wieder aufeinander los. Disaster hält sein Schwert beidhändig und lässt es waagerecht heransausen. Kuroyukihime holt Schwung mit ihrem rechten Bein und pariert damit den Schlag.

Einen roten und einen violetten Kreisbogen hinter sich herziehend sind diese zwei großen Attacken aufeinandergeprallt und lösen diesmal wirklich eine Explosion aus, die an der Stelle des Zusammenstoßes einen kleinen Krater hinterlässt. Beide werden in entgegengesetzte Richtungen davongeschleudert. Kuroyukihime fällt rollend zu Boden, kommt wieder hoch und – sieht sich genau Chrome Disasters weit gespreizter linker Hand gegenüber.

Diese Technik ...!

Regungslos und ohne etwas rufen zu können, hält Haruyuki den Atem an.

Das ist sie wieder, diese Spezialtechnik, mit der er seine Gegner auf mysteriöse Weise zu sich heranzieht und festhält. Wenn er sie damit erwischt, wird er sie ganz eng an sich binden, sodass sie nicht mehr frei mit ihren Schwertern hantieren kann, und sie genüsslich zerreißen und auffressen.

»Fwwt!« – Haruyuki meint, zwischen den beiden ein silbernes Licht aufflackern zu sehen.

Gleichzeitig hebt Kuroyukihime einen großen Brocken, den sie sich in der Zwischenzeit unbemerkt mit den Fußspitzen herangescharrt hat, auf das Schwertblatt ihres rechten Beins und kickt ihn hoch. Es ist ein Stück Fels, das von der gerade stattgefundenen Explosion stammt, die den Erdboden bersten ließ.

Dieser Stein saust nun wahnsinnig schnell auf Chrome Disasters Handfläche zu. Dessen Finger bohren sich tief in das harte Material, und als er es abzuschütteln versucht, rast Kuroyukihime so schnell, wie sie nur kann, auf ihn zu.

»Tschang!«

Der metallene Klang des Zusammenpralls erschallt. Mit einem hohen Kick ihres linken Schwertbeins hat Kuroyukihime endlich Chrome Disasters Rüstung im Brustbereich beschädigt.

Wow ...

Haruyuki vergisst sogar für einen Moment das Gefühl der Lähmung, das seinen Körper fesselt.

Wie kann sie nur so gegen einen derart Furcht einflößenden Feind kämpfen? Sie mag zwar ein paar Level höher sein als er, aber seine Ausrüstung gleicht den Unterschied wieder aus; die Angriffe der beiden haben jeweils fast die gleiche Kraft. Sie braucht nur einen Fehler zu begehen und diese riesigen Zähne werden sich an ihr festbeißen, ihr heftige Schmerzen und große seelische Qualen zufügen, so viel steht fest. Wie kann sie da trotzdem ... fast als ob ...

Fast als ob sie Spaß daran hätte.

Ist es, weil sie glaubt zu gewinnen? Kann sie sich deswegen so entschlossen bewegen, weil sie die sichere Überzeugung in sich trägt, stärker als der Feind zu sein?

Nein, daran kann es nicht liegen. Schließlich hat auch Yellow Radio, ebenfalls einer aus dem neunten Level, ohne zu zögern die Flucht angetreten, obwohl sogar noch zehn

Mitglieder seiner Legion zugegen waren. Und seine Entscheidung war keineswegs feige. Denn Chrome Disaster ist kein gewöhnlicher Burst Linker. Er ist noch um einiges bedrohlicher als jener gewaltige »Enemy«, den sie auf dem Weg nach Ikebukuro gesehen haben.

Und nun passiert etwas Erschreckendes, das Haruyuki in seinem Urteil über den wahnsinnigen Ritter nur bestätigt.

In dem Spalt, den Kuroyukihime mit ihrer Klinge in seine Rüstung geschlagen hat, sammelt sich dunkelrotes Licht, aber ehe sie sich versieht, bildet sich die Stelle auch schon wieder zu der glatten Fläche zurück, die sie vorher war.

»Grruuuh ...«

Eine tiefe, fast wie ein Lachen klingende Stimme dringt aus dem Harnisch, und dann schlägt er unerwartet in einem wilden Schwung zurück. Das Schwert in seiner rechten Hand saust so schnell herab, dass es gar nicht zu sehen ist, und schlägt Luft und Boden entlang einer senkrechten Gerade entzwei. Kuroyukihime, die sich ebenfalls in der Flugbahn des Schwerts befand, konnte wie durch ein Wunder ausweichen, aber mit einem ganz leisen »Pling« fällt eine Spitze vom linken Rand ihres Metallrocks ab.

Doch Chrome Disaster hat seine Attacke noch nicht beendet. Immer wieder blitzt sein Riesenschwert in einem solchen Tempo auf, dass man fast glauben muss, diese Klinge von sicher anderthalb Metern Länge hätte gar kein Gewicht. Black Lotus weicht den Hieben wirbelnd aus oder fängt sie ab, aber es dauert nicht lange, bis an ihrer eleganten Rüstung überall kleine Kratzer zu sehen sind.

In einem endlos scheinenden Gefecht wird sie allmählich vom westlichen zum nördlichen Rand des Kraters zurückgedrängt, und doch scheint Kuroyukihimes Kampf-geist kein bisschen zu wanken.

Wann immer sie eine kleine Chance für sich in Disasters Bewegungen sieht, schlägt sie mit ihren Armen und Beinen zurück, deren Klingen in ein violettes Strahlen getaucht sind. Obwohl die Wunden im Harnisch des Gegners sofort von dem roten Licht geheilt werden, führt sie in einer fast schon naiven Präzision wieder und wieder Stiche, Hiebe und wieder Stiche mit ihren Schwertern aus.

Dass sie keine Angst hat, ist völlig ausgeschlossen. Auch wenn ihre Attacken jeweils fast die gleiche Stärke, Schnel-ligkeit und Genauigkeit haben, kann man jetzt schon mit Sicherheit sagen, dass der Gegner sich dank seiner Selbstheil-fähigkeit irgendwann durchsetzen wird. Sollte er auch nur einen bedeutenden Treffer landen und sie nicht mehr so gut ausweichen können, wird er sie sofort packen und irgendein Stück ihres Körpers abreißen. Sie würde ihre »Königswürde« verlieren und nur noch als Futter auf dem Boden umherkrie-chen.

Wie kann sie also ... trotz alledem ...

»Wieso ... läufst du nicht weg?!«, dringt ein heiserer Schrei aus Haruyukis Kehle.

Ihr Wert als Schwarzer König wird doch nicht sinken, wenn sie in dieser Situation flieht. Das hat der Gelbe König schließ-lich auch getan. Und hat sie nicht selbst gesagt, dass beim Kampf gegen den vierten Chrome Disaster die sieben Könige der reinen Farben ihn nur alle zusammen in einer erbitterten Schlacht be-siegen konnten? Da wäre es nur zu verständlich, wenn sie sich hier zurückzieht. Und überhaupt, ein noch viel wichtigerer Grund ist ...

Dass Haruyuki es nicht sehen will. Er will nicht sehen, wie sie in Stücke gerissen und aufgefressen wird und vor Schmerzen schreit. Das will er auf gar keinen Fall.

»Lauf weg, Kuroyukihime!«, schreit er noch einmal.

Das eiserne Riesenschwert saust aus großer Höhe in einem Tempo herab, welches kein Ausweichen zulässt.

Kuroyukihime wehrt den Schlag zwar ab, indem sie ihre Arme kreuzt, aber sie schafft es nicht, das Schwert wie bisher zurückzustoßen, und muss ein Knie auf den Boden setzen. Der donnernde Knall der Kollision breitet sich aus und unter Kuroyukihime reißt die Erde strahlenförmig auf.

»Grrrhuuuuuoh!!«, lässt Chrome Disaster ein lautes Heulen erklingen, als wäre er sich seines Sieges jetzt sicher. Er legt sein ganzes Gewicht in das Riesenschwert, das er mit beiden Armen festhält, und versucht, es noch weiter herunterzudrücken. »Krrt, krrt«

Bei jedem der barbarischen Knirschlaute fliegen dort, wo sich die drei Schwerter berühren, kleine Funken in alle Richtungen.

Es ist genauso wie vorhin, als Kuroyukihime gegen den Kriegeravatar der Gelben Legion gekämpft hat, aber diesmal gerät ganz offensichtlich Black Lotus ins Hintertreffen. Die blauviolette Aura um ihre Schwertarme herum beginnt langsam schwächer zu werden, und blinkt in unregelmäßigen Abständen auf.

Gleich werden beide Schwerter brechen und ihr Körper wird einen großen Schaden einstecken müssen. Und wenn sie dann am Boden liegt, wird er über sie herfallen und sie so lange zerreißen und fressen, bis ihre gesamte Energie verbraucht ist.

»Warum … bist du nicht weggelaufen?«, murmelt Haruyuki kraftlos.

Doch nicht, um ihn zu beschützen, während er sich nicht vom Fleck rühren konnte. Sie hat ihn schließlich selbst angegriffen und zum Kampf aufgefordert, als er gerade der Gelben Legion hinterherrennen wollte. Das heißt, sie hat sich freiwillig dafür entschieden, gegen diesen Ritter anzutreten, obwohl sie gar keine Chance hat.

Zugegebenermaßen sind sie genau mit diesem Ziel hierher in das unbegrenzte neutrale Feld gekommen, aber es läuft schon längst alles nicht mehr so, wie sie es ursprünglich geplant haben. Takumu ist »tot« und wird auf jeden Fall noch mindestens zwanzig, dreißig Minuten brauchen, bis er zurückkehren kann. Und auch Scarlet Rain, die wichtigste Person der Gruppe, hat schwere Schäden erlitten und kann nichts mehr beitragen.

Wie kann sie also trotzdem ...

»Das hier ... mache ich wegen meines Dickkopfs, Haruyuki«, hört er plötzlich.

Kuroyukihime hält ihren violett funkelnden Blick auf ihre Klingen gerichtet, die sich schon ganz knapp über ihren Augen befinden, und sagt ruhig, aber mit einer großen Ernsthaftigkeit in der Stimme: »Weil ich mich heute vor deinen Augen blamiert habe. So könnte ich dir nicht mehr als dein Meister ... als dein **Elter** in der realen Welt gegenübertreten.«

Selbst während sie das sagt, drängt Chrome Disasters Schwert immer dichter an Black Lotus heran. Haruyuki presst atemlos und zitternd heraus: »D... Dickkopf ...? Aber ... wenn du verlierst, bringt das doch ... gar nichts ...«

»Genau da irrst du dich. Von wegen ›cleverer Rückzug‹, das kannst du von mir aus deiner Oma erzählen! So etwas hat überhaupt keinen Wert! Wenn du dich einmal in ein

Schlachtfeld eingeloggt hast ... dann musst du von ganzem Herzen kämpfen, egal wer dein Gegner ist!!«

Kuroyukihimes Worte, die sie so hochmütig von sich gibt, während sie unmittelbar vor einer Niederlage steht, treffen Haruyuki wie ein harter Schlag ins Gesicht.

Vor seinem inneren Auge flackern hell die Bilder der Momente seiner bisherigen Kämpfe auf, in denen er ein besonderes Gefühl der Beschleunigung erlebt hat.

Zum Beispiel vorhin, als er bei seiner Attacke auf den Funkstöravatar dem Schuss des Leibwächters entgangen ist. Oder als er unter dem wilden Flugabwehrfeuer des Roten Königs hindurchgeschlüpft ist. Oder auch vor drei Monaten, als er gerade erst zum Burst Linker geworden war und Ash Rollers Motorrad in die Luft gehoben sowie Cyan Piles Spezialattacke trotz ihrer Geschwindigkeit genau gesehen hat.

In diesen Augenblicken hat er weder nach einem Sieg getrachtet noch hatte er Angst, zu verlieren. Er hat einfach nur gekämpft, ohne an irgendetwas anderes zu denken. Ohne sich vorzustellen, was andere Leute dazu sagen würden.

*Ja, das stimmt ... Ich habe mich gar nicht vor einer Niederlage an sich gefürchtet. Sondern davor, danach von den Zuschauern ausgelacht zu werden. Davor, mit Takumu verglichen zu werden. Und am allermeisten davor, **sie** zu enttäuschen. Ich habe mich also genau wie in der Realität sogar hier in der beschleunigten Welt nur darum gesorgt, was andere über mich denken könnten ... Was bin ich doch für ein ...*

»Was bin ich nur für ein riesiger Idiot ...«, murmelt Haruyuki und spannt seine immer noch steife, kraftlos geöffnete rechte Hand an.

Die fünf Finger lassen sich zwar nur unter einigem Knarzen, aber dennoch fest zur Faust ballen.

Diese hebt er hoch und rammt sie sich mit voller Wucht selbst in die rechte Wange. Er spürt den heftigen Stoß und einen brennenden Schmerz durch seine Backenzähne fahren. Die Glut breitet sich weiter durch alle seine Nervenbahnen aus und stimuliert seine Arme und Beine. »Zack!«

Er hebt den Kopf. Am nördlichen Rand des Kraters bemüht sich Black Lotus mit letzter Kraft, die tödliche Klinge abzuwehren. Diese nagt langsam an ihren gekreuzten Armen mit den matten Schwertkanten und an ihrer Stirn. Die sprühenden Funken erleuchten ihre stark zerkratzte Rüstung.

»Kuroyukihime ...!«, schreit Haruyuki. Dabei breitet er seine nun wieder von Kraft erfüllten Flügel aus und hebt entschlossen ab.

Ganz tief über dem Boden gleitet er in seinem schnellsten Tempo durch den Krater und taucht genau in Chrome Disasters totem Winkel auf.

»U... Uraah!«, brüllt er kurz und setzt zu einem Faustschlag gegen den silbernen Ritter an, doch im letzten Moment, bevor er sein Ziel trifft, wird seine Faust vom rechten Handschuh des Gegners abgefangen.

Nun hat er jedoch eine Hand von seinem Schwert genommen, und genau da stößt Kuroyukihime beide Arme energisch nach oben.

»Klaang!«

Sie schlägt seine Klinge mit einem lauten Knall zurück und Chrome Disaster taumelt einige Meter nach hinten. Aber er behält sein Gleichgewicht, bringt sein Schwert sofort wieder in einer tiefen Position in Stellung und knirscht unter seiner Kapuze furchtbar mit den Zähnen.

»Grruuh ... Grrruuoh ...!!«

Seine Stimme ist unverwechselbar von Wut erfüllt.

Haruyuki zittert vor Angst am ganzen Körper, stellt sich dem Gegner aber trotzdem frontal entgegen und deckt Black Lotus hinter seinem Rücken. Die hat offenbar gerade all ihre Kraft aufwenden müssen, denn sie stützt sich kurz mit einem Arm auf dem Boden ab, richtet sich dann aber wieder auf und stellt sich links neben Haruyuki.

»Also dann, Haruyuki. Verlieren wir hier einmal erhobenen Hauptes, was?«

»Ja, Kuroyukihime.«

Er beugt die Knie, stellt seine Beine breit auf und nimmt eine Pseudokaratehaltung ein.

Auch Kuroyukihime neben ihm bereitet sich vor, indem sie beide Schwertarme routiniert anhebt.

Eine Sekunde später passieren mehrere Dinge unmittelbar hintereinander.

Chrome Disaster holt unter furchtbarem Zornesgebrüll mit seinem Schwert aus.

Haruyuki sieht, während er sich auf den Angriffsmoment konzentriert, links in seinem Blickfeld etwas aufblinken.

Kuroyukihimes rechter Arm saust in einem Wahnsinnstempo funkelnd durch die Luft – und knallt mit voller Wucht mit dem Schwertrücken gegen Haruyukis Brust.

Er wird hilflos nach hinten weggeschleudert, und als er völlig überrumpelt zu Boden stürzt, lässt eine Wand aus purpurrotem Licht alles vor seinen Augen verschwinden.

Dass diese Lichtwand eine Strahlattacke war, abgefeuert von links aus der Mitte des Kraters heraus, realisiert Haruyuki erst, als die dadurch ausgelöste gewaltige Explosion ihn noch einmal, diesmal mehr als zehn Meter weit weggewirbelt hat. Intuitiv schützt er sich mit beiden Armen vor der ihn überrollenden Hitzewelle. Trotzdem schießt sein Energiebalken oben links wie verrückt abwärts, und sein Körper gibt an vielen Stellen ungute metallische Geräusche von sich.

Nachdem der heftige Schmerz, der alle seine Nerven vibrieren lassen hat, und die Hitzewelle über ihn hinweggedonnert sind, bleibt Haruyuki atemlos und mit ausgestreckten Armen und Beinen liegen. Er bringt nicht einmal einen Schrei heraus, aber selbst während er sich qualvoll windet, darauf wartend, dass der Schmerz vorüberzieht, tobt ein Sturm Fragen durch seinen Kopf.

Warum bloß ...? Die Langstreckenkämpfer der Gelben Legion müssten sich doch schon allesamt zurückgezogen haben. Oder sind sie wieder da und haben sich in den Kampf eingemischt? Selbst wenn, würde das nicht die Stärke dieser Attacke erklären. Das kam nicht von einer Handfeuerwaffe. Diese gewaltige Kraft stammte eher von der Hauptkanone eines Panzers ... nein, eines Kriegsschiffs.

Haruyuki stemmt sich schwankend mit seinem rechten Arm hoch, den er endlich wieder spürt, als vor seinen Augen –

»Rums!«

Etwas prallt mit einem dumpfen Geräusch vor ihm auf: eine stark mit Rissen und Löchern übersäte schwarze Rüstung. Ihren durchscheinenden Glanz hat sie verloren, stattdessen ist sie grausam verbrannt. Von den vier Schwertern fehlen das des linken Arms und des linken Beins ab der Mitte und über den spiegelglatten Gesichtsschutz verlaufen spinnwebenförmige Risse.

»Ku...«, keucht Haruyuki heiser. Er vergisst sogar seinen eigenen Schmerz und stürzt zu ihr.

»Kuroyukihime!!«

Als er sie wie im Traum in den Arm nimmt, rieseln von ihrem gesamten Körper kleine schwarze Bruchstücke herab. Der schlappe, kraftlose Avatar fühlt sich erschreckend leicht an und die bläulich violetten Funken um die beschädigten Stellen herum wirken, als würde dort Blut ausströmen.

Vor ihm erklingt noch ein zweites grausames Metallgeräusch. Als Haruyuki automatisch den Kopf hebt, sieht er ein Stück weit entfernt Chrome Disaster auf ein Knie gestützt kauern. Auch er ist schwer verletzt. Ruß bedeckt seinen schwarz-silbernen Harnisch, der an einigen Stellen stark eingedrückt ist. Das Innere des kapuzenartigen Helms ist wieder in diffuser Dunkelheit versunken. Sein Schwert scheint es weggeweht zu haben, jedenfalls hat er es nicht bei sich.

Die zerstörerische Attacke hat selbst zu Veränderungen auf dem Gelände geführt.

Am nördlichen Rand des Kraters im südlichen Zentrum Ikebukuros, der bisher als Schlachtfeld gedient hat, ist ein neuer kleiner Krater entstanden, in dem allerorts Rauch von flackernden Brandherden aufsteigt. Ein Teil der Zerstörungskraft scheint geradewegs weiter nach Norden gedonnert zu sein, denn dort wurden einige Gebäude komplett dem Erdboden gleichgemacht, sodass sogar ein neuer Durchgang zum Grünen Boulevard entstanden ist.

Zuletzt dreht Haruyuki seinen Kopf, Furchtbares ahnend, nach Süden.

Was er da erblickt, hat er teilweise bereits erwartet. Trotzdem will er es nicht glauben. Auch wenn sein Verstand ihm sagt, dass es gar nichts anderes gewesen sein kann, widersetzt sich sein Herz heftig. Dieser Konflikt manifestiert sich zu Tränen, die seine Sicht verschwimmen lassen.

»Warum nur ... Warum nur ... Niko?«

Der Festungsavatar, von dem er geglaubt hat, er sei schwer beschädigt und könne sich nicht mehr bewegen – Scarlet Rain, der Rote König, hat seine rechte Hauptkanone erhoben und hält sie direkt auf die Mitte des neuen Kraters gerichtet. Die Resthitze, die aus dem mächtigen Lauf aufsteigt, bringt die Luft zum Flimmern.

Jetzt besteht überhaupt kein Zweifel mehr daran, dass es ein Schuss aus diesem Geschütz war – wahrscheinlich ein überaus starker Spezialangriff, der Kuroyukihime und Chrome Disaster voll erfasst und ihnen so großen Schaden zugefügt hat.

Haruyuki beißt die Zähne zusammen und starrt in Nikos Augen, die aus einer Lücke zwischen ihren Rüstungsteilen herausschauen. Doch die roten Linsen schenken weder ihm noch Black Lotus in seinem Arm irgendeine Beachtung.

»Warum?!«

Auch als Haruyuki das brüllt, schweigt der Rote König einfach weiter. Stattdessen blitzen die Triebwerke an ihrem Rücken und der Unterseite auf und Immobile Fortress beginnt, ihren gigantischen Körper langsam vorwärts zu bewegen.

»Grrhu...uuuh ...«

Das leise Grummeln kommt von Chrome Disaster, der sich wie ein verletztes Tier klein zusammengekauert hat. Dann spürt er, dass sich der Rote König nähert, und tritt auf allen vieren krabbelnd die Flucht gen Norden an. Man kann erkennen, dass die vielen Verletzungen seines Harnischs vom dunkelroten Licht seiner Selbstheilfähigkeit umhüllt werden. Da sie aber sehr tief gehen, kann er sie offenbar nicht so schnell regenerieren.

Die purpurrote Festung folgt dem vor ihr fliehenden verwundeten Ritter und stampft aus dem Krater heraus zum Rand hoch. Haruyuki blickt einfach nur mit Tränen in den Augen zu der majestätischen Gestalt auf.

»Wa...rum ...?«, dringt es ein letztes Mal zitternd aus seiner Kehle. Da stoppt die Festung plötzlich.

Den Blick auf den unmittelbar vor ihm emporragenden Avatar gerichtet, holt Haruyuki tief Luft und schreit: »Niko! Nein ... Scarlet Rain!! Du wirst doch nicht vergessen haben ... d... dass, wenn sie von dir besiegt wird ... dass Black Lotus dann alle ihre Punkte verliert!!«

Kuroyukihime liegt immer noch bewusstlos in seinem Arm. Dem Grad ihrer Verletzungen nach zu urteilen, hat sie nur noch sehr wenig Energie übrig.

Auf Haruyukis Anklage hin gibt der Rote König ungerührt nur einen kurzen Satz zur Antwort: »Na und?«

Als Haruyuki nichts entgegnet, spricht sie mit einer kindlichen, aber dennoch kühlen Stimme weiter: »Für einen Burst Linker sind alle anderen Spieler Feinde. Verliert man gegen einen davon, büßt man Punkte ein. Sind alle Punkte weg, verliert man das Spiel für immer. So einfach ist das doch, oder?«

»A... Aber ... wir ... du und wir sind doch ...«

»... Kameraden? Ja?«

»Tschock«

Ein wuchtiges Geräusch ist zu hören, als Scarlet Rain ihre Hauptkanone in den verbrannten Boden rammt. Ihre Stimme schneidet nun messerscharf durch den vom Licht der letzten Sonnenstrahlen gefärbten Himmel.

»Dein sentimentales Gerede bringt mich zum Kotzen! Ich sag dir zum Schluss mal noch was. In der beschleunigten Welt ... gibt es nichts, an das man glauben kann!! Kameraden, Freunde, Teams ... selbst die Elter-Kind-Beziehungen, alles nur Illusionen!!«

Wie eine glühende Flamme feuert sie diese Worte ab, und während sie das tut, lösen sich gleichzeitig die schwer beschädigten Waffencontainer allesamt vom Körper des Roten Königs.

In der Mitte der Enhanced Armaments, die mit der Luft eins werden und verschwinden, kommt wieder der kleine Avatar zum Vorschein und springt auf den Boden.

Die Rüstung der purpurnen Mädchengestalt hat ihren rubinroten Glanz behalten. Nur der untere Teil des linken Arms fehlt, der ab dem Ellbogen grausam abgerissen worden ist und kleine Funken versprüht.

Der Rote König muss definitiv Schmerzen haben, doch die Bewegung, mit der er nun seinen Rücken durchstreckt, gibt keinerlei Hinweis darauf. Ein ganz klein wenig dreht sie das Gesicht in Haruyukis Richtung. Es sieht aus, als würde hinter den runden Augen ein heißes Feuer toben.

»Sobald ich den da bestraft hab, murkse ich auch euch beide ab. Willst du das nicht, dann lauf weg, jetzt. Bei unserer nächsten Begegnung ... sind wir Feinde«, sagt der Rote König frostig und wendet den Blick wieder in die andere Richtung. Mit der rechten Hand holt sie ihren großen Revolver hervor, zieht geräuschvoll den Hahn zurück und macht sich auf den Weg.

Scarlet Rains Ziel ist Chrome Disaster, der nach Norden davonkriecht, obwohl aus seinem ganzen Körper blutfarbene Lichtpartikel fließen. Dafür, dass er noch näher am Zentrum der Explosion gewesen sein muss als Kuroyukihime, kann er sich immer noch erstaunlich gut bewegen – das zeugt von einer wahrhaft großen Widerstandsfähigkeit. Allerdings kommt er nur halb so schnell vorwärts wie Niko in ihrem Schritttempo. Eine Flucht ist also ausgeschlossen.

Mit der verletzten Kuroyukihime in seinen Armen beobachtet Haruyuki durch seinen Tränenschleier hindurch weiter die zwei Gestalten, deren Abstand sich langsam verringert.

Logisch betrachtet und unter Einbezug der Möglichkeit, dass Niko ihre Ankündigung von eben wahrmacht, sollte er jetzt vielleicht wirklich sofort zu einem der Leave Points flüchten, entweder am Bahnhof von Ikebukuro oder an der Sunshine City.

Aber Haruyuki kann sich nicht vom Fleck rühren. Genauer gesagt, er will es nicht.

Wenn er jetzt wegläuft, wird sich etwas Falsches zur unabdingbaren Wahrheit verhärten. Dieses Gefühl erfüllt ihn.

Ungefähr da, wo der Pfad endet, den Nikos gewaltiger Strahl durch das Niedermähen eines kompletten Gebäudeblocks geschaffen hat, holt sie Chrome Disaster endlich ein und holt kurzerhand Schwung mit ihrem linken Bein. Ein rauer Metallton erklingt, der Ritteravatar wird zu Boden gedrückt und Niko stellt ihm ihren linken Fuß in den Nacken.

Haruyuki beschert dieser Anblick ein Gefühl von unbeschreiblicher Traurigkeit.

Ja, dieser teuflische Harnisch muss vernichtet werden. Und vielleicht gab es ja tatsächlich keinen anderen Weg, um dieses Wesen mit seiner überragenden Reaktionsfähigkeit zu erwischen, als genau in jenem günstigen Moment zu schießen, in dem es und Kuroyukihime unmittelbar davor waren, sich aufeinander zu stürzen.

Aber ... was war das dann in dieser einen Nacht?

Als Niko und Kuroyukihime wie in wechselseitiger Sehnsucht gefangen eng aneinandergekuschelt in Haruyukis Wohnzimmer geschlafen haben. Da gaben ihm diese beiden Mädchen das Gefühl, als existiere zwischen ihnen noch eine weitaus größere **Bindung** als die zwischen zwei Königen, auf die das Schicksal wartet, sich irgendwann bekämpfen zu müssen. War dieses Bild, das Haruyuki so kostbar erschienen ist, dass er weinen wollte, nur das Trugbild einer Nacht? War es nichts als ein Zufall ohne jegliche Bedeutung?

Scarlet Rain drückt den Revolver in ihrer rechten Hand gegen Chrome Disasters Hinterkopf.

Aus irgendeinem Grund kann Haruyuki das nicht länger mit ansehen und senkt seinen Kopf.

Aber der Schuss erfolgt nicht, auch nach einer ganzen Weile nicht.

Stattdessen hört er nah an seinem Ohr eine schwache Stimme: »Meine ... Güte ... Genau deswegen hasse ... ich Kinder ...«

Es ist Kuroyukihimes gequälte, vor Schmerz zitternde Stimme. Doch zornig klingt sie überhaupt nicht. Haruyuki hebt erschrocken den Blick und schaut in den tiefschwarzen Gesichtsschutz unmittelbar vor ihm.

Darunter flackern, nur sehr schwach, zwei violette Lichter. Haruyuki schluckt gewaltsam seine Tränen herunter und wispert: »K...Kuroyuki...hi...«

»KLOOONG!«

Genau in dem Moment hört er einen metallenen Laut.

Als er in die Richtung schaut, aus der er kam, sieht er – Chrome Disaster, der seinen Oberkörper herumgedreht und mit dem linken Arm eine große Schwungbewegung ausgeführt hat – und Scarlet Rain, der ein Stück Panzerung von der rechten Hand abfällt.

Und etwas wirbelt hoch durch die Luft – ein purpurfarbener Revolver.

»Wa... Warum hast du nicht geschossen?!«, brüllt Haruyuki unwillkürlich.

Sie hat doch gerade eine sehr gute Chance gehabt, Chrome Disaster den Judgement Blow zu verpassen, die Attacke zur sofortigen Hinrichtung, die ein Legionsmaster bei seinen Mitgliedern ausführen kann. Hat Niko nicht genau dafür Kuroyukihime ins Visier ihrer Attacke genommen und eben noch solche kalten, scharfen Worte von sich gegeben? Wieso verdammt noch mal musste sie dann jetzt zögern?

Die Antwort auf die in ihm brodelnden Fragen gibt ihm Kuroyukihime, die weiterhin in seinen Armen liegt.

»Dieses ... Gör, sie tut nur ... so schroff. Sie leidet ... sie ist einsam und führt sich trotzig auf ...«

»Hä ... Hä?!«

Perplex schaut Haruyuki zwischen dem Avatar in seinem Arm und den beiden anderen jenseits der Trümmer hin und her. Und sieht, wie Chrome Disasters rechte Hand mit der Schnelligkeit eines Meteors Niko am Hals packt.

Er scheint wieder recht viel Kraft in seinem Arm zurückgewonnen zu haben, mit dem er jetzt langsam den kleinen Avatar hochhebt. Niko hält zwar ebenfalls den rechten Arm des Harnischs gepackt, tut aber nichts, um sich zu wehren, sondern hängt nur schlaff herunter. Es hat den Anschein, als hätte sie aufgegeben und kapituliert.

»Sie ... glaubt daran und fordert es mehr als jeder andere. Eine ultimative Bindung zwischen Burst Linkern ...«, murmelt Kuroyukihime leise. Haruyukis Augen weiten sich erstaunt. Er fragt zurück: »B... Bindung ...?«

»Ja ... Bindung. Ich sehe das. Diese beiden ... sind Elter und Kind. Der Rote König ... ist Disasters ... nein, Cherry Rooks **Kind**.«

Elter und Kind ...?! Die zwei?!

An so etwas hat Haruyuki noch gar nicht gedacht. Aber wenn sie das so sagt, ergibt zumindest eine Sache nun Sinn.

Niko hat in der realen Welt genau gewusst, wo Cherry Rook sich gerade befand. Haruyuki dachte, dass dies vielleicht ein Sonderrecht der Legionsmaster ist, aber da hat er letztendlich falschgelegen. Niko kannte einfach Cherry Rooks reale Identität. Die ihres Elters, desjenigen, der sie in *Brain Burst* eingeführt hat.

Kuroyukihime erwidert Haruyukis starren Blick, den dieser neue Schock sprachlos gemacht hat. Sie hebt ihren zerschmetterten rechten Arm und klopft ihm damit einmal auf die Schulter.

»Na los, worauf wartest du? Mir ... geht es gut. Geh und hilf ihr ... Niko ... unserer Kameradin.«

In dem Augenblick – füllen sich Haruyukis Augen mit Tränen, er kann sie nicht mehr zurückhalten.

Er weiß nicht einmal, warum sie fließen. Aber irgendetwas Gewaltiges und Heißes hat tief in seinem Herzen das Licht der Welt erblickt und schnürt ihm den Hals zu.

»Ja ...!«

Er nickt heftig.

Dann legt er Kuroyukihimes Körper behutsam ab und steht auf. »Tschack!«

Ein schneidender Laut erklingt und die Flügel an seinem Rücken entfalten sich zu voller Größe.

In der Ferne nähert sich Chrome Disasters Kiefer gerade der Schulter der herabhängenden Niko. Haruyuki holt tief Luft, ballt seine rechte Hand zur Faust –

»Hraah ...!«

Er lässt einen Schrei los und stößt sich mit aller Kraft vom Boden ab.

Nach ein paar Schritten Anlauf beginnt er wie wild, mit seinen beiden Metallschwingen zu schlagen.

Seine Füße heben ab und er schießt als silberner Lichtstrahl ganz dicht über dem Boden vorwärts.

Schnell fliegt er dem wild gewordenen Chrome Disaster, der am Ende des Trümmerpfads jeden Augenblick Nikos Körper – den Körper seines eigenen Burst-Linker-Kindes – zu verschlingen droht, entgegen. Haruyuki ballt seine rechte Hand fest zur Faust zusammen, bringt sie seitlich neben sich in Stellung ...

»Lass sie loooos!«, brüllt er und versenkt dabei seine von strahlendem Licht umhüllte Faust mitten in den pechschwarzen Schlund.

»Flash!«

Das silberne Leuchten zerreißt die dichte Dunkelheit. Einen Moment hält er dagegen, dann wird Chrome Disasters Kopf von der sich explosionsartig entladenden Kraft zurückgeschleudert. Der Avatar fliegt davon. Er prallt an den Trümmern ab, rollt von dort aus noch über zehn Meter weit und bleibt schließlich liegen, Arme und Beine weit von sich gestreckt.

Haruyuki klappt seine Flügel ein und landet. Nachdem er mit einem kurzen Blick auf seinen Spezialbalken festgestellt hat, dass der Punch gerade die Hälfte seiner Energie verbraucht hat, schaut er auf den purpurnen Avatar herunter, der neben ihm kniet.

Niko hustet heftig, die Hände um ihren Hals gelegt, an dem Disaster sie festgehalten hat. Als sie ihren Blick hebt, funkeln ihre Augen Haruyuki an.

»D... Duuu ... Wieso hast du ...?«

»Ich helfe dir.«

Die Hitze, die aus den Tiefen seines Körpers aufsteigt, lässt ihn das ungewöhnlich grob sagen.

»Weil wir nämlich ... Kameraden sind.«

Für einen Moment bleibt Niko die Luft weg und sie erstarrt, dann krächzt sie mühsam: »Du mieser Schuft ... Bist doch nur ein kleines Nichts und spielst dich ... hier so auf ...«

»Und du, wie lange willst du hier noch kauern, obwohl du doch ein König bist?«

Unweit von Haruyukis rechtem Bein ist der purpurrote Revolver gelandet. Haruyuki kickt ihn mit der Fußspitze hoch und greift ihn in der Luft am Lauf.

Den Griff hält er Niko hin, während er weiterspricht: »Die Einzige, die ihn, Cherry Rook, retten kann, bist du, Niko. Für ihn ist *Brain Burst* nur noch ein Fluch. Du musst ihn davon befreien.«

Hinter den runden Linsen flackern die roten Lichter zögernd. Doch in der nächsten Sekunde streckt sie ihre rechte Hand aus und ergreift damit energisch den Revolver.

»Ja ... Ich weiß. Weiß ich doch«, murmelt der Rote König und steht abrupt auf. Mit dem linken Fuß stampft sie einmal kräftig auf den Boden, als wolle sie sich von etwas frei machen, und schaut dann nach vorn.

Ein Stück weiter hinten beginnt Chrome Disaster gerade, seinen Oberkörper wieder aufzurichten. Er hält die rechte Hand vors Gesicht, das gerade Bekanntschaft mit Haruyukis Faust gemacht hat, und röchelt hektisch.

Offenbar hat er keine Kraft mehr zum Aufstehen. Auch das trübe rote Licht, mit dem er sich selbst heilen wollte, ist fast erloschen. Stattdessen sickern aus den Wunden dunkle Tropfen, als würde er Blut verlieren.

»Cherry«, sagt Niko leise und macht einen Schritt in seine Richtung.

»Lass uns das beenden. Du musst kein Spiel weiterspielen, bei dem du nur leidest und dich quälst.«

Zwischen den Fingern, die seinen Helm bedecken, sieht man, wie Chrome Disasters rote Augen aufflackern.

Er hebt seinen linken Arm, mit dem er sich eben noch auf dem Boden abgestützt hat, und streckt die Handfläche in die Höhe, fast als wolle er zeigen, dass er sich ergibt.

Ist er etwa wieder bei Verstand?

Einen Moment lang stellt sich Haruyuki diese Frage.

Doch dann –

Ohne jegliche Vorwarnung saust der schwarz-silberne, schwere Avatar urplötzlich in einem Wahnsinnstempo diagonal in die Höhe davon.

»Was ...?!«, schreit Haruyuki und verfolgt mit den Augen, wie Disaster sich an ein Stahlgerüst heftet, das aus dem oberen Teil eines schon fast einstürzenden fünfstöckigen

Gebäudes ragt. Er dreht sich um und – wieder hebt er ab, als würde der Himmel ihn ansaugen.

Während Haruyuki der schnell kleiner werdenden Gestalt hinterherstarrt, entfährt es ihm: »E... Er kann fliegen?!«

»Nein, das sind **ultraweite Sprünge**!«, antwortet Niko nervös.

»Er will sich über den Leave Point an der Sunshine City ausloggen. Wenn er uns jetzt entkommt ... dann war's das ...«

Cherry Rook, der Avatar, der in diesem Harnisch steckt, hat inzwischen wahrscheinlich begriffen, dass Niko, sein Legionsmaster und gleichzeitig auch **Kind**, auf irgendeine Weise seine Bewegungen verfolgen konnte. Sobald er sich ausgeloggt hat, wird er definitiv dafür sorgen, dass ihr das nicht mehr gelingt, und dann werden sie diese Strategie, ihm hier im unbegrenzten neutralen Feld aufzulauern, kein zweites Mal mehr anwenden können.

Haruyuki beißt die Zähne zusammen. Er blickt dem Roten König fest ins Gesicht und sagt: »Niko. Diesmal feuerst du ihn ab, oder? Den Judgement Blow.«

»Blöde Frage ... Klar tue ich es. Für ihn.«

»Gut, dann ...«

Endlich ist also die Zeit gekommen, zu ihrem ursprünglichen Plan zurückzukehren: dass er Chrome Disaster verfolgt und einfängt. Alles, was er jetzt noch tun muss, ist fliegen. Innerlich betend, dass es wirklich keine weiteren Überraschungen mehr geben wird, sagt Haruyuki fest: »... dann werde ich Chrome Disaster so lange festhalten, bis du uns eingeholt hast.«

Niko verschlägt es für einen Moment die Sprache. Dann schüttelt sie leicht den Kopf.

»A... Alleine schaffst du das nicht! Er ist verletzt, ja, aber schau, wie er sich noch bewegen kann. Wenn du ihm zwischen die Finger gerätst, frisst er dich auf!«

»...«

Haruyuki schaut kurz zu der schwarzen Gestalt, die ein gutes Stück weiter im Süden immer noch am äußeren Rand des Kraters liegt. Zügig lenkt er seinen Blick wieder zurück und sagt mit Nachdruck: »Dann frisst er mich eben, und wennschon!«

Er dreht sich um, die Trümmer unter ihm knirschen.

Dann breitet er seine Flügel aus und hebt zielstrebig ab.

Er fliegt aus dem zerstörten Häuserblock heraus, gewinnt schnell an Höhe und entdeckt sofort den matt glänzenden Avatar. Er ist bereits dreihundert Meter weit nach Nordosten geflohen und entfernt sich, weite Strecken von Dach zu Dach springend, immer weiter.

Haruyuki vergewissert sich mit einem flüchtigen Blick nach unten, dass der purpurne Avatar ebenfalls in die gleiche Richtung wie Chrome Disaster losgelaufen ist. Dann holt er tief Atem und saust los, dass die Luft nur so an ihm vorbeizischt.

Er streckt beide Arme weit vor und zerteilt im Flug die virtuelle Luft. Schon hat er den Grünen Boulevard überquert und gibt entlang der Hauptstadt-Autobahn Nr. 5, welche den Grünen Boulevard kreuzt, noch mehr Gas.

Vor ihm erhebt sich, nur noch einen Katzensprung entfernt, die Sunshine City. Hier ist sie kein aschgraues, mehrstöckiges Gebäude mehr wie in der Realität. Viele bläuliche, scharfe Stahlbalken haben sich stattdessen zu einer Trägerkonstruktion miteinander verflochten und ragen bis in die schwarze Wolkendecke am Himmel hinein. Es sieht aus wie der gigantische Wohnturm eines Dämonenfürsten. Auch das Einkaufszentrum direkt unter ihm hat sich in einen Garten der Ödnis verwandelt, in dem pechschwarze Bäume inmitten zerbrochener Bodenfliesen ihre verdrehten Äste emporrecken.

Am Ende einer großen Treppe, die von der Straße durch diesen Garten hin zu dem Dämonenturm führt, schimmert vage ein Eingangstor in bläulich weißem Licht. Das wird sicher der Leave Point sein. Sollte Chrome Disaster da durchschlüpfen, wird sich nie wieder eine Chance ergeben, ihn hier im unbegrenzten neutralen Feld zu fassen.

Der Ritter springt weiter im Zickzackkurs über die Dächer des Straßenzugs und lässt hinter sich eine Spur schwarzer Blutstropfen zurück. So schnell, wie er ist, mag Haruyuki gar nicht glauben, dass er wirklich nur springt. Aber um Silver Crows Flugtempo zu überbieten, reicht es dann doch nicht.

Ich werde ihn einholen ...!

Mit angehaltenem Atem schätzt Haruyuki ab, wann er in den Sturzflug wechseln muss. Allem voran gilt es, diesen Harnischträger erst einmal zu Boden zu werfen und ihn nicht mehr loszulassen.

Haruyuki bleibt weit oben. Als er direkt über dem Kopf seines Gegners in dessen toten Winkel angekommen ist, dieser gerade auf einem der Gebäude landet und zum nächsten Ziel springt – genau in dem Moment taucht Haruyuki, so schnell er kann, tief nach unten ab.

Er streckt seinen rechten Fuß aus und saust so in Form eines spitzen Keils herunter. Der Ritter schaut auf, offenbar hat er das schneidende Geräusch des Windes gehört. Aber mitten im Sprung wird er nicht ausweichen können. Gleich wird Haruyuki seine gleißend leuchtende Fußspitze in den stark verletzten Rücken seines Gegners rammen –

»W... Was?!«

Einen Augenblick bevor sein Plan aufgehen kann, geschieht etwas Unglaubliches: Ohne das geringste Vorzeichen wechselt Chrome Disaster plötzlich die Richtung.

Haruyuki spürt nur, wie er ihn leicht streift, als sein Kick am Ziel vorbeigeht. Dadurch kracht er fast in das Gebäude direkt darunter, schafft es aber gerade noch rechtzeitig abzubremsen, indem er mit aller Kraft mit seinen Flügeln gegensteuert.

»Badong!«

Ein lautes Donnern erklingt, als Haruyuki schließlich mit beiden Füßen landet und verblüfft nach rechts starrt, in die Richtung, in die Chrome Disaster gerade verschwindet.

Was war das bloß?! Egal wie weit und schnell seine Sprünge auch sind, sie dürften ihm doch eigentlich nicht erlauben, mittendrin den Kurs zu ändern. Und wenn doch, dann lässt sich zwangsläufig daraus schließen, dass er eben doch nicht springt, sondern fliegt, genau wie ich.

Schnell hebt er wieder ab und nimmt erneut die Verfolgung auf. Chrome Disaster braucht sicher nur noch zwei, drei Sprünge, um die restliche Entfernung zum Sunshine-City-Gelände zu überwinden.

Haruyuki versteht zwar nicht, wie er das macht, aber da sein Gegner allem Anschein nach die Richtung seiner Sprünge in der Luft ändern kann, wird er ihn mit einem geradlinigen Sturzflug-Kick von oben nicht treffen können. Das heißt, er muss sich trotz des Risikos, selbst gefangen genommen zu werden, von hinten ganz nah an seinen Gegner heranpirschen und ihn dann attackieren.

»Hraah ...!«

Mit einem kurzen Kampfschrei beschleunigt Haruyuki rasant und nähert sich dem Rückenteil des schwarz-silbernen Harnischs. Da dreht dessen Träger wieder nach links ab und vollzieht direkt im Anschluss noch eine scharfe Wendung. Dabei knirscht der Avatar angesichts der Fliehkräfte, die auf seinen gesamten Körper einwirken.

Haruyuki beißt die Zähne aufeinander und will schon seine fest geballte Faust in den Rücken des Ritters schmettern, als – Chrome Disaster noch einmal etwas macht, was ihm eigentlich gar nicht möglich sein dürfte.

Er weicht diesmal scharf nach unten aus, und zwar in einem nahezu perfekten rechten Winkel. Haruyukis Faust schlägt in die Luft, er fliegt über seinen Gegner hinweg. Dann neigt er sich selbst auch nach links und taucht ab – er will versuchen, Chrome Disaster genau dann zu treffen, wenn dieser wieder Boden unter den Füßen hat.

Wenigstens in dem Moment, in dem er auf einem Dach landet und zum nächsten Sprung ansetzt, muss er doch kurz zum Stehen kommen. Haruyukis Blick beginnt wieder zu verschwimmen, vielleicht sind die wilden Manöver daran schuld. Höchst konzentriert verfolgt er Chrome Disasters Fall und schätzt den richtigen Zeitpunkt ab.

Der Harnischträger macht sich in der Luft klein, hebt ruckartig den Kopf und streckt den rechten Arm aus.

Und dann wird Haruyuki Zeuge des dritten schockierenden Ereignisses.

Dieser Avatar aus schwerem Metall, der mit Sicherheit eine ganze Menge wiegt, verlangsamt mitten in der Luft drastisch sein Tempo. Mit einem Rucken, als hätte sich plötzlich die Schwerkraft umgekehrt, schwebt er für einen Moment auf der Stelle und schießt dann wieder senkrecht nach oben zurück. Erneut verfehlt Haruyuki sein Ziel. Das Einzige, was sein rechter Fuß zerteilt, ist Luft. Er fliegt eine Kurve und –

Endlich erblicken es seine weit aufgerissenen Augen. Zwischen dem steil aufsteigenden Chrome Disaster und seinem Ziel, einem ziemlich hohen Gebäude, blitzt für einen kurzen Moment eine sehr, sehr dünne, rote Linie auf.

Ein Laserstrahl ist das nicht. Da reflektiert etwas das letzte Sonnenlicht, das noch zwischen den Hochhäusern durchdringt.

Ein Draht.

Vor Haruyukis innerem Auge tauchen noch einmal nacheinander alle Momente der vorhin durchlebten Schlacht auf, in denen Chrome Disaster seine merkwürdige Grifftechnik angewendet hat. Diese Technik, mit der er zum Beispiel den Langstreckenkämpfer aus der Legion des Gelben Königs oder Kuroyukihimes geworfenen Steinbrocken gewaltsam mit der geöffneten Handfläche seines Harnischs zu sich heranzog. In Wahrheit basieren sie sowie Chrome Disasters ultraweite Sprünge und Luftmanöver also auf ein und demselben Prinzip. Er feuert aus seiner Handfläche einen ultradünnen Draht ab, der am Ende einen Haken besitzt. Diesen verankert er an demjenigen, den er zu sich ziehen will. Oder er lässt ihn an einem festen Objekt einrasten und zieht sich selbst dorthin.

Vor Haruyukis Augen rollt Chrome Disaster im Turbotempo seinen Draht auf, steigt so in die Höhe und verschwindet hinter dem Rand des Gebäudes.

Haruyuki hebt wieder ab und verfällt in eifriges Grübeln, während er seinem Gegner hinterherfliegt.

Wenn ich diese Sprünge verhindern will, brauche ich einfach nur den Draht zu kappen, der in der Luft gespannt ist.

Aber kann ich ihn denn mit meiner Handkante oder einem Fußtritt zerteilen? Chrome Disaster muss sehr schwer sein, und doch hat ihn der Draht mühelos gehalten, sogar noch während er mit stetig steigender Geschwindigkeit abwärts gefallen ist. Haruyuki muss also davon ausgehen, dass dieses Ding unglaublich widerstandsfähig ist. Möglich, dass er nicht nur beim Durchschneiden versagt, sondern selbst Schaden erleidet.

Während seiner verzweifelten Überlegungen ist Haruyuki blitzschnell in die Höhe gestiegen und entdeckt Chrome Disaster, der auf dem krummen Dach des Gebäudes gelandet ist.

Auf der gegenüberliegenden Straßenseite befindet sich schon die Sunshine City. Noch ein ultraweiter Sprung, dann wird er den Turm erreicht haben.

Was jetzt? Wie kann ich ihn aufhalten?

Disaster streckt seine rechte Hand in Richtung der blauschwarzen Wand des Wolkenkratzers aus.

Die fünf scharfkantigen Finger öffnen sich krallenartig. In der Mitte der Handfläche blinkt der Draht auf, den er gerade abschießt.

»Aber klar doch ...!!«, schreit Haruyuki, als ihm genau in dem Moment die zündende Idee kommt. Sie ist zwar lediglich ein kleiner Hoffnungsschimmer, aber etwas anderes bleibt ihm jetzt nicht mehr übrig.

Er konzentriert alle Kraft, die er hat, in die silbernen, dünnen Metallplatten, aus denen seine Flügel bestehen, und stürzt geradewegs auf die Sunshine City zu. Kleine Lichtpartikel hüllen seinen grazilen Avatar ein und lassen eine Art Kometenschweif hinter ihm zurück. Schon hat er Chrome Disaster eingeholt und überholt, die Straße überquert und fliegt immer noch weiter und weiter.

Schneller ... Schneller, noch schneller muss ich sein!

Während er immer stärker beschleunigt, fängt die Welt um ihn herum an, ihre Farben zu verändern. Und es kommt ihm so vor, als würde alles andere im Vergleich zu ihm langsamer werden.

In Form eines leuchtenden Laserstrahls schießt Haruyuki vorwärts – und dann sieht er ihn deutlich vor sich. Den Draht, den Chrome Disaster aus seiner rechten Hand auf den Turm abgefeuert hat. Und den winzigen Haken am vorderen Ende.

»U...oh...ooh!!«, brüllt Haruyuki, gibt noch ein letztes Mal Gas und taucht dann in einem flachen Winkel ab. Seine Flugbahn kreuzt die des Drahtes.

»Klack!«

Begleitet von einem leisen Laut hakt sich etwas mittig an seinem Rücken ein.

Unmittelbar danach zieht ihn auch schon eine unglaubliche Kraft zurück. Er stemmt sich dagegen und beschleunigt so stark, wie es nur irgendwie geht. Es gelingt ihm, weiterzufliegen.

Jetzt fühlt er die Schwere. Hinter ihm, am anderen Ende des Drahts, hebt Chrome Disaster vom Boden ab. Ohne dass Haruyuki sich umdrehen muss, erscheint vor seinen Augen lebhaft das Bild des Harnischträgers, der nun direkt mit ihm verbunden ist und mit der gleichen Schnelligkeit wie er selbst durch die Luft schießt.

Chrome Disaster kann die Geschwindigkeit, mit der er den Draht aufwickelt, regulieren und dadurch verhindern, dass er bei der Landung gegen das Objekt knallt, an dem der Haken befestigt ist. Wenn er aber so mitgezogen wird wie jetzt, dürfte er keine Möglichkeit mehr haben, sich zu entschleunigen.

Die Außenwand des riesigen Turms vor Haruyuki, der bis in die Wolken hineinragt, kommt immer näher. Er hält seiner Angst stand und fixiert die aus vielen dicken Stahlträgern zusammengesetzte Fassade, während er den richtigen Zeitpunkt berechnet. Handelt er zu früh, gibt er Disaster Spielraum zum Bremsen, und wenn er den entscheidenden Moment verpasst, geht er selbst auf Kollisionskurs mit diesem Turm.

Gleich ... Gleich ...

»Jetzt!«, ruft Haruyuki und zieht so steil wie möglich nach oben. Alle Gelenke seines Körpers knirschen und ein rasender Schmerz durchfährt ihn. Das spitze Ende eines Stahlträgers verletzt ihn leicht von der Brust bis zum Bauch hinunter. Orangefarbene Funken bleiben zurück, als Haruyuki entlang der Fassade der Sunshine City hochfliegt und gleichzeitig seine Beschleunigung verringert.

Und im nächsten Moment –

Ein gewaltiger Krach ertönt, der ganz Ikebukuro zum Beben bringt. Chrome Disasters massiger Körper ist in die Wand des Turms gekracht.

Dieser beginnt zu wanken. Abgebrochene Trägerteile sowie Glassplitter fliegen explosionsartig in alle Richtungen. Die Reste der frei gewordenen Energie verteilen sich in Form bläulich weißer Funken in der Umgebung.

Der von Haruyukis Rücken ausgehende Draht verschwindet in dem großen, gerade erst entstandenen Loch im Turm etwa zehn Stockwerke über dem Erdboden.

Dann hört er ein tiefes Rauschen und – sieht zu seinem Entsetzen, wie aus dem Loch eine ganze Menge Wasser herausschwappt. Als er genauer hinschaut, glaubt er, darin viele große und kleine, merkwürdige Wasserlebewesen zu erkennen. Das letzte Sonnenlicht lässt ihre Schuppen rot aufleuchten, während sie durch die Luft wirbelnd nach unten in den Garten stürzen und dort im Wasser herumzappeln.

Da erst fällt Haruyuki wieder ein, dass die reale Sunshine City an dieser Stelle des Gebäudes ein Aquarium beherbergt. Wahrscheinlich wurde es hier in der beschleunigten Welt nachgebildet und Chrome Disaster hat bei seinem Sturz in das Gebäude den Wasserbehälter zerstört.

Und zuletzt wird nach den riesigen Fischen und Amphibien noch etwas herausgespült, das zunächst wie ein großer Metallklumpen aussieht und an einem verbogenen Stahlbalken reglos hängen bleibt.

Es ist Chrome Disaster. Er wurde so stark beschädigt, dass man seine ursprüngliche Form kaum noch erkennen kann.

Der linke Arm fehlt zur Hälfte, das rechte Bein ist zerquetscht und erinnert an ein Bündel Eisenspäne. Die Rüstung ist teilweise gespalten, teilweise geknautscht und glänzt im Gegensatz zu vorher überhaupt nicht mehr.

Aus seinen unzähligen Verletzungen fließt eine schockierende Menge schwarzer Flüssigkeit, die sich in Luft auflöst, noch ehe sie unten am Boden ankommt.

Haruyuki blinzelt einmal energisch, schärft sich selbst ein, dass er sich jetzt nicht von seinen Emotionen leiten lassen darf, und will dazu übergehen, Chrome Disaster mithilfe des Drahts, der sie immer noch verbindet, auf die Erde herabzulassen. Niko müsste diese Stelle hier auch gleich erreichen.

Er fliegt ein Stück höher hinauf. Der gespannte Draht hebt den rechten Arm von Chrome Disaster an.

Doch da –

»Grru...uooooh!!«

Plötzlich erklingt ein wahnsinnig lauter Schrei.

Chrome Disaster reißt seinen Kopf nach oben. Aus der Mitte seines kapuzenförmigen Helms tauchen viele lange, dunkle Fangzähne auf, als sein Mund sich weit öffnet.

Haruyuki sackt mit einem Mal mehrere Meter nach unten. Er fängt an, so schnell wie möglich mit den Flügeln zu schlagen, um der dämonischen Anziehungskraft zu widerstehen. Der straff gespannte Draht gibt knarzende Geräusche von sich. Direkt vor seinen Augen klappern wie wild geworden die hungrigen Zähne.

»Gnh...huoh ...«, stöhnt Haruyuki und versucht, sich mit aller Kraft zu wehren. Chrome Disaster kann durch dieses »Fressen« seine Energie regenerieren. Wenn er Haruyuki jetzt verschlingt, werden seine Wunden heilen und er fällt garantiert wieder über Niko und dann auch über Kuroyukihime her.

Haruyuki löst seinen Blick von dem furchterregenden Schlund und schaut senkrecht nach oben.

Der Himmel des unbegrenzten neutralen Felds, über den gerade die Nacht hereinbricht, ist fast vollständig von pechschwarzen Wolken bedeckt, aber in den Lücken dazwischen sieht man ein ganz klein wenig die Sterne.

Nach einem besonders großen, roten Exemplar davon streckt Haruyuki seinen rechten Arm aus. Er ballt die Hand fest zur Faust und brüllt:

»U...o...oooooooh!«

»Zumm!«

Ein Schwirren geht durch die Luft und die Auftriebskraft seiner silbernen Flügel übersteigt den Zug des stählernen Drahts. Haruyuki schnellt mit einem Ruck geradlinig hoch und steigt, während Chrome Disaster immer noch an ihm hängt, in einem Wahnsinnstempo an der Außenfassade der Sunshine City entlang auf, so dicht, dass er sie dabei fast berührt. Die Druckwelle lässt die Wandfläche wogenartig erzittern. Im Anschluss daran bersten die Glasfenster.

In nur wenigen Sekunden hat Haruyuki den höchsten Punkt des Turms erreicht. Dort ragt aus dem oberen Rand waagerecht ein langer, merkwürdiger Stachel heraus. An dem stößt Haruyuki sich ab und nutzt den so entstandenen Schwung, um sich umzudrehen.

Und zwar zu Chrome Disaster, der ihm am Draht entgegengeflogen kommt.

»Uh...raah!!«, brüllt Haruyuki und verpasst dabei mit dem rechten Fuß seinem Gegner einen Tritt in die Kehle. Mit einem scharfen metallischen Klang fliegt die untere Hälfte des Helms davon, die dunklen Zähne bröckeln auseinander.

Ohne seinen Fuß zurückzuziehen, beschleunigt Haruyuki nun mit aller Kraft nach unten. Der helle und der dunkle Silberavatar fallen zusammen wie eine Sternschnuppe in Richtung Erde.

Und da –

»Fwwt!«

Die Dunkelheit im Innern von Disasters Helm löst sich komplett auf.

Darunter kommt eine Maske in einer hellpinken Färbung und mit einfachem Design zum Vorschein.

Die schmalen, ovalen Augen blinzeln schwach und aus dem kleinen Mund dringt eine Stimme. Eine noch kindlich klingende Jungenstimme.

»Ich ... will nur ... stark werden. Das ist alles ...«

Haruyuki reißt im Flug seine Augen weit auf. Sie treffen auf die unter ihm. Beide Kämpfer schauen sich intensiv an, und der rosafarbene Avatar fügt hinzu: »Du ... verstehst das sicher, oder? Du strebst doch auch ... nach Kraft, nicht wahr ...?«

In dem Moment, als er das hört – fühlt Haruyuki, wie aus der Tiefe seines Körpers ein unglaublich heißes Gefühl in ihm aufsteigt.

Es ist Zorn. Rasende Wut.

»Stark werden ... ja?«, sagt er, während er den gesamten Schwung, den ihm der Sturzflug verleiht, nach wie vor in seinem rechten Bein konzentriert, das gegen den Hals des Avatars drückt. Und dann bricht es auch schon laut aus ihm heraus: »Und das entschuldigt alles, ja?! Dass du diesen Harnisch angelegt, viele Avatare zur Strecke gebracht und sogar versucht hast, dein eigenes Kind, Niko, zu fressen?!«

Haruyuki befindet sich schon auf weniger als der halben Höhe des Turms. Wenn er sich jetzt nicht löst, wird es auch für ihn brenzlig werden. Das weiß er, aber er kann die Worte, die aus ihm herausprudeln, nicht unterdrücken.

Stark werden. Ja, diese Phrase hat ihn in letzter Zeit wie ein Fluch unaufhörlich verfolgt. Er hat sich für minderwertiger gehalten als alle um ihn herum und sich wie besessen in sein verrücktes Training gestürzt. Aber nachdem er heute an dieser Schlacht teilgenommen und sich in vielen schwierigen Momenten tapfer durchgeschlagen hat, weiß er nun, dass er etwas sehr Wichtiges vergessen hatte.

Dass Stärke sich nicht unbedingt aus dem Vergleich mit anderen ergibt.

Ob man in einem Kampf gewinnt oder verliert, ob man mehr oder weniger kann als jemand anderes, das alles sind nur oberflächliche Maßstäbe und hat überhaupt keinen Wert.

Nur man selbst. Nur man selbst liefert die einzig ultimative Bemessungsgrundlage.

»Du bist nicht der Einzige!«, brüllt Haruyuki, so laut er kann.

»Auch Niko ... Auch Kuroyukihime ... Auch Taku, auch andere Burst Linker ... Auch Chiyu oder die Leute aus der Schule, auch die Lehrer, alle wollen das!! Stark werden, stark leben ... Allen schwierigen Dingen im Leben aus eigener Kraft trotzen können, das wollen wir alle!!«

Vom Harnisch lösen sich Splitter, die dem Tempo des Sturzflugs nicht standhalten. Sie verwandeln sich sofort in kleine Lichtkörner und verschwinden. Selbst das Dunkle, das aus seinen unzähligen Verletzungen quillt, erhitzt sich, kaum dass es mit der Luft in Berührung kommt, und verbrennt restlos.

Der Avatar unter dem Helm sagt nichts mehr.

Haruyuki schießt weiter mit ihm hinab, ohne auch nur zu bremsen oder sich noch von ihm lösen zu wollen.

Fast genau in der Mitte der großen Treppe vor dem Eingang zum Turm schlagen die zwei ineinander verschlungenen Avatare mit einer furchtbaren Geschwindigkeit auf und lösen eine letzte, gewaltige Explosion aus.

8

Nachdem er von der Feuersäule erfasst wurde, die bis in den Himmel reichte, und die Stoßwelle ihn herumgeschleudert hat, bleiben in Haruyukis HP-Balken immer noch zwanzig Prozent seiner Energie erhalten, was aber daran liegt, dass er vom Aufprall an sich nicht so viel abbekommen hat.

In dem Moment, als Chrome Disaster in die große Treppe vor der Sunshine City hineingekracht und ein gewaltiger Krater entstanden ist, wurde sein Harnisch, das Enhanced Armament, endlich vollständig zerstört. Er zerbarst in Tausende kleine Metallsplitter. Aus seinem Inneren entwichen die dichten Dunkelheitspartikel gen Himmel. Sie wirkten für Haruyuki wie ein Kissen, das ihn zurück in die Luft stieß. Danach fühlte er, wie der Draht an seinem Rücken riss, womöglich weil er mit einem der Splitter in Berührung gekommen war.

Als er dann wie wild in der folgenden Riesenexplosion herumgeschleudert wurde, rollte er sich so klein wie möglich zusammen und ließ die Einschläge über sich ergehen, die seinen Energiebalken schrumpfen ließen. Irgendwie schaffte er es, dem heißesten Bereich zu entkommen, und setzte taumelnd zur Landung an, während von seinem Körper dünner Rauch aufstieg. Nachdem er auf dem Boden angekommen war, konnte er nicht mehr stehen und fiel klappernd auf die Knie.

Als er nun den Kopf hebt, hat sich die orange-schwarze Feuersäule endlich in der Atmosphäre zerstreut und ist gerade dabei zu verschwinden. Die herabregnenden Feuerfunken prallen an den grauen Fliesen und den verdorrten Bäumen ab und lassen die Umgebung rot erstrahlen.

Das Zentrum der großen Treppe ist nun wie ein Mörser kreisförmig ausgehöhlt.

Und dort unten in der Mitte liegt halb verschüttet ein kleiner Avatar.

Seine Rüstung in Kirschrot ist gänzlich verbrannt, die linke Hand und das rechte Bein hat er verloren. In den ovalen, etwas seltsam anmutenden Augen flackern unregelmäßig zwei ganz schwache Lichter, bis sie schließlich verschwinden.

Seine Gestalt gibt ein sehr kraftloses, bedauerliches Bild ab. Unvorstellbar, dass dieser Avatar so einen schrecklichen Harnisch anlegen und andere schonungslos umbringen konnte.

Da hört Haruyuki, der immer noch an derselben Stelle hockt und sich nicht bewegen kann, von hinten leise Schritte nahen. Dann klopft ihm jemand auf die linke Schulter.

»Super, Silver Crow. Den Rest ... übernehm dann ich.«

Der Rote König macht einen knirschenden Schritt nach vorne und steigt in den Krater hinab. Haruyuki schaut seinem zierlichen Rücken schweigend hinterher.

Erst will er aufstehen und folgen, aber dann überlegt er es sich sofort wieder anders. Er hat das Gefühl, dass dieses letzte Gespräch der beiden lieber von niemandem belauscht werden sollte.

Die zwei Avatare, beide zum roten Farbspektrum gehörend und auch fast gleich groß, scheinen sich eine Weile zu unterhalten, der eine stehend, der andere weiterhin liegend. Schließlich kniet Nikos purpurroter Mädchenavatar neben dem Avatar des Jungen nieder. Sie schiebt ihren zerfetzten linken Arm unter ihn, richtet ihn etwas auf und drückt ihn fest an sich.

Dann hebt sie sanft ihre rechte Hand mit dem Revolver und drückt die Mündung an die Brust des Jungen.

Der Judgement Blow – trotz seines Namens erzeugt er jetzt nur ein schwaches Geräusch und ein kleines Licht. Doch als die virtuelle Patrone den Avatar durchbohrt hat, wird Haruyuki Zeuge eines Phänomens, das er bis dahin noch nie gesehen hat.

Der Avatar des Jungen löst sich in viele kleine Bänder auf. Sie alle setzen sich aus Reihen haardünner, leuchtender Codezeilen zusammen. Alle Informationen, aus denen der Duellavatar Cherry Rook bestanden hat, fallen auseinander, zerstreuen sich und vergehen im Himmel der beschleunigten Welt.

Etwa zehn Sekunden später hält Niko nichts mehr in den Armen.

Der purpurne Avatar sackt an der Stelle, an der er kniet, zusammen und blickt in den Himmel, der schon fast vollständig von abendlicher Dunkelheit überzogen ist.

Haruyuki steht wankend auf und läuft zum Zentrum des Kraters, sein ziemlich schwer verletztes rechtes Bein hinter sich herziehend. Ein paar Sekunden dauert es, bis er kurz hinter Niko an ihrer rechten Seite angekommen ist und stehen bleibt. Aber es schnüren ihm so viele unterschiedliche Gefühle das Herz zu, dass er kein Wort herausbekommt.

Schließlich sagt Niko still: »Cherry und ich ... Wir haben beide keine Eltern.«

»...?«

Haruyuki versteht nicht sofort, was sie meint. Er will sie schon danach fragen, als sie leise fortfährt: »Mit Eltern meine ich nicht die, die einem eine Kopie von *Brain Burst* geben. Sondern die in der Realität ... echte Eltern. Weißt du noch, wie ich gesagt hab, dass meine Schule ein Internat ist? Genauer gesagt ist es eine Schule für Kinder ohne Erziehungsberechtigte«, sagt Niko emotionslos, immer noch auf dem Boden hockend. Haruyuki kann nur stumm zuhören.

Ungefähr zu Beginn dieses Jahrhunderts hat man in Krankenhäusern und anderen Einrichtungen mit der bedingungslosen Aufnahme von Neugeborenen begonnen, für die es woanders keinen Platz gab. Um das Jahr 2030 herum wurde dieses System schließlich Gesetz, in einem von vielen Versuchen, das immer drastischere Sinken der Geburtenrate und das Altern der Bevölkerung aufzuhalten. So wurden überall Schulen gegründet, die gleichzeitig auch als Zufluchtseinrichtung fungieren. Wenn Haruyuki sich recht erinnert, gibt es im Bezirk Nerima, den die Rote Legion kontrolliert, ebenfalls eine solche Schule.

»Und ich ... bin halt anders. Hab in der Schule nie Anschluss gefunden ... Immer nur alleine VR-Games gezockt. Aber dann, vor drei Jahren ... sprach mich ein Junge an, der zwei Klassen über mir war. Er hätte da ein noch interessanteres Spiel, ob ich es nicht mal ausprobieren will.«

»Ha ha!«

Niko lacht kurz auf und fährt dann fort.

»Dass ich bei so einer Einladung überhaupt eine Direktverbindung zugelassen hab. Aber ... er hatte ein hochrotes und so angestrengtes Gesicht, dass es schon wieder komisch war. So blieb es auch, nachdem ich zum Burst Linker geworden war. Er hat sich unglaublich bemüht, mir viel beizubringen, und wenn es brenzlig wurde, hat er sich vor mich gestellt und mich beschützt. Doch dann ... war ich im selben Level wie er ... habe ihn überholt ... und ehe ich mich versah, war ich Level neun. Seit ich Legionsmaster bin, hatte ich alle Hände voll zu tun ... und habe mich fast gar nicht darum gekümmert, was er denkt oder was ihm Sorgen bereitet. Ich habe nicht mal gemerkt, dass er in der Realität ... wenn wir uns in der Schule getroffen haben, komisch war ...«

Nikos linke Hand gräbt sich knirschend in den Boden. Sie senkt den Kopf, ihre Schultern zittern. Mit dünner Stimme presst der junge König heraus: »Er ... wollte immer mein Elter bleiben. Und ich sollte weiterhin sein Kind sein. Darum wollte er mehr Macht für sich. Und ist der Versuchung des Harnischs erlegen. Wenn ich ... Wenn ich ihm wenigstens einmal gesagt hätte ... dass die Level keinerlei Rolle spielen, dass er mein Elter ist ... und es auch immer ... bleiben wird ...«

Niko krümmt ihren Rücken, kauert sich klein zusammen und fängt an zu schluchzen.

Haruyuki fällt lange Zeit nichts ein, was er ihr jetzt sagen könnte.

Die Elter-Kind-Beziehung zwischen Burst Linkern. Haruyuki hat geglaubt, dass er ihre Bedeutung verstehen würde, da er doch mit Kuroyukihime auf so eine Art verbunden ist. Aber für Niko und Cherry Rook, die beide keine leiblichen Eltern haben, war diese Beziehung das einzig Verlässliche, an das sie sich halten konnten. Und das hat Niko jetzt durchtrennt. Sie musste es trennen.

Haruyuki schluckt gewaltsam seine aufsteigenden Tränen herunter, kniet nieder und legt behutsam seine Hände auf Nikos Schultern.

»Niko. Es stimmt ... *Brain Burst* ist kein normales Spiel. Aber ... es ist auch nicht unsere gesamte Realität«, beginnt Haruyuki nach langem Überlegen. Das traurige Schluchzen wird ein klein wenig leiser.

»Ich habe auch ständig Angst davor, nicht stark genug zu sein. Ich fürchte mich, von **ihr** verlassen zu werden. Aber ... ich kenne sie auch in der Realität. Ich weiß, wie sie aussieht, kenne ihren Namen und ihre Stimme. Und diese Verbindung zu ihr wird niemals abreißen, egal was passiert. Denn diese Dinge sind keine Daten. Sie sind tief in meinem Herzen eingeschlossen. Darum ... Darum kannst du dich einfach wieder in der realen Welt mit ihm anfreunden. Das schafft ihr bestimmt ... Schau dir uns an, wir gehören in der beschleunigten Welt zwar unterschiedlichen Legionen an, aber in der realen sind wir doch Freunde geworden.«

Das leise Schluchzen hält noch eine Weile an, versiegt dann aber schließlich in der sanften Brise, die durch die Dämmerung zieht.

Ein letztes Mal bebt Nikos Rücken noch einmal heftiger als vorher, dann wischt sie sich mit der rechten Hand über die Augen ihres Avatars und schlägt damit direkt im Anschluss Haruyukis Hände von ihren Schultern weg.

»Freunde ... häh?«

Ihre Stimme klingt angekratzt und zittrig, hat aber bereits wieder ein klein wenig ihres frechen Klangs zurückerlangt. Der junge König steht zackig auf und sagt entschieden, während er durch seine roten Linsen auf Haruyuki herabschaut: »Dafür ist es hundert Jahre zu früh! Du könntest höchstens noch mein Untertan werden! Also werd hier nicht unverschämt!!«

»Hä… Häääh?«

Haruyuki will ihr entgegnen, dass sie unrecht hat, doch da kommt ihm eine kalte Stimme zuvor, die hinter ihnen ertönt.

»Hey, wer ist hier wessen Untertan?«

Auweia!

Haruyuki dreht den Kopf herum. Sein Blick fällt auf einen von oben bis unten ramponierten, aber dennoch aufrecht stehenden tiefschwarzen Avatar – Black Lotus.

Und einen kobaltblauen Avatar, der sie am linken Arm stützt – Cyan Pile.

»K… Kuroyukihime! Taku!!«, schreit Haruyuki, springt auf und läuft zu ihnen.

»G… Geht es dir gut, Kuroyukihime …? Und Taku, wie kommst du …?«, setzt er an, aber da fällt es ihm endlich wieder ein. Kurz bevor sie angefangen haben, gegen die Gelbe Legion zu kämpfen, hat Takumu es selbst gesagt: Burst Linker, die im unbegrenzten neutralen Feld sterben, werden nach einer Strafzeit von einer Stunde am gleichen Ort wiederbelebt. So viel Zeit ist also schon vergangen, ohne dass Haruyuki es gemerkt hat.

»Taku … Mensch, was machst du nur für Sachen …«, brummt Haruyuki.

Takumu streckt daraufhin eine Hand aus und erwidert: »Das sagt der Richtige, schau mal, wie schlimm du aussiehst. Wie konntest du Chrome Disaster nur ganz alleine verfolgen? Das war Wahnsinn.«

»Den Wahnsinn hat er von seiner Meisterin übernommen.«

Die Meisterin löst sich von Cyan Piles Arm, schwebt surrend zu Niko und baut sich unmittelbar vor ihr auf.

Sie schwingt ein paarmal die Schwertspitze ihres rechten Arms hin und her und sagt leicht arrogant: »So, Scarlet Rain. Gibt es vielleicht etwas, das du mir sagen möchtest?«

»...«

Eine Weile lang zittert die rechte Faust des Roten Königs. Dann wendet Niko ruckartig den Kopf ab.

»Sorry.«

»Wie, nur das?! ... Mensch, genau darum find ich Kinder so ...«

»D... Das musst du gerade sagen, nachdem du einfach faul herumgelegen hast, während wir alle hart gekämpft haben!«

»Wie bitte ...?«

Die Könige führen ihre Gesichter eng zueinander und versprühen rote und blauviolette Funken. Haruyuki und Takumu gehen beschwichtigend dazwischen.

Und in dem Moment – weht plötzlich ein Windstoß, der um einiges stärker ist als die bisherigen, vom gigantischen Turm der Sunshine City herunter, sodass Haruyuki unwillkürlich die Augen zukneift. »Oh!«, murmelt Niko. Und Kuroyukihime sagt: »Haruyuki, schau mal. Eine **Verwandlung**.«

»V... Verwandlung?«, erwidert der fragend, blickt hoch und sieht ... ein unglaubliches Panorama, in dem die ganze Umgebung rasend schnell eine neue Gestalt annimmt. Die dämonische Großstadt, in der sich nur blauschwarzer Stahl und eine verwüstete Ebene befunden haben, wird von Osten her mit einem polarlichtfarbenen Schleier überzogen.

Von diesem Vorhang umspielt, verändert sich das Stadtbild mit den nackten, kalten Stahlträgern und es entsteht eine gewaltige Baumkolonie mit dicken Stämmen. In diesen befinden sich Löcher, die als Ein- und Ausgänge dienen, es gibt Treppen, die sich um die Stämme winden, und zwischen den massiven Ästen sind Hängebrücken aufgespannt. Es wirkt wie ein Elfenland aus einem Fantasyfilm.

Das dichte Blätterwerk leuchtet im Dunkel der Nacht schwach bläulich und erhellt den Boden des Waldes. Während Haruyuki einfach nur überrumpelt dasteht, sieht er den regenbogenfarbenen Schleier nahen, mit einem rauschenden Geräusch alles in sich einhüllen und in seinem Rücken entschwinden.

»Ah ... D... Die Sunshine ...«

Dort, wo bis gerade eben noch der riesige Turm, die Dämonenresidenz, gestanden hat, ragt jetzt ein gigantischer Baum bis in den Himmel hinein. Haruyuki bleibt die Luft weg.

Der mit smaragdgrünem Moos bewachsene, raue, knotige Baumstamm erstreckt sich senkrecht in die Höhe. Seine Krone verschwindet weit, weit oben in den Wolken. Hier und da ragen aus dem Stamm Terrassen heraus, die wie kleine Wälder aussehen. Blaue Lichtkörner fallen von oben herab Richtung Erdboden. Bei diesem majestätischen Anblick möchte man ihn fast als Weltenbaum bezeichnen.

Aber – warum hat sich das Feld jetzt so verändert?

Als Haruyuki fragend zu Kuroyukihime blickt, erscheint im Gesicht ihres verletzten Avatars die Spur eines Lächelns.

»Du weißt doch, als wir vorhin in dieses Feld gedived sind, habe ich gesagt, dass seine Eigenschaft ›Chaos‹ ist.«

»Hä ...? Ach ja, stimmt ...«

»Das bedeutet, dass diese Welt ihr Aussehen nach einer bestimmten Zeit verändert. Die meisten Kulissen sind aber sehr grausam. Du hast Glück, so eine schöne Szenerie sieht man hier selten.«

»Ah … Ach so.«

Haruyuki atmet tief die Luft ein – selbst diese hat einen süßlichen Duft angenommen – und nickt mehrmals.

Zum ersten Mal ist er jetzt, nach dieser Reihe schwieriger, harter Kämpfe, froh, dass er die Gelegenheit erhielt hierherzukommen.

Ich bin noch zu schwach, um hier gegen andere anzutreten. Aber irgendwann werden alle sehen, wie ich so stark werde, dass ich frei über den Himmel dieser Welt fliegen kann. Ich werde sicher auch in nächster Zeit noch oft auf lächerliche Weise Kämpfe verlieren … Aber irgendwann, bestimmt.

»Jetzt würd ich gerne sagen, dass du noch mal mit uns fliegen sollst … Aber nach einer Verwandlung tauchen auch wieder neue Enemys auf, da ist es zu gefährlich, hier noch herumzustreunen. Lasst uns brav heimgehen.«

Als Niko das sagt, nickt Kuroyukihime zustimmend.

»Ja, besser ist es … Oh, nein, halt. Wir haben noch etwas Wichtiges vergessen.«

Sie sieht alle der Reihe nach an und sagt deutlich strenger: »Öffnet alle eure Statusfenster und schaut in das Item-Lager. Solltet ihr dort einen ›Harnisch des Unglücks‹ sehen … dann löscht ihn unbedingt. Damit so etwas nicht noch einmal passiert.«

Haruyuki reißt seine Augen weit auf.

Stimmt ja, das müssen wir auf jeden Fall noch machen.

Als vor zweieinhalb Jahren die sieben Könige der reinen Farben den vorherigen Chrome Disaster besiegt haben, wurde im Anschluss genau das Gleiche getan. Und alle hatten damals geschworen, den Harnisch nicht in ihrem Besitz zu haben.

Aber dem war in Wirklichkeit gar nicht so gewesen. Es existiert zwar kein Beweis, aber der Harnisch muss dem Gelben König, Yellow Radio, zugefallen sein. Dieser hat es verheimlicht und ist dann vor einiger Zeit auf Cherry Rook aus der Roten Legion zugegangen und hat diesem den Harnisch gegeben. Durch die bösartige Natur des Harnischs sorgte der König dafür, dass Cherry Rook den Nichtangriffspakt verletzte, um Niko dafür mit ihrem Kopf bezahlen zu lassen.

Kuroyukihime hat recht, die Tragödie darf sich nicht noch einmal wiederholen. Haruyuki streckt seine rechte Hand aus, berührt damit seinen eigenen HP-Balken, woraufhin sich das Statusfenster öffnet. Dort geht er in das Item-Lager.

Das Fenster – ist vollkommen leer. Wie sehr er auch darauf starrt, es ist kein einziger Buchstabe darin zu sehen.

»Ich hab ihn nicht.«

Als Haruyuki seinen Blick hebt und das sagt, folgen ihm auch Niko und Takumu mit einem Kopfschütteln.

»Ich auch nicht.«

»Ich ebenfalls nicht.«

Zuletzt sagt auch Kuroyukihime leise: »Bei mir ist er auch nicht«, und alle vier schweigen für einen Moment.

Cherry Rook, der fünfte Chrome Disaster, hat *Brain Burst* durch Nikos Judgement Blow definitiv für immer verloren. Und es heißt, dass wenn der Träger eines Enhanced Armaments den Punktenullstand erreicht, es mit einer bestimmten Wahrscheinlichkeit ins Item-Lager des Siegers übergeht. Dann ist das diesmal endlich nicht mehr geschehen und er ist endgültig verschwunden ... könnte man jedenfalls vermuten.

Da die Statusfenster der anderen nicht einsehbar sind, ist es genauso möglich, dass einer der Anwesenden so wie der

Gelbe König damals lügt und den Harnisch tatsächlich heimlich behält. Aber –

»Diesmal ist er also wirklich verschwunden«, sagt Haruyuki entschieden.

Dem stimmt Niko zu: »Ja. Wir sind ja nicht wie dieser Radio, und nachdem wir gegen ihn ... gegen Disaster gekämpft haben, wird keiner von uns so blöd sein, das Ding selbst besitzen zu wollen. Der Harnisch ist weg. Wir haben ihn endgültig zerstört.«

»Ja ... Ich habe die Explosion selbst von drüben aus dem Süden noch gesehen. Das beweist wohl, dass er nun vernichtet ist«, nickt auch Takumu. Und zum Schluss erklärt Kuroyukihime bestimmt: »Gut. Die Entscheidung im Kampf gegen den Gelben König hat sich zwar mindestens bis zum nächsten Mal verschoben, aber auf jeden Fall haben wir unsere Mission erfüllt. Lasst uns zurückgehen und darauf anstoßen.«

»Oh ja, machen wir eine Flasche Champagner auf!«

»Dummkopf, für Kinder gibt es Saft.«

Und während sie sich wieder ein Wortgefecht liefern, laufen die beiden Könige los. Takumu und Haruyuki folgen ihnen schmunzelnd.

Am Fuße des Weltenbaums finden sie eine große Höhle, in deren Inneren wie schon bei dem stählernen Turm ein blaues Licht brennt. Als die Gruppe auf den wirbelförmig strahlenden Leave Point zugeht, hört Haruyuki, der den Schluss bildet, plötzlich ein Geräusch.

Ihm ist, als hätte er auf einmal eine ganz leise Stimme gehört.

»Hä ...?«

Unwillkürlich dreht er sich um, aber es ist niemand zu sehen.

»Was ist, Haru?«

Auf Takumus Frage hin schaut Haruyuki schnell wieder nach vorne und schüttelt den Kopf.

»Ach, nichts! Hah ... Irgendwie bin ich jetzt zehnmal so erschöpft wie nach einem normalen Duell. Ich hab so schrecklich ... großen Hunger ...«

»Hey, hey, schon vergessen, dass wir in der Realität erst bis vor wenigen Sekunden Kuchen gegessen haben?«

»Uff, gar nicht mehr dran gedacht ...«

Während er so mit seinem Kumpel herumalbert, passieren sie den von dicken Wurzeln umgebenen Eingang.

Das Innere des Weltenbaums wird von einer großen, halbkugelförmigen Decke überspannt. In der Mitte schwebt ein blaues Portal, durch das wie bei einer Fata Morgana das Bild des realen Ikebukuros schimmert.

Nachdem Haruyuki den anderen ein paar Schritte gefolgt ist, dreht er sich noch einmal, ein letztes Mal, um.

Hab ich mir das nur eingebildet ...? Bestimmt.

Er blickt sofort wieder nach vorn.

Als er jedoch in das sich langsam drehende Portal hineinspringt, hört er genau in dem Moment wieder eine merkwürdige Stimme in seinem Hinterkopf erklingen. Und diese sagt: »Fressen.«

9

Haruyukis Augen sind fest auf eine stählerne Öffnung gerichtet, in der eine Spirale im Uhrzeigersinn verläuft.

Es ist Samstag. Vier Uhr nachmittags und der Territorialkampf, bei dem die Schwarze Legion, Nega Nebulus, ihr Gebiet Suginami 3 verteidigt, ist auf dem Höhepunkt angelangt.

Herausforderer ist ein gut ausbalanciertes Team aus einem blauen, einem roten und einem violetten Avatar. Von diesen dreien wurden sie in letzter Zeit schon oft angegriffen. Somit sind es Gegner, gegen die Haruyuki auch schon viele peinliche Niederlagen eingesteckt hat.

Besonders große Probleme bereitet ihm der Scharfschützenavatar im dunkelroten Umhang, der mit einer Panzerbüchse bewaffnet ist. Er versteckt sich irgendwo auf einem entlegenen Gebäude weitab der Front und schießt mit erschreckender Genauigkeit fürchterlich starke Patronen auf Haruyuki.

Nega Nebulus besteht nur aus drei Mitgliedern, von denen Kuroyukihime und Takumu absolute Nahkampftypen sind – weshalb Haruyuki mit seiner hohen Manövrierfähigkeit zwangsläufig den gegnerischen Scharfschützen übernehmen muss. Da er selbst aber keine Attacken besitzt, mit denen er aus weiter Entfernung angreifen könnte, bleibt ihm nichts anderes übrig, als die Position des Schützen auszumachen und direkt zu ihm zu fliegen.

Bisher hat Haruyuki es bei den Territorialkämpfen jedoch während dieser Annäherungsversuche nicht geschafft, den Kugeln seines Gegners auszuweichen, und wurde immer

wieder elend abgeschossen. Seine Fehler musste dann Kuroyukihime mit ihrer immensen Kampfkraft wieder ausglei-
chen, wofür Haruyuki sich bisher jedes Wochenende aufs
Neue heftige Vorwürfe machte.

Und auch jetzt, während er mit Vollgas dahinfliegt, rückt
die schwarze Gewehrmündung auf dem Dach des einen Kilometer entfernten Hauses keinen Millimeter von ihm ab.

Wenn er geradewegs darauf Kurs nehmen würde, käme das
praktisch einer Aufforderung zum Schießen gleich. Also legt
Haruyuki ein Manöver nach dem anderen ein, alle so zufällig
wie nur irgendwie möglich, und verschwindet ab und zu auch
im Schatten diverser Objekte auf dem Boden. Aber was auch
immer der Gegner für eine Technik dafür hat, seine riesige
Waffe folgt ohne die kleinste Verzögerung all seinen Bewegungen.

Wann schießt er? Jetzt? Oder gleich?

In den Straßen und auf den Häusern, die schnell vor seinen Augen vorüberziehen, sieht er hier und da Zuschauer
stehen. Unmittelbar nach seinem Debüt hat Haruyuki als
einziger Besitzer einer Flugfähigkeit zunächst große Erfolge
gefeiert. Aber jetzt, da seine Schwachstelle offenbart wurde,
sieht man ihn öfter wie ein Stein vom Himmel fallen als fliegen. Bestimmt sind die Zuschauer enttäuscht – beziehungsweise er wäre froh, wenn es nur das wäre. Neuerdings hat er
das Gefühl, dass dieser Punkt längst überschritten ist und sie
inzwischen über ihn lachen. Und wenn er sich das vorstellt,
wird ihm ganz heiß im Kopf.

Und mit Sicherheit schauen sowohl Takumu als auch Kuroyukihime, die im hinteren Teil des Schlachtfelds gegen
die feindlichen Nahkampfavatare antreten, zwischen den

Attacken zu ihm rüber. Sie fragen sich, ob er heute endlich den Schützen erledigen wird oder sie ihm wieder helfen müssen.

Wann schießt er denn nun? Soll er es doch endlich machen. Und mich von diesem Druck befreien.

Unbewusst beginnt Haruyuki aus Verzweiflung, in eine direkte Flugbahn überzugehen.

Doch da reißt er entsetzt seine Augen auf.

Wenn das so weitergeht, endet es wieder genau wie letzte Woche. Hab ich denn überhaupt nichts gelernt?

Natürlich kann er nicht von heute auf morgen plötzlich stark werden. Nur weil er etwas trainiert hat, wird er den Schüssen nicht gleich ausweichen können.

Aber seine Einstellung kann er jederzeit ändern. Er kämpft nicht, um vor den Zuschauern gut auszusehen. Auch nicht, um Anerkennung von Takumu oder Lob von Kuroyukihime zu bekommen.

Er kämpft nur für sich selbst. Um sein kriecherisches, schwaches, phlegmatisches und überaus verhasstes Selbst ein klein wenig mehr zu mögen als gestern. Dafür kämpft er.

Und deswegen –

»Jetzt kneif nicht, Mann!!«, schärft Haruyuki sich leise ein und strengt seine Augen noch mehr an.

Er darf nicht in die Mündung schauen. Nicht diese Panzerbüchse ist sein Gegner.

Sondern der, der sie hält, der den Finger an den Abzug gelegt hat – der Avatar. Der Burst Linker, der den Avatar steuert. Aus dessen Kopf kommt irgendwann der Impuls zum Angriff – den muss er spüren!

Haruyuki nimmt all seine mentale Energie zusammen, löst den Blick von der Gewehrmündung und starrt nun geradewegs in das rechte Auge des gegnerischen Schützen, das durch den Sucher zu sehen ist.

Da – plötzlich scheint sich der Gegner kurz zu regen.

Im nächsten Moment blitzt in der Ferne etwas Orangefarbenes auf und eine leuchtende Kugel schießt aus der Öffnung des Gewehrs heraus.

Noch bevor seine Augen wahrnehmen, wie das Geschoss mit schraubenförmigen Drehungen näher kommt, hat Haruyuki den Winkel seines rechten Flügels schon ein ganz klein wenig geändert und seinen Körper geneigt. »Tschling!« Die Kugel streift ihn rechts an der Brust und schießt nach hinten weg.

1,5 Sekunden später, der Gegner hat den Geradzugverschluss* seiner Waffe noch nicht vollständig zurückgezogen, trifft Haruyukis Faustschlag sein Kinn.

»Hey, dem bist du aber gut ausgewichen!«

Kaum ist Haruyuki wieder in die Realität zurückgekehrt, verpasst ihm jemand einen Klaps auf den Rücken, sodass er von seinem Stuhl aufspringt.

Als er hinter sich schaut, sieht er Kuroyukihime, die das »Burst Out«-Kommando ein wenig früher gesagt hat als er. Sie lächelt.

Sie sitzen an ihrem gewohnten Tisch ganz hinten in der Lounge, welche direkt an die Schülerkantine der Umesato-Mittelschule anschließt. Es ist später Samstagnachmittag und somit ist kein anderer Schüler da außer ihnen. Selbst Takumu nicht, er scheint seine Beschleunigung auf dem Dach der Schule aktiviert zu haben.

»Ah, ja … Na ja, das war nur Zufall, denk ich …«, sagt Haruyuki und zieht dabei den Kopf ein. Dafür erntet er den üblichen belustigten Blick des Mädchens.

*Art des Zylinderverschlusses (Waffentechnik)

»Von wegen Zufall. Das war perfektes Timing. Wie hast du es vorausgesehen?«

Kuroyukihime lehnt sich an den Tisch, verschränkt ihre Arme und schaut auf Haruyuki herunter. Der druckst zunächst nur etwas herum und antwortet dann: »Wie ...? Na ja ... Ich hab irgendwann von der Mündung weg- und zu seinem Sucher hingeguckt, und da schien er plötzlich kurz zu wackeln oder so ... Und dann bin ich reflexartig ausgewichen, das war's ...«

Als er das nuschelnd sagt, hebt Kuroyukihime schnell eine Augenbraue in die Höhe.

»Ach? Hm ... Ach so, jetzt verstehe ich ... So war das also.«

»W... Was verstehst du jetzt ...?«

»Den Schützen. Ich hatte schon so das Gefühl, dass es nicht normal ist, wie er dich niemals aus dem Blick verloren hat ... Aber wahrscheinlich hat er eine Art Fähigkeit zur Blickerkennung.«

Haruyuki blinzelt verwundert und fragt nach: »B... Blickerkennung ...?«

»Ja. Das heißt, er nimmt wahr, wie der Feind die Mündung seiner Waffe anstarrt, und visiert ihn dadurch automatisch an.«

»Was?! Aber ... das heißt ja, er hat mich bisher immer abschießen können, weil ich die ganze Zeit in seine Gewehröffnung geschaut hab ...?!«

»Genauso ist es.«

»Oh ... Mann ...«

Haruyuki fällt vor Entsetzen die Kinnlade herunter und er rutscht tief in seinen Stuhl hinein. Kuroyukihime sieht ihm kichernd dabei zu.

»Jetzt sei nicht so enttäuscht. Auch wenn ein Trick mit im Spiel war, hast du es trotzdem deinem Eifer zu verdanken, dass du einer so schnellen Kugel ausweichen konntest. Deine Reaktionszeit hat sich im letzten Monat sichtbar gesteigert. Du hast sicher heimlich trainiert, oder?«

»Ah … D… Das hast du also erkannt …«

Während Haruyuki sich noch kleiner macht, schlägt Kuroyukihime vor ihm elegant ihre schlanken Beine in den schwarzen Strumpfhosen übereinander und lässt ein Lächeln ihr hübsches und kluges Gesicht umspielen.

»Natürlich. Ich bin doch dein Elter. Was ist das für ein Training, das du machst?«

»Ä… Äääh, also …«

Resigniert erklärt Haruyuki die Funktionsweise seines selbst programmierten Trainingsspiels.

Aber gerade, als er fertig ist –

»Whack!«

Ihn trifft ein harter Schlag am Kopf, sodass er davon aufschreit.

»Uargh?!«

»D… Du … bist doch vollkommen verrückt!! Du wolltest so kurzen Schüssen ausweichen, bei denen der Schütze fehlt?! Und stellst auch noch die Schmerzen auf maximal?!«, schreit Kuroyukihime mit vor Wut loderndem Gesicht. Ihre rechte Faust zittert …

Aber als sie sieht, dass Haruyuki stocksteif geworden und kurz davor ist, loszuheulen, atmet sie langsam aus. Dann packt sie auf einmal seinen Kopf mit beiden Händen und zieht ihn dicht an sich ran.

»U… Uwaah?! K… Kuroyukihime, w… was …«

Von der Weichheit, die durch ihre Schuluniform dringt, wird Haruyuki fast ohnmächtig. Da erklingt über seinem Kopf ihre auf einmal sehr sanftmütige Stimme.

»Hab ich's dir nicht gesagt? Egal was passiert, ich habe niemals vor, unsere Verbindung aufzulösen. Glaub mir. Das ist ein Befehl.«

»J... Ja.«

Als Haruyuki nickt, lockert Kuroyukihime ihren Griff, lässt seinen Kopf los und lächelt.

»Jetzt kann ich dir ja auch sagen, dass ich die Bitte des Roten Königs auch mit dem Ziel angenommen habe, dir zu zeigen, dass Gewinnen und Verlieren nicht alles ist. Also übertreib es bitte nicht zu sehr. Nimm dir Zeit, um stärker zu werden ... Das macht mich auch glücklicher. So, und nun lass uns nach Hause gehen.«

Haruyuki schaut zu, wie das schwarz gekleidete Mädchen sich erhebt und seine Tasche vom Tisch nimmt. Er nickt noch einmal bestimmt.

Und ganz leise, aber nachdrücklich murmelt er in sich hinein: »Ich ... auch. Egal was passiert, ich werde dich ... nie mehr verletzen.«

»Hm? Hast du etwas gesagt?«

Kuroyukihimes lange Haare schwingen durch die Luft, als sie sich zu ihm umdreht. Haruyuki schüttelt eilig den Kopf.

»N... Nein, nichts!«

Er steht von seinem Stuhl auf und folgt eilig dem Mädchen, das sein Elter und gleichzeitig ein König, das seine ältere Mitschülerin und zugleich über alles geliebte Person ist.

Als Haruyuki die Tür zu seiner Wohnung öffnet, empfängt ihn eine Luft, in der noch ein kleiner Rest des süßlichen Duftes schwebt.

Die Stille und Dunkelheit im Flur sind ihm vertraut und geben ihm jetzt doch ein kleines Gefühl von Einsamkeit. Obwohl die beiden Könige nur zwei Nächte hier übernachtet haben, wird er dieses Erlebnis so schnell nicht vergessen können.

»Bin wieder da …«, murmelt er, streift seine Schuhe ab und öffnet die Tür zum leeren Wohnzimmer.

Seine Mutter müsste heute im Laufe des Vormittags von ihrer Reise zurückgekehrt sein, aber so wie es aussieht, hat sie nur ihren Koffer dagelassen und sich sofort auf den Weg zur Arbeit gemacht. Unglaublich, dass sie dafür noch die Energie hatte.

Haruyuki zieht die Jacke seiner Schuluniform aus. Als er sie gerade zusammen mit der Krawatte über eine Stuhllehne gehängt hat, bemerkt er in einer Ecke seines Blickfelds ein blinkendes Icon. Wie üblich hat seine Mutter ihm auf dem Heimserver eine Nachricht hinterlassen.

Während er sich eine Flasche Oolong-Tee aus dem Kühlschrank holt, startet er mittels Sprachkommando die Wiedergabe der Mitteilung. Zuerst nimmt er ein ganz leises Rauschen wahr, dann folgt die Stimme seiner Mutter.

Haruyuki, ich komme heute wieder sehr spät zurück, vielleicht schaffe ich es auch gar nicht. Bring bitte die Sachen aus meinem Koffer in die Reinigung, ja? Ach, und eine Bitte noch. Es übernachtet noch mal ein Kind bei uns. Diesmal die Tochter eines Kollegen. Sie bleibt nur eine Nacht, also kümmere dich bitte um sie, okay? Sie müsste bereits in der Wohnung sein, wenn du aus der Schule kommst. Also, bis dann.

Wie bitte ...?

Haruyuki erstarrt mit dem Glas Oolong-Tee am Mund.

Nein. Das kann nicht sein. Unmöglich.

Er trinkt einen Schluck aus dem Glas, stellt es wieder ab. Hält den Atem an und schaut sich vorsichtig um.

Im Wohnzimmer und in der Küchenecke ist niemand. Es brennt auch nirgendwo Licht und die Luft ist kühl. Und da Haruyuki gestern Abend noch verzweifelt aufgeräumt hat, sieht man außerdem keine Spuren des verheerenden Spielemarathons von vorgestern mehr.

Während Haruyuki sich mit unterdrücktem Atem weiter umsieht, hört er plötzlich ... wie irgendwo, ganz leise zwar, aber doch vernehmbar, jemand gackernd lacht.

»Das ... kann doch nicht wahr sein ...«, stöhnt er, sprintet wie von der Tarantel gestochen aus dem Wohnzimmer und über den Flur bis ganz nach hinten zu seinem Zimmer und reißt die Tür auf.

Dann holt er tief Luft und brüllt: »Graaaah!!«

Auf seinem Bett liegt ein Mädchen in knallroten Sachen, mit übereinandergeschlagenen Beinen, um es herum einen Berg Papiercomics aus dem letzten Jahrhundert, die es aus seinem geheimen Versteck geholt hat, und in einem davon blättert es gerade herum.

»N...Ni...Ni...Ni...«

Das Mädchen schaut flüchtig zu dem zitternden Haruyuki rüber, hebt den Kopf, wodurch die zwei Zöpfe an den Seiten schaukeln, und sagt freudig lächelnd: »Willkommen zu Hause, Brüderchen!«

»W... Welches Brüderchen?!«, donnert Haruyuki und sackt dort, wo er gerade steht, in sich zusammen. Er zeigt mit dem

Finger auf das Mädchen – Yuniko Kozuki, auch bekannt als Scarlet Rain, der Rote König, und ebenso Immobile Fortress oder Bloody Storm genannt –, und nachdem er seinen Mund mehrmals auf- und wieder zugemacht hat, bringt er irgendwie wenigstens einen kurzen Satz heraus: »Niko ... Warum bist du hier?«

»Keinen Bock, zweimal das Gleiche zu erklären. Hab halt wieder 'ne getürkte Mail geschrieben«, sagt Niko, plötzlich wieder in ihrem normalen Tonfall, und richtet sich auf. Sie wedelt mit ihrem Manga herum – einem, der Mord und Todschlag enthält und mit Sicherheit keinerlei pädagogischen Wert hat – und grinst frech.

»Dein Lesegeschmack gefällt mir auch recht gut.«

»D... Danke, das freut mich ... Nein!!«

Schwer keuchend schüttelt Haruyuki kraftlos seinen Kopf.

»Du bist doch wahnsinnig, oder? Wiederholst dein Social Engineering keinen Tag später auf genau die gleiche Art ...«

»Ja und? Ich hab das extra gemacht, um mich bei dir zu bedanken.«

Niko spitzt beleidigt ihre Lippen. Haruyuki beeilt sich daraufhin zu nicken.

»D... Das ist nett von dir, schön.«

Wenn sie ihre gute Laune verlieren und ihn zum Duell herausfordern sollte, wird ihre gewaltige Feuerkraft ihn diesmal garantiert zu Asche verbrennen. Er setzt ein steifes Grinsen auf und sagt schnell: »Hab ich doch gern gemacht ... Mehr wolltest du nicht, ja? Dann kannst du durch die Tür da nach Hause ...«

»Ach, so kommst du mir also. Pfff! Eigentlich wollte ich dir noch erzählen, was danach passiert ist, aber wenn du nicht willst.«

»Nein, ich höre, ich höre!«

Haruyuki setzt sich sofort ordentlich auf seine Knie. Niko schaut vom Bett auf ihn herab und faltet dann ihre dünnen Beine in den Hotpants zum Schneidersitz. Nach einem kurzen, verärgerten Blick fängt sie zum Glück gehorsam an zu sprechen.

»Es geht um Chrome Disaster ...«

Haruyuki hält ein wenig den Atem an und spitzt die Ohren. Davon wird er auch Kuroyukihime berichten müssen.

»Gestern Abend hab ich den anderen fünf Königen, einschließlich Radio, diesem Mistkerl, mitgeteilt, dass ich Chrome Disasters Exekution durchgeführt habe. Damit ist zumindest diese eine Sache erledigt. Ich hätte sie gerne auch damit konfrontiert, dass der Gelbe König ihm den Harnisch untergejubelt hatte. Aber ich kann es ja leider nicht beweisen ...«

»Okay ...«

Haruyuki nickt langsam. Dann fragt er zaghaft: »Und ... was ist mit, äh, Cherry Rook ...?«

»...«

Niko blickt eine Weile schweigend zum winterlichen Abendhimmel hinauf, den man durch das nach Süden gerichtete Fenster sehen kann.

Sie verengt ihre dunkelgrünen Augen, blinzelt einmal mit den langen Wimpern und antwortet leise: »Er meinte, dass er nächsten Monat umzieht.«

»Was ...?«

»Ein paar entfernte Verwandte von ihm sind aufgetaucht und wollen ihn nach all der Zeit nun doch bei sich aufnehmen. An unserer Schule werden alle Kosten aus Steuergeldern bezahlt. Darum kann kein Schüler so ein Angebot ablehnen. Er zieht also weg ... nach Fukuoka.«

»Ach so ... Ganz schön weit.«

»Ja, schon. Deswegen hat er solche Panik geschoben. Sobald er weg ist, hätte uns nur noch *Brain Burst* verbunden. Und außerhalb von Tokyo gibt es kaum andere Burst Linker. Wenn er sich mit niemandem duellieren kann, sind die höheren Level unerreichbar ... Und aus Panik hat er dann zum Harnisch gegriffen ...«

Niko schluckt und lächelt schwach.

»Aber heute hat er wieder ausgesehen wie damals ... als er mich zum ersten Mal angesprochen hat. Vielleicht, weil er *Brain Burst* nicht mehr besitzt ... Er ist schon eine Weile nicht mehr beim Unterricht gewesen und hat mit niemandem ein Wort gewechselt, aber heute konnte er auch mit mir normal reden. Und ... da kam mir eine Idee. Auch wenn er nun kein Burst Linker mehr ist ... Auch wenn er nach Fukuoka zieht. Die VR-Welt besteht ja nicht nur aus der beschleunigten, nicht wahr?«

Als Nikos Blick sich auf ihn richtet, nickt Haruyuki kräftig.

»J... Ja, natürlich nicht.«

»Darum fiel mir etwas ein, woran ich bisher noch gar nicht gedacht hatte ... Ich will auch mal ein anderes VR-Spiel ausprobieren. Eins, das ich mit ihm zusammen schön lange spielen kann. Wenn du irgendein Gutes kennst, dann gib mir mal einen Tipp.«

»Ach so ... Ach so.«

Haruyuki nickt noch ein paarmal und sagt dann: »Also, dann nimm dir doch einfach eins von denen mit, die ich hier hab ... Auch wenn die fast alle gleich sind.«

»Ha ha ha«, lacht Niko. Dann dreht sie sich plötzlich weg und sucht etwas in dem kleinen Rucksack, der neben ihr liegt.

Heraus holt sie eine braune Papiertüte und wirft sie Haruyuki zu. Der fängt sie schnell mit beiden Händen auf.

»W... Was ist das?«

»Na ja ... Wie soll ich es nennen, ein ... Geschenk. Du meintest ja, die hätten dir so gut geschmeckt.«

Haruyuki legt den Kopf schief und öffnet die Tüte. Ein weicher, süßer Butterduft strömt heraus. Und in weißem Küchenpapier kommen einige goldgelbe Taler zum Vorschein.

Verwirrt nimmt er einen der noch warmen Kekse heraus und fragt Niko vorsichtig: »Äh ... D... Darf ich die wirklich haben ...?«

»Hä? Also wenn du sie nicht brauchst, dann gib wieder her!«

Als sie ihn böse anfunkelt, schüttelt Haruyuki schnell den Kopf.

»Nein, ich nehm sie! D... Danke. Ich war nur etwas überrascht ...«

Er senkt den Blick und beißt in das knackige Gebäckstück in seiner Hand.

Es schmeckt süß, aromatisch und etwas salzig.

Das ist ein echter Geschmack, denkt er. Er steht für etwas, das tatsächlich real existiert.

Und dieses Etwas ... ist die Freundschaft, die diesmal wirklich in der realen Welt zwischen ihm und Niko entstanden ist.

»Ughu ...«

Ein merkwürdiger Laut dringt aus Haruyukis Kehle.

Er macht seinen rundlichen Körper so klein wie möglich, verbirgt sein Gesicht, so gut es geht, und nimmt noch einen Bissen von dem Keks. In dem Moment hört er einen schrillen Schrei vom Bett her: »Wa...Wa... Was heulst du denn jetzt?! S... Spinner, geh doch verrecken, Mann!!«

Haruyuki hört, wie Niko sich bäuchlings aufs Bett wirft und ihn weiter schreiend beschimpft. Er isst währenddessen seinen Keks, der jetzt noch etwas salziger schmeckt als vorher.

*" ENDE

Nachwort

Freut mich, euch wiederzulesen oder neu kennenzulernen, ich bin Reki Kawahara. Vielen Dank, dass ihr zu *Accel World 2 – Die rote Sturmprinzessin* gegriffen habt.

Auf das letzte Nachwort hin habe ich als Reaktion von allen Seiten Dinge zu hören bekommen wie: »Viel zu steif!«, »So ein Spießer!«, oder: »Wer schreibt das?«, und das an die zweihundert Millionen Mal. Deshalb will ich es diesmal ein klein wenig lockerer angehen.

Ich bin ein amateurhafter Radfahrer und strample zweimal pro Woche am Fluss in der Nähe meines Hauses entlang 35 Kilometer weit bis zu einer Wiese im Norden. Auf dieser Wiese sind letztes Jahr zwei Kätzchen zur Welt gekommen. Zuerst waren sie ja noch total niedlich, aber dann sind sie sehr schnell groß geworden (lach) – das ist an sich noch nichts Schlimmes, das einzige Problem besteht nur darin, dass sie nun immer wie der Blitz angestürmt kommen, wenn ich auf einer Bank mein süßes Pausenbrötchen esse, und maunzend betteln, etwas abzubekommen.

Ich glaube nicht, dass Katzen Brot essen dürfen, und außerdem will ich ja nicht, dass sie mir meine wertvollen Kalorien wegnehmen. Also habe ich mir etwas ausgedacht und außer meinem süßen Brötchen noch ein paar getrocknete Sardinen mit eingepackt, um sie den Katzen zu geben. Bin ich nicht ein netter Mensch?! Zum Verlieben, oder?!

Aber dann – ich gebe ihnen voller Selbstvertrauen diese Sardinen (sogar einheimische aus Japan), doch die Katzen riechen nur daran und drehen sich weg. Und dann fing das Gezeter an: Wer will schon diesen Fisch essen, gib uns das Brot, das Brot! Ihr könnt sicher nachvollziehen, wie sehr mich das schockiert hat. Ich hatte bis dahin geglaubt, dass alle Katzen auf dieser Welt in ihrer DNA ein Gen namens »Sardine – liebe ich« tragen. Aber dem ist wohl gar nicht so. Katzen, die ohne Fisch aufgewachsen sind, mögen ihn auch später nicht.

Letztendlich gehen jetzt immer noch etwa zehn Prozent meiner Brotration an die beiden.

Die Moral aus dieser belanglosen Geschichte ist: Wenn man denkt, dass jemandem etwas gefallen wird, kann es letztendlich trotzdem ganz anders kommen. Ja ... Ich hoffe aber trotzdem, dass euch dieser Band, in den ich auf meine eigene Art viel Mühe beim Schreiben investiert habe, Freude bereiten konnte.

Mein Illustrator HIMA und mein Redakteur Herr Miki haben auch diesmal wieder sehr viel für mich getan.

Ich danke auch meinen Freunden aus dem IRC-Channel, die mich aufmuntern, wenn ich wieder einmal dabei bin, den Mut zu verlieren, sowie allen, die mir auf meiner Homepage motivierende Nachrichten schicken.

Und ein herzliches Dankeschön an dich, dafür dass du bis hierher gelesen hast.

30. März 2009   Reki Kawahara

Das ist mein Avatar.

Ich taufe ihn auf den Namen Blechschreiber!

Reki Kawahara

Wenn ich mal so nachrechne, dann führe ich mittlerweile schon seit zehn Jahren ein Leben in ständiger Verbindung mit irgendwelchen Online-Chatrooms. Ich denke, ich kann auch noch ein Burst Linker werden. Ich möchte mich so gerne mal beschleunigen. Und dann die ganze Zeit spiel... Nein, an meinen Büchern schreiben natürlich.

Illustrator: HIMA

Geboren am 3. Oktober. *Accel World* ist das erste Buch, das er illustriert hat. Die Light-Novel-Redaktion fragte seine Mitarbeit an, nachdem sie seine Bilder in einem Flyer des *Dengeki Maoh*-Magazins gesehen hatte. Wenn er nicht gerade arbeitet, postet er private Illustrationen auf seinem Blog oder in sozialen Netzwerken.

TOKYOPOP GmbH
Hamburg

TOKYOPOP
1. Auflage, 2015
Deutsche Ausgabe/German Edition
© TOKYOPOP GmbH, Hamburg 2015
Aus dem Japanischen von Ekaterina Mikulich
Rechtschreibung gemäß DUDEN, 25. Auflage

© REKI KAWAHARA 2009
All Rights Reserved.
Edited by ASCII MEDIA WORKS.
First published in Japan in 2009 by
KADOKAWA CORPORATION, Tokyo.
German translation rights arranged with
KADOKAWA CORPORATION, Tokyo.

Redaktion: Sabine Scholz
Lettering und Herstellung: Stephanie Gieck
Druck und buchbinderische Verarbeitung:
CPI–Clausen & Bosse GmbH, Leck
Printed in Germany

ISBN 978-3-8420-1155-7

ACCEL WORLD MANGA
Hiroyuki Aigamo / Reki Kawahara / HIMA

Willst du noch etwas schneller werden?

Haruyuki ist das geborene Mobbing-Opfer: klein, dick und schüchtern. Sein Schulalltag ist die Hölle, bis ihn die charmante, atemberaubend schöne Kuroyukihime in die Welt des Online-Games *Brain Burst* einführt. In erbarmungslosen Kämpfen treten die Spieler gegeneinander an, um sich die Fähigkeit der »Beschleunigung« zu sichern. Diese fantastische Kraft krempelt Haruyukis Leben von Grund auf um!

THE LEGEND OF ZELDA
HYRULE HISTORIA
Akira Himekawa

Das ultimative Nachschlagewerk!

Das großformatige Hardcover bietet alles, was Fanherzen höher-
schlagen lässt. Hintergrundinfos, zahlreiche Skizzen, Designs
und Artworks aus den Entwicklerstudios. Eine Chronologie von
Hyrule und ein Manga von Akira Himekawa machen das opulent
aufgemachte Buch zum ultimativen Nachschlagewerk über eine
der erfolgreichsten Game-Reihen aller Zeiten!

www.tokyopop.de

THE LEGEND OF ZELDA
A LINK TO THE PAST
Akira Himekawa

Der Manga zum Game-Hit!

Als sich der unheimliche Agahnim des legendären Triforce
bemächtigt, droht Link und den Seinen großes Unheil. Um ihn
bekämpfen zu können, begibt Link sich auf die Suche nach
dem Meisterschwert. Auf seiner Reise lernt er nicht nur fremde Welten kennen, sondern auch viel über sich selbst.

www.tokyopop.de

THE LEGEND OF ZELDA
OCARINA OF TIME
Akira Himekawa

Der Manga zum Nintendo-Spiele-Hit!

Seit Anbeginn der Zeit wacht der mächtige Deku-Baum über den Stamm der Kokiri, die Kinder des Waldes. Als aus den Schatten eine dunkle Bedrohung über das Land hereinbricht, stellt sich der junge Link der Gefahr. Dies führt ihn auf eine abenteuerliche Reise quer durch das Königreich Hyrule und seine eigene Zukunft ...

www.tokyopop.de

ALL YOU NEED IS KILL NOVEL
Hiroshi Sakurazaka / yoshitoshi ABe

Text: Hiroshi Sakurazaka
Zeichnungen: yoshitoshi ABe

Töte alles!

Soldat Kiriya ist auf dem Schlachtfeld. Sein Kamerad Yona-
baru wird getötet, auch der Zugführer stirbt. Er hat all seine
Munition verschossen und versteht nichts von alldem. Die Toten, die Verwundeten, die Kampfkraft der Gegner ... Seine Ein-
drücke vom Krieg gegen die fremden Mimics lähmen ihn und
seine Verletzung am Unterleib ist tödlich. Kiriya stirbt. Nur um
wieder aufzuwachen und den Tag erneut zu erleben. Wie wird
er diese Wiederholung nutzen? Wie lang kann er durchhalten,
ohne verrückt zu werden?

www.tokyopop.de

ALL YOU NEED IS KILL

**Takeshi Obata / yoshitoshi ABe /
Hiroshi Sakurazaka / Ryosuke Takeuchi**

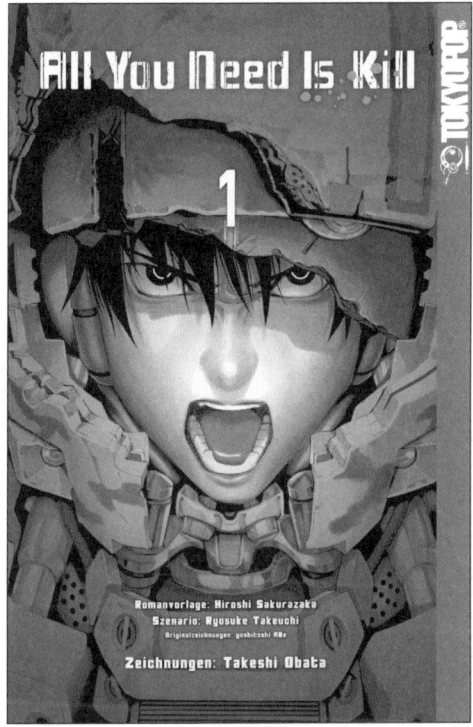

Live. Die. Repeat.

Kiriya ist Soldat und soll die Menschheit vor den außerirdi-
schen Mimics schützen. Die Realität trifft ihn hart: Tote, Ver-
wundete, fliehende Soldaten. Die Mimics verschonen ihn nicht
und er stirbt. Er schlägt die Augen auf. Er lebt und liegt in seinem Bett. Seine Verletzung ist verschwunden. Doch der Tag
wiederholt sich und er stirbt wieder. Was hat das zu bedeuten?
Und wie soll er diesem Albtraum bloß entkommen?

www.tokyopop.de

BLEACH
Tite Kubo

Nur zu kämpfen hat keinen Sinn!
Nur zu überleben hat keinen Sinn. Man muss siegen!

Geister und Dämonen existieren mitten unter uns und Ichigo Kurosaki besitzt die Gabe, diese sogenannten Hollows zu sehen. Eines Tages stolpert er in den Kampf zwischen der Shinigami Rukia Kuchiki und einem Hollow. Dem Tode nahe überträgt die Totengöttin dem ahnungslosen Ichigo all ihre Kraft, damit er den Kampf für sie gewinnt. Neben Highschool und Familienchaos übernimmt Ichigo nun Rukias Aufgaben und taucht in eine immer merkwürdigere Welt ein.

www.tokyopop.de

TALES OF XILLIA – SIDE; MILLA
Original: NAMCO BANDAI Games Inc.

Der Manga zum Rollenspiel-Hit!

In der Welt von Rieze-Maxia leben Menschen, Geister und Monster in friedlichem Miteinander. Als dieser Friede bedroht wird, stellen sich Milla Maxwell und Jyde Mathis dem Kampf gegen das Böse. Milla hat übersinnliche Talente und kann Elementargeister beschwören, Jyde ist trotz seiner jungen Jahre begabt in den Wissenschaften. Beide bringen ihre unterschiedlichen Talente in den Kampf um ihre Welt und deren Bewohner ein.

www.tokyopop.de

BLOOD LAD
Yuuki Kodama

Willkommen in der Hölle!

Die hübsche Fuyumi wird bei einem ungewollten Höllenausflug
Opfer einer fleischfressenden Monsterpflanze und so zum Geist.
Zuvor erobert sie aber noch das Herz des Vampirs und Japan-Fans
Staz. Um Fuyumi ins Leben zurückzuholen, begeben sich die bei-
den auf eine verrückte Irrfahrt durch Menschenwelt und Hölle ...

www.tokyopop.de

BLOOD LAD BRAT
Yuuki Kodama

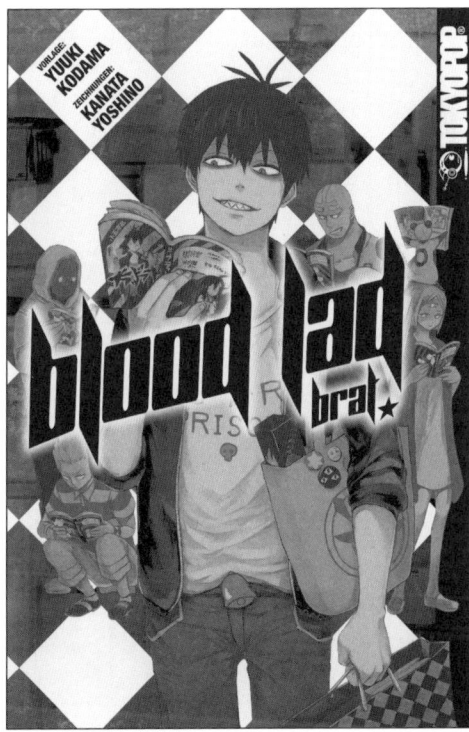

Höllisch gut! Das Spin-off zu *Blood Lad*!

Vampir und Japan-Fan Staz kämpft für die Wiederbelebung der hübschen Menschenfrau Fuyumi. Auf ihrer Irrfahrt durch Menschenwelt und Hölle gab es einige dämonisch lustige Zwischenfälle, die festgehalten wurden. Erlebt die skurrilen Gestalten der Unterwelt ganz privat!

www.tokyopop.de

BLOOD LAD NOVEL
Kei Yasaka / Yuuki Kodama

Die Light Novel zum Vampir-Hit *Blood Lad*!

Kei Yasaka erzählt Yuuki Kodamas *Blood Lad* mit Illustrationen von *Blood Lad Brat*-Mangaka Kanata Yoshino neu: Vampir Staz liebt die japanische Kultur über alles. Und mit Fuyumi stolpert ein Menschenmädchen nicht nur in die Hölle, sondern auch in sein Herz. Doch ein unglücklicher Unfall verwandelt Staz' Herzdame in einen Geist. Der Vampir schwört, sie wiederzubeleben, dafür muss er sich allerdings seinen Rivalen, seiner Familie und anderen wahnwitzigen Kämpfen stellen!

www.tokyopop.de

BEELZEBUB
Ryuhei Tamura

Bösartiges Baby belagert Bösewicht!

Der schlechte Ruf von Tatsumi Oga, einem Raufbold an einer miesen Highschool, reicht sogar bis in die Hölle. Er wird dazu auserkoren, den Sohn des Teufels aufzuziehen, damit dieser eines Tages die Welt zerstören kann. Oga wird als böse genug für die Aufgabe eingeschätzt, sein schwieriges Mündel bändigen zu können. Von nun an hat er den fiesen und ulkigen Säugling wie ein Äffchen auf der Schulter sitzen. Und dieser bringt ihn in irre peinliche wie auch mörderische Situationen ...

www.tokyopop.de

KILL LA KILL

Ryo Akizuki / TRIGGER / Kazuki Nakashima

Ein Kampf für die Wahrheit!

Das Geheimnis um den Tod ihres Vaters treibt Ryuko Matoi an die Honnoji-Akademie. Unter der Kontrolle der Präsidentin der Schülerversammlung Satsuki Kiryuin herrscht hier das Recht des Stärkeren und stark ist nur, wer eine Goku-Uniform mit Spezialfähigkeiten besitzt. Mithilfe ihrer Scheren-Klinge sagt Ryuko der Präsidentin den Kampf an!

www.tokyopop.de